Qui doit mourir ?

Diana Urban

Qui doit mourir ?

Traduit de l'anglais (États-Unis)
par Marie Chivot-Buhler

Albin Michel Jeunesse

Titre original :
ALL YOUR TWISTED SECRETS
(Première publication : HarperTeen,
un département de HarperCollins Publishers, New York, 2020)

À Bryan, pour chaque heure

Chère Amber Prescott,

Félicitations ! Nous avons l'immense plaisir de vous annoncer qu'une bourse d'études d'une valeur de vingt mille dollars vous a été attribuée par la mairie de Brewster. Vous vous êtes distinguée par vos talents dans le domaine de la musique et vos contributions à la communauté.

En cet honneur, vous êtes conviée à un dîner en présence de M. le maire Timothy Meinot en compagnie des cinq autres lauréats, mardi 4 février à 19 heures au Chesterfield.

Nous vous adressons une fois encore toutes nos félicitations et nous réjouissons de vous voir au Chesterfield.

Cordialement
La Présidence
Comité des bourses d'études de la mairie de Brewster

Ça faisait une heure que je me demandais si j'allais mourir ce soir.

Même à dix-sept ans, on pouvait succomber à une crise cardiaque, non ? La perspective de ce dîner faisait palpiter mon cœur si fort dans ma poitrine que j'étais convaincue que ma fin était proche.

Pourquoi tant d'inquiétude pour un simple dîner ? D'abord, Robbie, mon petit ami, était aussi de la partie, alors que la situation n'était pas vraiment super entre nous. Nos projets post-lycée étaient pour le moins divergents et plus l'année de terminale avançait, plus la tension allait grandissant. Sans compter que Diego, le premier de la classe, avait lui aussi reçu une invitation. Notre amitié avait récemment évolué vers autre chose – quelque chose qui me faisait monter le rouge aux joues, me donnait la chair de poule et gonflait mon cœur comme une éponge gorgée d'eau.

Nous réunir tous les trois dans la même pièce pourrait se révéler catastrophique. Si Robbie devinait mes sentiments pour Diego, il risquait de perdre son sang-froid. J'avais déjà assez de soucis comme ça avec Robbie. Et à force de jouer avec le feu, on finit par se brûler. Si j'avais su rien qu'un peu dissimuler mes émotions, j'aurais pu espérer sortir indemne de cette soirée. Malheureusement, j'étais une piètre menteuse, si bien que la rupture semblait inéluctable.

Ouais. La crise cardiaque était imminente. Allez, il me suffisait de surmonter ce dîner et tout allait s'arranger.

Avec un peu de chance.

Je mis à fond la musique de *Harry Potter* dans l'espoir de me calmer les nerfs et éventrai ma penderie, pour en arriver à la conclusion que ma garde-robe était un désastre. J'avais le choix entre de l'hyper-décontracté et du noir très cérémonieux (ou « chic funéraire », comme disait Sasha) – deux options tout aussi déprimantes l'une que l'autre.

Après avoir entassé par terre la plupart de mes vêtements – pour le plus grand plaisir de Moufle, mon chat, qui se précipita pour s'y blottir –, je tombai sur une vieille robe vert émeraude à paillettes que j'avais portée à un récital de piano plusieurs années auparavant. Elle m'arrivait désormais bien au-dessus du genou, mais c'était ma seule tenue potable.

– Amber, tu es splendide ! s'exclama ma mère lorsque j'arrivai en haut de l'escalier du sous-sol où était ma chambre, en tirant sur le bas de la robe.

– Tu dis ça parce que tu es ma mère.

– Arrête de te dévaloriser comme ça.

Elle toucha une de mes boucles rousses, qui menaçait déjà de se défaire. Ses cheveux roux ultra-raides étaient simplement coupés au carré.

– Tu es très classe. Même si la robe pourrait être un peu plus longue...

– Robbie n'est pas encore arrivé ?

Il avait déjà dix minutes de retard. Je jetai un œil à travers la vitre de la porte d'entrée à l'affût de son SUV noir tout en triturant mon bracelet d'améthystes. Moufle se frotta contre mes chevilles, laissant des poils blancs sur mes escarpins satinés noirs à bout ouvert.

– Interdiction de sortir avec un garçon avant d'avoir quarante-sept ans, cria papa de son bureau au bout du couloir.

– Le moment est peut-être mal choisi pour rappeler que ça fait plusieurs mois que je sors avec Robbie ? rétorquai-je en levant les yeux au ciel, imitée par ma mère.

J'étais en train de taper en vitesse un texto à Robbie quand ses phares inondèrent l'allée. Je glissai mon téléphone dans mon sac et ma mère me tendit une veste avant de m'embrasser la joue.

– Envoie-moi un message en arrivant.

– Enfin maman ! râlai-je, aux prises avec mon manteau. Dans quelques mois je serai à la fac. Je devrai aussi t'écrire chaque fois que j'irai quelque part ?

– Ce serait génial, merci de proposer ! s'exclama-t-elle, les yeux pétillants de malice, sans pour autant se départir de cette lueur triste qui ne les quittait jamais. Je t'aime.

– Salut ! lançai-je par-dessus mon épaule avant de parcourir l'allée dans la nuit particulièrement étouffante, mon manteau ouvert voletant derrière moi.

Maman n'était pas exactement mère poule. Elle me laissait faire ce que je voulais, du moment que je lui confirmais en permanence que j'étais encore en vie.

Elle avait une bonne raison de vouloir s'en assurer.

Robbie jeta son gant de base-ball sur la banquette arrière.

– Salut ma puce...

– Quinze minutes de retard, Robbie ? Franchement ?

Je claquai la portière et bouclai ma ceinture en un seul geste fluide. Je n'étais pas du genre à chercher la bagarre, mais j'étais sur les nerfs.

– Amber, relax. L'entraînement s'est un peu prolongé.

Son excuse classique. Robbie se pencha pour m'embrasser et son doux parfum de savon et de gel coiffant envahit mes sens. Il posa la main sur le dos de mon appui-tête et descendit l'allée en marche arrière. Maman me fit un petit signe de la main depuis la fenêtre du salon puis les rideaux se refermèrent alors que Robbie appuyait sur l'accélérateur.

– En plus, j'ai dû passer chez moi pour récupérer ton cadeau.

Sans quitter la route des yeux, il tendit la main derrière mon siège et attrapa une petite boîte qu'il déposa sur mes genoux.

– Mon... cadeau ? En quel honneur ?

– Ouvre-le.

Il sourit, le coin de ses yeux gris plissés creusant les fossettes de ses joues. Curieuse, je défis le ruban rouge autour de la boîte blanche et y découvris un bracelet à breloques. Des petites notes de musique argentées pendaient sur un rang de perles d'améthystes.

– Je me suis dit qu'il irait bien avec ton autre bracelet.

Il désigna le bracelet d'améthystes de ma grand-mère à mon poignet droit.

Ma colère céda la place à un mélange confus de joie et de peur.

– Mais c'est pour quoi ?

– Eh bien, je ne peux pas avoir envie de faire plaisir à ma copine sans raison ?

Son sourire s'élargit, ce sourire contagieux qui me donnait toujours l'impression d'être l'étoile la plus brillante du ciel. Il paraissait authentique. Comme tout chez Robbie. Il était très expansif, ce qui constituait à la fois un bien et un mal – je n'avais pas besoin de me demander s'il m'aimait... ni s'il était en rogne contre moi, surtout ces derniers temps. Mais le fait que son cadeau ait un rapport avec la musique me prit au dépourvu.

Récemment, la musique avait été un sujet sensible entre nous. Robbie voulait que j'aille avec lui et sa bourse d'études à l'université Georgia Tech, comme si abandonner mon rêve d'étudier la musique à l'USC ou à Berklee ne représentait qu'un menu sacrifice. « Mais tu peux faire de la musique n'importe où », insistait-il. Quelques semaines plus tôt, nous avions eu une grosse dispute et il avait réussi à me convaincre de postuler à Georgia Tech en suggérant de remettre la discussion à plus tard, une fois que j'aurais leur réponse.

Et puis j'avais reçu ma lettre d'admission. J'avais alors compris que nous allions rompre.

J'étais peut-être tombée amoureuse de Robbie au cours des derniers mois, mais mon histoire d'amour avec la musique remontait à aussi loin que je m'en souvienne. Je ne pouvais pas le laisser me tenter de renoncer à mes rêves. Ma décision était prise, mais je ne savais pas encore comment lui annoncer la nouvelle.

Toutefois, les événements prenaient une tournure totalement inattendue. Je passai les doigts sur les breloques en forme de notes de musique. C'était une délicate attention. Partageait-il finalement mon point de vue ? Était-il prêt à trouver un compromis ?

Comme s'il lisait dans mes pensées, il dit :

– Ça fait un moment que nous n'avons pas parlé de l'université, tout ça.

L'université, tout ça. Toutes mes ambitions musicales réduites en deux petits mots. *Tout ça.* Il lissa ses cheveux courts châtain clair en arrière.

– Toujours pas de nouvelles de Georgia Tech ?

Mes épaules se tendirent.

– Non, pas encore.

Heureusement, l'obscurité dissimulait mes joues rouges. J'avais la peau si pâle que mon sang me trahissait toujours : *Menteuse.*

– Eh bien, ça ne devrait pas tarder. Je veux être avec toi.

Une main toujours sur le volant, il avança l'autre pour entrelacer ses doigts aux miens.

– On va trouver une solution. Je t'aime, Amber.

– Je… moi aussi.

Mon Dieu. Que faire ? Il m'embrassa la main avant de la lâcher puis je passai mon nouveau bracelet à mon poignet gauche. J'appuyai le front contre la vitre et regardai défiler les maisons coloniales toutes identiques. Le reste du trajet se déroula en silence quand soudain de grosses gouttes s'abattirent sur la voiture, noyant mes pensées.

– Et merde.

Je remontai la fermeture Éclair de ma veste sous la ceinture. Dès que je me bouclais les cheveux, c'était comme lorsqu'on lavait sa voiture : la pluie assurée. Si nous déménagions en Californie, je résoudrais à moi seule les problèmes de sécheresse.

Robbie fit la moue.

– C'est juste de l'eau.

– Va dire ça à mes cheveux ! rétorquai-je en lissant ma frange.

Robbie me jeta un coup d'œil tandis qu'il ralentissait devant le Chesterfield.

– Hé, tu es superbe. Tes cheveux aussi.

Je rougis à nouveau.

– Merci.

Je m'efforçai de chasser mon anxiété et parcourus la rue des yeux, à la recherche d'une place de stationnement. Le Chesterfield était un restaurant chic qui occupait le sous-sol d'un ancien entrepôt reconverti en boutiques de luxe. Le week-end, les gens du coin se pavanaient ici comme dans une métropole animée, alors qu'en réalité le centre-ville se limitait à trois pâtés de maisons.

Inutile de se voiler la face. On n'était que des ploucs du nord de l'État de New York, pur jus.

Heureusement, nous étions mardi et il y avait beaucoup de places libres. Une fois que Robbie eut garé la voiture, je défis ma ceinture et sortis. Je tins ma capuche au-dessus de ma tête et parcourus les quelques mètres jusqu'au bâtiment en évitant les flaques. Il n'y avait personne sur le trottoir sauf deux femmes d'âge moyen qui se hâtaient sous d'immenses parapluies noirs vers un véhicule proche. Je dévalai l'escalier raide du Chesterfield sans attendre Robbie.

Dieu sait qu'il ne se pressait jamais à part sur un terrain de base-ball.

À la réception du restaurant, j'égouttai ma veste mouillée. Des tables entourées de banquettes en velours pourpre étaient alignées de chaque côté de la salle à l'ambiance tamisée et un bar occupait le fond. Une pyramide de bouteilles de vin et de spiritueux trônait derrière le comptoir, éclairé par un filet de lumière qui créait un halo diffus. De la musique classique s'échappait des haut-parleurs au plafond.

Les tables étaient vides.

La pièce était déserte.

– Tu es sûre que c'est au Chesterfield ? demanda Robbie derrière moi.

– Oui. Regarde, répondis-je en désignant une pancarte fixée à l'entrée.

Dîner de la bourse d'études de la mairie de Brewster, salle Winona. Une flèche pointait vers la droite.

– Par ici.

– Mais il n'y a personne ?

Mon cœur s'emballa alors que j'avançais.

– Ils sont probablement déjà installés.

– Non, je veux dire d'autres clients...

– Allez, on y va.

Finissons-en. Je saisis la main robuste de Robbie et le tirai à travers le restaurant vide. Un rire familier s'éleva de la porte ouverte à côté du bar.

J'entrai dans la pièce, plus petite mais tout aussi élégante. Sous une longue table en acajou, un tapis oriental raffiné couvrait presque tout le parquet sombre reluisant. Comme c'était un entresol, il n'y avait que deux petites fenêtres nichées près du plafond. Plusieurs buffets en acajou se dressaient sous les vitres et à côté de la porte. Sur la gauche, deux vaisseliers remplis de verres et de bibelots entouraient une cheminée en briques rouges et se reflétaient dans un immense miroir en laiton accroché au mur opposé. Des bougies factices vacillaient dans un chandelier en cuivre qui pendait bas, au milieu de la pièce. Il régnait une ambiance médiévale et intimiste.

Sasha Harris et Diego Martin étaient déjà installés et en train de rire, malgré le perpétuel esprit de compétition entre eux. Robbie toussa et Sasha s'interrompit au milieu d'un ricanement pour jeter un œil en arrière. Lorsqu'elle m'avisa, ses yeux s'illuminèrent.

– Salut toi !

Elle pivota sur son siège et tendit la joue pour me faire la bise.

– Dieu merci, vous avez aussi gagné cette bourse ! Sinon cette soirée risquait d'être d'un ennui... marmonna-t-elle.

Tout le monde enviait Sasha – capitaine des pom-pom girls, directrice du club de théâtre, déléguée de classe et potentielle major de promo. « Dormir » ne faisait pas partie de son vocabulaire. Par un bizarre concours de circonstances, elle était aussi devenue ma meilleure amie. Ce soir, elle portait une robe rouge bustier moulante et ses cheveux châtains soyeux cascadaient avec souplesse sur ses épaules nues, sans une seule mèche de travers.

– C'est quand même plutôt cool de rencontrer le maire, dis-je. Il est déjà là ?

– Non, pas encore, répondit-elle après avoir étreint Robbie. Mais franchement, je ne vois pas ce qu'il y a de cool. Enfin quoi, qui voudrait être maire de Ploucville ?

J'ôtai ma veste trempée et l'accrochai au portemanteau sculpté à côté de la porte avant de réarranger ma frange. Les boucles que je m'étais faites retombaient déjà. Satanée pluie.

– Pfiou. C'est un four, ici.

– En effet, confirma Sasha en brassant l'air. Viens, tu es à côté de moi.

Elle désigna la place la plus proche de la porte. Huit chaises aux dossiers hauts entouraient la table – trois de part et d'autre et une à chaque bout. Sur mon assiette au liseré doré reposait un marque-place sur lequel était écrit « Mlle Prescott ». Celui de Sasha indiquait « Mlle Harris ». Classe. Je tirai mon siège et parcourus la table des yeux, croisant ceux de Diego Martin.

Nous y voilà.

Des mèches de cheveux noirs tombaient sur son front et, tandis qu'il soutenait mon regard de ses intenses pupilles cuivrées, un sourire se dessina sur ses lèvres.

– Salut, Amber.

Un flash me ramena quelques semaines en arrière, quand son visage s'était retrouvé à quelques centimètres du mien. À ce souvenir, je rougis tellement qu'on aurait pu faire cuire un œuf sur mes joues.

– Salut.

Le mot sortit dans un mince filet d'air. Je posai mon sac à main par terre et m'assis, me maudissant en silence d'être si émotive. Après tout, il ne s'était rien passé entre nous. On avait failli s'embrasser, certes, mais « failli », ça ne comptait pas.

– Félicitations, dit-il. Laisse-moi deviner... tu as été récompensée pour ta virtuosité musicale ?

Je lâchai un rire nerveux tout en triturant les breloques de mon nouveau bracelet.

– Ouais. C'est sûrement M. Torrente qui m'a nominée. Vu que ça fait quatre ans que je dirige l'orchestre du lycée, palabrai-je.

Oh mon Dieu. Si Robbie sentait le malaise entre Diego et moi, la soirée allait virer au cauchemar. Je feignis de tousser et plaquai la main sur ma bouche pour tenter de dissimuler mes joues en feu. Heureusement, planté à côté du portemanteau, Robbie était concentré sur son téléphone et secouait la tête.

– Je n'arrive pas à croire qu'ils aient accordé une bourse à Diego, murmura Sasha tandis que celui-ci sortait son portable. Vingt mille dollars, ça doit être une broutille pour lui, maintenant.

Comme si être un petit génie ne suffisait pas, Diego était aussi une sorte de célébrité dans notre école. Il avait inventé une éponge qui changeait de couleur quand elle était mouillée et avait participé à *Banco ou Fiasco* l'été précédant notre année de seconde – une émission de téléréalité dans laquelle des inventeurs présentaient leur produit à de riches entrepreneurs pour obtenir des financements. Après avoir reçu des propositions de tous les investisseurs et signé un contrat juteux, son père et lui avaient vendu des millions de leur Éponge-Clown.

– Il va quand même probablement finir major de promo, répondis-je à voix basse.

Sasha pencha la tête et se fendit d'un sourire, mais ses yeux lançaient des éclairs.

– Je n'ai pas encore dit mon dernier mot.

– Il n'y a pas de réseau, constata Robbie en prenant place à côté de moi avant de déboutonner le haut de sa chemise à carreaux. C'est moi ou il fait quarante degrés là-dedans ?

Je bus une gorgée d'eau.

– Oui, il fait super chaud.

Je suivis son regard par-dessus mon épaule : Priya Gupta venait d'arriver. Elle observa la tablée et grimaça. Dire que Priya avait été ma meilleure amie serait un euphémisme. Elle avait été comme une sœur. Elle évita mon regard, baissant ses yeux de biche alors qu'elle suspendait sa veste puis tirait sur les manches amples de sa robe blanche. Quand Robbie la salua, elle se contenta de bougonner. Je ressentis un poids dans ma poitrine, comme un sac de pierres, mais je ne dis rien tandis que Priya s'asseyait à sa place, à côté de Diego. Ils se saluèrent du bout des lèvres puis elle se plongea dans la contemplation de ses ongles.

– Salut Priya ! s'exclama Sasha d'une voix guillerette.

Priya se raidit.

– Salut, lançai-je avec un sourire, mais elle m'ignora.

Ma gorge se serra. Allait-elle à nouveau me parler un jour ? Savait-elle à quel point elle me manquait ?

– Félicitations ! Je ne pensais pas que tu serais éligible pour cette bourse, dit Sasha.

Priya n'était peut-être pas première de la classe, mais elle avait d'excellentes notes.

Elle fronça les sourcils.

– Oh, parce que tu te souciais de qui l'obtiendrait à part toi ?

Le sourire de Sasha s'évanouit.

– Qu'est-ce que c'est censé...

Je lui donnai un coup de coude.

– Laisse tomber. (Elle fronça les sourcils.) Évitons que les membres du comité nous entendent nous disputer.

Sasha hocha la tête et Priya émit un « pff » avant de se reconcentrer sur ses ongles.

Je croisai de nouveau le regard de Diego et fondis de l'intérieur. Juste à ce moment-là, Robbie m'attrapa la main sous la table et je sursautai. Il rit.

– Je ne voulais pas te faire peur.

Sa main était fraîche malgré la chaleur ambiante et il m'embrassa sur la joue alors que Diego m'observait toujours.

Mon Dieu. Comment allais-je réussir à survivre à cette soirée ?

– Je meurs de faim, déclara Priya en farfouillant dans ses affaires. Arf, j'ai oublié de prendre une barre de céréales.

Diego attrapa son sac à dos par terre.

– Je dois avoir une barre chocolatée. Tu la veux ?

Elle refusa d'un geste de la main.

– Non, non, ça va. Merci quand même.

Alors qu'elle lorgnait les plats en argent qui jonchaient la table, Scott Coleman, fumeur d'herbe notoire, fit son entrée. Il portait les mêmes vêtements que d'habitude : une veste en cuir noire au-dessus d'un T-shirt noir, un jean déchiré et un bonnet noir pour compléter l'ensemble.

Sasha pouffa.

– Qu'est-ce que tu fais là, toi ?

– Comme vous tous, je présume, répondit Scott avant de lancer un sourire à Priya, qui le lui retourna timidement.

– J'y crois pas, mec, dit Robbie en plissant le nez à cause des relents de cigarette de Scott. Tu as obtenu une bourse, *toi* ?

Scott tira sur le col de sa veste.

– On dirait que oui.

– J'hallucine, rétorqua Robbie, et Sasha gloussa de consternation.

Wow. Est-ce qu'on allait se tacler comme ça toute la soirée ?

– Hé, on reste cordial, intervins-je pour essayer d'alléger l'atmosphère. Peut-être que c'est un génie méconnu.

Scott me lança un clin d'œil.

– Salut, Red. Ça roule ?

Je jouai le jeu comme toujours :

– Ça roule, ma poule.

C'était notre façon de nous saluer depuis que nous jouions ensemble quand nous étions enfants, avant de nous rendre compte que nous n'avions finalement pas grand-chose en commun.

Il hocha la tête en sortant de sa poche une feuille pliée.

– J'ai reçu cette lettre. Elle dit de venir ici. Donc me voilà.

– Mais comment t'as fait pour être retenu ? demanda Sasha avec un sourire mielleux. Aurais-tu un talent secret ?

– Nan. (Scott haussa les épaules et longea la table d'un pas nonchalant.) Mais qu'est-ce qu'on en a à foutre ? dit-il en se laissant tomber sur la chaise vide à côté de Priya, avant de déballer un chewing-gum. Vingt mille balles, c'est pas mal. Et puis j'avais rien de mieux à faire ce soir et j'aime bien manger gratos, alors j'allais pas manquer ma croûte.

Sasha grimaça.

– Ce n'est pas une expression, ça...

Soudain, la porte en chêne massif derrière moi claqua avec une telle force que les vibrations se répercutèrent dans ma poitrine et firent tinter les verres du vaisselier. Tout le monde sursauta, certains lâchèrent même un petit cri.

– Un courant d'air ?

Je me levai pour aller rouvrir la porte lorsqu'un coup de tonnerre retentit.

– Ah oui, fit Robbie en détendant ses épaules. L'orage.

Lorsque je passai derrière Sasha, elle rejeta ses cheveux en arrière et se tourna à nouveau vers Scott.

– De toute façon, ils ne donnent pas vingt mille dollars juste comme ça, arbitrairement.

Appuyée sur un accoudoir, elle posa son menton sur son

poing, comme si la simple idée que Scott puisse gagner quoi que ce soit était fascinante.

– Je veux dire, Robbie a le base-ball, Amber est un prodige de la musique et je dirige le club de théâtre. Tu es forcément là pour une raison.

– Ouais, rétorqua Scott en mâchant bruyamment, je dirige le club des branleurs. Peut-être que ça compte.

– Euh... les gars ? les interrompis-je.

Je secouai la poignée. Elle tournait mais la porte ne bougeait pas d'un pouce.

– Je crois que la porte est coincée.

– Sérieux ? s'exclama Priya en me fusillant du regard, comme si rester enfermée dans la même pièce que moi représentait son pire cauchemar.

– C'est juste que tu n'as pas assez de force, me taquina Robbie en se pavanant.

– Pas du tout, maugréai-je avant de retourner à ma place pour chercher mon téléphone dans mon sac.

Pas de réseau.

Tandis que Robbie s'échinait contre la porte, j'observai les autres. Diego était le seul à ne pas regarder son portable. Il fixait l'une des fenêtres au moment où un éclair illumina l'allée. Robbie jura en s'énervant contre la poignée.

– Bon sang. Elle est vraiment bloquée.

Je levai les yeux au ciel.

– Je te l'avais bien dit.

– Merde, lâcha Sasha en bougeant son téléphone au-dessus de sa tête. Je n'ai pas de réseau.

– Moi non plus, dis-je.

– Je n'en ai pas depuis qu'on est là, renchérit Robbie avant de prendre son portable et de l'agiter en hauteur, comme si ça allait changer quelque chose.

– Pareil, confirma Priya.

– Le maire va bien finir par arriver, non ? hasarda Diego.

– Oui, acquiesçai-je. Il pourra nous ouvrir ou alors chercher de l'aide.

– Il ne devrait pas déjà être là ? souligna Sasha en consultant sa montre.

– Il est sans doute juste en retard, répondit Diego.

Sasha lança un coup d'œil à Robbie qui tapa dans la serrure et secoua à nouveau la poignée.

– Et s'il avait un empêchement de dernière minute ? reprit-elle d'une voix tremblante. Et s'il avait essayé de nous appeler ? Et si personne ne venait...

– Sasha, du calme, la coupai-je.

Les sourcils froncés, Diego parcourut la table du regard.

– S'il n'avait pas réussi à nous joindre, intervint Scott, son secrétariat aurait envoyé quelqu'un pour nous avertir, non ?

– Hum, bizarre... La table est dressée pour six, releva Diego.

Priya compta les places en silence en les pointant du doigt. Il avait raison : il y avait huit chaises, mais les deux à chaque extrémité n'avaient ni marque-place, ni assiette, ni verre.

– Et alors ? fit Scott.

Diego et moi échangeâmes un regard.

– C'est étrange, dis-je. Si le maire dîne avec nous, pourquoi la table n'est elle mise que pour six ?

– Est-ce que tu es en train de suggérer que personne ne va venir nous libérer ? demanda Sasha, une octave trop haut.

– Il y aura bien quelqu'un pour nous servir à manger, répondit Scott. Du personnel, quoi.

– On dirait que tout a déjà été préparé, nota Diego avec un

geste vers les plats disposés sur la table. Mais pourquoi avoir servi le repas avant qu'on arrive ?

Scott souleva le couvre-plat le plus proche de lui, sous lequel se trouvaient du poulet rôti et des légumes.

– C'est moi ou c'est carrément bizarre ?

– Pour une fois, ce n'est pas que toi, murmura Robbie en révélant un saladier de crudités.

– Eh bien... dit Priya en se léchant les babines, les yeux rivés sur les patates douces rôties. Autant manger, non ?

– J'imagine...

Je me mordis la lèvre.

Robbie posa le couvercle par terre, derrière lui.

– C'est clair. Que la fête commence ! (Il découvrit un autre plat de poulet.) Il n'y a rien à boire, dans ce restau ?

– Si, mais c'est au bar, répondit Sasha en scrutant un plateau d'œufs mimosa. Beurk. Ça fait combien de temps que c'est là, ça ?

Je me mis debout pour ôter la cloche du plus grand plat, au milieu de la table.

La cloche me tomba presque des mains lorsque Sasha et Priya poussèrent un cri. Ma poitrine se comprima tandis que tout le monde regardait ce qui était posé sur le plateau, bouche bée.

Une seringue.

Une enveloppe.

Et quelque chose qui ressemblait beaucoup à une bombe.

– C'est quoi ce bordel ? s'écria Robbie.

Un frisson remonta le long de ma colonne vertébrale alors que je contemplais la seringue. Elle était remplie d'un liquide beige clair et l'aiguille scintillait sous le chandelier.

– Qu'est-ce que c'est que… C'est quoi ce *truc* ? s'exclama Sasha.

Des bidons en plastique de la taille de bouteilles de lait étaient fixés à six barres marron branchées à une petite horloge digitale et à des piles. Chaque bidon était à demi rempli d'une substance jaunâtre. Les chiffres rouges de l'horloge, tournés vers le haut, affichaient cinquante-neuf quarante-cinq. Cinquante-neuf quarante-quatre. Cinquante-neuf quarante-trois. Cinquante-neuf quarante-deux.

– On dirait une bombe, déclara Robbie, la mâchoire serrée.

– J'ai déclenché le minuteur… compris-je, la cloche toujours entre les doigts. Quand j'ai ouvert, j'ai dû déclencher le minuteur.

– Ça n'est pas pour de vrai, tout ça, souffla Priya. Si ?

– Et la seringue, c'est pour quoi ? demanda Sasha.

– Il y a une étiquette, remarqua Diego et il se pencha pour la lire. « Toxine botulique. » Oh merde, jura-t-il, blême.

– Toxine quoi ? C'est quoi ce machin ? demanda Priya, en lui agrippant le bras si fort que ses phalanges devinrent blanches.

Diego poursuivit :

– C'est écrit : « Attention, évitez tout contact avec la peau. Une seule goutte peut être fatale. L'injection totale entraîne la mort immédiate. »

Nous échangeâmes tous un regard effaré.

– Qu'est-ce qu'il y a dans l'enveloppe ? s'enquit Robbie.

Personne ne bougea.

Cinquante-neuf trente. Cinquante-neuf vingt-neuf.

Je posai le couvercle par terre pour saisir l'enveloppe, dont je sortis une feuille de papier. Je la dépliai, m'éclaircis la gorge et lus à voix haute :

– « Bienvenue à tous et, encore une fois, toutes nos félicitations. Désormais, vous devez choisir. Vous avez une heure pour désigner celui d'entre vous qui doit mourir. Sinon, vous mourrez tous. »

1 AN ET 1 MOIS PLUS TÔT

JANVIER DE L'ANNÉE DE PREMIÈRE

Les trois dernières années, j'avais tout fait pour éviter les pestes dans le genre de Sasha Harris.

Mais j'avais un service à lui demander, un service dont mon avenir dépendait.

En tant que directrice du club de théâtre du lycée, elle choisissait ce qu'ils jouaient à la fin de chaque semestre ; or je voulais composer la musique de leur prochaine pièce. C'était ma seule chance d'intégrer le cursus de musique de film de l'université du sud de la Californie, l'USC. Comme mon père venait de m'annoncer qu'il ne pouvait pas se permettre de me payer le voyage pour que j'aille participer aux auditions à l'automne, je devais trouver un autre moyen d'en mettre plein la vue au jury d'admission – une façon de me démarquer parmi les deux mille candidats. Il n'y avait que trois programmes universitaires de ce type, et la concurrence était rude. Mon plan consistait à composer la musique de la pièce du lycée, à la faire jouer par notre orchestre en direct, et à filmer le tout pour pouvoir envoyer la vidéo.

Mais ça signifiait que je devais lui parler à *elle*, cette Sasha Harris, qui régnait sur le lycée de Brewster – hautaine, prétentieuse et intimidante au possible, et pourtant vénérée. Nous ne la connaissions que depuis la seconde ; il y avait deux collèges dans notre ville qui fusionnaient en un seul lycée. Priya et moi étions allées à Crompond, Sasha et sa clique à Hampton. Mais j'avais entendu des rumeurs à son propos – ses vacheries, à quel point elle pouvait être impitoyable. Avais-je été témoin personnellement de ses crasses ? Non. M'étais-je seulement frottée à elle ? Certainement pas ! Je ne voulais pas prendre le risque d'être sa prochaine victime.

Jusqu'à aujourd'hui.

En cette rentrée des classes après les vacances de Noël, je me retrouvai donc à observer Sasha de l'autre côté de la cafétéria, en train de préparer mon approche. Amy et Maria, ses amies, tournaient autour d'elle comme des mouches, absorbées par les derniers ragots qu'elles échangeaient. J'ignorais ce qui me faisait le plus peur : être recalée de l'USC ou cette fille ?

– J'ai les mains qui tremblent, notai-je en les levant. Bon sang, j'hésite à y aller.

Priya, ma meilleure amie, se décrispa.

– Oh Dieu merci. Fichons le camp.

Elle tourna les talons, ses longs cheveux noirs soyeux me fouettant le bras.

– Attends ! (Je lui attrapai le poignet.) Tu vas me laisser me dégonfler si facilement ?

– Tu ne te dégonfles pas, tu retrouves la raison, nuança-t-elle en jetant un coup d'œil à Sasha et à sa bande. Tu n'as pas besoin de composer la musique de cette satanée pièce du lycée. Je suis sûre que tes morceaux actuels suffiront à te faire intégrer toutes les filières que tu veux.

– Les autres candidats en auront aussi.

J'essuyai la sueur au-dessus de ma lèvre tandis que le trio s'installait à une table de la cafétéria.

– Mais ils soumettront des trucs bateaux – de la musique de pub, des accompagnements de bandes-annonces, tu vois le genre. Je dois envoyer quelque chose d'*inoubliable*. Quelque chose qui fera la différence.

Priya haussa les sourcils.

– Et tes dix mille followers sur YouTube, ça ne compte pas ?

– C'est rien, dix mille. D'autres en ont beaucoup plus. Je *dois* aller la voir...

– Qu'est-ce qui te fait croire que Sasha voudra bien ne serait-ce qu'envisager cette possibilité ? En général, ils choisissent une comédie musicale, et dans ce cas il y a déjà de la musique. Que tu proposes à Sasha de composer la musique de la pièce, c'est comme si je lui demandais d'intégrer les pom-pom girls. C'est fichu d'avance.

Priya avait toujours rêvé de faire partie des pom-pom girls. Le problème, c'était qu'elle n'avait jamais eu le cran de s'y essayer.

– Si j'arrive à la convaincre, tu vas carrément tenter ta chance auprès des pom-pom girls.

– Hors de question, rétorqua-t-elle, les yeux ronds comme des soucoupes. C'est Sasha, la capitaine, maintenant. Elle ne m'acceptera jamais.

Je regardai à nouveau Sasha. Comment était-elle parvenue à avoir la mainmise sur absolument tout ? À croire que cette fille était déterminée à être le centre du monde. Et personne ne disait non à Sasha Harris.

Désormais, je devais me débrouiller pour que ce soit à moi qu'elle ne dise pas non.

Je pris une profonde inspiration puis marquai un temps d'arrêt ; je puisai une dernière dose d'énergie dans la musique d'une scène de bataille d'un film de fantasy avant de sortir l'écouteur logé dans mon oreille droite. Certains se donnaient du courage en buvant un remontant, moi il me suffisait d'écouter de la musique. Sous les cordes puissantes et les crescendos, j'avais l'impression d'aller affronter mon ennemi avec bravoure, prête à passer à l'attaque.

– J'y vais.

– Je t'en empêche formellement, dit Priya en me retenant par le coude. En tant que meilleure amie, je ne peux pas te laisser te jeter dans la gueule de Sasha. Pour le moment, elle connaît à peine notre existence et c'est très bien comme ça. Tu te souviens de ce qui est arrivé à ta sœur ? De ce dont les gens comme Sasha sont capables ?

À la mention de ma sœur, ma gorge se serra et je dégageai mon coude.

– Comme si j'avais besoin qu'on me le rappelle.

La mort de Maggie, ma sœur, m'avait appris à éviter les filles néfastes. Je savais ce que c'était que de subir leurs railleries, d'être victime de leur cruauté. Je n'avais pas compris ce que Maggie avait enduré jusqu'à ce que ça dégénère – comme nous avions quatre ans de différence (Maggie était en terminale quand j'étais en quatrième), nous n'allions pas dans la même école depuis le primaire. La culpabilité me rongeait chaque fois que je pensais à Maggie et que je me rappelais ne pas avoir vu la violence de ces teignes.

Lorsque j'avais découvert la vérité, il était trop tard.

Après sa mort, j'avais pris mes distances avec ma bande de

copines. Une partie de moi était terrifiée qu'elles finissent aussi par se retourner contre moi. Mais surtout, je ne supportais pas leur pitié. La plupart des gens se montraient bizarres en présence de quelqu'un en deuil. Ils me fixaient de leurs grands yeux tristes et, face à leur malaise, j'avais presque l'impression que c'était à moi de les réconforter.

Ça avait été compliqué à gérer. D'autant que c'était déjà assez difficile comme ça d'être témoin du désespoir de mes parents et d'être forte pour eux. Priya avait été la seule à se comporter normalement avec moi, elle m'avait permis de donner libre cours à mon chagrin sans cette lueur affolée dans les yeux, sans jamais me laisser tomber.

Du coup, au lieu de participer à des fêtes ou de nous trémousser aux bals du lycée, nous restions dans ma chambre pour des soirées films ou des « jam-sessions » : moi au piano, un énorme casque audio rouge sur la tête, en train de composer ou de répéter un nouveau morceau, pendant que Priya, étalée de tout son long sur le tapis à côté de Moufle, lisait un roman de fantasy ou apprenait un nouveau tour de magie de David Thurston dans son émission *Manie Magie* sur Netflix. Introvertie studieuse, Priya était contente comme ça, mais parfois ça me manquait de ne plus faire partie d'un groupe.

– Désolée, dit-elle d'une voix tendue. Mais je n'ai pas envie de te voir blessée.

Elle regarda Sasha et ses amies penchées au-dessus de la table, en pleines messes basses animées. Elles semblaient apprêtées pour un défilé de mode comparées aux filles de la table voisine, où Becky Wallace et mes anciennes copines arboraient des lunettes trop grandes, des sweats informes et de vilaines tresses.

Tout à coup, Sasha tapa sur la table, jeta la tête en arrière et rit à gorge déployée. Jamais je n'aurais une telle confiance en moi, si démonstrative. Les gens se retournèrent, comme s'ils voulaient eux aussi profiter de la blague. Si Sasha Harris trouvait quelque chose drôle, ça valait certainement le coup de l'entendre.

Du moment qu'on n'était pas l'objet de la plaisanterie.

Mon ventre se serra. Je pouvais laisser la peur dicter mon avenir et continuer de craindre des filles comme Sasha. Ou alors je pouvais passer outre ces mesquineries débiles de lycéens et faire tout ce qui était en mon pouvoir pour intégrer une école de musique et composer un jour d'inoubliables bandes originales de films et de séries.

Je devais le faire. Je le *devais*.

Et puis qu'est-ce que je risquais ? Au pire, elle dirait non. Elle se moquerait de moi. Me persécuterait. Me tournerait en ridicule et me donnerait envie de...

– Aïe ! fis-je, car quelqu'un venait de me bousculer, me tirant de mes pensées.

– Désolé ! cria Zane Carter par-dessus son épaule tandis qu'il se dirigeait vers la table de Sasha.

Pendant que je me frottais le bras, Priya le reluqua.

– Oh mon Dieu. Il t'a touchée.

– C'est le moins qu'on puisse dire.

Priya fantasmait sur Zane depuis des années. Il était le portrait craché de David Thurston, son magicien préféré. Et avec ses yeux verts hypnotiques, ses cheveux châtains en bataille, sa mâchoire carrée et son éternel petit sourire espiègle, comment ne pas craquer ?

Enfin, l'éternel sourire espiègle ne me faisait ni chaud ni froid.

Quoi qu'il en soit, elle écarquillait les yeux et perdait sa langue chaque fois qu'il apparaissait, ce qui rendait difficile toute interaction digne de ce nom entre eux. Je croyais qu'elle avait fini par l'oublier pendant les vacances de Noël (en tout cas, moi, j'avais oublié son existence) jusqu'à ce que, quelques jours plus tôt, en faisant des courses avec sa mère, elle le voie en train d'étudier les valeurs nutritionnelles d'une boisson protéinée dans l'allée sept. Je savais que c'était l'allée sept vu que Priya me l'avait répété à peu près dix-sept fois.

– Tu sais… si on va les voir, ce serait l'occasion d'engager la conversation avec Zane, soulignai-je.

Je devais régler ça et ce serait beaucoup plus facile si je n'avais pas à affronter Sasha toute seule.

– *Quoi ?* s'exclama Priya. Il ne me parlera jamais. Impossible.

– Pourquoi pas ? J'ai entendu dire qu'il a rompu avec sa copine le mois dernier. (Je lui donnai un petit coup de coude.) Peut-être que tu lui plairais.

– Mais bien sûr !

– Allez ! Tente ta chance.

Je la pris par le poignet et la tirai vers la table de Sasha et Zane, malgré ses protestations. Zane pianotait sur son téléphone, les coudes sur les genoux, pendant que les filles gloussaient.

– Hey, salut…

Oh. Oh non. Robbie Nelson, le coéquipier de base-ball de Zane, était assis à côté de lui, en train de griffonner à la dernière minute des réponses à un devoir. Je ne l'avais pas vu, avec sa casquette enfoncée sur le front. Il leva la tête vers moi et je sentis une petite boule se former dans mon ventre.

Le visage de Robbie était de ceux qui forçaient l'admiration – les traits bien dessinés, le nez droit, la mâchoire carrée, et des yeux gris de loup qui figeaient sur place tous ceux sur qui ils se posaient. Si pour Sasha j'étais invisible – ce qui m'allait très bien –, Robbie quant à lui captait mon regard dans les couloirs, la tête légèrement inclinée en mode interrogatif, avec un sourire timide. C'était toujours moi qui me détournais en premier, gênée d'être surprise bouche bée. Comme nous n'avions aucun cours en commun, il ne connaissait probablement même pas mon prénom.

Mais je ne devais pas le laisser me déstabiliser. Il fallait que je parle à Sasha.

– Donc, hum... salut, repris-je en repoussant mes cheveux en arrière avant de leur lancer un grand sourire, ignorant mes jambes tremblotantes. C'était bien, les vacances ?

Tous les cinq nous fixèrent d'un air ahuri. Sans arrêter de sourire, je m'efforçai de bloquer le rouge qui menaçait de me monter aux joues. Mon esprit se vida, comme si les mots étaient devenus un concept étranger. Toutes les techniques d'approche que j'avais imaginées ce matin-là sous ma douche se mélangeaient dans ma tête. De quoi discutaient les gens populaires ? Oh bon sang. Ils étaient les coqs qui régnaient sur la basse-cour et nous les vers de terre qui traversaient le poulailler. Qu'est-ce qui m'avait pris ?

Finalement, Robbie rompit le silence :

– C'était sympa. Tu t'appelles Amber, c'est ça ?

Il connaissait donc mon prénom. Une vague de chaleur se répandit dans mes veines. Il retourna sa casquette et ses yeux gris scintillèrent sous les néons lorsqu'il me lança son habituel sourire en coin. Ses deux dents de devant étaient un peu de travers, ce qui rendait d'une certaine façon son sourire encore plus charmant.

Il se leva et prit deux chaises d'une table voisine comme si elles étaient aussi légères que des plumes.

– C'est la première fois qu'on se parle, je crois.

– Mais oui, c'est dingue ! dis-je en m'asseyant. Nous ne sommes pourtant pas tant d'élèves de première que ça. Mais mieux vaut tard que jamais, non ? Enfin, c'est ce qu'on dit.

Je bavassais comme pas possible et, malgré tous mes efforts, j'étais rouge écarlate. Bien sûr, Priya s'était terrée dans son mode silencieux. Elle fixait Zane, à deux doigts de baver.

Les sourires d'Amy et de Maria étaient tout sauf sincères, trahissant leur méfiance. Pourquoi avions-nous empiété sur leur territoire ? Avant que je puisse ajouter quoi que ce soit, Sasha tendit le bras et enroula une mèche de mes cheveux autour de ses doigts.

– Mon Dieu, j'adore ta couleur !

Sa voix était si chantante que je n'aurais su dire si elle se moquait de moi ou non.

– C'est quoi ?

– C'est… euh… roux ?

Elle partit d'un grand rire.

– Évidemment. Je voulais parler de la coloration. Tu utilises laquelle ?

– Oh, fis-je en passant la main dans mes cheveux. Je ne les teins pas, en fait.

– Tu rigoles ? répondit-elle, les yeux plissés. C'est ta couleur naturelle ?

Je me raidis en me mordant l'intérieur de la joue. Pensait-elle que je mentais ? Elle s'appuya contre le dossier de sa chaise en passant le bras par-dessus.

– Sale veinarde.

Lisses et brillants, ses cheveux châtains tombaient en ondulations souples sur ses épaules. Le grain de beauté au coin de son œil gauche disparut dans des ridules lorsqu'elle m'adressa un sourire si éclatant qu'il illumina la pièce entière. Elle m'avait fait un compliment. Sarcastique, certes, mais un compliment quand même.

– Les filles, j'ai un trou, dit Amy en triturant une mèche de ses cheveux blonds mi-longs. L'entraînement des pom-pom girls, c'est aujourd'hui ou demain ?

– Aujourd'hui, répondit Sasha en faisant craquer ses phalanges l'une après l'autre. J'arrive pas à croire qu'Emily et Ellie aient déménagé dans le Wisconsin. Qu'est-ce qu'il y a dans le Wisconsin, sérieux ?

– Des pommes de terre ?

Maria mordit dans son muffin et balaya une miette de sa robe en dentelle bleu clair.

– C'est l'Idaho, ça, andouille, rétorqua Amy en toisant Maria. La spécialité du Wisconsin, c'est le fromage, je crois.

Robbie leva les yeux au ciel.

– Les pom-pom girls, ça ne vous tente pas ? nous demanda-t-il.

Priya secoua automatiquement la tête mais je répondis :

– Priya, si.

Les yeux de mon amie s'agrandirent et ses cordes vocales tressautèrent dans sa gorge.

– Enfin, elle aimerait bien essayer. Elle a fait de la gym pendant des années.

Je lui adressai un signe du menton en guise d'encouragement, mais elle semblait ne plus savoir où se mettre.

– Hé, comme Sasha, intervint Amy, comme si nous l'intéressions tout à coup. Ça aide.

– Sasha s'est qualifiée pour les Jeux olympiques quand elle avait douze ans, souligna Maria, dont les anglaises brunes rebondirent.

Elle tenait toujours le premier rôle dans les comédies musicales du lycée et était même arrivée en finale d'une émission de téléréalité musicale.

– Les filles, arrêtez, aboya Sasha, et leurs sourires s'évanouirent. Il faut avoir seize ans pour se qualifier ; j'avais juste le nombre de points requis.

– Wow ! m'exclamai-je. Tu vas y participer ?

Les dents serrées, Sasha pivota sur son siège.

– Non.

– Pourquoi pas ? C'est une opportunité incroyable...

– Je ne peux plus, lâcha-t-elle dans un murmure. Je me suis cassé la jambe dans un accident de voiture. J'ai dû me faire opérer.

Des lignes lui barrèrent le front alors qu'elle grimaçait à ce souvenir. Soudain, on aurait dit que celle à qui tout réussissait n'avait plus rien. La métamorphose était impressionnante. Je n'étais pas au courant de son accident. Lorsque nous étions entrées au lycée, Sasha semblait être la reine du monde.

– Ça va, maintenant, dit-elle en balayant de la main mon air soucieux. Même si ça a pris du temps. Je peux de nouveau faire des figures, mais... ce n'est plus pareil.

– Mince... Je suis vraiment désolée...

Zane posa soudain lourdement son téléphone sur la table.

– Bonne nouvelle : mes parents partent ce week-end. (Il pointa ses index vers lui-même.) Fiesta chez moi vendredi soir.

– Cool, commenta Robbie en lui tendant le poing.

Sasha reprit du poil de la bête, ses yeux pétillèrent à nouveau.

– Il y aura à boire ? Je croyais qu'ils avaient mis leurs bouteilles sous clé, depuis la dernière fois.

– Ouais, c'est le cas. On va devoir en trouver.

Je m'éclaircis la gorge, désireuse de m'immiscer à nouveau dans la conversation.

– Sinon vous pouvez aussi faire une soirée jeux. Et vous savez ce qui est carrément marrant ? (Je faillis dire Time's Up, mon jeu préféré, mais me ravisai.) Cards Against Humanity. Je peux vous prêter mes cartes.

Sasha ricana.

– C'est quand la dernière fois qu'on a fait une soirée jeux ? On avait, quoi, douze ans ?

Était-elle ironique ou simplement nostalgique ?

– J'adore ce jeu. Ça me tente bien, dit Robbie en me souriant, des fossettes sur les joues.

C'était contagieux, car je me retrouvai moi aussi à lui sourire jusque derrière les oreilles.

Zane lui cogna le bras.

– C'est naze !

– N'importe quoi, mec, rétorqua Robbie en lui rendant son coup. C'est toujours mieux que de s'asseoir et se regarder dans le blanc des yeux.

Zane haussa les épaules et reprit son téléphone. Robbie rapprocha sa chaise de la mienne et nous pointa du doigt, Priya et moi.

– Vous devriez venir, toutes les deux. Tu n'auras qu'à apporter le jeu.

Oh mon Dieu. Robbie Nelson venait de nous inviter à une fête. Mon cœur manqua au moins vingt battements. J'étais probablement morte.

– D'accord ! Nous sommes libres, parvins-je à répondre.

– Cool.

– On ne doit pas finir trop bourrés, de toute façon, dit Sasha en faisant claquer ses doigts vers Amy et Maria. N'oubliez pas que ma mère nous emmène voir *Le Fantôme de l'opéra* samedi.

– À Broadway ? demandai-je. J'adore cette comédie musicale. C'est tellement triste.

– Sa sœur a arrêté ses études pour rejoindre la troupe de danseuses, m'expliqua Amy en désignant Sasha. Et maintenant elle est la doublure du rôle principal...

– Est-ce qu'on pourrait éviter de parler de ma sœur parfaite ? la coupa Sasha, les yeux levés au ciel. Déjà qu'on ne va pas tarir de louanges à son égard ce week-end...

– Au moins on a des passes avec accès en coulisses, ajouta Maria.

– C'est vrai, acquiesça Sasha. Et le type qui joue le fantôme est canon.

Elle chercha sur son téléphone et se pencha vers moi pour me montrer une photo du ténébreux fantôme.

– Oh mon Dieu, je suis jalouse, commentai-je. En parlant de théâtre... (Mon cœur s'affola, mais la transition était parfaite.) J'ai une question à te poser. C'est à propos de la pièce du lycée. Celle du printemps. Je me demandais si tu avais déjà envisagé l'idée d'accompagner le spectacle d'une musique composée pour l'occasion.

– Pour quoi faire ? rétorqua Maria, légèrement sur la défensive.

La diva qu'elle était n'avait pas l'air d'apprécier l'idée. Mais c'était Sasha que je devais convaincre. En tant que directrice, elle choisissait la pièce, en accord avec M. Norris, qui supervisait le tout.

Je déglutis avec difficulté.

– J'adorerais composer la musique. Une bande originale tout entière.

– Wow, sérieux ? lâcha Sasha. Ça demanderait beaucoup de travail...

– S'il te plaît, écoute-moi.

Je me passai la langue sur les lèvres. Sasha avait besoin d'une candidature en béton pour réussir à intégrer une prestigieuse université. Je savais comment l'amadouer.

– Monter une pièce avec une musique de scène interprétée par un orchestre serait bien plus impressionnant dans ton dossier qu'une simple comédie musicale de Broadway.

– Peut-être... grogna Sasha. Mais toute la coordination que ça nécessiterait...

– Sasha, détends-toi, intervint Robbie. Laisse-la finir.

Il m'adressa un sourire encourageant. Était-ce incongru de ressentir l'envie pressante de me jeter à son cou ? Probablement.

Mais j'avais une mission à mener à bien. Je pris une profonde inspiration et me concentrai sur Sasha.

– Je pourrais écrire la musique en m'appuyant sur ta mise en scène et j'assurerais la liaison avec l'orchestre. M. Torrente a déjà donné son accord.

– Quoi, tu penses être capable de composer une comédie

musicale ? dit Maria en croisant les bras, sourcils froncés. Toi toute seule ?

– Pas une comédie musicale. Ce serait une pièce, accompagnée de morceaux joués par un orchestre...

– Oh, sûrement pas, objecta Maria.

Mais Sasha gardait le silence en nous regardant, Maria et moi.

– On n'a pas forcément besoin de créer quelque chose de complètement inédit, poursuivis-je. On pourrait prendre un classique comme *Un tramway nommé Désir* ou *Roméo et Juliette* et adapter une nouvelle musique...

– Hors de question, dit Maria.

– L'idée est géniale. Vraiment, affirma Sasha, avant de secouer la tête. C'est juste que ça me paraît beaucoup trop de travail.

Frustrée, je soufflai.

– Mais en tant que directrice du club, tu ne voudrais pas produire un spectacle unique ?

– Je suis désolée, reprit Sasha, d'un ton hésitant. Ça me semble compliqué.

Elle regarda Maria s'adosser à sa chaise, visiblement soulagée.

– Mais...

– Elle a dit non ! me coupa Maria.

– Eh bien, qui a décrété qu'elle était la reine de l'univers ?

Les mots jaillirent de ma bouche avant que je puisse les arrêter.

Oh mon Dieu. Qu'avais-je fait ?

Mes joues s'empourprèrent tandis que Sasha fronçait les sourcils, la tête penchée sur le côté, les yeux plissés. Maria en resta bouche bée. Priya s'était littéralement figée sur place.

Robbie avait l'air impressionné et Amy se retenait tant bien que mal de rire. Même Zane avait finalement levé le nez de son téléphone.

Après un moment si long qu'il défiait toutes les lois de la physique, Sasha rejeta la tête en arrière et partit d'un grand rire. Tout le monde l'imita.

– Oh mon Dieu ! Tu aurais dû voir ta tête ! dit-elle en s'essuyant les yeux avec ses petits doigts, veillant à ne pas compromettre son mascara.

Je lâchai un rire de soulagement et serrai mes doigts tremblants sur mes genoux. Sasha s'accouda au dossier de sa chaise et gonfla sa joue avec sa langue en me jaugeant. Peut-être était-elle épatée que j'aie osé lui tenir tête alors que tout le monde lui léchait les bottes en permanence.

Quand les autres se turent à nouveau, Robbie reprit :

– Allez, Sasha. Je trouve que c'est une bonne idée. Personne n'a envie de voir *Bye Bye Birdie*, de toute façon.

– Je suis d'accord, renchérit Amy. C'est naze.

– Tu as dit que tu adorais *Bye Bye Birdie* ! répliqua Sasha en fronçant les sourcils.

Amy se tassa sur sa chaise.

– Euh... J'ai menti. Désolée.

– Eh bien, dit Sasha, c'est vrai que j'adore *Roméo et Juliette*. Si sombre et si romantique. Pourquoi pas, finalement.

Wow. Est-ce que j'étais en train de rêver ? L'espoir se mit à grandir dans ma poitrine tandis que Robbie me lançait un clin d'œil complice.

– Ouais, j'imagine que ça pourrait être sympa, concéda Maria sans grand enthousiasme.

Je m'en voulais un peu de la priver de son heure de gloire de chanteuse, mais elle serait éblouissante en Juliette.

– Est-ce que je pourrais jouer Roméo ? demanda Zane.

Robbie pouffa.

– Mec, tu ne fais même pas partie du club de théâtre.

La sonnerie retentit et Sasha se leva en passant son sac à bandoulière sur son épaule.

– D'accord, d'accord. Discutons-en. Mais il va falloir convaincre le reste de la troupe... Tout le monde adore jouer du Broadway. (Elle claqua des doigts.) J'ai une idée.

– Quoi ?

Mon cœur fit un bond.

– Je vais les inviter à la soirée de Zane vendredi. Et ce serait génial si tu pouvais apporter de l'alcool. Pour qu'ils se dérident un peu, tu vois. Je suis sûre qu'ils prendront au moins la peine de t'écouter.

Une boule se forma dans mon ventre.

– De l'alcool ? Tu veux que j'apporte de l'alcool à une fête ?

Je n'avais aucune idée de la manière de m'en procurer.

– De la tequila, ce serait parfait.

– Ou de la vodka, renchérit Zane avec un sourire. Pas forcément de grande marque, on n'est pas difficiles.

Priya et moi échangeâmes un regard circonspect.

– Mais... Je n'ai pas de fausse carte d'identité, protestai-je en me précipitant derrière eux. Comment est-ce que je suis censée dégoter de l'alcool ?

Sasha haussa exagérément les épaules.

– Tu peux toujours venir les mains vides. Mais si tu veux les impressionner, je te conseille de trouver un moyen.

00:59:00

J'avais le cœur qui battait à cent à l'heure tandis que je contemplais la seringue de poison et la bombe posées sur le plat en argent étincelant. *Vous avez une heure pour désigner celui d'entre vous qui doit mourir. Sinon, vous mourrez tous.*

– Quel coup tordu, déclara Robbie. Qui ferait une chose pareille, bon sang ?

Il me prit la feuille des mains et la parcourut. Diego s'appuya au bord de la table pour étudier le dispositif.

– Attendez une seconde, dit Sasha, se tenant le cou. Ça veut dire que… si on ne tue pas l'un d'entre nous, dans une heure la bombe va exploser ?

Scott éclata de rire.

– Qu'est-ce qu'il y a de si drôle ? demanda Sasha.

Il s'adossa à sa chaise.

– C'est une blague ! Et vous êtes tous tombés dans le panneau.

– Je ne trouve pas ça très marrant, bougonna Robbie.

– Qui est derrière ça ? geignit Priya. Qui irait inventer un truc aussi horrible ?

– Vous avez vu qui a fermé la porte ? demandai-je à ceux assis face à l'entrée.

Priya et Scott secouèrent la tête.

– Non, répondit Diego, avachi. Je n'ai vu personne.

– Moi non plus, renchérit Sasha. J'étais trop occupée à parler avec cet abruti, ajouta-t-elle en désignant Scott, qui ricana à nouveau.

– Quelqu'un se tenait juste derrière la porte et l'a poussée, suggéra Diego.

Priya tremblait.

– Est-ce que ça veut dire que quelqu'un était caché là depuis le début ?

– Et qu'il est toujours là ?

Ma voix vacilla légèrement.

Robbie lâcha le papier sur la table et recula sa chaise dans un crissement, ce qui me fit sursauter.

– C'est ridicule. (Il alla tambouriner à la porte.) Hé ! Ouvrez !

Aucune réponse. Sa mâchoire se tendit.

– C'est pas drôle. Ouvrez tout de suite cette porte !

– Oh mon Dieu, murmura Priya.

Sasha prit de profondes inspirations pour tenter de s'apaiser, tout en parcourant frénétiquement la pièce du regard.

– Robbie, dis-je en m'approchant pour lui prendre la main. Calme-toi. C'est juste une blague morbide. Je suis sûre qu'ils vont finir par se lasser et nous laisser sortir d'ici.

Il me repoussa et s'agenouilla pour regarder par le large trou de la serrure, sous la poignée.

– Il n'y a pas de clé.

– Je n'ai pas entendu de bruit de verrou, confirma Sasha.

– Tout est arrivé si vite, repris-je en posant la main à plat sur la porte en chêne, le bois frais sous ma paume, puis je me retournai vers les autres. Vous pensez qu'il y a toujours quelqu'un ?

– Qui sait ? répondit Robbie en haussant les épaules.

– Ohé ! appelai-je. Il y a quelqu'un ?

– Bordel, jura Robbie en donnant un coup de pied dans la porte. Quelle espèce de malade ferait...

– Chut ! fis-je.

Je pressai l'oreille contre le battant mais n'entendis rien d'autre que Priya qui murmurait en boucle « Oh mon Dieu ».

– Priya, arrête.

Elle se tut, les yeux humides.

Je tendis à nouveau l'oreille, à l'affût du moindre son. Une voix. Des pas. Un souffle. N'importe quoi. Mais je n'entendais rien d'autre que le son étouffé des barytons et des cordes de la musique classique dans la salle principale.

– Rien ? s'enquit Diego.

Je secouai la tête et m'agenouillai pour regarder à travers le trou de la serrure. Mon cœur s'emballa et je retins ma respiration. Après des années de visionnage de films d'horreur, je m'attendais à voir apparaître un globe oculaire. Mon corps tout entier se raidit, prêt à bondir en arrière.

Mais je ne distinguai que les banquettes rouges de l'autre côté du restaurant. Rien ne bougeait.

– Il n'y a personne. (Je me relevai et me tournai vers le groupe.) Je ne vois rien.

– Bon sang, qu'est-ce qu'il fait chaud ici ! s'exclama Sasha en s'essuyant le front du dos de la main.

– C'est vrai, approuvai-je en passant le doigt au-dessus de

ma bouche, avant d'observer les murs. Mince, le thermostat doit être dans la salle principale.

– C'est de pire en pire, constata Priya en lissant ses cheveux. Je veux rentrer chez moi.

J'ouvris la bouche puis me mordis la lèvre. *Chez moi*. J'avais oublié d'envoyer un SMS à ma mère lorsque Robbie et moi étions arrivés.

– Oh non.

Je saisis mon téléphone posé sur la table et le brandis vers le plafond, mais il n'y avait pas plus de réseau là-haut. Sasha m'imita, le bras tendu vers la fenêtre.

– Toujours rien, confirma-t-elle. On ne capte pas.

– Merde, merde, merde.

Ma poitrine se contracta comme si un étau me comprimait le cœur. Et si la soirée tournait mal ? Quelle était la dernière chose que j'avais dite à ma mère avant de passer la porte ? Lui avais-je dit que je l'aimais ? Quand avais-je dit à mes parents pour la dernière fois que je les aimais ? Malgré la chaleur ambiante, un frisson me parcourut et j'écartai mes pensées morbides. C'était juste un coup monté. Ce n'était pas pour de vrai.

– Oh mon Dieu, dit Sasha en se recroquevillant, les bras croisés sur sa poitrine. Ce n'est pas possible.

– Alors, qu'est-ce qu'on fait ? demanda Robbie.

Sasha se redressa et se frotta le front de ses doigts tremblants.

– Je n'arrive pas à y croire. Et si nous n'avions pas le choix ? Et si nous devions vraiment tuer l'un d'entre nous ?

1 AN ET 1 MOIS PLUS TÔT

JANVIER DE L'ANNÉE DE PREMIÈRE

– Priya, tu me désespères !

J'étais pliée en deux au-dessus de mon clavier, prise d'un fou rire, alors que Priya ramassait à la hâte les cinquante-deux cartes éparpillées dans ma chambre.

– Désolée, désolée !

Elle se jeta en travers de mon lit, manquant de renverser le trépied de ma caméra, pour récupérer une carte qui avait glissé entre le matelas et le mur.

Je retirai mon casque et éteignis la caméra.

– Mon Dieu, ce que tu peux être maladroite !

J'avais accepté de l'aider à filmer son dernier tour de magie qu'elle avait – disait-elle – passé la semaine précédente à perfectionner. Nous avions déjà réalisé plusieurs vidéos pour sa chaîne YouTube naissante, mais c'était sa première incursion dans les tours de cartes.

– Je vais les rattraper la prochaine fois, je te le jure.

– C'est ce que tu as dit les dix dernières fois, la titillai-je en jetant un coup d'œil à mon téléphone.

21 h 30. La fête de Zane avait commencé depuis une demi-heure, mais nous ne pouvions pas y aller tant que je n'avais

pas mis la main sur de l'alcool. Pour ça, je devais attendre que mes parents aillent se coucher.

J'avais prévu de leur piquer une bouteille puisqu'ils n'y avaient pas touché depuis des années. Ils avaient l'habitude de boire un verre tous les deux le soir jusqu'à ce que mon père se retrouve un jour au bord du coma éthylique après la mort de Maggie, au point que ma mère et moi avions cru le perdre, lui aussi. Il s'était effondré dans le salon et, comme il ne revenait pas à lui, ma mère m'avait crié d'appeler les secours. Après un lavage d'estomac, il avait juré de ne plus jamais boire ni de nous causer à nouveau une telle frayeur.

– Tu penses qu'ils vont bientôt aller au lit ? demanda Priya, décelant le stress sur mon visage.

Il n'était pas rare que je trouve ma mère en train de travailler à la table de la cuisine sur ses projets éditoriaux freelance quand je montais chercher de l'eau à 3 heures du matin, mais en général ça n'arrivait pas le vendredi.

– Oui, d'habitude ils vont dans leur chambre vers 21 heures pour regarder un film. Ils ne devraient pas tarder.

Priya rajusta la caméra sur le trépied.

– On a le temps pour une nouvelle prise ?

– Tu devrais peut-être encore d'abord répéter ce truc en cascade.

Apparemment, faire cascader les cartes d'une main à l'autre était le clou du spectacle, mais jusqu'à présent elles avaient fini à peu près partout sauf dans l'autre main de Priya.

– Désolée ! Je l'ai exécuté à la perfection un millier de fois avant, je te le jure. Mais dès que quelqu'un me regarde, je foire tout. (Elle plaça le paquet de cartes dans sa main.) Prête ? Cette fois, c'est la bonne.

Je retins ma respiration alors qu'elle courbait le paquet en demi-lune. Elle lâcha les cartes qui volèrent vers son autre main tendue, atteignirent sa paume, puis jaillirent dans toutes les directions. Elle m'adressa un regard penaud alors que je serrais les lèvres, luttant pour ne pas rigoler. Mais c'était peine perdue – après un blanc, nous éclatâmes toutes les deux de rire.

– Je crois que tu es censée les rattraper, dis-je en reprenant mon souffle.

– En effet.

– Tu es sûre que tu te sens bien ?

– Sûre et certaine, confirma-t-elle avant de tendre la main pour vérifier qu'elle était stable. J'ai mangé une barre de céréales il y a une demi-heure.

La pauvre Priya souffrait d'hypoglycémie organique. Elle grignotait sans arrêt des fruits secs ou des barres de céréales sans quoi elle se mettait à trembler comme une feuille et était prise de vertiges. Elle se décrivait elle-même comme une « goinfre compulsive ».

Elle se frotta les yeux.

– Tu n'as qu'à composer la musique et je fignolerai la fin à partir de là ?

– Eh bien, j'en ai déjà une bonne partie, mais j'ai besoin de voir le rythme final de ton tour. Voilà ce que ça donne jusque-là. (Je débranchai mon casque du clavier pour qu'elle entende.) La musique sera discrète, plutôt légère et éthérée, expliquai-je, et Priya acquiesça tandis que mes doigts couraient sur les touches. Le but est de mettre en valeur les moments clés, sans détourner l'attention. Et un crescendo aboutira à un silence pendant le final, mais je ne peux pas définir le timing tant qu'on n'aura pas enregistré tout le numéro.

– C'est génial, dit Priya en se passant la main sur le visage. Je peux essayer sans la cascade.

– Non, non, non, rétorquai-je, les bras croisés. Tout repose sur la cascade. Et puis je t'ai regardée jeter ces cartes au moins quinze fois. Tu ne vas pas abandonner maintenant...

Ma mère apparut à la porte.

– Salut les filles. Vous avez besoin de quelque chose avant que papa et moi montions ?

Oh bon Dieu. Il était temps. Je levai les yeux au ciel pour masquer mon anxiété.

– Heureusement pour moi, je possède la rare faculté de savoir mettre le pop-corn au micro-ondes toute seule.

Ma mère souffla.

– Fais la maligne !

À en juger par les cernes sombres sous ses yeux, elle avait travaillé toute la nuit dernière. Je pensais qu'elle s'évadait à travers les mots comme moi à travers la musique, mais quand je les avais entendus, papa et elle, se disputer à propos de ponctions trop fréquentes dans leur épargne destinée à la retraite, j'avais compris qu'elle acceptait davantage de missions pour pallier la baisse de revenus de mon père. J'avais proposé de prendre un petit boulot l'année dernière pour aider, mais maman avait insisté pour que je me concentre sur l'école et la musique.

– Hé, vous n'étiez pas censées aller à une fête, ce soir ?

Priya et moi échangeâmes un regard.

– Si, dis-je, mais on voulait d'abord finir ce projet.

– D'accord. N'oublie pas de m'envoyer un SMS quand tu arrives là-bas.

Depuis la mort de Maggie, maman avait besoin de savoir en permanence que j'étais toujours en vie et mon téléphone regorgeait de rapports de mes allées et venues.

– Et si tu veux que je vienne te chercher, appelle-moi, quelle que soit l'heure.

– Je sais, je sais. Bonne nuit, maman.

– Bonne nuit, ma chérie. Amusez-vous bien à... (Elle jeta un coup d'œil à la caméra et aux cartes éparpillées partout.)... eh bien, à terminer votre mystérieux projet.

Quand elle disparut, Priya chuchota :

– On attend encore combien de temps ?

– Cinq minutes ? (J'étais au bord de la syncope.) Elle est déjà passée à la salle de bains.

– Ça suffira ?

Je jetai un coup d'œil à mon téléphone.

– On ne peut pas attendre plus. Je ne sais pas jusqu'à quelle heure va durer la soirée chez Zane.

J'avais les nerfs à vif. Non seulement je devais bien me faire voir auprès du club de théâtre, mais c'était également la première fois que je me rendais à une vraie fête, qui plus est avec les gens les plus populaires du lycée. Un mélange de tension et d'excitation coulait dans mes veines.

J'enfilai ma veste et passai mon sac sur l'épaule.

– Alors, d'abord, je récupère la clé dans le bureau de mon père. Ensuite, je vais chercher une bouteille en douce au salon. Toi, tu montes la garde devant l'escalier et tu tousses si mes parents ouvrent leur porte. Et enfin on sort par-derrière.

– Compris.

– Oh, attends.

Je pris mon paquet de Cards Against Humanity sur mon

bureau au cas où Robbie était sérieux quand il avait dit avoir envie de jouer. Je sentis des papillons dans mon ventre... et ce n'était pas que le stress.

– OK. Prête.

Nous montâmes les marches sur la pointe des pieds et je désignai à Priya le deuxième escalier pendant que je me faufilais dans le bureau de mon père. Dans l'obscurité, je me dirigeai vers le secrétaire les bras tendus, le sang palpitant dans mes tempes.

Dans la plus grande discrétion, j'ouvris le tiroir. Tout à coup, j'entendis du bruit sur ma gauche. Le souffle court, je reculai. Deux yeux brillants me fixaient.

– Moufle, murmurai-je à mon chat qui avait sauté d'une étagère. Petit coquin.

Je lui caressai la tête alors qu'il se frottait à mes jambes en ronronnant.

À la lumière de mon téléphone, je mis rapidement la clé dans ma poche et retournai furtivement au salon, adressant un signe de tête à Priya au passage. Les yeux ronds, elle acquiesça. Les voix étouffées de la télé nous parvenaient d'en haut. Je traversai en silence le salon, à la faible lueur des lampadaires qui filtrait par les rideaux, et déverrouillai la vitrine des bouteilles.

Lorsque j'ouvris la porte, les gonds grincèrent comme s'ils n'avaient pas été utilisés depuis des siècles. C'est alors que Priya se mit à tousser en guise d'avertissement. Je m'immobilisai. Mon Dieu. Mes parents avaient-ils entendu le couinement? *Je suis foutue*, pensai-je, lorsque mon père cria dans l'escalier :

– Tout va bien?

Qu'allais-je trouver comme excuse ? J'avais des fourmis dans les mains à cause de la peur.

– Oui, parfaitement bien ! répondit Priya, gardant par miracle une voix posée. J'ai juste un chat dans la gorge. (Elle toussa à nouveau pour illustrer ses propos.) Je vais chercher de l'eau.

– D'accord. Bonne nuit, ma grande.

L'escalier s'éclaira lorsqu'il alluma la lumière de la salle de bains puis s'assombrit à nouveau une fois la porte refermée.

Priya se tourna vers le salon.

– Grouille-toi ! chuchota-t-elle.

J'attrapai la première bouteille à ma portée et la fourrai dans mon sac – quoi que ce soit, le club de théâtre allait devoir s'en contenter –, puis verrouillai le meuble et remis la clé à sa place. Priya me suivit dehors en passant par la cuisine pour prendre nos vélos.

La maison de Zane ne se situait qu'à quelques rues. Il vivait dans une de ces vieilles maisons typiques à deux étages, avec des buissons parfaitement taillés devant la pelouse à l'avant et un vieux panier de basket rouillé au bout de l'allée. Le grondement sourd des basses d'un morceau de rap s'élevait de l'entrée. Pendant que j'envoyais un texto à ma mère pour lui confirmer que nos vélos n'avaient pas commis de meurtre, Priya sonna.

– Bien, bien, bien, fit Sasha en ouvrant la porte, avec un sourire éclatant qui calma mon cœur affolé. Je n'espérais plus vous voir.

Je jetai un coup d'œil dans le hall vide derrière elle.

– Où sont les autres ? demanda Priya.

Comme pour répondre à sa question, des rires nous parvinrent du bout du couloir.

– Au sous-sol.

– Ah, fis-je.

Je me balançai d'un pied sur l'autre puis déglutis, ne sachant pas vraiment que faire. Je fis mine de sortir la bouteille de mon sac lorsque Sasha me saisit le poignet.

– Pas ici ! Tu veux que les voisins nous voient ? s'exclama-t-elle en gloussant, puis elle me tira à l'intérieur en faisant signe à Priya de nous suivre. Vous tombez à pic, on vient de finir les bières. Écoute... personne de la troupe n'a pu venir. Enfin, à part Maria.

Mon ventre se noua.

– Ah bon ?

J'avais volé une bouteille chez mes parents pour rien ?

– Ouais... Mais c'est pas grave, il vaut mieux de toute façon qu'on mette d'abord au point une stratégie. Et il faudrait que tu me fasses écouter tes compositions.

– Oui, bien sûr. J'ai pas mal de démos.

Je sortis mon téléphone et me mis à parcourir mes morceaux.

– Génial. Tu n'as qu'à m'en envoyer par e-mail, et je les écouterai plus tard, d'accord ? Ce soir, on s'amuse. (Elle leva les bras au-dessus de sa tête.) Vous êtes prêtes à faire la fête, les filles ?

Je souris en essayant de cacher ma surprise.

– Bien sûr !

Je n'arrivais pas à croire que Sasha avait quand même envie de passer du temps avec nous, même si les autres élèves du club de théâtre n'étaient pas venus. Elle n'avait pas l'air si horrible, après tout. J'avais cru les rumeurs qui circulaient à son sujet, alors que j'aurais dû lui laisser le bénéfice du doute. Elle enroula son bras autour du mien et nous conduisit en bas, où une bonne dizaine de personnes étaient rassemblées en petits groupes, un gobelet rouge ou une bière à la main.

Robbie, Zane et quelques filles de l'équipe des pom-pom girls étaient assis par terre en cercle. Robbie, penché sur son téléphone, fronçait les sourcils d'un air renfrogné. Mais quand il leva la tête et me vit, un sourire éclaira son visage.

– Heeeey ! s'écria-t-il. Tu es venue ! Tu as apporté le jeu ?

Je fondis de l'intérieur.

– Oui ! répondis-je en lui retournant son sourire, et il brandit le poing. Salut, Zane, ça te tente aussi ? dis-je en passant mon bras sous celui de Priya pour qu'elle se sente intégrée, car je voulais m'assurer qu'elle passe une bonne soirée. C'est marrant, tu verras !

Robbie lui tapota l'épaule.

– Allez, mec.

– D'accord, d'accord, céda Zane.

Alors qu'ils se levaient, Sasha nous tendit deux gobelets rouges, à Priya et à moi.

– C'est bizarre pour des shots, mais bon.

Priya secoua la tête et croisa les mains derrière son dos. Sa mère était bien plus stricte que la mienne – elle la retirerait du lycée si jamais elle la surprenait en train de boire. Je me mordis la lèvre.

– Euh... non merci, déclinai-je.

– Oh, allez, insista Sasha en me fourrant le verre dans la main. Vous voulez faire la fête avec nous, oui ou non ?

Amy et Maria poussèrent des cris et je sentis des palpitations dans ma poitrine.

Avant, Priya et moi faisions des soirées pyjama avec des copines comme Becky Wallace, mais notre version de « faire la fête » se résumait à jouer à Action ou Vérité (principalement « Vérité » d'ailleurs, car nous étions toutes des poules mouillées) et à chanter du karaoké avec l'appareil rose de Becky. Mais là, c'était une *vraie* fête. Je n'aurais jamais imaginé que les gens cool des pom-pom girls et de l'équipe de base-ball accepteraient deux intellos comme nous.

Sasha s'approcha pour poser le bras sur mon épaule puis tapota mon sac.

– Alors, qu'est-ce que tu as de beau ?

Je sortis la bouteille et la lui tendis.

– Voilà.

– Oh, du Jack Daniels, dit Sasha après avoir examiné l'étiquette. Bien joué. Mes parents adorent ça. Ils en ont plein en réserve.

– Ah super. Tu en as aussi apporté, alors ?

Un sourire narquois se dessina sur ses lèvres.

– Et puis quoi ? Courir le risque de me faire pincer ?

00:57:00

– Essayons de ne pas paniquer, OK? dis-je à Sasha. Personne ne va nous obliger à tuer qui que ce soit. C'est forcément une farce.

– Comment tu le sais? rétorqua Sasha d'une voix tremblante. Ce n'est pas possible. Ce n'est *pas* possible. Je ne veux pas mourir!

– Oh mon Dieu! s'écria soudain Scott.

Tout le monde sursauta. Il se leva et s'approcha de Sasha.

– Est-ce que... est-ce que je peux avoir ton autographe? supplia-t-il avec de grands yeux, les mains sur le cœur.

Elle fronça les sourcils.

– Qu'est-ce que tu racontes, bon sang?

– C'est juste que... je ne pensais pas rencontrer un jour la personne qui est le centre de l'univers.

Sasha le toisa.

– Oh c'est bon arrête, marmonna-t-elle en passant ses doigts tremblants dans ses cheveux.

– Tu peux arrêter tes conneries, mec? intervint Robbie en écartant Scott de Sasha.

– Ouais. Tu ne sais pas si c'est une blague.

Scott se départit de son air ébahi.

– Et toi, tu ne sais pas si c'est vrai.

Je posai une main rassurante sur l'épaule de Sasha.

– Ne sois pas ridicule. C'est juste une mise en scène débile. On ne va tuer personne. Alors calmons-nous et trouvons un moyen de sortir de là.

Je parcourus la pièce du regard. Il semblait n'y avoir aucune issue à part la porte et les deux fenêtres.

– Vous avez lu le mot, reprit Sasha en poussant Scott de son chemin pour prendre le papier. « Vous avez une heure pour désigner celui d'entre vous qui doit mourir. Sinon, vous mourrez tous. » Qui écrirait ça pour plaisanter ? On doit choisir quelqu'un.

Elle avait les yeux exorbités.

Je sentis la nausée me gagner. Elle croyait dur comme fer que c'était réel. Mais jamais je ne serais capable de tuer quelqu'un. J'avais déjà eu affaire à la mort. Je frissonnai en songeant à l'instant où l'âme quitte le corps. Cet instant où on ne devient plus rien qu'une enveloppe vide, une carcasse en décomposition. De toute façon, ce n'était qu'une plaisanterie de mauvais goût. Et nous avions une heure – enfin, cinquante-six minutes –, pour découvrir le fin mot de l'histoire. Paniquer était la dernière chose à faire. Paniquer ne résoudrait rien.

– Écoutez, dis-je, c'est certainement une sorte de test pour voir comment nous réagissons.

Diego croisa mon regard.

– Tu veux dire... tu penses que ça fait partie de la bourse ?

– Exactement.

– Génial, ce prix. (Scott retira son bonnet et le jeta sur la table avant de s'ébouriffer les cheveux.) Peut-être que l'année prochaine ils vont enfermer les lauréats dans un cimetière et les convaincre que des zombies sont à leurs trousses, s'esclaffa-t-il. Ça serait bien plus drôle.

– Non, ça m'étonnerait que ça soit lié au prix, affirma Diego, les coudes sur la table et les mains jointes. Ce scénario vise peut-être à déceler qui a des qualités de leader. Qui arrive à voir au-delà de la menace et à trouver une solution pour que tout le monde s'en sorte.

– Je sais pas... hésita Robbie en se frottant la mâchoire. C'est un peu tiré par les cheveux.

– Tu trouves ? rétorquai-je en haussant les sourcils. Plus tiré par les cheveux que considérer que c'est du vrai poison et une vraie bombe ? Et si c'était un *escape game* ?

– Oui ! s'exclama Diego.

– C'est quoi ? s'enquit Priya.

– J'adore ces jeux, déclara Diego avant de prendre son téléphone pour faire défiler ses applis. J'en ai plusieurs. Tu es enfermé dans une pièce et tu dois rassembler des indices pour réussir à ouvrir la porte, ou l'ascenseur, etc. En général, il faut résoudre des énigmes pour pouvoir sortir.

Nous scrutâmes tous la pièce.

– On devrait chercher des indices ? proposai-je.

– Et s'il n'y en avait pas ? lança Sasha, la voix teintée de panique. Et si un malade nous avait réunis là-dedans pour nous torturer sans qu'il y ait rien d'autre à interpréter que ce qui est écrit ?

– Oh mon Dieu, murmura Priya, les yeux fermés.

Je secouai la tête.

– Impossible. C'est forcément une sorte de test ou de jeu, comme ces applis.

– Je suis d'accord, m'appuya Diego.

– Ouais, OK, ça se peut, acquiesça Robbie en me frottant le dos. Alors cherchons des indices.

– Très bien, céda Sasha, et elle se leva en même temps que les autres en prenant une profonde inspiration. Allons-y.

Je passai le doigt sur le bord du buffet à côté de la porte, à l'affût d'un compartiment secret ou de quoi que ce soit qui se révèle utile. Les vaisseliers de part et d'autre de la cheminée étaient remplis de verres, bibelots et figurines. Autant d'objets qui pouvaient receler des informations.

Priya pivota lentement sur elle-même.

– Sous quelles formes se cachent les indices, dans tes applis ?

– Ça peut être à peu près tout, répondit Diego en se grattant la tête. Une clé dans une grille. Des chiffres sur un tableau qui correspondent à une combinaison de cadenas. Et ce n'est plus juste une appli, il existe maintenant des *escape games* grandeur nature. Les gens paient dans les quarante dollars pour se retrouver enfermés dans une pièce et essayer d'en sortir, c'est ahurissant.

– Il y en a bien qui paient pour une éponge qui change de couleur, rétorquai-je. Les gens sont débiles.

Diego pencha la tête, visiblement déçu de constater que je n'étais toujours pas passée à autre chose.

Mon père avait quand même perdu son travail à cause de ces satanées éponges.

Finalement, un léger sourire se dessina sur les lèvres de Diego.

– Touché, dit-il avant de se mettre à genoux pour tâter le tapis oriental. Un indice pourrait se cacher derrière un tableau, ou sous le tapis.

Il souleva le coin, mais il n'y avait rien d'autre en dessous que le parquet lustré.

Je regardai autour de ma chaise. Robbie s'agenouilla devant la porte et plaqua son œil au trou de la serrure.

– Tu vois quelque chose ? s'enquit Diego.

Robbie secoua la tête.

– Non, rien du tout.

Priya s'approcha du portemanteau et fouilla les poches de sa veste.

– Il y a peut-être quelque chose dans un des vaisseliers ? suggérai-je.

Je furetai dans l'un des deux, qui contenait surtout des verres et de la vaisselle. Des figurines étaient alignées sur l'étagère du haut, sans qu'il semble y avoir de disposition particulière.

Scott saisit un vase d'encens sur l'un des buffets et huma les morceaux de bambou. Il haussa les épaules avant de le reposer.

– Hé, peut-être... dit-il en désignant les tiges, puis il se gratta la tête. Ouais, ouais, c'est ça. Peut-être que le nombre de bâtons, le nombre d'assiettes et le nombre de chaises... peut-être que tout ça forme la combinaison d'un cadenas.

Sasha leva les bras au ciel.

– Et où est-ce que tu as vu un cadenas ?

– Ah non, attendez, c'est pas ça, reprit Scott en se tapotant le menton. Ce n'est pas le nombre de chaises. C'est le nombre de connards ici présents.

– Oh va te faire...

– Hé, vous avez vu ? dit Priya, une octave trop haut, les doigts crispés sur la lettre. Personne n'a signé l'invitation.

– Et alors ? demandai-je.

– Ça vient de la mairie, non ? dit Sasha en sortant l'enveloppe de son sac.

– Eh bien, continua Priya, les yeux rivés sur le carton, il est écrit : « La Présidence, Comité des bourses d'études de la mairie de Brewster. » Mais pourquoi il ne figure pas de nom ? Le maire n'aurait pas dû les signer ?

Tout le monde acquiesça, intrigué.

– Et puis ils ne remettent pas cette bourse en mai, en général ? renchérit Diego.

– Oh moi, les dates, j'en sais trop rien, répondit Robbie.

– En effet, c'est en mai, approuva Sasha en se frottant le front. Je me suis dit que c'était tôt mais sans y réfléchir plus que ça...

Scott rejeta la tête en arrière et se mit à rire.

– Qu'est-ce qu'il y a de si drôle ? demanda Robbie.

– On se paie notre tête, c'est évident. Il n'y a pas de bourse.

– Si, elle existe, rétorqua Diego. Elle est attribuée tous les ans.

– Ouais, eh bien celui ou celle qui a orchestré tout ça semble aussi au courant, renchérit Scott. Sauf que la bourse d'études, la vraie, n'a pas encore été décernée. Ceci n'est pas la soirée de remise des prix. Ni un test. Il n'y a pas d'indices à trouver. C'est juste une blague pour nous foutre les boules.

– Ou un subterfuge pour *tuer* l'un d'entre nous, dit Sasha en se tenant la gorge.

– Oh, arrête, rétorquai-je. Même si ça n'a rien à voir avec la bourse, c'est forcément une expérience ou un canular.

– Cette bombe m'a tout l'air d'être réelle, contra Sasha en désignant la table avec son carton d'invitation.

– Tu as déjà vu une bombe ? la questionna Diego.

– Euh, ouais.

– Au cinéma ou à la télé, ça ne compte pas, précisai-je.

Sasha croisa les bras.

– Très bien, d'accord, je n'en ai jamais vu. Mais ce truc est bourré de câbles et... c'est quoi ces machins marron ?

Certains s'approchèrent de la table pour étudier le dispositif.

– Ça.

Sasha montra les six barres marron connectées à une petite horloge digitale et à des piles.

– Est-ce que c'est... de la dynamite ? demanda Robbie. J'en sais rien, mais ça m'a l'air assez réel.

– Je trouve aussi, renchérit Priya.

– Oh, arrêtez, s'agaça Scott avant de se pencher au-dessus de la table pour jeter un coup d'œil aux fils reliés aux bâtons de dynamite. Il suffit de regarder sur Google à quoi ressemble une bombe pour bricoler un machin comme ça.

Priya fronça le nez.

– T'as déjà vérifié ?

– Ouais, avoua Scott avec un haussement d'épaules. Après l'attentat du marathon de Boston, j'ai cherché comment fabriquer une bombe à partir d'une Cocotte-Minute. J'étais curieux de savoir comment ces tarés s'y étaient pris. On trouve sans aucun mal des explications pour tout un tas d'explosifs artisanaux.

– Attends une minute, intervint Robbie en plissant les yeux vers Scott. Tu es en train de dire que tu sais comment monter un truc pareil ?

Scott leva les mains.

– Non, je dis juste qu'il y a un tas d'images de bombes en ligne. N'importe qui peut en bidouiller une fausse à partir de là.

– Ou alors, reprit Sasha, n'importe qui peut en concevoir une vraie. Comme tu viens de l'expliquer, les instructions sont faciles à trouver. (Elle jeta un coup d'œil au poison sur le plateau.) Et ça aussi a l'air d'être une vraie seringue.

– Ou pas. C'est peut-être une factice, suggérai-je.

– Impossible, objecta Priya en se tenant le ventre alors qu'elle se penchait en avant pour observer l'instrument. C'est une vraie. Elle est exactement pareille que celles de mon médecin.

– Bien sûr qu'ils ont fait en sorte qu'elle ait l'air réel ! ripostai-je.

Robbie passa devant Scott.

– Eh bien, dit-il, il n'y a qu'une façon d'en avoir le cœur net.

Avant que quiconque n'ait le temps de l'arrêter, il saisit la seringue, le pouce sur le piston.

1 AN PLUS TÔT

FÉVRIER DE L'ANNÉE DE PREMIÈRE

J'allais être expulsée. C'était ce qu'on risquait quand on venait au bal de promo d'hiver avec une bouteille de tequila dans son sac.

Qu'est-ce qui m'avait pris d'accepter ? Si j'étais renvoyée, mes parents allaient me confisquer mon ordinateur, voire mon téléphone, sur lesquels j'avais toute ma musique. Pour moi, vivre sans musique reviendrait à respirer de l'air sans oxygène.

Arrivée à proximité du lycée, j'arrêtai mon vélo au bord de la route et retirai mes écouteurs. Il valait peut-être mieux rentrer chez moi. À ce rythme-là, mes parents allaient finir par remarquer que leurs vieilles bouteilles disparaissaient, alors qu'ils n'y avaient pas touché depuis des années. Et le bar ne pouvait pas se vider tout seul.

Mais j'étais si proche du but, d'avoir l'opportunité de composer la musique pour la pièce de l'école ; il me suffisait d'obtenir l'adhésion de la troupe de théâtre. Sasha m'avait promis que les autres comédiens seraient à la soirée et qu'on les coincerait avec de la tequila. Je n'étais pas sûre de comprendre pourquoi elle pensait avoir besoin de les soudoyer avec de l'alcool, mais c'était elle, la reine du lycée, après tout, elle devait en connaître un rayon sur comment amadouer les gens.

Je relogeai les écouteurs dans mes oreilles et mis à fond l'une de mes musiques de film préférées alors que je me hâtais vers le parking peu éclairé derrière l'école. En passant par la porte de derrière, j'arriverais peut-être à éviter les agents de sécurité qui surveillaient l'entrée principale.

Les garages à vélos étaient vides. Je dépassai les terrains de tennis et me dirigeai vers la première place, la plus proche du chemin boueux qui descendait la butte jusque derrière l'école. La lueur vacillante d'un lampadaire jetait des ombres inquiétantes dans les bois qui bordaient le parking. En fredonnant au rythme rapide des cordes et des percussions, je défis la lanière de mon casque d'une main tremblante puis attachai mon cadenas.

Une portière claqua derrière moi.

– Ce ne serait pas tiré d'une scène de bataille dans *Le Seigneur des anneaux* ? demanda une voix.

Je fis volte-face dans un cri, et mon casque dégringola. Oh, non. C'était Diego Martin. Grand et svelte, il avait la peau mate et chaleureuse, comme un coucher de soleil sur le sable, et des yeux cuivrés intenses.

Tandis qu'il s'approchait, je serrai mon sac en tissu sous mon bras, la bouteille de tequila plaquée contre la poitrine. Il fallait à tout prix éviter qu'il la voie. Diego était du genre élève modèle. Si la déloyauté était un trait de famille, il allait me balancer sans hésiter.

Ou peut-être pas.

Plus jeunes, Diego et moi n'étions pas dans la même école, mais comme nos pères avaient cofondé une société de consulting, nous nous voyions aux événements organisés avec des clients et aux barbecues en famille au bord du lac de Brewster. Nous nous éclipsions au pont de pêcheurs pour échapper aux discussions barbantes des adultes et aux sautes d'humeur de Maggie. Je m'asseyais au bord, les jambes ballantes au-dessus de l'eau, mes orteils frôlant l'eau glaciale tandis que j'écoutais de la musique et que Diego lisait à côté de moi, les yeux cachés derrière ses cheveux sombres. Ces souvenirs étaient plutôt vagues, mais je me rappelais bien la façon dont ses yeux cuivrés scintillaient au soleil et dont mon ventre papillonnait dès qu'il me regardait.

C'était le premier garçon pour lequel j'avais craqué. Mais nous n'avions pas échangé plus de deux mots depuis des années.

– Désolé, dit-il alors que je me tenais la poitrine en reprenant mon souffle.

Quelques mèches de cheveux ébouriffés lui tombaient devant les yeux.

– Je ne voulais pas te faire peur.

Je retirai mes écouteurs et mis le morceau sur pause.

– C'est rien. Et... non.

– Ce n'est pas rien ?

– Non, non. La musique. (J'expirai.) C'est quand ils fuient les Balrogs. Tu sais, les espèces de créatures de feu démoniaques dans le premier film.

C'était plus fort que moi, la rancœur bouillonnait dans mes entrailles. Sans les satanées éponges de Diego, papa aurait pu me payer le voyage pour les auditions à l'USC et je ne serais pas en train de me donner tout ce mal pour pouvoir composer l'accompagnement de la pièce de l'école.

Papa et moi regardions *Banco ou Fiasco* tous les vendredis

soir, quand un jour Diego et son père étaient apparus sur notre écran plat. Cela faisait plusieurs mois que M. Martin fuyait ses responsabilités dans leur entreprise. « Il ne vient pas de perdre un enfant, lui, disait papa, alors c'est quoi son excuse ? » Tout à coup, il avait sa réponse ; nous n'en avions pas cru nos yeux en les regardant présenter une éponge qui changeait de couleur quand elle était mouillée. Apparemment c'était l'idée de Diego et son père s'était occupé de la fabrication. Bien évidemment, les producteurs télé avaient adoré le fait que ce soit un ado avec son père adoptif. La caméra avait zoomé sur le visage ému des investisseurs quand Diego avait évoqué la première fois qu'il avait rencontré son père, à l'âge de quatre ans, et qu'il avait su qu'il avait enfin trouvé un foyer.

Lorsqu'ils avaient finalement signé un contrat phénoménal, j'avais envoyé à Diego des millions d'émoticônes par texto pour le féliciter et espéré qu'il me raconte tout. Mais il n'avait jamais répondu. Le lendemain, son père démissionnait de l'entreprise qu'il avait cofondée ; comme papa peinait à lui trouver un remplaçant avec les mêmes compétences, les affaires s'étaient effondrées. Et Diego ne m'avait plus jamais adressé la parole.

J'imaginais qu'à ses yeux j'étais désormais trop médiocre.

– Ah, fit Diego en ramassant mon casque de vélo qu'il attacha à mon guidon. Enfin, c'est toujours un peu le même air, non ?

– Pas du tout, objectai-je en croisant les bras sur la poitrine, le corps traversé par un frisson.

Pourquoi daignait-il soudain à nouveau me parler ? Peut-être pensait-il que ce serait encore plus bizarre de ne rien dire.

– Ces deux scènes ont simplement le même thème, ajoutai-je.

Il leva le nez de mon vélo, ses yeux cuivrés braqués sur les miens alors que les phares d'une voiture nous balayèrent. Le parking principal était certainement plein.

– Le thème, hein ?

Sous une chemise ouverte, il portait un T-shirt noir sur lequel il était écrit « Les expressions de Dark Vador » au-dessus de neuf images identiques du masque de Dark Vador. Il était l'incarnation même du geek.

– C'est la même mélodie.

Mon ton était lapidaire, empreint d'amertume. Une fois que Diego m'avait clairement fait comprendre que je n'étais plus digne d'intérêt, je m'étais mise à l'éviter, préférant l'ignorer dans les couloirs du lycée et m'asseoir à l'autre bout de la salle à tous les cours que nous avions en commun. C'était comme s'il m'avait planté un couteau en plein cœur, et d'autant plus douloureux que j'avais cru qu'il y avait eu quelque chose entre nous. De plus, si j'avais perdu un ami, papa, lui, avait *tout* perdu. Il galérait tellement à décrocher des missions en tant que consultant qu'il s'occupait surtout à faire des livraisons de restaurants, pour payer les factures. Je détestais le voir si malheureux. Tout ça à cause de ces éponges débiles.

– Je sais ce qu'est un thème.

Diego sortit de son sac à dos un appareil photo rutilant et passa la sangle autour de son cou. En tant que photographe du journal de l'école, il allait certainement couvrir le bal de promo.

– Oh, fis-je, à court de repartie, en recoiffant ma frange que mon casque avait aplatie.

Et s'il devinait la forme de la bouteille de tequila dans mon sac ? Je la dissimulai derrière mon dos.

– Bref, je dois y aller.

Je m'engageai sur le chemin de terre, mais Diego me suivit.

– Donc... *Le Seigneur des anneaux*, c'est ta came ?

Les sourcils froncés, je lui adressai un regard méfiant. Parfois, quand nous nous croisions dans les couloirs, j'avais l'impression qu'il était sur le point de me dire quelque chose, mais finalement il s'abstenait et me laissait passer sans un mot. Ou alors je me faisais des idées. Après quelque temps, le ressentiment avait comblé le creux dans mon cœur à la place de l'espoir. Je m'étais figuré que notre amitié n'avait été qu'une simple commodité pour lui quand nos pères avaient été proches et que, maintenant qu'il était plein aux as, il ne voyait plus d'intérêt à m'accorder du temps.

Mais peut-être que je lui manquais, finalement, et qu'il avait enfin rassemblé le courage nécessaire pour briser la glace, profitant de ce moment où j'étais seule.

– Ouais, finis-je par dire, intriguée. J'ai un faible pour les musiques de film.

Je ne lui avais pas confié ce que j'aimais écouter quand il me l'avait demandé des années plus tôt. Non pas que j'avais honte. À force d'écouter de la musique de film du matin au soir, j'avais l'impression que ma vie avait sa propre bande-son. Mais ce n'était pas ce qu'il y avait de plus commun.

– Vraiment ? C'est quoi, ta préférée ?

Il avait l'air sincèrement intéressé.

– N'importe quoi de Hans Zimmer, Howard Shore ou John Williams.

Il approuva de la tête.

– Cool.

Wow. En général, je n'avais droit pour toute réponse qu'à des regards vides ou à des froncements de sourcils, c'est pourquoi j'avais commencé à dire que mon artiste favorite était Taylor Swift. Tout le monde l'appréciait, non ? Il repoussa à nouveau ses cheveux en arrière.

– J'écoute la musique de *Star Wars* quand j'étudie. Surtout la première trilogie.

– Sérieux ? fis-je, médusée.

– Ou alors *Gladiator* et *Blade Runner*, si je suis d'humeur téméraire.

– Je t'adore.

Je crus que mon cœur allait me lâcher tandis que Diego fronçait les sourcils.

– Je *les* adore. J'adore ces bandes originales. Je ne savais pas que tu écoutais... et je ne connais personne qui, enfin tu vois, écoute ce genre de musique comme moi...

Je me pinçai les lèvres pour empêcher d'autres mots d'en sortir, alors que Diego se fendait d'un sourire.

– Crois-moi, tu n'es pas la seule à aimer écouter des BO.

– C'est vrai. Ça paraît évident.

Mortifiée, je veillai à ne pas me prendre les pieds dans les branches tandis que nous descendions la pente vers l'entrée de derrière. Mais M. Turner, un des vigiles de l'école, était en train de fumer une cigarette à la porte. Je me figeai. Et s'il vérifiait mon sac ? J'allais devoir prendre le risque de passer par l'entrée principale.

– Qu'est-ce qui ne va pas ? demanda Diego.

– Je ne veux pas passer par l'arrière.

Je tournai les talons pour faire demi-tour.

– Euh... pourquoi ? répliqua-t-il sur un ton agacé.

Pas sûr que je lui aie manqué, finalement. On repassera pour les grands espoirs.

Je déglutis avec peine. Je ne pouvais pas lui avouer la vérité à propos de la bouteille. Je ne trouvai rien de mieux à dire que :

– C'est... c'est mon premier bal de promo.

– Et alors ?

– Je ne suis jamais allée à aucun jusque-là.

– *Et alors ?* répéta-t-il, les sourcils froncés.

– Eh bien, c'est un peu comme... une étape. Je sors de ma coquille. Je me confronte au monde. En allant à... des soirées de lycéens ! (Je pointai du doigt l'avant du bâtiment.) Et je veux faire mon entrée par la grande porte.

Mon Dieu, il devait me trouver encore plus pathétique qu'il ne le pensait déjà.

Il me dévisagea.

– OK, très bien, concéda-t-il avant de passer devant moi en me frôlant pour commencer à longer le lycée. Nous entrerons donc par la grande porte.

Dans un soupir, je me hâtai pour le rejoindre. Lorsque nous atteignîmes l'entrée, je m'apprêtais à pénétrer à l'intérieur lorsqu'il me retint.

– Quoi ? demandai-je, et mon cœur s'emballa dans ma poitrine comme un étalon sauvage en cavale.

Il avait dû voir la tequila dans mon sac.

Il ferma les yeux et prit une profonde inspiration.

– Nous y voilà.

– Quoi ?

– Nous sommes au seuil de la prochaine étape de ta vie.

Je lui adressai un regard impassible.

– Tu te fous de moi, là ?

– Attends, attends... tu sens ? dit-il en reniflant bruyamment.

Je ne percevais que les effluves de pot d'échappement et de rosée du soir.

– Non.

– C'est l'odeur d'un nouveau départ !

– Oh, la ferme !

Je roulai des yeux et dégageai mon bras.

– Hélas ! poursuivit-il en se précipitant derrière moi tandis que je passais la porte. C'est l'aube d'une ère nouvelle !

Je secouai la tête puis traversai le vestibule à grands pas pour mettre le plus de distance possible entre nous. Jusqu'à foncer dans l'autre vigile, M. Garcia. Je me liquéfiai sur place.

– Hé, doucement, Amber ! s'exclama M. Garcia en me prenant par les épaules. Tu vas assommer quelqu'un.

– Oh mon Dieu, je suis désolée.

Je reculai et glissai mon sac derrière moi, la bandoulière barrant mon T-shirt entre mes seins. *Faites qu'il ne vérifie pas mon sac. Faites qu'il ne vérifie pas mon sac.*

– C'est bon, répondit le vigile, et un sourire amical apparut sous sa moustache.

– Ça va ? demanda Diego.

Il posa la main dans le creux de mon dos et je déplaçai à nouveau mon sac pour éloigner la bouteille. Sauf que maintenant M. Garcia voyait probablement le poids de mon sac qui ployait sous ses cent kilos de culpabilité.

– Ouais, ça va.

M. Garcia nous regarda avant de nous lancer un clin d'œil.

– Amusez-vous bien, tous les deux.

J'avais les joues en feu, et Diego semblait dérouté.

Nous allâmes au gymnase avant de marquer une pause devant les portes, le temps d'étudier le tableau. Je m'étais figuré le bal de promo d'hiver aussi classe que celui de fin d'année. Mais ce soir-là au lycée de Brewster, il n'y avait ni belles robes ni décoration sophistiquée, si ce n'était quelques ballons de baudruche fixés ici et là, gracieusement offerts par le conseil des élèves. Les filles dansaient au rythme des basses en jeans moulants et débardeurs à paillettes et les garçons avaient leur dégaine habituelle : sportif BCBG ou super-geek.

Tandis que je scannais la salle du regard à la recherche de Priya ou de Sasha, Diego désigna le DJ.

– Désolé, ce n'est pas la musique du *Seigneur des anneaux*. Tu veux que j'en fasse la demande ?

– Pas sûr que quelqu'un d'autre ici approuve ce choix, répondis-je alors qu'il sortait de son sac à dos un deuxième appareil photo. Euh... il faut combien d'appareils pour couvrir une soirée, en fait ?

Il tapota celui qui pendait à son cou.

– Juste un, mais...

– Oh, je vois, monsieur a des goûts de luxe, dis-je, sautant sur l'occasion de le charrier à mon tour. Pendant que le commun des mortels se contente de collectionner les timbres.

Un sourire se dessina sur ses lèvres, et j'en réprimai un.

– J'ai seulement deux appareils, d'accord ? Celui-ci était à ma mère. C'est un Polaroid.

– Oh. Et ça marche encore ?

– On peut toujours commander des pellicules en ligne. On trouve tout sur Internet. Allez viens, immortalisons cette étape de ta vie.

Il tendit l'appareil à bout de bras en pointant l'objectif sur nous.

– Oh non, je ne crois pas que...

– Dis « *cheese* ».

OK, il ne me laissait pas le choix. Je m'exécutai donc, préférant éviter d'avoir l'air prise au dépourvu, et plaquai mon plus grand sourire sur mon visage tandis que le flash nous éblouissait. Une petite bande blanche sortit immédiatement de l'appareil.

Je clignai des paupières pour faire disparaître les pointillés violets. Diego retira le cliché et nous regardâmes les contours gris prendre peu à peu la forme de nos visages souriants.

– Ah, j'ai l'air débile.

Je détestais me voir en photo. L'image ne correspondait jamais à la façon dont je me percevais – les taches de rousseur sur mes joues étaient plus prononcées que je ne le pensais et mes cheveux jamais vraiment à mon goût.

– Tu es très bien, commenta Diego.

Il rangea l'appareil dans son sac, mais avant que j'aie le temps de sonder son expression, la porte s'ouvrit derrière moi et le soudain rai de lumière plongea son visage dans l'ombre.

Priya passa la tête dans l'embrasure.

– Ah te voilà ! s'exclama-t-elle.

– Te voilà, *toi* !

– Pourquoi tu n'as pas répondu à mes textos ?

Oh mince. Je mettais toujours mon téléphone en silencieux lorsque j'étais à vélo afin de ne pas être distraite.

– Allez, viens !

– Où ça ?

Priya jeta un coup d'œil méfiant à Diego.

– Juste... viens.

– OK. À plus tard, alors, conclus-je en adressant à Diego un petit geste de la main avant de suivre mon amie.

– Les autres sont par là.

Le regard anxieux, Priya me conduisit à la salle de répétition de l'orchestre.

– Je déteste être si timide, dit-elle. Je ne sais jamais quoi raconter à Sasha.

– Tu n'as qu'à parler des pom-pom girls. Vous avez ça en commun, maintenant.

Enhardie par ma petite avancée avec Sasha, j'avais convaincu Priya d'essayer d'intégrer les pom-pom girls et, à sa grande surprise, elle avait réussi. Ça n'avait pas l'air pour autant de booster son estime d'elle-même.

– Ouais, peut-être.

Dès notre arrivée dans le local de musique, Sasha nous tomba dessus.

– Regardez qui est enfin là !

Elle me fit la bise. Priya et moi échangeâmes un regard hésitant lorsque je sortis la bouteille. Sasha la prit.

– Une demi-bouteille ? J'espère que c'est parce que tu as joué les préliminaires en chemin.

Je n'aurais su dire si elle plaisantait ou si elle était vraiment agacée. Sans me laisser le temps de répondre, elle se glissa derrière une batterie.

– Putain d'alléluia ! s'exclama Zane en nous scrutant au-dessus des cymbales, les yeux à peine visibles sous sa casquette, pour finalement nous adresser un sourire espiègle. Vous avez soif ?

Priya et moi contournâmes la batterie, derrière laquelle tout un groupe d'élèves étaient vautrés par terre. Amy et

Maria, collées l'une à l'autre, ricanaient devant un écran de téléphone. Assise dos à dos avec Robbie, Sasha tenait son portable à bout de bras pour faire un selfie. Je reconnus aussi quelques personnes du club de théâtre, dont Asher et Dan, qui regardaient Zane servir la tequila dans des gobelets rouges avant de les passer à la ronde. Sasha me tapota la cheville et fit un mouvement de la tête dans leur direction, le regard lourd de sens.

– Hé les gars, les interpella-t-elle. Vous connaissez Amber, non ?

– Bien sûr.

Dan agita la main avant de l'enfoncer à nouveau dans sa poche. En général, il jouait le rôle principal avec Maria, qui nous observait, les yeux plissés.

– Tu composes de la musique, c'est ça ?

– Ouaip ! J'aimerais composer des bandes originales de films.

– Cool, commenta Dan.

– C'est génial, renchérit Asher, un autre comédien. Hé, peut-être qu'un jour tu écriras celle d'un film dans lequel je jouerai.

Je souris.

– Ça serait incroyable.

– Sasha nous a parlé de ton idée de *Roméo et Juliette*...

– C'est parti ! l'interrompit Zane en me donnant un verre.

Je n'avais jamais bu, à part la fois où papa m'avait fait goûter une gorgée de sa bière. Dégueu. Quand on traînait avec la bande de Sasha, Priya déclinait catégoriquement toute boisson pendant que je les esquivais en douce en faisant semblant de boire avant de vider mon verre à la cuisine ou dans le lavabo de la salle de bains quand personne ne regardait. Mais ici, impossible d'y couper. Je reniflai mon gobelet et grimaçai tandis que Zane en servait un à Priya.

– Et voilà pour toi, ma belle.

Elle s'empourpra. Lorsqu'elle voulut le remercier, elle ne parvint à émettre qu'un « mmmeer » avant de faire un bruit guttural bizarre en essayant de se ressaisir.

– À la tienne, me lança Robbie avec un sourire en coin en me tendant son verre pour trinquer.

Je ne pus m'empêcher de sourire en retour.

Sasha but sans ciller. Je pris une gorgée avec précaution et m'efforçai de dissimuler une moue lorsque le liquide me brûla l'œsophage. Je me plaquai les mains sur la gorge.

– Wow ! Voilà qui est... intéressant.

Sasha leva un sourcil vers Priya, qui me regardait bouche bée.

– Alors ? lui lança-t-elle.

Priya renifla, grimaça et offrit son verre à quelqu'un d'autre.

– Non merci.

Zane lui adressa un sourire narquois.

– Tu n'as jamais bu de tequila ?

– Je n'ai jamais rien bu d'alcoolisé, avoua Priya. Ma mère me priverait de sorties dans la milliseconde si je rentrais bourrée.

– Crois-moi, tu ne risques rien avec un shot, la rassura Sasha. Ça me donne simplement un petit coup de boost sympa pendant quelques heures. Et j'ai une corpulence moindre que la tienne.

– Oh, dit Priya en étudiant la silhouette de Sasha, qui n'était pas plus menue qu'elle. Quand même, je ne préférerais pas...

– Essaie, au moins, l'incita Amy.

– Ça ne va pas te tuer, renchérit Maria.

– Vas-yyyyy, juste une petite gorgée, l'encouragea Zane, mais Priya hésitait encore, tiraillée entre l'envie de bien se faire voir et celle de ne pas désobéir à sa mère. Ce n'est pas comme si on essayait de te faire céder au côté obscur de la Force !

Je ris avec les autres et jouai quelques notes de la *Marche impériale* de *Star Wars* sur le piano droit.

– Wouah, c'est génial ! s'exclama Robbie en souriant, des fossettes creusant ses joues.

– Merci, couinai-je.

– Elle sait jouer la musique de tous les films, déclara Priya en baissant son verre, visiblement reconnaissante que j'aie fait diversion. Absolument tous. Demandez ce que vous voulez.

Asher posa sur le piano son gobelet auquel il n'avait pas touché et désigna les touches du menton.

– *James Bond*.

Je ne pus m'empêcher de sourire. Fastoche. Je m'assis sur le tabouret et jouai environ vingt secondes de l'air de *Golden Eye*. Tout le monde se réunit autour de moi. Sauf Maria qui resta à l'écart, les bras croisés.

Robbie me donna un coup de coude.

– Joue-nous *Jurassic Park*.

J'interprétai la partie la plus connue du thème principal tandis qu'il regardait mes doigts courir sur le clavier, captivé. Les autres citèrent d'autres films et séries télé, tous plus obscurs les uns que les autres. Quand je finis par m'arrêter, Robbie et Sasha m'acclamèrent et je devins rouge écarlate.

– C'était incroyable, s'exclama Asher. Tu ne pourrais pas nous jouer une de tes compositions ?

– Oh, allons sur YouTube, dit Sasha en montrant mon sac. Fais-nous écouter quelque chose.

Je sortis mon téléphone.

– OK, en voilà une.

J'appuyai sur « Lecture » puis battis certainement le record du monde d'apnée tandis que les autres tendaient l'oreille.

À la fin du morceau, on me couvrit de compliments. Même Maria déclara :

– Tu as enregistré ça toi-même ? Tous ces instruments ? C'est dingue.

Priya m'adressa un sourire ravi en articulant « *Yes !* ».

– Du coup, reprit Sasha en se tournant vers les comédiens tandis que Robbie et Zane enfonçaient les touches du piano, je me disais qu'on pourrait faire une version moderne de *Roméo et Juliette*. En américanisant certaines répliques, vous voyez ? Et ajouter un peu d'humour, voire de la satire...

Tandis qu'elle continuait de jacasser, mon cœur se gonfla de gratitude. Je n'arrivais pas à croire que j'avais pu mal la juger.

Soudain, les portes s'ouvrirent à la volée. Je sursautai et me levai d'un bond en reversant le tabouret. Au même moment, Zane heurta la bouteille vide de tequila qui se brisa. Maria tira Sasha par le poignet derrière le piano tandis que les garçons se réfugiaient derrière la batterie. Nous étions recroquevillés par terre, les yeux écarquillés, les mains plaquées sur la bouche pour étouffer nos rires. Le bras de Robbie avait atterri sur mon épaule et il me tenait contre lui. Ça ne me dérangeait pas.

– Je sais que vous êtes là ! appela une voix.

C'était Mme Burr, la bibliothécaire.

– J'ai entendu quelque chose se casser. Et j'ai entendu le piano depuis le couloir.

Personne ne répondit. Nous ne savions pas quoi faire. Nous étions foutus.

– Qu'est-ce qui se passe ici ?

Merde, merde, merde, articula Sasha en ramassant les gobelets autour d'elle. Priya fit mine de se redresser, mais Zane la saisit par une boucle de sa ceinture et la tira par terre. Il désigna la porte latérale, qui menait à l'auditorium. Nous pouvions filer par là. Mme Burr était trop vieille et trop lente pour nous courser. Peut-être ne distinguerait-elle pas nos visages.

Penchée au-dessus des bris de verre de la bouteille, Sasha ramassa le goulot intact et le brandit comme une arme, les bords acérés scintillant. Que comptait-elle faire avec ça ? Avait-elle l'intention de *poignarder* Mme Burr ? Si nous étions surpris en train de boire de l'alcool dans l'enceinte de l'école, les pom-pom girls et les joueurs de base-ball risquaient de se faire expulser de leurs équipes respectives. Jusqu'où était-elle prête à aller pour éviter ça ?

C'est alors que Sasha lança le tesson de verre à travers la pièce pour faire diversion.

– Courez !

00:53:00

Robbie tenait la seringue de poison au-dessus d'une assiette vide, les doigts crispés alors qu'il était sur le point d'appuyer sur le piston. J'eus un mouvement de recul, le souffle coupé.

– Non ! cria Diego en agitant le bras vers Robbie. Tu vas tous nous tuer !

Robbie relâcha sa prise.

– Quoi ? Comment... commença-t-il, mais Diego se rua sur lui, lui attrapa le poignet et lui prit la seringue de la main. Ça va, ça va ! Bordel.

– Cette toxine ne doit être libérée sous aucun prétexte, décréta Diego. (Il pinçait la seringue entre deux doigts comme s'il manipulait un objet répugnant, puis la reposa sur le plateau.) Personne ne la touche. Il est dit ici, rappela-t-il en désignant l'étiquette : « Éviter tout contact avec la peau. Une seule goutte peut être fatale. » Et si tu la touchais ? Ou si ça se diffusait dans l'air ? Nous ne savons pas à quel point c'est concentré. Tu pourrais tous nous tuer par accident.

Sasha haussa les sourcils.

– Tu crois donc que c'est sérieux ?

Diego scruta la seringue.

– Impossible de le savoir. La seringue en elle-même a l'air vraie. Quant à ce qu'il y a dedans, je ne suis sûr de rien. (Il poussa la seringue du bout du petit doigt pour inspecter le fluide beige clair.) La toxine botulique peut être extrêmement dangereuse.

– Je n'en ai jamais entendu parler, dit Priya.

– C'est l'une des toxines les plus mortelles. L'étiquette ne précise pas laquelle c'est, mais si elle est de type H, c'est la substance la plus meurtrière du monde. Une seule goutte suffirait à tous nous tuer.

Priya avait les yeux ronds comme des soucoupes et Sasha plaqua une main sur sa bouche.

Je haussai les sourcils.

– Où tu as appris tout ça?

– Je sais pas... répondit-il en haussant les épaules. J'ai dû le lire quelque part. Ou alors c'était dans un documentaire.

S'il y avait bien parmi nous un féru de documentaires scientifiques, c'était Diego.

– Est-ce qu'on meurt sur le coup? m'enquis-je. Que se passe-t-il, exactement?

– Je crois, oui, dit-il en se frottant le front. C'est une neurotoxine. Elle bloque les nerfs qui commandent les organes vitaux. Les poumons ne se remplissent plus d'air. Le cœur s'arrête de battre.

Entendre tout ça me retourna l'estomac. Il remarqua mon expression horrifiée.

– Ça ne serait pas très douloureux. Pas longtemps, du moins. Mais si elle est de type A ou B, il faudrait l'injection entière pour tuer une seule personne. (Diego secoua la tête.)

Sans connaître le type ni la concentration, il n'y a aucun moyen de le savoir à part... eh bien, à part en l'utilisant.

– Mais comment se procurer ce genre de substance dans cette ville ? demanda Priya.

– Aucune idée, répondit Diego en repoussant ses cheveux. Ça vient peut-être du marché noir en ligne ? Ou alors les responsables ne sont pas d'ici.

– Je ne pige pas, intervint Robbie, un bras protecteur passé autour de moi. Pourquoi du poison ? Pourquoi pas une arme, ou un couteau, un truc comme ça ?

– Parce que c'est plus facile à imiter ? suggéra Scott.

– Comment peux-tu être si convaincu que tout ça est pour de faux ? lança Sasha.

Il se tapota le crâne.

– J'utilise mon cerveau. On veut nous faire croire que cette substance pourrait nous tuer avec une seule goutte pour que nous ne nous y risquions pas. Ça paraît évident qu'on cherche à éviter que nous tentions de savoir si c'est vrai, pour la bonne raison que ça ne l'est pas. Nous ne devons pas nous en rendre compte. C'est de la psychologie à l'envers.

– De la psychologie inversée, rectifiai-je.

– Peu importe. C'est un canular, il n'y a pas de doute.

– Ou alors c'est parce qu'on veut que, soit un seul d'entre nous meure, soit nous *tous*, suggéra Sasha en montrant la bombe.

Scott fronça les sourcils.

– Je ne te suis pas.

– Avec un couteau ou un pistolet... on ne sait jamais ce qui peut se passer, n'est-ce pas ? Plusieurs d'entre nous pourraient se faire poignarder ou tirer dessus. Alors qu'avec ce poison, si ce n'est pas le type le plus mortel, il y en aurait juste assez pour tuer une personne.

Je hochai la tête, voyant où elle voulait en venir.

– Mais dans quel but? Dans ce scénario, pourquoi se soucier de ce qu'il advient des autres? souligna Priya.

– Pour que nous vivions avec ce que nous aurons fait sur la conscience, répondis-je dans un murmure.

– Exactement, approuva Sasha.

– Merde, lâcha Robbie en s'essuyant le front.

– Oh mon Dieu, dit Priya. Ce n'est pas possible. Ce n'est *pas* possible.

Je voulus m'approcher d'elle pour la réconforter mais elle recula. Je ravalai la boule que j'avais dans la gorge et me tournai vers Diego.

– Es-tu certain que c'est une vraie seringue?

Diego tira sur le col de son T-shirt.

– Il n'y a aucun moyen de le vérifier. Comme l'a dit Scott, nous ne pouvons pas prendre le risque de la tester. Même pas avec une seule goutte. Si elle contient le type de toxine le plus dangereux et que ça se propage dans l'air, le seul fait de respirer pourrait nous tuer.

– On part donc du principe que tout ça est sérieux? intervint Robbie.

J'échangeai un regard avec Diego, qui se frottait la mâchoire.

– J'en sais rien. Ça se pourrait. Mais j'en sais rien.

– Non, non, je veux dire... (Robbie se passa la langue sur les lèvres et fronça les sourcils comme s'il avait du mal à exprimer le fond de sa pensée.) Nous devons partir du principe que toute cette situation est bien réelle. Le poison, la bombe, tout. Du coup, si ce ne sont que des conneries, génial... on administre ce truc à quelqu'un et il ne se passe rien. Mais on doit désigner l'un d'entre nous et lui injecter la substance, au cas où le poison et la bombe seraient tous les deux réels. (Il fit un geste vers l'explosif.) Parce qu'on ne peut pas s'exposer à tous y rester.

Tout le monde garda le silence. Est-ce que le cœur des autres battait aussi vite que le mien ? Je croisai les bras sur la poitrine, la nuque moite de sueur. La température semblait monter de minute en minute.

– Alors, qu'est-ce qu'on fait ? couina Priya.

– Finissons-en, affirma Sasha. Il faut choisir quelqu'un.

11 MOIS PLUS TÔT

FÉVRIER DE L'ANNÉE DE PREMIÈRE

J'essayais de survivre tant bien que mal. Mais je me traînais à quatre pattes vers Sasha en la suppliant de me sauver.

– Plus que quarante-cinq secondes et je suis morte ! gémis-je. Quarante-quatre, quarante-trois. Réanime-moi, réanime-moi !

Mais Sasha était déjà bien occupée à éviter de se faire massacrer elle-même.

– Tiens bon. Ces salopards sont coriaces.

Elle plongea derrière un mur qu'elle avait construit avec des planches, esquivant de justesse une rafale de balles. Après un moment de silence, elle se battit une rampe, jeta un coup d'œil par-dessus la paroi, visa, puis tira.

– Fait chier ! J'avais ciblé la tête, pourtant.

– Vous êtes vraiment nulles, toutes les deux, dit Robbie. J'arrive.

Il se précipita pour me ramener à la vie en plaçant sa main au-dessus de ma tête. Dix secondes plus tard, j'étais à nouveau sur pied.

Non pas que je sois d'une grande aide. Nous jouions à Fortnite depuis un peu plus d'une heure et tout ce que j'avais réussi à faire jusque-là, c'était de couper des arbres et de trébucher sur des malles aux trésors déjà pillées ; de manière générale, j'étais plus une gêne qu'autre chose.

– Merci, dis-je en lançant un coup d'œil à Robbie.

Nos ordinateurs portables sur les genoux, nous étions tous les deux assis en tailleur sur le lit de Sasha, qui était à son bureau en train de marteler son clavier pour tirer sur nos ennemis. J'étais venue lui faire écouter mes nouveaux morceaux du premier acte de *Roméo et Juliette*. Mais à mon arrivée, Robbie était déjà là, un casque de jeu vidéo sur la tête. J'avais fait mine de repartir, dans l'idée de repasser plus tard, quand ils m'avaient proposé de me joindre à eux. J'en étais restée bouche bée. Avais-je bien compris ? « Allez, tu as ton ordi, non ? » avait insisté Sasha en pointant son lit du doigt. « Joue avec nous. »

Si on m'avait dit un mois plus tôt que je me retrouverais chez Sasha Harris à jouer à des jeux vidéo avec elle et le mec le plus canon de tous les élèves de première, j'aurais éclaté de rire. Mais j'étais absolument ravie qu'ils m'acceptent.

Jusqu'à ce que je me rende compte à quel point je jouais mal.

– Y'a pas de quoi, répondit Robbie en posant un kit de secours aux pieds de mon avatar. Je te couvre.

Quand j'eus fini de soigner mon personnage, Robbie leva la main de son clavier pour me tendre le poing. Je tapai mes phalanges contre les siennes et une vague de chaleur me remonta le bras. Tout à coup, je pris conscience de la proximité de nos genoux, qui se touchaient presque. Je me mordis la lèvre en le regardant jouer. Ses yeux scintillaient, rivés sur son écran, dont la lueur embrasait les éclats argentés de ses pupilles. Ses épais sourcils étaient froncés de concentration tandis qu'il pointait son lance-missiles. Je dus le fixer un peu trop longtemps car il leva la tête vers moi, un sourire aux lèvres.

– C'est bon ?

– Hein ?

Les joues en feu, je reportai mon attention sur mon ordinateur. Les avatars de Robbie et de Sasha fonçaient en bas de la colline où apparaissaient des bâtiments.

– Oh, oui. Désolée.

Je me précipitai à leur suite. Mais j'avais soudain très chaud et je sentais le regard de Robbie sur moi. Je hasardai un coup d'œil pour en avoir le cœur net.

Ouais. Je n'étais pas la seule à mater.

– Hé, nous interpella Sasha. Des ennemis construisent. À droite.

En effet, une charpente grandissait à vue d'œil. Apparemment, ils étaient en train de bâtir un pont entre deux collines.

– Très bien, déclara Robbie. Faisons demi...

Mais je fis feu sur le chantier. La structure s'effondra, ainsi que deux de nos ennemis. Un message apparut : « AmberOnFire a éliminé DeftAssassin et Warrior045. »

Sasha poussa un cri.

– T'as tout déchiré !

– Joli ! s'écria Robbie en me poussant le bras de manière enjouée. Ce sont tes premières victimes, non ?

– Ouais.

Je rayonnais. J'avais oublié à quel point j'aimais les jeux vidéo. Maggie et moi y jouions souvent toutes les deux.

Le chagrin m'assaillit. Maggie aurait adoré ce jeu. Le côté « dernier survivant » me rappelait *Hunger Games*, qu'elle avait glissé en douce sous mon oreiller lorsque maman avait refusé que je le lise, arguant que j'étais trop jeune. Nous étions complètement fans de la série, et si ma sœur était toujours en vie aujourd'hui, nous aurions sûrement joué à Fortnite ensemble – moi dans ma chambre, elle depuis une université de la côte Est, à échanger des instructions à travers nos casques audio.

Soudain, la porte de Sasha s'ouvrit. Je faillis faire un bond. Une femme à l'air sévère apparut dans l'embrasure, une main sur la hanche.

– C'est quoi ce cirque, bon sang ?

– Maman ! s'écria Sasha en jetant son casque. On joue juste à un jeu. Qu'est-ce que tu fais là si tôt ?

Sa mère leva son fin sourcil arqué vers Sasha.

– Mes deux derniers patients ont annulé. Je pensais m'avancer sur le dîner. Et clairement, toi, tu n'as pas avancé sur tes devoirs.

Alors que Robbie et moi échangions un coup d'œil, la mère de Sasha fit claquer sa langue et plissa les yeux vers l'écran de sa fille.

– Comment peux-tu perdre ainsi ton temps ? Avec un truc si bête.

– Ce n'est pas bête...

– Les examens approchent.

– Je sais, maman. Je travaille non-stop, tu le sais. Et il reste encore deux mois...

– Deux mois, c'est rien, rétorqua sa mère en croisant les bras. Si tu veux entrer à Harvard, chaque minute compte. Quand ta sœur voulait réussir à Broadway, tu crois que deux mois avant les auditions elle passait ses après-midi devant des jeux vidéo ? Non. Elle s'est entraînée, en permanence.

Quitte à sacrifier son diplôme. Elle a saisi toutes les opportunités qui se sont présentées à elle. Et la voilà dans *Le Fantôme de l'opéra.*

– Je le *sais*, maman. Nous sommes allées la voir ensemble, tu te souviens ?

– Tout ce que je dis, c'est que tu devrais suivre son exemple.

Mon Dieu. Ça m'aurait anéantie que maman me compare ainsi à Maggie. Mais Sasha restait stoïque. Seuls ses yeux humides trahissaient sa peine.

– C'est ma faute, madame Harris, intervint Robbie, dont la bravoure ne se limitait apparemment pas au monde virtuel.

Il ferma son ordinateur portable avant de se lever. Je jetai un coup d'œil à mon écran et vis une équipe adverse nous éliminer les trois d'un coup.

– Sasha et Amber projetaient de travailler sur la pièce de l'école. Mais je les ai convaincues de jouer à Fortnite plutôt. C'est moi le coupable.

Mme Harris me regarda comme si elle venait tout juste de remarquer ma présence.

– Eh bien, vous n'avez qu'à rester tous les deux dîner, maintenant. Ce sera prêt dans une heure.

Sur ce, elle sortit de la pièce en laissant la porte ouverte derrière elle.

Robbie et moi fixâmes Sasha, qui se laissa tomber en arrière sur sa chaise et croisa les bras.

– Ça va ? s'enquit Robbie.

– Pfff, bougonna Sasha en clignant des yeux vers le plafond.

– Tu sais, tu ne peux pas faire que travailler, travailler,

travailler, dit Robbie. Tout le monde a besoin de pauses de temps en temps. (Comme Sasha ne réagissait pas, il poursuivit.) En plus, les exams, c'est débile. Les plus grandes réussites dans la vie n'ont rien à voir avec les résultats scolaires.

– Tu crois que je ne le sais pas ? répliqua Sasha. Pourquoi je m'occupe de la pièce, à ton avis ? Et les pom-pom girls ? Et tout le reste ?

– Désolé, j'essayais juste de t'aider, se défendit Robbie en levant les mains.

– Ouais, bref, répondit Sasha en regardant par la fenêtre, le dos tourné. Vous devriez y aller.

– Attends, intervins-je. Tu ne veux pas écouter les morceaux dont nous avons parlé ?

Tant qu'elle ne les avait pas entendus, la décision de jouer *Roméo et Juliette* en mai restait en suspens.

Elle poussa un soupir exagéré.

– Pas maintenant, OK? Ma mère a raison... je devrais étudier. (Elle se frotta les yeux.) Tu n'as qu'à me les envoyer par e-mail et je les écouterai plus tard.

Elle avait la voix tremblante, comme si elle retenait ses larmes. Peut-être ne voulait-elle pas qu'on la voie pleurer.

– D'accord.

Elle me faisait de la peine. Pas étonnant qu'elle essaie toujours d'être parfaite en tout. Même si nous n'étions pas ce qu'on pouvait appeler proches, je trouvais malvenu de partir en la laissant dans cet état.

– Si tu veux, je peux rester et t'aider à étudier, proposai-je alors que Robbie glissait son ordinateur dans son sac à dos.

– Vraiment ?

L'espace d'un instant, je crus qu'elle allait dire oui. Et

puis ses yeux débordèrent de larmes et elle tira un mouchoir d'une boîte sur son bureau.

– Non, ça va. Il vaut mieux que vous partiez, OK? S'il vous plaît.

Robbie me prit le bras.

– Viens.

Je rangeai mes affaires et le suivis jusqu'à la porte. Il la referma derrière nous et nous descendîmes l'escalier.

– Au revoir, madame Harris, lança-t-il vers la cuisine d'où provenaient des bruits de casseroles et de poêles.

– Au revoir, répondit-elle, sans même prendre la peine d'insister pour que nous restions.

– Eh ben... fis-je en longeant l'allée devant chez Sasha.

– Ouais.

– Avec une mère si stricte, comment fait Sasha pour tellement sortir, faire la fête, tout ça?

Robbie pouffa.

– Tu crois qu'elle lui dit la vérité? Elle lui raconte sûrement qu'elle va réviser chez quelqu'un, ou à la bibliothèque, ou je ne sais quel autre bobard.

– Ah.

Je ne mentais pas à mes parents. Enfin, pas jusqu'à ce que je me mette à leur piquer des bouteilles. Robbie me raccompagna à mon vélo, que j'avais laissé à côté de la porte du garage. Je me passai la main sur le visage.

– Ça va? s'inquiéta Robbie.

– Oui. Je suis juste un peu stressée à cause de la pièce. Si elle n'écoute pas les morceaux rapidement... eh bien, il ne nous reste pas beaucoup de temps. Il faut que je sache si on le fait ou non. Ça demandera une tonne de boulot pour que tout soit prêt d'ici mai, mais c'est faisable... du moment qu'on s'active.

Robbie s'appuya contre le mur et me dévisagea. Ses yeux s'attardèrent sur moi une seconde de trop, et mon cœur se figea.

– Tu tiens vraiment à cette pièce, on dirait.

– Oui, c'est très important. C'est l'occasion rêvée pour prouver que je suis capable de composer la musique de toute une pièce, jouée par un vrai orchestre. Qui sait quand une autre aubaine de ce type se présentera ?

– Je sais à quel point c'est capital de ne pas laisser passer sa chance. Quand ça en vaut vraiment la peine. (Il posa une main sur mon épaule.) Je parlerai à Sasha. Je m'assurerai qu'elle écoute tes morceaux.

Mon visage s'illumina.

– Vraiment ? Tu ferais ça pour moi ?

– Bien sûr. Enfin, je ne peux pas te garantir que le club de théâtre donne son feu vert pour quoi que ce soit. Mais je ferai en sorte qu'elle te donne un coup de main.

Toutefois, après avoir vu l'état de stress dans lequel elle était, je n'étais plus sûre de rien.

00:51:00

C'était la deuxième fois que Sasha insinuait que nous devions tuer quelqu'un.

– *Non.*

Je serrai les poings pour ne pas trembler. J'avais des crampes à force de frissonner, malgré la chaleur.

– Il est hors de question qu'on en arrive là. On ne peut *pas* en arriver là.

Sasha écarta les bras.

– Et qu'est-ce qu'on est censés faire, alors ?

– Gardons notre calme et essayons de nous libérer. Ce n'est pas la Tour de Londres. Il doit y avoir une issue.

Mais personne n'approuva. Personne ne dit rien. Tout le monde avait les yeux rivés sur Sasha et moi.

Je suppliai Diego du regard.

– Allez ! On doit au moins essayer.

Il acquiesça.

– Je vais examiner la porte. Que quelqu'un ouvre les fenêtres !

Il tourna la poignée et s'acharna sur la serrure jusqu'à ce que ses phalanges en deviennent blanches. Les autres suivirent son exemple et s'affairèrent. Robbie le rejoignit, pendant que Scott et Priya tiraient une chaise de chaque côté du buffet sous les deux vitres nichées près du plafond. Sasha s'approcha de la cheminée et j'inspectai le tapis oriental, à la recherche de Dieu sait quoi. Peut-être un portillon dérobé, une trappe ? J'ouvris tous les tiroirs que je vis, dans le maigre espoir d'y trouver une clé.

– C'est une fausse cheminée, annonça Sasha qui s'était glissée dans l'âtre et tapotait un panneau au-dessus de sa tête, là où aurait dû se trouver un conduit. Complètement fausse.

Juchée sur une chaise, Priya grogna en essayant d'ouvrir la fenêtre.

– C'est bloqué.

– Pareil ici, dit Scott. (De la sueur luisait sur son front et au-dessus de sa lèvre.) La serrure a été peinte, impossible de l'ouvrir. Et il y a des barreaux, de toute façon.

– On arrivera peut-être à les décoincer. Essayez encore !

Robbie regarda Diego secouer la poignée mais, après une minute, il le poussa sur le côté et se jeta contre la porte. Le battant massif en chêne ne bougea pas d'un pouce. Robbie recula et s'élança à nouveau, tout le poids de son corps projeté contre le bois, avant de vaciller en arrière en se frottant l'épaule.

– Merde !

– Et avec un coup de pied ? suggéra Diego.

Robbie martela du pied le milieu de la porte, encore et encore. *Boum. Boum. Boum.* Je sentais chaque coup se répercuter dans ma poitrine, mais je continuai de fouiller les tiroirs. *Boum. Boum. Boum.* Je ne trouvai rien d'autre que des nappes, des serviettes, des napperons, des fourchettes, des cuillères, des assiettes et des chandeliers. *Boum. Boum. Boum.*

Sasha monta sur la table et fit courir son regard tout autour de la pièce, fébrile.

– J'ai besoin d'un balai, ou d'un bâton, un truc du genre.

– Pour quoi faire ? demandai-je.

Boum. Boum. Boum.

– Pour taper au plafond. Peut-être qu'il y a quelqu'un à l'étage du dessus.

– Tu ne crois pas qu'ils entendraient déjà ce raffut ? soulignai-je en désignant Robbie.

Boum. Boum. Boum.

– Je ne sais pas... Robbie, ça ne marche pas ! cria Sasha en se couvrant les oreilles. Ça ne sert à rien.

Diego chercha autour de lui.

– Il n'y a rien que nous pourrions utiliser pour défoncer la porte ?

– Comme quoi ? demanda Robbie en reprenant son souffle.

– Je ne sais pas... N'importe quoi.

Robbie saisit la chaise la plus proche et recula, chancelant, comme surpris par le poids du siège. Après avoir retrouvé l'équilibre, il la fracassa contre la porte. Diego fit un bond en arrière en criant. La chaise s'écrasa mollement contre le chêne avant de tomber sur le côté.

– Fait chier !

Je tirai sur le col de ma robe à sequins, qui me grattait contre ma peau moite.

– Bon sang ce qu'il fait chaud.

Je traversai la salle jusqu'à la grille d'aération au mur, sous le grand miroir en laiton. Y avait-il un moyen de la boucher ? Je touchai les bords métalliques et reculai aussitôt.

– Aïe !

C'était brûlant.

– Est-ce que c'est censé être si chaud ?

Les autres ne me prêtèrent pas attention, concentrés sur leurs recherches.

– Quelqu'un sait forcer une serrure ? demanda Sasha.

Certains secouèrent la tête.

– Euh... je veux bien essayer, proposa Diego. Vous auriez un trombone ? Ou alors... un de ces accessoires de coiffure ?

– Une épingle à cheveux ? demandai-je.

– Oui, par exemple.

Sasha récupéra une vieille barrette dans la poche avant de son sac et la tendit à Diego.

– Ça irait, ça ?

Il l'étudia.

– Non, je ne crois pas. J'ai besoin de quelque chose de fin et pointu.

– Je vais voir ce que j'ai.

Je me précipitai vers ma chaise et fouillai mon sac de fond en comble, mais il n'y avait rien de fin et pointu.

– Priya, appelai-je. Tu n'as pas d'épingle à cheveux ?

– Non, dit-elle en grognant alors qu'elle s'échinait contre la fenêtre. (Elle finit par abandonner, à bout de souffle.) Tu sais que je n'en mets pas.

En effet. Elle portait toujours de longues pinces bananes pour ses cheveux épais.

– Un autre truc pointu, alors ? Un trombone, n'importe quoi ?

– J'ai juste apporté mon téléphone et mon gloss. Rien d'autre.

– Vachement utile, commenta Scott en descendant de sa

chaise. On ne sait jamais, on pourrait avoir besoin de lèvres brillantes en cas de pépin.

Il sortit divers objets des poches de sa veste et les posa sur la table – des cigarettes, un briquet, son portefeuille, un paquet de mouchoirs.

– Tu n'as pas vraiment mieux à proposer, fis-je remarquer.

Il haussa les épaules et remonta sur la chaise pour se remettre à l'ouvrage.

– J'ai trouvé une épingle à cheveux ! s'écria Sasha en lâchant son sac pour courir l'apporter à Diego. Robbie, pousse-toi.

Pantelant, celui-ci se mit de côté. Diego s'agenouilla devant la porte.

– Je ne sais pas si ça va marcher.

– Essaie toujours, l'encouragea Sasha.

– Merde ! (Priya lâcha la poignée de la fenêtre et secoua la main.) Rien à faire, c'est coincé.

Elle posa la paume sur la vitre. Les gouttes de pluie qui striaient le verre obstruaient la vue.

– Laisse-moi voir, intervint Robbie.

Priya sauta de la chaise pour lui céder la place.

– Pourquoi mettre de la peinture sur les verrous ? s'étonna Scott en y allant de toutes ses forces pour ouvrir la fenêtre. C'est ridicule.

– C'est franchement... dangereux... en cas d'incendie...

Les biceps de Robbie se gonflèrent sous les manches de sa chemise.

– Tu pourrais casser la vitre ? suggéra Sasha.

– Non, ne fais pas ça, dis-je. C'est inutile, vu qu'il y a des barreaux de toute façon.

– Mais on arrivera peut-être à les retirer, renchérit Priya.

Robbie me scruta, moi qui étais la plus menue du groupe.

– On pourrait te faire passer au travers pour que tu ailles chercher de l'aide.

Irritée, je lissai ma frange.

– Même sans les barreaux, ça m'étonnerait que je passe.

Toujours concentré sur la serrure, Diego tirait la langue alors qu'il essayait de tordre l'épingle à cheveux dans différents angles. Dans un soupir, il se remit debout.

– Je n'ai aucune idée de comment m'y prendre.

Scott se frotta les yeux.

– Passe-moi une chaise.

Sasha fronça les sourcils.

– Tu es... déjà sur une chaise ?

Il agita la main frénétiquement.

– Une autre !

Je soupirai. À quoi bon. Mais comme j'étais la plus proche de lui, je lui tendis la première chaise à portée de main. Elle était bien plus lourde que ce à quoi je m'étais attendue.

Il grogna en la soulevant au-dessus de sa tête puis tapa les pieds arrière contre la fenêtre. Le verre était épais, mais après quelques coups bien placés, une grande fissure apparut au milieu.

– Oui ! C'est ça ! s'écria Priya.

Il la cogna encore une fois et la vitre se cassa. Je me reculai contre la table tandis que des bris de verre s'abattaient sur Scott. Un gros morceau vint lui blesser la joue, lui arrachant un cri de douleur. Il perdit alors l'équilibre et agita les bras comme des hélices, cherchant à se retenir à quelque chose. Mais il n'y avait rien, que du vide, et je ne réagis pas assez vite pour pouvoir le rattraper.

Il tomba de la chaise et atterrit par terre dans un immense craquement.

10 MOIS, 2 SEMAINES PLUS TÔT

MARS DE L'ANNÉE DE PREMIÈRE

– Tu les vois ? demandai-je à Priya en scannant du regard la foule du Chesterfield à la recherche de Sasha.

Ce n'était que la deuxième fois que je venais ici. Le restaurant appartenait aux parents de Maria, et le week-end précédent Sasha m'avait demandé de faire le guet pendant qu'elles étaient allées récupérer des bouteilles en douce. J'avais eu envie de vomir tout du long, jusqu'à ce qu'elles réapparaissent avec deux sacs pleins, les yeux dissimulés derrière des immenses lunettes de soleil identiques, comme si elles venaient de faire un casse. Nous nous étions ensuite précipitées à l'arrière de la voiture d'Amy avant d'éclater de rire. Rien que pour ce moment, ça avait presque valu le coup.

Maintenant, la plupart des élèves de première étaient serrés comme des sardines dans le restaurant et je m'entendais à peine penser sous la musique et le brouhaha. Priya avait le nez rivé sur son téléphone, le visage encadré de ses cheveux bouclés par mes soins.

– Arf, il n'y a pas de réseau ici. Mais regarde, dit-elle. Sasha a posté une photo sur Instagram il y a vingt minutes, on dirait qu'elle venait juste de finir de se préparer.

Elle fit pivoter l'écran vers moi et je me raidis. D'instinct, je reculai vivement la tête, à deux doigts de me tordre le cou. Le visage sans vie de Maggie me revint en mémoire et j'en eus soudain le souffle coupé.

– Oh mon Dieu, s'écria Priya en éteignant son portable. Je suis vraiment désolée.

Je m'attrapai la poitrine et m'efforçai de calmer ma respiration.

– C'est pas grave...

– Non, je suis trop bête. Comment j'ai pu oublier !

Après la mort de Maggie... après ce que j'avais vu sur les réseaux sociaux... mes parents m'avaient encouragée à voir un psy, mais j'avais refusé et ils ne m'avaient pas forcé la main. Je me demandais parfois si ça n'avait pas été une erreur. Je ne pouvais pas perdre tous mes moyens comme ça chaque fois que je voyais une page de réseau social.

– Tu veux qu'on s'en aille ? s'enquit Priya, le front barré d'inquiétude.

Je secouai la tête.

– Non, ça va. C'est passé...

Une main s'abattit tout à coup sur l'épaule de Priya.

– Les filles ! cria Zane tandis que le volume de la musique montait encore d'un cran, et le visage de Priya s'illumina.

Zane tenait dans une main trois flûtes d'une boisson pétillante qu'il nous tendit.

– Merci, dis-je en en attrapant une, l'estomac toujours noué. Hum... Ce n'est pas du champagne, si ?

– Si seulement. C'est du cidre.

Je pris une petite gorgée alors qu'il révélait le coin d'une flasque dans sa poche.

– Mais j'ai rendu les choses un peu plus intéressantes.

– Salut ! nous lança Robbie.

Je toussotai lorsque le cidre dopé fit fausse route.

– Salut, crachotai-je.

– Ça va ?

Je toussai encore une fois avant de m'éclaircir la gorge. *Tout doux, Amber. Tout doux.*

– Oui, ça va.

– Tes... boucles... jolies.

Sa phrase se perdit dans le vacarme.

– Quoi ?

Il tendit la main pour glisser une mèche de cheveux derrière mon oreille, puis passa délicatement le doigt sur l'une de mes boucles d'oreilles, choisies avec soin pour ce soir. C'étaient des attrape-rêves dorés parsemés de petits éclats d'ambre. Il avait dû me complimenter à leur sujet.

Mon cœur s'emballa.

– Merci.

Il dit autre chose mais je secouai la tête, incapable de l'entendre. Il se pencha à mon oreille.

– Viens, trouvons un endroit plus tranquille.

Son souffle chaud sur mon cou embrasa mes terminaisons nerveuses.

Comme Priya était trop occupée à faire les yeux doux à Zane pour se soucier de ma présence, je laissai Robbie me prendre la main et me guider à travers la salle. Nous fendîmes la foule jusqu'au bar, puis Robbie m'emmena vers une grande porte en chêne entrouverte. Après avoir trouvé la lumière, il ferma la porte derrière nous, étouffant le bruit. Il n'y avait plus que lui et moi.

Seuls.

Dans le salon privé d'un restaurant.

Juste nous deux.

Mon cœur se gonfla comme un ballon de baudruche, sur le point d'éclater. J'avais toujours du mal à comprendre ce qu'un athlète populaire comme Robbie trouvait à l'asociale fanatique de musique que j'étais, mais chaque fois que nous passions du temps ensemble le courant entre nous semblait s'intensifier.

– Alors... qu'est-ce qu'il y a ? demandai-je.

– Je voulais juste échapper à tout ce monde un moment. Il fait une de ces chaleurs.

– Ouais, c'est bondé, commentai-je avant de prendre une gorgée de cidre pour me donner de la contenance.

– Et bruyant, ajouta-t-il. Tu pourrais jouer du piano, ça les ferait taire.

Je gloussai tandis que le rouge me montait aux joues.

– J'ai parlé à Sasha de tes morceaux, poursuivit-il.

– Oh, vraiment ?

Ah, il m'avait donc seulement fait venir ici pour me parler de la pièce. Depuis la dernière fois que nous nous étions vus, j'avais envoyé à Sasha mes compositions du premier et du cinquième acte de *Roméo et Juliette*, impatiente de pouvoir avancer. Mais j'ignorais si elle les avait déjà écoutés.

– Ouais. Et je l'ai à nouveau coincée aujourd'hui et elle m'a dit que le club de théâtre était partant. Tu vas faire *Roméo et Juliette* !

– Quoi ? m'écriai-je.

Je n'arrivais pas à y croire. Ça allait se faire. Ça allait vraiment se faire.

– Oh mon Dieu, merci !

Je me jetai à son cou et je parvins à l'étreindre et à sautiller en même temps. Il rit et je reculai, gênée par cette démonstration affective.

– Je suis ravi d'avoir pu t'aider, dit-il. Je sais ce que c'est d'avoir des rêves immenses.

J'agitai la main devant mon visage comme un éventail, dans une vaine tentative de faire retomber la chaleur.

– Ton rêve, c'est le base-ball, c'est ça ?

– Oui, confirma-t-il avec un sourire.

– Tes frères jouent aussi, non ?

La presse locale avait annoncé le mois précédent que l'un de ses frères avait été sélectionné en ligue majeure.

– En effet. Liam joue pour Georgia Tech et Paul est maintenant chez les Red Sox. J'espère réussir à faire aussi bien.

– Est-ce que les relations familiales, ça aide dans ce genre de situation ?

– Je sais pas, dit-il, les mains enfoncées dans les poches. Mes frères... ce sont des stars. J'ai toujours eu l'impression de ne pas leur arriver à la cheville. J'ai toujours voulu les imiter – dès qu'ils jouaient dans le jardin, je me joignais à eux. Mais ils n'ont qu'un an d'écart, alors que j'ai quatre ans de moins que Liam. Ils me traitaient donc comme le boulet qu'ils devaient se coltiner. J'ai toujours été le petit dernier, tu vois ?

– Mais ça ne t'a pas arrêté pour autant.

– Oh non. Chaque fois qu'ils me cherchaient, ils me trouvaient, sourit-il, ce qui fit réapparaître ses fossettes, et je me sentis chavirer. Tu as des frères et sœurs ?

Maggie. De la bile remonta dans ma gorge. Je ne voulais pas de sa pitié. Une des choses que j'appréciais dans le fait de passer du temps en leur compagnie, lui, Sasha et leur bande, c'était que, comme ils étaient allés au collège Hampton, nous ne nous connaissions pas avant le lycée et ils n'avaient pas fait le lien entre moi et la fille de terminale qui était morte quand nous étions en quatrième. Ils ne savaient pas que j'étais apparentée à Maggie. Or les gens me regardaient différemment lorsqu'ils découvraient que j'étais sa sœur.

– Non, répondis-je en souriant avec le plus de naturel possible. Il n'y a que moi.

– Ça doit être sympa. Mais, tu sais, si tu te sens seule, tu peux toujours venir me voir.

Il passa un doigt dans l'une des boucles de ma ceinture pour me rapprocher de lui et un frisson me parcourut.

– Mes parents vont souvent voir les matchs de Paul à Boston, maintenant. Du coup il m'arrive aussi de me sentir un peu abandonné.

De son autre main, il repoussa à nouveau ma mèche de cheveux derrière mon oreille, les yeux plongés dans les miens.

– Il y a quelque chose que j'ai envie de faire depuis un moment.

Mon cœur battait si fort qu'il devait sans aucun doute l'entendre cogner contre ma cage thoracique.

– Ah bon, quoi ?

Il baissa les yeux, les fixa sur ma bouche.

– Je crois que tu le sais.

Oh mon Dieu. Ça y est, ça allait arriver. Maintenant.

Personne ne m'avait encore embrassée. Et si tout allait de travers ? Avais-je les lèvres trop gercées ? Les mains moites ? Qu'étais-je censée faire avec ma langue ? Rien ? Et si mon cœur explosait avant que je connaisse la réponse ? Et si...

Sans me laisser le temps de paniquer davantage, il posa une main derrière ma tête et m'attira vers lui. Nos lèvres se touchèrent doucement. Il ferma les yeux alors qu'il plaquait sa bouche contre la mienne. Une vague de chaleur m'envahit, faisant picoter mes doigts et mes orteils.

Tandis qu'il intensifiait son baiser, il me poussa contre le vaisselier. Je lâchai ma flûte en plastique, renversant le cidre sur mes chaussures à bout ouvert. Mais je m'en fichais. Je passai les bras autour de son cou et émis un petit soupir lorsqu'il me lécha la lèvre supérieure. J'avais toujours imaginé que rouler une pelle était dégoûtant mais finalement c'était plutôt grisant – il voulait m'explorer en entier et j'étais tout à fait encline à le laisser faire.

Enfin, peut-être pas *en entier*. Lorsque ses doigts commencèrent à descendre vers ma taille, je l'arrêtai doucement.

– On devrait peut-être retourner à la fête.

– D'accord.

Il m'embrassa encore et je souris bêtement lorsqu'il se dirigea vers la porte pour l'ouvrir.

Mais c'était fermé.

– C'est quoi ce bordel ? dit-il en secouant la poignée.

– C'est verrouillé ?

Il tâtonna tout autour de la poignée.

– Il y a une serrure, mais pas de clé. (Il se mit à taper sur la porte.) Hé ! On est coincés !

Je me plaquai les mains sur le visage. Tout le monde allait savoir que nous étions seuls là-dedans.

– Il y a quelqu'un ?

La porte s'ouvrit tout à coup sur Maria et Priya.

– Ah ! désolée, dit Maria en sortant de l'autre côté de la serrure une grande clé en laiton qu'elle balança sous mes yeux. La porte se ferme toute seule.

Elle inséra la clé à l'intérieur en m'adressant un clin d'œil.

– Juste au cas où.

Elle sourit avant de repartir vers le bar.

Je toussai, gênée.

– Vas-y, dis-je à Robbie, impatiente de raconter à Priya ce qui venait de se passer. On se retrouve tout à l'heure.

Il sourit puis se dirigea vers la salle principale.

– Désolée de t'avoir abandonnée, dis-je à Priya.

– Oh c'est rien, ne t'excuse pas, répondit-elle avec un grand sourire. Vous vous êtes embrassés ?

– Ouais, confirmai-je, le rouge aux joues.

Nous nous mîmes à piailler et elle me prit dans ses bras.

– Oh mon Dieu, il est canon. Tu as trop de chance !

C'était dur de ne pas sourire bêtement.

– Et alors, Zane et toi ?

Elle prit un air contrit.

– Sitôt que Sasha est apparue, je n'existais plus.

Mon cœur se serra en lisant la déception dans les yeux de Priya.

– Je vais la tenir à distance. Mais tu ne peux pas juste rester là comme un pot de fleurs. (J'ajustai l'une de ses boucles au-dessus de son épaule.) Il faut que tu participes un peu plus à la conversation.

Elle pinça l'arête de son nez.

– Il ne s'intéresse pas à moi.

– C'est faux ! Tu es juste timide. Lâche-toi un peu. (Je la pris par le bras et la secouai doucement.) Tu es délurée et marrante. Montre-le.

Elle rit.

– OK, OK.

– Bien. Alors retournons voir Zane, si tu veux bien. Où sont-ils ?

– Près du bar...

Sans laisser mon amie finir sa phrase, je me frayai un chemin en direction du bar en la tirant derrière moi. Je vis Sasha ricaner avec Amy et Maria aux propos de Zane.

– Sasha !

– Bonjour vous, répondit-elle en me faisant la bise. J'ai une bonne nouvelle.

Par-dessus son épaule, je repérai Becky Wallace avec Phil Pratt et quelques-uns de leurs amis, en train de me fixer d'un air sidéré. C'était elle qui m'avait mise en garde contre Sasha au collège, lorsque nous spéculions sur les nouveaux camarades de classe que nous aurions au lycée. Peut-être était-elle jalouse de cette fille adulée de tous, de l'avis général.

Comme je ne répondais pas, Sasha suivit mon regard.

– Qu'est-ce qu'elle a à nous mater, celle-là ? bougonna-t-elle. Et tu as vu ses fringues ? Elle se croit où ? C'est une fête pour les dix-sept ans de Maria, pas le goûter d'anniversaire d'une gamine de sept ans.

Becky portait une robe longue rose ornée de petites licornes blanches. Lorsque Amy et Maria éclatèrent de rire, Becky écarquilla les yeux derrière ses lunettes épaisses et, en voyant tout le monde fixer sa robe, elle l'épousseta comme si elle pouvait faire tomber les licornes. Appuyé sur des béquilles, Phil scruta Sasha et se raidit.

– Et qu'est-ce que Phil Pratt fiche là ? lança Priya de manière beaucoup moins discrète tout en jetant un œil à Zane.

Phil se mit à rougir sous sa tignasse grasse de cheveux bruns.

– On n'a pas besoin de se laver pour venir à ce genre de soirée ?

J'en restai bouche bée. Ce n'est pas tout à fait ce que je voulais dire lorsque je lui avais conseillé de participer à la conversation. Comment pouvait-elle dire une chose pareille, même si c'était pour impressionner Zane ?

– Pas faux, renchérit Sasha en passant son bras sous celui de Priya. Maria, dit-elle à voix basse, pourquoi tu les as invités ?

Celle-ci leva les yeux au ciel.

– Ma mère m'a obligée à inviter toute la classe. Elle ne voulait pas que qui que ce soit se sente *rejeté*. Mais bon tant pis, je me suis dit qu'on n'était pas forcés de leur parler.

Becky me dévisageait comme si elle pensait que je me moquais d'elle, moi aussi. Pourtant, jamais je ne me le permettrais. Nous avions été amies... jusqu'à ce que je n'y arrive plus. Mais ce n'était pas sa faute.

Dans l'espoir de changer de sujet, j'attrapai Sasha par la manche.

– Robbie m'a dit, pour la pièce !

Je battis des mains avec enthousiasme. Elle me prit dans ses bras.

– Oui ! Je suis tellement contente. En écoutant la musique de la scène du poison, sans déconner, j'ai carrément fondu en larmes. Tu as un sacré talent. (Elle prit un bretzel sur le bar et le plongea dans une sauce aux épinards.) J'ai vraiment hâte de faire cette pièce.

En guise de réponse, je ne parvins qu'à émettre un jacassement.

– Mais il vaut mieux attendre l'hiver prochain. Je sais que tu veux que ce soit en mai...

– *Quoi ?* Ça sera trop tard ! m'écriai-je. J'aimerais envoyer l'enregistrement avec mes candidatures pour la fac.

Elle prit un autre bretzel.

– C'est juste que ça va demander une tonne de travail, de

monter un tel spectacle avec de la musique. Et *Roméo et Juliette* est beaucoup plus compliqué que *Bye Bye Birdie.* (Elle marqua une pause pour mâcher.) Il faudra peaufiner le script, préparer la mise en scène, tout ça. Et comme ça, l'orchestre aura plus de temps pour apprendre tes morceaux.

La panique bouillonnait en moi.

– Mais les représentations de la pièce du premier semestre ont toujours lieu juste avant les fêtes de fin d'année. Ce sera trop tard.

– C'est quand l'échéance pour envoyer les dossiers ?

– Mi-décembre, je crois.

Elle suçota de la sauce sur son pouce.

– Eh bien, on va faire en sorte que la première soit avant cette date. Ne t'inquiète pas, on va trouver une solution, je te le promets !

Mais ça signifiait devoir compter sur la chance pour que la première se déroule à la perfection. Mon avenir tout entier était en jeu. Et je détestais m'en remettre à la chance.

Quand on comptait sur la chance, on pouvait être sûr que quelque chose irait de travers.

00:48:00

– Scott ! s'écria Priya.

Scott atterrit sur le dos et la chaise dégringola sur lui. Sonné, il gémit en se tenant le ventre. Une entaille saignait sur son front.

Je me précipitai vers lui.

– Ça va ? (Il grimaça et geignit.) C'est où ? Où as-tu mal ?

– Partout.

Il prit appui sur ses coudes en grognant. Son pied droit était bloqué sous le gauche. Diego contourna la table pour me rejoindre tandis que j'écartais la chaise. Tout le monde se rassembla autour de Scott.

Accroupie à côté de lui, Priya tamponna la coupure de son front avec une serviette en tissu rouge.

– Ah, ça a l'air profond. Ne bouge pas, il y a du verre...

– Attends, arrête, dit-il en la repoussant. Ma cheville.

Il plia son genou gauche et tira sur son autre pied avec sa main libre, dans un grognement de douleur. Lorsqu'il remonta son pantalon, sa cheville apparut tordue en un angle qui ne paraissait pas vraiment naturel.

Mon ventre se serra et je détournai les yeux en me

couvrant la bouche. Robbie me prit par les épaules et je lui attrapai la main. Si j'arrivais à peu près à gérer la vue du sang, les membres déboîtés, en revanche, c'était trop pour moi. Oh mon Dieu. Je n'arrivais pas à y croire. Ça *ne pouvait pas* arriver.

– Merde, lâcha Diego. Qu'est-ce qu'on fait?

Robbie vint s'agenouiller à côté de Scott.

– Laisse-moi regarder.

Il s'approcha du pied de Scott, mais celui-ci eut un mouvement de recul et hurla de douleur.

– Ne me touche pas!

– Je veux voir si c'est cassé.

– Ça paraît évident que c'est cassé.

– Ça pourrait être juste déboîté. Tu vois l'articulation qui dépasse? dit-il en désignant une bosse sous la peau. Il est arrivé la même chose à Zane pendant un match il y a quelques années. Si c'est ça, je peux essayer de la remettre en place...

– Non! s'écria Scott avant de se traîner vers le mur, s'écorchant la paume sur du verre au passage. Ahh, laisse-moi.

Les mains plaquées sur les joues, les yeux horrifiés rivés sur la cheville de Scott, Priya s'accroupit à côté de lui. Je voulus lui toucher l'épaule en signe de réconfort mais elle anticipa mon geste et s'écarta. Mes doigts brassèrent l'air avant de retomber mollement le long de mon corps.

– Allez, insista Robbie en poussant des débris du pied. Ça fera moins mal si tu me laisses faire.

– Tu n'es pas médecin.

Le front couvert de sueur, Scott s'adossa contre le mur. Il s'essuya les mains sur son jean pour enlever les bouts de verre, mais se figea lorsqu'il remarqua les traînées sombres qu'il laissait sur son pantalon. Il saignait.

– Bordel.

– Viens, fais-moi voir, proposa Priya avant d'examiner ses mains dont elle sortit un petit morceau de verre.

– Tu as déjà effectué la manip? demanda Diego à Robbie.

– Non... Mais j'ai vu notre entraîneur faire sur Zane.

Scott secoua la tête, le teint blafard.

– Y'a pas moyen, décréta-t-il en agitant la main vers Robbie. Ça ne compte pas.

Robbie se leva et se passa la main dans les cheveux.

– Fait chier, bougonna-t-il en regardant Priya nouer une serviette autour de la main de Scott.

Elle s'occupa ensuite de l'entaille sur son front, les lèvres pincées comme si elle se sentait mal. Je lui tendis un verre d'eau.

– Merci.

Elle mouilla la serviette et m'adressa un regard qui disait : *Comment en est-on arrivés là ?*

– Il faut qu'on sorte d'ici, s'écria Sasha. Tout de suite.

Je jetai un coup d'œil vers le compte à rebours. Il nous restait à peu près quarante-cinq minutes. Quarante-cinq minutes... avant quoi? Avant de se mettre d'accord sur qui on allait tuer? Ou avant que l'un d'entre nous tente de commettre un meurtre à mains nues? Allions-nous réussir à trouver ensemble une solution? Ou alors prendre le risque de considérer que c'était une fausse bombe, et attendre de voir? La chute de Scott constituait un dur rappel à la réalité. Et si la température continuait d'augmenter, allions-nous suffoquer avant la fin de l'heure? Est-ce que c'était possible?

Dans tous les cas, nous ne pouvions pas rester là les bras

croisés. Il fallait tenter quelque chose. En marchant sur les débris de verre, je me dirigeai vers la chaise qu'avait utilisée Scott sous la fenêtre. Je montai dessus et m'appuyai contre le mur pour regarder dehors. On pouvait tout au plus passer le poing à travers les barres de fer rouillées qui quadrillaient la fenêtre, alors une personne... J'étais en train de chercher une poignée ou un levier quand Sasha me tapota la jambe.

– Allez. Tu es maigre comme un clou. Essaie de te glisser.

Je fis courir mes doigts sur l'un des barreaux à l'endroit où ils étaient fixés au cadre de la fenêtre, à l'affût d'une charnière.

– C'est impossible, Sasha, dis-je. Les barres sont cimentées au mur... Je ne vois pas comment on pourrait les retirer.

– Bon sang, pesta-t-elle. Il y a quelqu'un dehors ?

Tout ce que je voyais, c'était la pluie tomber dans l'allée étroite entre le Chesterfield et le long bâtiment en briques. Une grande poubelle à gauche me bouchait la vue de la rue latérale. À droite, il n'y avait rien d'autre qu'un mur et le trottoir ; l'édifice en face ne présentait aucune fenêtre de notre côté.

– À l'aide ! criai-je en m'approchant autant que possible des bords acérés de la vitre cassée. Aidez-nous !

Mais les trombes d'eau couvraient ma voix. Un nouveau coup de tonnerre retentit. J'appelai encore une fois, mais mes cris restèrent sans réponse.

Je me tournai vers Robbie.

– Il n'y a personne. Pas un chat.

Il me prit la main et m'aida à descendre de la chaise avant de me serrer contre lui. Je ne savais pas lequel de nous deux il essayait de réconforter. Mais par cette chaleur, j'étouffais dans ses bras.

– Bon Dieu, c'est une étuve, ici.

Je ne pensais pas que la température pouvait monter si vite, mais la pièce était petite et la chaleur corporelle de six personnes en panique n'aidait certainement pas.

– Il fait tellement humide dehors que l'air chaud ne circule pas.

– Si, mais pas assez, rectifia Diego.

Sasha grimpa sur la chaise et secoua les barreaux comme si elle allait réussir à les faire bouger. La sueur lui collait les cheveux sur sa nuque. Quand ses efforts s'avérèrent vains, elle s'époumona de rage, les mains en coupe autour de la bouche. Priya, assise à côté de Scott, la regarda déverser sa fureur tout en frottant machinalement la cicatrice au-dessus de sa lèvre.

– Sasha, c'est inutile, dis-je en lui pressant le mollet. Il n'y a personne.

– Mon téléphone.

À bout de souffle, elle sauta de la chaise et se pencha au-dessus de la table pour atteindre son portable. Après être remontée sur son perchoir, elle tendit la main par la fenêtre en agitant l'appareil. Espoir et peur se mêlèrent au plus profond de moi. Est-ce que ça allait marcher ? Peut-être n'était-ce qu'en sous-sol que nous n'avions pas de réseau. Sasha parviendrait-elle à obtenir de l'aide ?

– Alors ? s'enquit Robbie, les mains sur les hanches.

Je triturais mon bracelet d'améthystes alors que nous étions tous dans l'expectative.

Finalement, elle rentra à nouveau le bras, sa main et son téléphone mouillés par la pluie.

– Non, toujours rien. Ça ne capte pas. (Elle descendit et s'agrippa à moi, les yeux remplis de larmes.) Mes parents... Zane... et si je n'avais pas l'occasion de leur dire au revoir ?

Elle avait les lèvres qui tremblaient. Priya tiqua à l'évocation de Zane mais ne pipa mot.

J'attirai Sasha contre moi, en m'efforçant d'ignorer le malaise que je sentais monter. Cela faisait moins de quinze minutes que nous étions enfermés et, malgré la chaleur grandissante, ça me glaçait le sang de la voir flancher si vite, elle qui était d'habitude si déterminée.

– Écoute, tu vas les revoir. Il n'y a pas à dire au revoir. Ça va aller.

Mais je n'en étais plus si sûre. Son corps tout entier tressaillit tandis qu'elle hochait la tête.

– On doit pouvoir sortir d'ici d'une façon ou d'une autre, affirma Diego, en passant une main dans ses cheveux, puis il parcourut la pièce du regard. Une issue de secours, quelque chose.

Scott secoua la tête.

– J'ai vérifié. Il n'y en a pas.

– Il doit y avoir un moyen !

Ma voix se fit forte et éraillée. En m'appuyant contre le rebord de la cheminée, je regardai derrière une armoire, puis l'autre. L'air était lourd et, peut-être était-ce seulement mon imagination, mais j'avais l'impression qu'il devenait de plus en plus difficile de respirer.

– Je l'ai déjà dit, il n'y a pas d'autre sortie, déclara Scott en essuyant la sueur de son front du dos de la main. Aucune porte secrète.

Robbie souleva du bout du pied les coins du tapis oriental.

– Peut-être une trappe ? suggéra-t-il.

– Nous sommes déjà au sous-sol, rappela Diego.

– Le sous-sol d'une vieille bâtisse, renchérit Sasha. Au Chesterfield. On est foutus.

– Oh mon Dieu, gémit Priya en tirant sur le col de sa robe. Il fait tellement chaud.

– Essayons à nouveau d'enfoncer la porte, proposa Robbie.

– C'est peine perdue, dit Diego avant de se frotter le front. Elle est trop robuste...

– Réessayez ! cria Sasha. On doit faire *quelque chose* !

Tandis qu'ils se chamaillaient au sujet de la porte, je me laissai glisser le long du mur à côté de la cheminée, la tête entre les mains, trempée de sueur. Je scrutai les lieux – il n'y avait ni trappe, ni grille, ni placards, rien. Je commençais à m'affoler et la pièce étouffante se mit à tanguer alors que j'avais les joues en feu. En combien de temps attrapait-on un coup de chaud ? À quelle température ? Lorsque Robbie recommença à cogner contre la porte, je me plaquai les mains sur les oreilles. Les murs se refermaient sur moi, l'air chaud imprégné d'odeur de transpiration, de rôti et d'œuf me prenait à la gorge et j'avais de plus en plus de mal à ne pas céder à la panique. Pas moyen de me libérer de son emprise. Pas moyen de s'échapper.

9 MOIS PLUS TÔT

AVRIL DE L'ANNÉE DE PREMIÈRE

Mon estomac grogna lorsque je retirai mon manteau pour le ranger dans mon casier. Je ratai le crochet et le vêtement détrempé atterrit sur mes livres et classeurs. Et moi qui croyais pouvoir être opérationnelle avec trois heures de sommeil.

Veiller jusqu'à 4 heures pour terminer le morceau du duel de Tybalt et Mercutio dans *Roméo et Juliette* m'avait paru une excellente idée... jusqu'à ce que j'appuie sur le bouton *snooze* de mon réveil sept fois de suite ce matin-là. Lorsque je m'étais enfin extirpée du lit, je n'avais même plus eu le temps de me mettre un biscuit sous la dent et encore moins de me maquiller. Je hasardai un coup d'œil à mon reflet dans le miroir du casier.

Ouais. Celui qui a inventé la fonction *snooze* devrait brûler en enfer.

Tandis que je me traînais vers les toilettes pour tenter de limiter les dégâts, Sasha me tomba dessus, les yeux exorbités, et faillit percuter Phil Pratt.

– Regarde où tu vas ! s'exclama-t-elle.

Phil prit un air renfrogné mais s'éloigna.

– Beurk. Ça lui arrive de se laver ? fit-elle avant de me

fourrer une grosse pile de papiers dans les bras. Prends ça. (Elle ouvrit son sac et en sortit une agrafeuse et un rouleau de scotch, qu'elle posa au-dessus.) Et ça, et ça.

– C'est quoi ?

– J'ai besoin de ton aide pour accrocher ces affiches... Je n'ai pas le temps. Oh bon sang, tu t'es fait taper ou quoi ?

Elle plissa les yeux en scrutant les poches violacées sous les miens. Je me les frottai machinalement.

– Je... euh... n'ai pas beaucoup dormi.

– M'en parle pas, je sais ce que c'est.

Elle fouilla à nouveau son sac et déballa un chewing-gum.

– Tiens. C'est à la caféine. (Comme j'avais les mains occupées, elle le fourra dans ma bouche.) Ça va t'aider. Et ensuite, tu affiches ça, d'accord ? enchaîna-t-elle en tapotant le tas de feuilles. Tu veux ?

– Donne-moi une bonne raison de le faire, marmonnai-je en mâchant le chewing-gum acide au goût chimique de menthe. Tu viens de te payer ma tête.

– Tu as une super mine, l'air fraîche comme la rosée, d'accord ? fit-elle, les yeux ronds. Tu peux m'aider, s'il te plaît ? Je dois mettre à profit chaque instant de libre aujourd'hui pour potasser en vue de notre examen de bio. (Elle posa la main sur le cœur et me supplia.) J'ai l'entraînement des pom-pom girls ce soir et pas une seconde pour moi de toute la journée.

– Tu vas bien ?

– Oui, ça va. Je suis juste stressée. (Elle m'agrippa le bras.) S'il te plaît, ma belle, s'il te plaît, j'ai besoin de toi. Tu me sauverais la vie.

En riant, je me libérai.

– D'accord, d'accord.

Je poussai du menton l'agrafeuse et lus la première page. Les mots « Sasha Harris, votre future déléguée de classe » formaient un demi-cercle au-dessus de son portrait, ses boucles souples brunes en cascade sur ses épaules, un sourire si blanc qu'on aurait dit qu'il avait été photoshopé.

– Tu es sûre d'avoir le temps pour être déléguée de classe ?

– Je dois étoffer mon CV. Je dois mettre le paquet pour entrer à Harvard.

Comme si son CV n'était pas déjà assez rempli comme ça.

– Hé, attends...

Je décalai la pile sur mon bras pour feuilleter les affiches. Certaines véhiculaient de vilaines allégations sur Jason Goding, son rival. L'une disait par exemple : « Jason Goding s'est servi dans la caisse de la classe l'année dernière. Votez pour lui si vous voulez risquer de corrompre le bal de promo de fin d'année. » Et une autre : « Jason Goding a triché lors de l'examen d'histoire de fin d'année. Ne le laissez pas truander notre classe. »

– Ce sont des mensonges.

– Et alors ? demanda Sasha en fronçant les sourcils.

– *Et alors ?* Je ne vais pas t'aider à diffuser des calomnies.

– Oh, allez. Ce n'est pas si grave...

– Amber !

Priya se faufila parmi les élèves qui traînassaient avant la sonnerie, en faisant rouler un jeton de poker sur ses phalanges. Depuis notre « jam-session » le dimanche précédent, elle s'était entraînée non-stop au nouveau tour de David Thurston.

Sasha fronça les sourcils.

– Tu fais quoi ?

Le jeton tomba et roula par terre jusqu'aux pieds de Scott Coleman.

– Oh zut. Désolée, dit Priya tandis que Scott lui tendait le jeton.

– Pas de problème. À ton service.

Il lui adressa un sourire enjôleur. Depuis la quatrième, Scott avait invité Priya à sortir au moins une fois par trimestre, mais jamais elle ne pourrait fréquenter le fumeur d'herbe de la classe – sa mère la punirait à vie rien que si elle prononçait le mot « joint ».

– Merci, dit-elle en rougissant.

La gentille et timide Priya avait un faible pour les *bad boys*.

– Salut Red, ça roule...

– Elle a dit merci, le coupa Sasha en le congédiant d'un geste de la main.

Il bougonna avant de s'éloigner et Sasha s'adressa à Priya :

– Et donc, c'est pour quoi, ce jeton de poker ?

– Un tour de magie. Je me suis exercée dans le bus, je n'avais même pas remarqué que je le faisais encore...

– Tu as pris le *bus scolaire* ?

– Eh bien, répondit Priya en rougissant, il pleuvait des cordes. Je n'avais pas envie de venir à vélo...

– Oh mon Dieu, tu es trop mignonne, s'exclama Sasha avec un grand sourire.

Priya ricana, mal à l'aise.

Sasha se tourna vers moi et se tapa le front.

– Mince, faut vraiment que j'aille bosser la bio. Je viens chez toi ce soir après l'entraînement. On n'aura qu'à réviser ensemble, dit-elle en faisant un geste vers nous trois.

– J'ai déjà assez révisé, objectai-je.

Dernièrement, j'avais passé la plupart de mon temps avec

Sasha, ce qui était chouette – jamais je n'avais eu une vie sociale si trépidante, surtout avec toutes les fêtes auxquelles elle m'invitait –, mais c'était aussi épuisant.

– Tu ne peux pas étudier avec Amy et Maria ? Ou Robbie ?

Elle renâcla.

– Ces filles se fichent royalement de leur dossier scolaire, et tout ce qui intéresse Robbie, c'est jouer à Fortnite.

– Le truc, c'est qu'il faut vraiment que je me concentre sur la musique de *Roméo et Juliette*.

– Aucun souci. Priya et moi, on t'écoutera en travaillant.

Avant que je puisse répliquer quoi que ce soit, elle plaqua sa joue contre la mienne puis contre celle de Priya, et s'éloigna.

Même si je maugréai, je devais tout de même reconnaître que son incroyable énergie était motivante. Nous étions toutes deux des bourreaux de travail et agissions l'une sur l'autre comme par émulation collective. Il m'arrivait de lui jouer une composition en cours et ses commentaires étaient d'une surprenante pertinence, quoique distillés avec une pointe de sarcasme. Elle m'adressait ensuite un grand sourire, comme pour montrer qu'elle cherchait seulement à me pousser vers l'excellence.

Priya secoua la tête en regardant Sasha disparaître au bout du couloir.

– Je ne comprends pas, lâcha-t-elle. Pourquoi est-ce qu'elle me déteste autant ?

– Pourquoi tu dis ça ? Elle ne te déteste pas, réfutai-je alors que nous nous dirigions vers notre cours de français. Elle t'invite à toutes ses fêtes. Elle vient juste de te proposer de réviser ensemble.

– Sérieux ? Tu n'as pas entendu ? Je suis *mignonne* ?

– Oui, et alors ? C'est vrai que tu es mignonne.

– Ce n'est pas ce qu'elle sous-entendait, bougonna Priya en tirant sur son écharpe bleu irisé. Elle était condescendante. Elle m'a mise à l'écart à tous les matchs jusque-là, tu sais.

– Ah bon ? Je ne savais pas que les pom-pom pouvaient rester sur la touche.

– Pas sur la touche. À l'écart. Je suis juste censée applaudir et stimuler le public au lieu de faire des figures. Mais elle sait très bien que ce n'est pas mon fort d'enflammer la foule.

– Eh bien, c'est peut-être le but. Elle te pousse à te dépasser. Elle essaie de t'aider. (Je posai la pile d'affiches par terre sous un tableau d'affichage et pris l'un des portraits de Sasha.) Elle sait que tu aimerais être moins timide. Et c'est vrai que tu es un peu sortie de ta coquille, ces derniers temps.

– Peut-être...

En souriant, je lui pressai le bras.

– C'est ce que les amis font. Ils s'entraident.

Je brandis la pile d'affiches de Sasha pour appuyer mes propos.

Priya écarquilla les yeux.

– Oh mon Dieu. Si tout ce temps elle a essayé de m'aider... c'est vrai qu'elle m'a acceptée dans l'équipe... mince, j'ai dû paraître ingrate ? C'est peut-être pour ça qu'elle est fâchée contre moi.

Elle se mordit la lèvre.

La sonnerie retentit et les élèves se dispersèrent pour rejoindre leurs salles de classe.

– Elle n'est pas fâchée contre toi. Sérieusement, je crois que tu analyses beaucoup trop chacun de ses propos.

Priya hocha la tête, mais elle semblait toujours préoccupée. En chemin vers notre cours, je m'arrêtai devant une poubelle. Devrais-je me débarrasser des affiches qui mentaient au sujet de Jason ? Les amis s'entraidaient, et ça impliquait aussi de leur épargner de se faire prendre à raconter des salades. Je jetai les feuilles diffamatoires et allai en classe.

Lorsque la cloche sonna la fin des cours, je me précipitai vers mon casier, impatiente de rentrer chez moi pour pouvoir faire une sieste avant l'arrivée de Sasha. Mais c'est alors que Priya me tomba dessus en m'appelant à voix basse dans une sorte de cri étouffé.

– Amber ! Tu dois m'aider !

– Pourquoi tu chuchotes bizarrement comme ça ?

– J'ai fait quelque chose de mal, répondit Priya d'une voix tremblante. De très mal.

Les yeux ronds et remplis de larmes, elle inspecta le couloir.

– Qu'est-ce que tu as fait ?

Elle ouvrit son sac à dos et me montra le coin d'une chemise cartonnée.

– J'ai volé le sujet de notre examen de bio.

– *Quoi ?*

– Je suis allée dans la classe de Mme Tanner juste après le déjeuner, quand je savais qu'elle n'y serait pas. Ce sont ses heures de permanence. J'ai trouvé le dossier sur son bureau. Je voulais juste prendre quelques photos des réponses les plus importantes, mais le concierge a débarqué, j'ai paniqué et caché la chemise dans mon classeur. Tu sais, les tours de passe-passe, c'est mon truc...

– Et quoi, tu pensais avoir recours à la magie pour remettre les documents à leur place ?

– Je ne sais pas ! Je t'ai dit, j'ai paniqué.

– Mais... que... pourquoi... (Je ne savais même pas par où commencer.) Est-ce que quelqu'un d'autre t'a vue ?

Elle secoua la tête.

– Non. Le concierge ne m'a même pas remarquée, il était absorbé par sa musique en sortant la poubelle. Je me suis faufilée dehors.

– Pourquoi tu as fait ça ?

– Pour Sasha ! (Priya enfouit la chemise dans son sac.) Elle était tellement stressée par l'examen de bio, et tu m'as dit qu'elle essayait de m'aider, alors je voulais faire quelque chose pour elle en retour.

– Je ne voulais pas dire tricher à un examen ! Bon sang, Priya...

– Je sais, je sais.

– Tu as envoyé les réponses à Sasha ?

Priya fit la moue.

– Autant les lui donner, je me suis dit, répondit-elle avant de me saisir les poignets. Mais s'il te plaît... *s'il te plaît...* tu dois m'aider.

– Comment ?

– Je veux remettre la chemise sur le bureau, à sa place, sauf que Mme Tanner est dans la salle en ce moment avec quelques élèves. Je crois qu'elle supervise un genre de club. (Elle essuya la sueur au-dessus de ses lèvres.) Mais je dois le faire avant la fin de la journée, avant qu'elle ne se rende compte de quoi que ce soit.

– C'est déjà peut-être trop tard ! Elle a eu plusieurs cours entre-temps, elle a pu remarquer que le dossier manquait.

Priya retint un sanglot.

– Je sais. Je sais ! s'exclama-t-elle en se grattant le menton. J'y suis retournée après chaque heure depuis le cours d'histoire, mais elle était tout le temps là. Elle a une sacrée vessie.

Elle émit un son hybride, entre cri et grognement.

– Je n'ai qu'à le jeter. Elle ne devinera jamais que c'était moi.

– Non, non. Tu ne peux pas faire ça. Sinon elle saura que quelqu'un l'a pris et si elle se met à interroger tout le monde, tu vas te faire prendre, c'est certain. Tu mens encore plus mal que moi.

Je me frottai les yeux.

– Oh mon Dieu, s'exclama Priya. Ma mère va me tuer si elle l'apprend. Et si cette histoire restait dans mon dossier scolaire ? (Elle écarquilla les yeux et s'attrapa la gorge.) Et si je me faisais *expulser* ?

– Priya, dis-je en la prenant par les épaules. Calme-toi, OK ? On va arranger ça. Il suffit d'attendre la fin de la réunion du club, non ?

Elle se mordit la lèvre.

– J'y ai pensé... Mais si jamais elle veut faire des photocopies du test juste après, avant de rentrer chez elle ? Elle verra que les documents ont disparu.

Je claquai la porte de mon casier.

– Très bien. Réfléchissons.

– Merci, merci... Je suis tellement désolée.

Priya bredouilla des excuses sur tout le chemin jusqu'aux labos de sciences.

– Il faut qu'on arrive à détourner son attention, affirma-t-elle. Nous pourrions déclencher l'alarme incendie ? Non, ça va nous attirer encore plus d'ennuis.

– « Nous » ? Qui ça, « nous » ? C'est toi qui as volé le test. Il est hors de question que j'entreprenne quoi que ce soit de si extrême.

La porte de la classe de Mme Tanner était grande ouverte et des voix et des rires nous parvinrent dans le couloir. Cachée derrière la rangée de casiers adjacents, je me penchai pour jeter un coup d'œil dans la salle.

La prof n'était pas à son bureau, qui se trouvait à l'entrée. Elle était en train d'écrire au tableau sur le mur latéral – je n'arrivais pas à lire quoi à cause du reflet de la vitre – devant quelques élèves assis autour de deux tables de labo. Diego parlait :

– Nous devrions fabriquer un prototype aquifère.

Amanda, une fille de seconde que je reconnus, grimaça.

– Ugh, c'est chiant, ça. Et mon idée de réalité virtuelle en 3D ?

– Ouais, ça me plaît bien, ça, intervint quelqu'un d'autre.

Diego secoua la tête.

– Une meilleure gestion des nappes phréatiques pourrait aider bon nombre de pays en voie de développement. Des gens *meurent* de soif tous les jours.

– Je crois que c'est le club des Olympiades scientifiques, murmurai-je à Priya.

Elle hocha la tête, les lèvres serrées comme si elle se retenait de vomir. Je tirai mon cahier de bio de mon sac à dos et le feuilletai.

– OK, voilà ce qu'on va faire. Je vais poser une question à Mme Tanner en la faisant se tourner vers les fenêtres. Pendant que personne ne fait attention, tu déposes l'examen sur son bureau.

Priya acquiesça avec tant d'enthousiasme qu'on aurait dit l'une de ces figurines qui dodelinent de la tête.

– Finissons-en.

– Attends... chuchota Priya, mais je frappais déjà à la porte ouverte.

Tous les yeux se tournèrent vers moi et Mme Tanner arrêta d'écrire au tableau.

– Euh, pardon, madame Tanner ? Est-ce que vous avez une minute ? J'ai une petite question avant notre test de demain.

– Ah oui, bien sûr, dit-elle avant de poser la craie et de frotter la poudre de ses mains. Melissa, tu peux prendre le relais ? Les autres, continuez à réfléchir.

Mme Tanner se dirigea vers nous, mais je filai droit vers les tables désertes du fond, à côté des fenêtres, bousculant presque au passage cette pauvre Melissa qui se dirigeait vers le tableau pendant que ses camarades échangeaient leurs idées avec véhémence.

– Désolée de vous interrompre.

– Non, pas de problème, répondit la prof en pinçant l'arête de son nez. J'aurais dû reporter la réunion des Olympiades pour donner quelques heures de permanence en plus. Alors, qu'est-ce qu'il y a ?

Elle avait l'air épuisée, peut-être à cause de la surcharge de travail, mais ne laissait paraître aucun signe de préoccupation ou de colère suggérant qu'elle avait découvert que son examen avait été volé. A priori, elle n'était pas encore allée faire de copies. Je m'arrêtai à la paillasse la plus éloignée du bureau et y posai mon cahier, de façon que Mme Tanner et moi soyons face aux fenêtres, penchées sur mes notes.

– J'avais une question à propos de... commençai-je en cherchant frénétiquement sur la page un détail peu clair, qui reste toutefois crédible. L'osmose. Je ne suis pas sûre d'avoir bien noté. Quelle est la différence entre une solution hypertonique et hypotonique ? Je crois que je les ai mélangées.

Mme Tanner haussa les sourcils.

– Tu as vérifié dans ton manuel ? Ou sur Internet ?

Je fis la moue. Évidemment, chercher la définition en ligne aurait été bien plus rapide que de le lui demander.

– Je... eh bien oui, je l'ai fait, mais... eh bien, en fait, je n'ai pas trop compris comment on sait lequel est lequel ? Vous voyez, dans un... cas concret ? Je n'ai pas réussi à trouver une explication claire...

– Ah, fit-elle en baissant la voix. Ça, ça va au-delà de ce que tu as besoin de savoir pour l'examen. Je ne demande que les définitions. (Elle m'adressa un sourire de connivence, comme si elle me divulguait des informations top secret.) Mais puisque tu me poses la question, je vais quand même te l'expliquer.

Pendant que Mme Tanner déblatérait à propos de cellules qui rétrécissaient ou bien gonflaient, je jetai un coup d'œil par-dessus mon épaule et lançai un regard appuyé à Priya. Elle s'avança vers le bureau, sans quitter des yeux les membres des Olympiades qui observaient Diego et Amanda débattre des mérites des aquifères comme s'ils assistaient à un match de tennis.

– Personne ne veut faire les aquifères, affirmait Amanda, soutenue par quelques élèves qui acquiesçaient.

Diego mordit son poing fermé en secouant la tête, comme effaré par la bêtise d'Amanda.

– Écoute, dit-il finalement, un projet susceptible de diminuer la souffrance humaine nous rapportera plus de points. Le manque d'eau tue des gens. Tue des *bébés*. De meilleurs aquifères pourraient sauver des vies et stabiliser des régions entières, tant au niveau social qu'économique. La réalité virtuelle 3D, ça n'interpellera pas le jury. De la réalité augmentée, à la rigueur... mais ce sont des problèmes de riches.

– C'est toi qui parles de problèmes de riches ? contre-attaqua Amanda. Est-ce qu'on a vraiment besoin d'une éponge qui change de couleur ?

Diego se passa la main sur le visage comme s'il était las d'entendre toujours les mêmes rengaines sur son invention.

– J'ai eu cette idée il y a des années, d'accord ? Je ne vois pas le rapport avec l'Éponge-Clown...

Tandis que quelques personnes ricanaient, Priya souleva le bord d'une pile de dossiers sur le bureau, la chemise volée dans son autre main.

– Admets-le, Épongeman, lança Amanda sur un ton hautain. Ton idée est *chiante*. La mienne est carrément mieux.

À la mention de son surnom, certains gloussèrent. Pourquoi Diego se laissait-il écraser ainsi ?

– S'il vous plaît, restons courtois, vous voulez bien ? intervint Mme Tanner en se tournant vers le groupe.

Priya recula, le dossier toujours en main, un air coupable sur le visage. Le temps sembla ralentir et la panique m'enveloppa comme un voile âpre tandis que j'imaginais le pire. Mme Tanner allait voir la chemise dans la main de Priya et comprendrait ce que nous manigancions. Je me ferais suspendre et mes parents me puniraient en me confisquant tout ce pour quoi je vivais – mon clavier, mon violon, mon ordinateur, ma musique. Je ne pourrais plus travailler sur la pièce et Sasha me retirerait le projet. J'avais l'impression que les murs se refermaient sur moi.

Je devais garder mon sang-froid. Trouver le moyen de nous sortir de là.

– AQUIFÈRES !

J'avais pratiquement hurlé. Mme Tanner sursauta et tout le monde pivota vers moi. La chaleur me monta aux joues et je savais que j'étais rouge comme une tomate.

– Hum... À mon avis, vous devriez suivre l'idée des aquifères de Diego.

Amanda souffla.

– Et pourquoi ?

– Parce que... parce que...

Je déglutis avec peine, les jambes tremblotantes, à la recherche d'une réponse, pendant que Priya replaçait la pile de dossiers.

– Parce que Diego a raison, toutes les autres écoles vont proposer des projets clinquants comme de la réalité augmentée ou de l'impression 3D ou je ne sais quoi. Le genre de trucs qui ne concernent que les privilégiés. Alors qu'avec l'aquifère, vous contribuerez à aider ceux qui souffrent au quotidien, qui ne s'en sortent pas tout seuls.

Diego haussa les sourcils, étonné. Après un moment, il hocha la tête.

– Exactement. Et si nous réussissons à créer un prototype efficace et rentable, des entreprises africaines et asiatiques pourraient le reproduire.

– Mais bien sûr, railla Amanda en levant les yeux au ciel. Comme si un groupe de lycéens allait surpasser des ingénieurs.

– Pourquoi pas ? répliquai-je. Si vous ne pensez pas pouvoir faire une véritable différence, qu'est-ce que vous faites là ?

Un sourire étira les lèvres de Diego et je sentis ma poitrine palpiter.

De l'autre côté de la pièce, Priya leva le pouce. Malheureusement, Diego suivit mon regard et surprit le geste de Priya. Il tourna à nouveau la tête vers moi, plus du tout souriant, et je me figeai. Zut, zut, zut. Qu'avait-il vu ? Savait-il ce qu'elle avait fait ? Allait-il dire quelque chose ?

J'attrapai mon cahier.

– Enfin bref, je ferais mieux d'y aller. J'ai beaucoup de choses à réviser. Merci pour vos explications, madame Tanner.

Je traversai la pièce en évitant le regard de Diego mais je sentis ses yeux braqués sur moi tandis que Priya et moi nous hâtions vers la porte.

00:44:00

– Hé, dit Diego.

Je rouvris les yeux pour le trouver agenouillé près de moi tandis que Robbie tapait toujours la chaise contre la porte. Priya se tapit sous la fenêtre ouverte à côté de Scott, pendant que Sasha arpentait la pièce à la recherche d'indices. J'ôtai les mains de mes oreilles mais tressaillis lorsque la chaise se fracassa à nouveau.

– Ça va ? me demanda Diego.

Je repliai encore plus les genoux contre moi tandis que la nausée montait.

– Juste un peu... claustro...

Diego recula, la mine soucieuse.

– Tu veux que je te laisse seule ?

Oh bon sang. Il fallait que je me ressaisisse.

– Non, non. Ça va, dis-je avant de déglutir, puis j'appuyai ma tête contre les briques fraîches de la cheminée. Il fait tellement chaud. Tu ne crois pas qu'on puisse suffoquer, si ?

Il me frotta le bras de manière rassurante en secouant la tête.

– J'en doute. Je suis sûr que le thermostat n'est pas réglé si haut.

– Et si la chaudière était cassée, un truc du genre ? (Je m'essuyai le front du dos de la main.) Et si ça n'arrêtait pas d'augmenter ?

Diego fronça les sourcils en considérant cette hypothèse. À l'autre bout de la pièce, Robbie prit de l'élan pour asséner un nouveau coup, suivi d'un craquement de bois. Avait-il finalement réussi ?

– Merde.

Et non. C'était le cadre de la chaise qui s'était cassé en deux. Il jeta sur le côté le siège qui atterrit sur le tapis dans un bruit sourd.

– Aaargh ! cria Robbie en plaquant ses paumes à plat sur la porte. Y'a rien à faire.

Il pivota et, lorsqu'il vit Diego par terre à côté de moi, sa mâchoire se tendit. Les poings serrés, il lui lança :

– Tu crois toujours que c'est une sorte de test de psychopathe lié à la bourse d'études, Épongeman ?

Diego fixa Scott qui grimaçait de douleur en enlevant sa veste en cuir, puis secoua la tête.

– Il y a forcément un moyen de sortir de là, asséna Sasha en ouvrant les tiroirs en bas du vaisselier que j'avais déjà fouillés plus tôt pour n'y trouver que des nappes. *Forcément.*

Elle scanna la pièce avec le regard effaré d'un animal pris au piège.

– Tu n'es quand même pas d'avis que tuer quelqu'un est notre seule option, n'est-ce pas ? demandai-je à Diego à voix basse.

Il secoua la tête.

– Hum, je ne sais plus quoi penser.

Il se leva et me tendit la main pour m'aider à en faire autant.

– C'est vrai qu'il fait de plus en plus chaud, même avec la fenêtre ouverte. On devrait casser la deuxième. Et celles-là, ajouta-t-il en désignant les portes vitrées d'un des vaisseliers. Au cas où il y aurait quelque chose d'utile à l'intérieur.

Tout à coup quelque chose attira son attention et il se figea.

Je suivis son regard et repérai une petite lueur rouge au fond de l'étagère du haut.

– C'est quoi ce truc ?

– Quoi ? s'enquit Robbie en nous rejoignant.

Je touchai la vitre.

– On... on nous filme.

– Hein ? s'exclama Sasha en accourant.

Je pointai l'index vers l'intérieur du meuble.

– C'est une caméra. On est surveillés.

Un petit objectif – une webcam, apparemment – était dissimulé sous une serviette rouge foncé, entre deux rangées de verres en cristal. Il se fondait très bien dans le décor.

– C'est donc bien un test, en déduisit Priya en se levant. Ils observent nos réactions.

– Non, objecta Diego, les mains derrière la tête. Au contraire, ça veut dire que ce n'est pas une simple expérience. C'est du vrai poison, une vraie bombe... tout ça est très sérieux.

Priya blêmit.

– Pourquoi ? demandai-je. Pourquoi la caméra implique que c'est réel ?

Scott émit un râle de douleur. Il s'adossa au mur, les jambes tendues devant lui.

– Voilà pourquoi, répondit Diego en faisant un geste vers Scott. Si les responsables nous regardent, et si ce n'était qu'un canular ou un test, ils ne laisseraient pas Scott allongé là, blessé, à attendre que l'heure s'écoule. Ils auraient tout arrêté quand il s'est cassé la cheville pour l'emmener à l'hôpital.

– Oh mon Dieu, gémit Priya. Ça veut dire qu'ils veulent vraiment que... que...

– Que nous tuions quelqu'un, compléta Sasha, la voix tremblante.

Robbie hocha la tête et bougonna :

– Sasha a raison. C'est pour de vrai. Il faut qu'on désigne quelqu'un.

Scott me lança un regard inquiet en se pinçant les lèvres pour retenir un nouveau râle de douleur.

Robbie poussa Diego et fixa la caméra.

– Allez vous faire foutre !

Je lui pris le bras.

– Robbie, arrête. Ce n'est pas comme ça qu'on va convaincre qui que ce soit de nous libérer.

Priya soupira.

– Parce que tu crois qu'on peut les convaincre ?

– Comment ? grogna Scott entre deux souffles. On ne sait même pas à qui on a affaire.

– Eh bien, dis-je, réfléchissons. Qui ça pourrait être ? Qui nous déteste au point d'organiser tout ça ?

Sasha me prit par le bras.

– Tu ne penses pas que c'est Maria, si ?

Je haussai les sourcils.

– Maria... la pom-pom girl ? demanda Diego.

Sasha acquiesça en déglutissant.

Robbie secoua la tête.

– Impossible. Jamais Maria ne ferait une chose pareille.

Je fis courir mes doigts sur mes lèvres en considérant cette éventualité, consternée que Sasha suspecte en premier l'une de ses meilleures amies. Avait-elle mis Maria en colère ? L'air paniquée, Sasha me regardait cogiter.

– Je ne sais pas, dis-je. Pourquoi elle ? Pour quelle raison ?

– Eh bien… (Sasha se passa la langue sur les lèvres comme si elle se gardait de révéler quelque chose.) Le restaurant appartient à ses parents. Ça lui aurait facilité la tâche pour tout mettre en œuvre.

Je fronçai les sourcils.

– Exact. Mais ça n'explique pas ses motivations.

– Impossible que ce soit elle, de toute façon, intervint Robbie, vu qu'elle est au beau milieu de l'océan.

Les parents de Maria lui faisaient manquer les cours pour les vacances qu'ils passaient en famille deux fois par an et voilà dix jours qu'elle était à bord d'une croisière. « Sale veinarde », n'avait pas arrêté de lui dire Sasha avant son départ.

Celle-ci se frappa le front.

– Je n'ai même pas percuté que le restaurant aurait dû être fermé.

Je me tins la gorge en secouant la tête. Les parents de Maria fermaient toujours le Chesterfield quand ils s'absentaient pour que leurs employés puissent aussi prendre des congés.

– Moi non plus. Je n'y ai pas du tout pensé.

– Quand est-ce qu'ils rentrent ? demanda Priya.

– Samedi, je crois, dis-je.

– OK, donc ce n'est pas Maria… conclut Priya en se mordillant le pouce, le regard tourné vers la caméra. Peut-être que c'est un tueur en série. Vous vous souvenez de ces meurtres perpétrés dans le parc il y a quelques années ?

– Ah oui, acquiesça Robbie.

Quand nous étions en cinquième, plusieurs jeunes femmes avaient disparu à quelques semaines d'intervalle. Elles avaient toutes fait du jogging au parc de Brewster pour être retrouvées une semaine plus tard dans le lac. Je n'en connaissais aucune mais la peur avait envahi la ville comme un tsunami. À l'école, nous devions toujours rester deux par deux dès que nous sortions, que ce soit pour aller au sport ou déjeuner. Papa et maman ne nous laissaient plus nous déplacer à vélo, Maggie et moi, et ma sœur, en première à l'époque, avait fait un esclandre sur le fait de devoir prendre le bus scolaire.

Le tueur s'était révélé être le gérant de l'épicerie locale. Apparemment, quand sa femme l'avait quitté pour son meilleur ami, il avait pété les plombs et commencé à s'attaquer à toutes les rousses qui lui ressemblaient. Dès lors que la police avait fait le lien, il avait été rapidement arrêté. Toutefois, même une fois qu'il fut derrière les barreaux, maman avait voulu que je garde en toutes circonstances une bombe lacrymogène dans mon sac. Elle avait particulièrement peur parce que nous étions rousses. « Ça aurait pu être l'une de nous », disait-elle chaque fois que l'affaire passait aux infos.

– Le type a été coffré, rappela Robbie. Sale taré.

– Putain de meurtrier, tu veux dire, marmonna Scott avant d'extirper de ses doigts tremblants un paquet de cigarettes de la poche de sa veste.

Sa cousine comptait parmi les victimes.

– Peut-être qu'il s'est évadé, suggéra Sasha.

Scott lâcha un rire qui ressemblait à un croassement. Il

glissa une cigarette entre ses lèvres, la tête contre le mur, puis fouilla ses poches à la recherche d'un briquet.

– C'est un tueur en série, pas un petit délinquant. Il est dans une prison à haute sécurité, il ne peut pas s'échapper.

– Et on en aurait entendu parler, souligna Robbie.

– C'est vrai, approuva Scott en mettant sa veste de côté. En plus, ce n'est pas son *modus operandi*.

– Son quoi ? demanda Priya.

– Son *modus operandi*, répéta Scott avant d'allumer son briquet, dont la flamme vacilla lorsqu'il l'approcha de la cigarette. Sa façon de faire, quoi. T'as jamais regardé *Les Experts* ?

– Non.

– Ça veut dire « mode opératoire », expliqua Diego.

Scott pointa son briquet éteint vers Diego.

– Oui, voilà. Sa méthode, quoi ; son *style*. Il a attaqué des filles qui ressemblaient à son ex. (Il marqua une pause en grimaçant, suite à une nouvelle vague de douleur.) Pourquoi soudain s'en prendre à un groupe de lycéens ?

– Si tu pouvais éviter de fumer ici, dit Sasha, les yeux rivés sur le nuage qui s'échappa des lèvres de Scott.

– Oh allez, accorde-moi au moins ce petit plaisir, répliqua-t-il en désignant sa cheville.

– Et si quelque chose prenait feu ?

Scott fit tomber la cendre de sa cigarette.

– Arrête d'être parano. (Il prit une longue bouffée.) On va tous mourir de toute façon.

– Personne ne va mourir, affirmai-je en m'interposant entre eux. Nous allons trouver une solution.

Après avoir inhalé de la fumée, je fis la moue. Scott avait le visage couvert de sueur et de traînées de sang depuis son front jusqu'à ses tempes et son menton. Entre deux bouffées de cigarette, sa respiration était sifflante – il avait l'air de beaucoup souffrir.

– Scott, tu ne devrais peut-être pas fumer. C'est déjà assez compliqué comme ça de respirer là-dedans.

Scott souffla.

– C'est bien parce que c'est toi, Red.

Il me tendit la cigarette au-dessus de sa tête et je la pris pour la jeter dehors entre les barreaux.

Priya se passa la langue sur les dents en réfléchissant.

– Si ce n'est pas le tueur en série de l'épicerie, qui c'est? Bon sang, qui souhaite notre *mort*?

– Peut-être que ce n'est pas ça, le but, hasarda Diego et je haussai les sourcils.

– Sérieux? dit Sasha.

– On en a déjà parlé. *A priori* ce ne sont pas des imitations, déclara Robbie en désignant le plateau avec la bombe et le poison. Quelqu'un veut notre peau.

– Attendez une seconde et écoutez-moi, insista Diego. Dans tous les cas de figure, cette histoire de bourse était un stratagème pour nous réunir ici. Là-dessus, pas de doute. Reste que ça peut être une sorte d'expérience psychologique.

Je fronçai les sourcils.

– Quoi… orchestrée par un savant fou?

– Ou le gouvernement.

– Oh bon Dieu, lâcha Sasha en serrant les poings. On n'a pas de temps à perdre avec l'une de tes théories conspirationnistes à la con.

– Non, vraiment…

– Des théories conspirationnistes? releva Robbie.

– Il est obnubilé par les ovnis, les bases militaires secrètes, tout ça, expliqua Sasha.

Diego se raidit.

– Je ne suis pas obnubilé...

– Comment tu le sais ? demandai-je à Sasha.

Elle leva les yeux au ciel.

– Dans le cadre des recherches interdisciplinaires, on évalue le travail les uns des autres, j'ai donc dû lire son rapport, l'année dernière. Il est convaincu que nous sommes dans la Matrice, que nous sommes tous contrôlés par les ordinateurs.

– C'est faux ! s'écria Diego en me jetant un coup d'œil, les joues rouges. J'ai étudié les facteurs psychologiques à l'origine des théories conspirationnistes et l'absence de données ou de preuves scientifiques qui permettraient d'en réfuter certaines. C'est tout.

Malgré tout, je ne pus m'empêcher de sourire. Avec son statut de premier de la classe, ses éponges et ses T-shirts de science-fiction, sa réputation de geek était déjà faite. Inutile d'essayer de s'en cacher.

– Bref, je ne crois pas que ce soit une simple expérience, reprit Sasha. Un taré veut nous faire sauter après nous avoir torturés.

Robbie secoua la tête.

– Ça ne peut pas être un parfait étranger, c'est quelqu'un qu'on connaît. Ou au moins qui nous connaît, nous. Et qui sait que nous nous connaissons tous.

– Et qui savait que la famille de Maria serait partie, ajouta Priya.

Des fourmillements dans la nuque, j'échangeai un regard méfiant avec Sasha.

– Donc tu penses que c'est un élève du lycée ? demandai-je.

– Fatalement, non ? répondit Robbie. C'est notre seul point commun.

– On est tous en terminale, dit Priya.

– C'est vrai, acquiesça Diego en se frottant le menton. Mais à part ça, je ne vois pas ce qui nous relie les uns aux autres. Ce n'est pas comme si on cherchait à éliminer le groupe de ceux qui ont la cote, ou alors des meilleurs élèves, ou des athlètes, vous voyez ?

J'opinai du chef. Aucun d'entre nous ne rentrait dans la même catégorie. Si nous devions nous mettre dans des cases, j'aurais dit qu'il y avait la reine du lycée, le sportif, l'intello, le rebelle, la solitaire et la musicienne. Nous étions si différents.

– En effet... Je ne vois pas non plus pourquoi nous avons tous été invités. Ou alors nous avons un ennemi en commun ?

Diego haussa les sourcils.

– Une personne qui voudrait se venger de nous tous ?

– Exactement, confirmai-je.

– Bon, qui a le plus d'ennemis ici ? demanda Robbie.

– Sûrement lui, répondit Sasha en regardant Scott.

Celui-ci ouvrit la bouche pour dire quelque chose, mais Robbie le coupa dans son élan.

– Ouais, allez, balance. Tu t'es mis dans la merde à cause d'un trafic de drogue ?

– Je n'achète pas de drogue, objecta-t-il, tandis que je jetais un regard à Sasha, qui baissa la tête. Je tape dans la réserve de mon père. Parfois j'en vends un peu au lycée, mais quelques joints, rien de plus. Je ne connais personne qui ferait ça.

– Ça paraît peu probable, de toute façon, dis-je à Robbie. Même s'il fricotait avec des dealers, pourquoi s'en prendraient-ils à nous tous ?

Sasha repoussa ses cheveux derrière son épaule.

– Bon, personne d'entre nous n'a d'ennemis. Enfin pas de là à vouloir se débarrasser de nous.

– Ce n'est pas vrai, rétorqua Robbie en posant sur moi ses yeux empreints de peur. Il y a quelqu'un qui souhaite la mort d'Amber.

9 MOIS PLUS TÔT

MAI DE L'ANNÉE DE PREMIÈRE

Agenouillée devant mon casier, je rangeai quelques cahiers et, en me relevant, trouvai Robbie à côté de moi. Mon cœur s'emballa. Il se mit à parler en balançant les livres qu'il avait en main, mais ses mots furent couverts par la musique des *Tudors* qui tonnait dans mes oreilles. (Hé, ça rendait le cours de M. Baskin sur l'Angleterre médiévale beaucoup plus intéressant.)

J'ôtai mes écouteurs.

– Désolée, tu disais ?

Robbie s'éclaircit la gorge et se frotta la nuque.

– Je voulais juste savoir... si tu étais libre vendredi soir.

– Oh !

Une vague de chaleur me gagna. Robbie et moi ne nous étions pas retrouvés seuls depuis la fête d'anniversaire de Maria plus d'un mois plus tôt. Quand j'avais pris de ses nouvelles auprès de Sasha, elle m'avait dit qu'il était très pris par le base-ball. Ça paraissait logique, je savais ce que c'était que se dédier à sa passion. Il était finalement plus que probable que j'aie imaginé ce qui s'était passé au Chesterfield. Oui, c'était la conclusion la plus vraisemblable.

Mais voilà que Robbie, avec ses biceps, son sourire adorable et ses fossettes à tomber, m'invitait à sortir.

Et j'étais sur le point de me liquéfier en une flaque que le concierge pourrait passer à la serpillière plus tard.

– Oui, bien sûr, confirmai-je, un sourire béat sur les lèvres, rougissant au souvenir de notre baiser. Je suis libre.

– Génial, répondit-il, un peu plus détendu. Je viens d'hériter de la voiture de mon frère, donc je peux aller te chercher. (Il sourcilla.) Même si elle est pourrie.

– C'est mieux que rien, non ?

Je n'avais même pas encore mon permis. Vu que je travaillais en permanence sur *Roméo et Juliette*, je n'avais pas encore eu le temps de prendre des leçons de conduite. Mais il n'y avait aucune urgence, mes parents n'avaient pas les moyens de m'acheter une voiture, de toute façon. Même pas un vieux tacot. Il faudrait que j'envisage de le passer cet été.

Robbie haussa les épaules.

– Pas faux. 18 heures ?

– De quoi ?

– Vendredi. 18 heures.

Oh mon Dieu. Mon cerveau buggait.

– Oh ! Oui. C'est... parfait. Ça me va.

Moi Jane, toi Tarzan. Oh bon sang. Mes joues étaient maintenant en feu.

– Super. Ça nous laissera le temps d'aller au cinéma après dîner. Il y a quelque chose...

– Pardon.

Phil Pratt se tenait derrière Robbie, l'air revêche. Comme toujours, ses cheveux brun terne étaient gras et il ne sentait pas la rose. Ça faisait des années que je retenais ma respiration en sa présence ; comme son nom de famille figurait juste avant le mien dans l'ordre alphabétique, il avait toujours le casier à côté du mien, ou le siège devant moi en classe si nous étions placés nominativement. Les paupières lourdes et sombres, il portait toujours le même sweat à capuche. Il traînait un gros sac à dos dont il tenait les bretelles comme pour les empêcher de glisser de ses épaules.

Robbie bloquait l'accès à son casier mais n'avait manifestement pas entendu Phil puisqu'il continuait de parler :

– ... que tu aimerais voir ? Il y a ce film d'action avec Matt Damon, mais...

– Tu peux te pousser ? dit Phil plus fort, après s'être éclairci la gorge.

Je repérai un hématome jaunâtre sous son œil gauche. Je me demandai vaguement si c'était l'œuvre de Zane. Je l'avais récemment vu percuter Phil « par accident » ; peut-être lui avait-il également donné un coup d'épaule dans le visage « par accident ». Mais pourquoi imaginer le pire – il était déjà aussi arrivé que Zane me fonce dedans. C'était juste un maladroit de première.

Robbie suivit mon regard et finit par remarquer Phil.

– Tu permets, mec ? lança-t-il, sans bouger d'un pouce. On est en pleine conversation, là.

Phil fronça les sourcils et serra les dents, en fixant son casier derrière Robbie.

– Tu permets ? prononça-t-il d'une voix monotone. Faut que je récupère mes affaires.

Robbie jeta un coup d'œil au casier.

– Ah merde, pardon.

Il se décala vers moi pour laisser passer Phil.

– Bref, dis-je. Ce film avec Matt Damon a l'air bien, je voulais le voir.

– Parfait, répondit Robbie, tout sourire.

Il glissa une mèche derrière mon oreille et déposa ses lèvres sur les miennes. Comme traversée par un courant électrique, je sentis son baiser jusque dans mes orteils.

– À plus tard, conclut-il.

– D'accord, oui. Bien.

Mon Dieu, qu'est-ce qui clochait chez moi ? Robbie pivota pour remonter le couloir et percuta sans faire exprès Phil avec son épaule. Son sac à dos était si lourd qu'il faillit basculer en arrière.

– Oh mince, désolé, mec, s'excusa Robbie. J'étais juste, tu sais...

Il fit un geste vers moi, puis se passa les doigts sur le crâne. Il rit, gêné, et agita la main vers moi avant de s'éloigner.

Oh mon Dieu. J'avais troublé Robbie Nelson. *Moi.* Je ne rêvais pas.

– Ouais, c'est ça, marmonna Phil en retrouvant son équilibre.

J'ouvris la bouche pour lui présenter mes excuses mais, avant que je puisse dire quoi que ce soit, Priya me sauta dessus, suivie de Sasha, Amy et Maria. Toutes les quatre se mirent à piailler.

– Oh-mon-Dieu-Robbie-vient-de-t'inviter-à-sortir ?

Priya avait parlé si vite que c'était sorti en un seul mot.

Je souris.

– Oui, on se voit vendredi soir.

Elle cria à nouveau et se jeta à mon cou, alors que les questions d'Amy et de Maria fusaient quant au lieu, à ma tenue et au fait de savoir si nous allions passer aux choses sérieuses. Je rougis comme jamais. C'était comme si j'avais mes propres pom-pom girls et je n'étais guère habituée à être l'objet de tant d'attention.

Sasha ouvrit la porte de mon casier et vérifia son maquillage dans le miroir.

– Je lui ai dit que tu voulais sortir avec lui.

J'écarquillai les yeux.

– Quoi ?

– Eh bien, tu m'as interrogée à son sujet la semaine dernière, dit-elle en me donnant un petit coup d'épaule. C'est bien parce qu'il te plaît, non ?

Je me mordis la lèvre.

– Peut-être...

– Oh, allez. (Elle plongea dans son sac et en sortit son rouge à lèvres rose pâle.) Ne fais pas ta mijaurée. Il est canon, gentil, loyal...

Nous sursautâmes toutes les deux lorsque Phil jeta un gros livre dans son casier. Le visage de Sasha se tordit en une grimace et elle se pinça le nez en faisant mine de défaillir à cause de sa puanteur. Amy gloussa.

– Bon Dieu, Sasha, s'exclama Maria. Pourquoi est-ce que *toi*, tu ne sors pas avec Robbie ?

Mon ventre se noua.

– Oh... il t'intéresse ?

– Bon sang, non, répondit Sasha. Je le considère comme un frère. Tu sais, nos pères sont amis, donc on se connaît depuis toujours. Et je ne pourrais jamais sortir avec quelqu'un qui m'a vue vomir à côté du petit bassin de la piscine, à moitié nue, quand on avait cinq ans. (Sasha peaufina sa lèvre inférieure.) Mais tu es parfaite pour lui ; il a besoin de distraction en dehors de son gant de base-ball, ajouta-t-elle en m'adressant un clin d'œil conspirateur. Je vous ai donc donné un coup de pouce, à tous les deux. Ça a l'air d'avoir plutôt bien marché, non ?

– Oui, on dirait...

Diego et moi avions été amis depuis tout petits et ça ne m'avait pas empêchée d'imaginer qu'un jour, je sentirais ses lèvres sur les miennes. Que nous finirions peut-être ensemble. Mais cette étincelle s'était éteinte quand il avait choisi de m'ignorer.

– Tu as un mec en vue, d'ailleurs ? demanda Amy à Sasha.

– Vous savez que je ne raconte pas ces choses-là, dit Sasha avec un regard espiègle. Je préfère ne pas risquer que vous alliez colporter des ragots, bande de coquines !

– Il y a donc quelqu'un ? roucoulai-je.

– Plus ou moins. Rien de sérieux.

Elle haussa les épaules en appliquant son gloss par-dessus son rouge à lèvres.

– Honnêtement, je n'ai pas le temps pour une relation, de toute façon.

– Tu en as de la chance, me dit Priya. Tu as un rencard avec le plus canon des garçons de première. Enfin, le deuxième plus canon... rectifia-t-elle en se mordant la lèvre.

Dans un sursaut, je saisis le poignet de Priya.

– Oh mon Dieu, j'ai une idée. Et si on sortait à quatre ?

Les yeux de mon amie s'agrandirent, tandis que Sasha plissait les siens dans le miroir.

– Qu'est-ce que tu veux dire ? demanda Priya.

– Je vais demander à Robbie de venir avec Zane, et tu m'accompagneras ! Ça va être génial.

Je serais moins stressée si Priya était là. En plus, elle semblait un peu grognon depuis que Sasha passait beaucoup de temps avec nous. Ça lui remonterait le moral.

– Vraiment ? s'exclama-t-elle. Tu crois qu'il voudrait passer une soirée avec moi ?

– Bien sûr ! Il te trouve mignonne, aucun doute là-dessus. Il t'appelle « ma belle », non ?

Priya poussa un cri et me prit dans ses bras.

– On devrait aller faire les magasins ce soir pour trouver quoi mettre.

– T'es sérieuse ? lança Sasha à Priya tandis que je me baissais pour récupérer mon livre de trigonométrie pour le cours suivant. Tu dois t'entraîner pour la rencontre de samedi. Tes figures ne sont pas au point.

– Oups, murmura Amy à Maria, qui sourit.

Depuis que Priya avait volé le sujet de l'examen de bio pour elle, Sasha l'avait laissée participer aux chorégraphies, mais apparemment Priya avait du retard à rattraper. C'était gentil de la part de Sasha de lui accorder du temps pour l'aider à se préparer – avec toutes ses activités, j'ignorais comment elle faisait.

Mais Priya croisa les bras.

– Je peux bien me libérer une ou deux heures pour du shopping.

Tandis qu'elles débattaient de leurs emplois du temps, je me décalai pour faire de la place à Phil qui vidait frénétiquement le contenu de son sac à dos dans son casier. Agacée, je lui jetai un coup d'œil. Tandis qu'il cherchait dans ses affaires, j'aperçus quelque chose de brillant dans son sac. Oh oh. Était-ce un…

Non. Ça ne pouvait pas être ça.

Mais si. Je savais ce que j'avais vu.

Phil leva la tête et croisa mon regard. Je me figeai. Je ne sentais plus mes doigts.

S'était-il rendu compte que j'avais vu l'arme ?

Je ne pouvais rien dire. Et s'il la sortait et se mettait à *tirer* ? Non. Je devais l'en empêcher. Ça ne *pouvait* pas arriver. Ou bien ? Ça n'était pas réel. *Impossible*. Le sang quitta mon visage et sa mâchoire se tendit alors que je continuais à m'affairer près de mon casier comme si de rien n'était. Je ne devais rien dire aux filles. Elles paniqueraient. Ce qui risquait de le faire lui aussi perdre ses moyens. Non. Il valait mieux prétendre ne rien avoir vu et aller chercher de l'aide.

Je tirai mon manuel de maths et claquai la porte de mon casier. Sasha recula en sursautant.

– Hé !

Elle était encore en train d'inspecter son maquillage dans mon miroir.

– Je dois aller aux toilettes, dis-je.

– Je viens avec...

– Non, ça va, coupai-je Sasha. Va en cours.

Va en cours avant que Phil se mette à tirer sur tout ce qui bouge ! avais-je envie de crier, mais je devais éviter de le contrarier. Phil remonta la fermeture Éclair de son sac à dos, verrouilla son casier et se hâta dans le couloir.

Sasha fronça les sourcils, inquiète.

– Tout va bien ?

– Vas-y !

Sasha tressaillit, interloquée. Je lui avais fait peur. Les autres filles nous observaient sans rien dire, sourcils froncés. Je ne savais pas si elles étaient parties en cours ou si elles me regardaient courir dans le couloir en passant devant les toilettes des filles pour me diriger vers le bureau du principal. Ça m'était bien égal qu'elles me prennent pour une folle. Il fallait que je parle à quelqu'un de l'arme que j'avais vue. Phil était-il sur le point de s'en servir ? C'est vrai que tout le monde le bousculait, que ce soit par accident ou non. Peut-être voulait-il se venger. Oh mon Dieu. J'aurais dû lui prendre immédiatement le pistolet. Et s'il se mettait à tirer sur des gens en ce moment même ? Et si des gens *mouraient* ? Ce serait ma faute, parce que j'aurais pu l'arrêter.

Au moment où la sonnerie retentit, je tournai à un coin et fonçai presque dans Mme Burr. Son front ridé se chiffonna.

– On ne court pas dans les couloirs...

Mais je ne ralentis pas. Lui dire quelque chose à elle ne servirait à rien, ça lui prendrait trop de temps de clopiner jusqu'à trouver M. Garcia ou M. Turner, les vigiles de l'école.

Devant le bureau du principal, le poste de M. Garcia était vide. Même si nous n'étions pas équipés de détecteurs de métaux modernes comme d'autres écoles, M. Garcia était généralement assis en face de l'entrée principale pour surveiller les allées et venues au cours de la journée. Où était-il ? Je fis irruption dans les locaux administratifs. L'agent de sécurité remplissait sa bouteille d'eau à la fontaine fraîche, tout en riant avec Mme Anderson, la secrétaire. La porte du principal était fermée.

– Monsieur Garcia !

Je posai les mains sur les genoux, à bout de souffle.

Il se tourna et reboucha sa bouteille.

– Bonjour, Amber. (Son sourire s'évanouit en voyant l'expression de mon visage.) Qu'est-ce qui ne va pas ?

– Une arme ! m'écriai-je entre deux respirations. Phil Pratt a une arme dans son sac à dos. Je l'ai vue quand il était à son casier. Il est à côté du mien, et j'ai vu une arme dans son sac à dos. S'il vous plaît, vous devez faire quelque chose...

Il n'avait pas besoin d'entendre un mot de plus.

– Cheryl, dit-il à Mme Anderson en détachant la radio de sa ceinture. Vérifiez quel cours a Phil maintenant. (Il approcha la radio de ses lèvres.) Avis à la centrale, j'ai besoin de renforts immédiats au lycée de Brewster. On nous signale un élève en possession d'une arme.

– Bien reçu, répondit une femme à l'autre bout de la ligne. Je transmets la requête.

– Il a trigonométrie avec Mme Lanish, annonça Mme Anderson, les yeux rivés sur son écran, en repoussant ses lunettes à monture en métal sur son nez. Salle 309.

– Très bien, dit le vigile.

Pendant qu'elle se hâtait vers la porte du principal et y passait une tête, M. Garcia posa les mains sur mes épaules.

– Sait-il que tu as vu l'arme ?

– Je... je ne sais pas...

Il me secoua gentiment.

– Il faut que je sache. Est-ce qu'il t'a vue ?

– Je... oui. Oui, je crois qu'il m'a vue la regarder.

– Et qu'est-ce qu'il a fait ?

– Il a très vite refermé son sac à dos et puis il est parti. Oh mon Dieu, je devrais être assise derrière lui en ce moment. Aucun doute qu'il saura que je l'ai vue si je n'apparais pas en cours.

– D'accord. Je vais récupérer l'arme. Je veux que tu sortes directement sur le parking, loin du bâtiment, et ne reviens pas à l'intérieur, quoi que tu entendes. Compris ?

J'opinai du chef en déglutissant avec difficulté. Étais-je en danger ? Phil allait-il s'en prendre à moi ? Étais-je une cible pour l'avoir dénoncé ? J'accompagnai M. Garcia hors du bureau puis courus dans le couloir vers les portes principales sans m'arrêter, laissant derrière moi l'école et Dieu sait ce qui allait s'y passer.

00:39:00

– Tu veux dire… hésita Priya en sourcillant. Tu crois que c'est Phil qui nous a enfermés là-dedans ?

Elle était à genoux à côté de Scott, au milieu des tessons de verre brillants.

– Oui, acquiesça Robbie. Il en veut à Amber de l'avoir dénoncé.

Sur le moment, j'avais été accueillie en héroïne. Mais je ne me sentais pas comme telle. Je restais terrifiée à l'idée de ce qui aurait pu arriver si je n'avais rien dit.

M. Garcia avait fait sortir Phil de la classe en prétextant un coup de fil – une urgence familiale. Une fois dans le couloir, il avait confisqué son sac à dos et récupéré l'arme. Personne n'avait assisté à la scène ni ne s'était rendu compte de rien jusqu'à ce que Sasha me coince plus tard et m'interroge. Encore sous le choc, je lui avais tout raconté. Bien sûr, elle l'avait répété à Maria et à Amy et le bruit avait bientôt circulé que j'avais déjoué une fusillade.

– Je ne pense pas que ce soit Phil. (Je repoussai ma frange, tout en faisant les cent pas de la table à la porte.) Je veux dire, il y a sûrement quelqu'un qui nous en veut à tous.

– Eh bien, c'est certain que Phil a une dent contre nous, insista Robbie.

– Mais il ne déteste pas Amber en particulier, objecta Sasha. Il déteste tout le monde.

– Raison de plus pour le suspecter.

– Il ne déteste pas *tout le monde*, rétorquai-je.

Sasha grimaça.

– Bien sûr que si. Il regarde toujours tout le monde de travers, avec son air méprisant. D'où l'arme.

La colère bouillonnait en moi. À la croire, Phil était le seul méchant dans l'histoire, alors qu'elle se moquait en permanence de lui.

– Faut dire que tu lui as donné de bonnes raisons de te regarder de travers.

– Moi ? s'offusqua Sasha, les yeux plissés.

– Oui, *toi*. Tu t'es toujours foutue de lui derrière son dos.

Sasha se pinça les lèvres et croisa les bras.

– Ça ne justifie pas le fait d'apporter une arme au lycée. Ni de vouloir *tuer* des gens.

– Bon sang, Sasha, m'agaçai-je en fermant les poings. Tu sais que c'était juste un pistolet à billes.

– Et ?

Robbie me frotta le haut du bras.

– Un tir à bout portant avec un pistolet à billes peut aussi causer des dommages.

– Mais il n'avait pas l'intention de l'utiliser à l'école, protestai-je.

– Qu'est-ce que tu en sais ? riposta Robbie.

Je déglutis. Je savais pourquoi Phil avait l'arme et je gardais son secret depuis des mois. Je n'avais pas du tout déjoué de fusillade.

Sasha secoua la tête.

– Je ne comprends pas, Amber. Pourquoi tu prends sa défense ?

– Il ne voulait blesser personne, dis-je, la gorge serrée.

– Qu'est-ce que tu veux dire ? s'enquit Robbie, perplexe. Pourquoi avoir apporté une arme au lycée, alors ?

Je me tournai et croisai les bras, frissonnant malgré la chaleur. Je me retrouvai face à Diego, à l'autre bout de la table, qui me regardait, la tête légèrement inclinée, comme s'il essayait de résoudre un casse-tête.

– Amber ? m'appela Robbie.

Oh mon Dieu. Je devais leur révéler la vérité.

7 MOIS PLUS TÔT

JUILLET DE L'ANNÉE DE PREMIÈRE

Quelque chose n'allait pas dans ce crescendo. Je plissai les yeux pour examiner les notes que les cordes jouaient dans mes écouteurs. Il fallait davantage de résonance. Peut-être que si j'ajoutais un legato fondu-enchaîné...

Sans quitter l'écran des yeux, j'attrapai ma limonade et bus une gorgée, en me concentrant pour entendre l'ajustement, quand quelqu'un me tapota l'épaule. Je sursautai et renversai mon verre sur mon pyjama.

– Ahh !

– Ahh ! cria papa en reculant.

Je retirai mes écouteurs.

– Oh mon Dieu. Tu m'as fichu une de ces trouilles.

Il rit.

– Eh bien, il n'y avait pas moyen d'attirer ton attention. Tu n'entends rien à part la musique. La sonnette. Ta mère qui t'appelle. La maison pourrait être en feu que tu serais toujours assise là, comme un coq en pâte.

Je me tins les genoux jusqu'à ce que mon cœur se calme. Je détestais quand les gens me surprenaient par-derrière. Pas parce que ça me faisait sursauter. Mais parce que ça me rappelait Maggie.

Ça me rappelait la dernière fois que je lui avais parlé.

Absorbée par un séquenceur multipiste que j'apprenais à utiliser, j'essayais au moins pour la cinquième fois de synchroniser des airs de piano et de violon quand j'avais senti une main sur mon épaule. J'avais bondi en brassant l'air avec mes bras.

– Ahh !

– Wow ! s'était exclamée ma sœur, avant de reculer avec un rire nerveux. Désolée, ce n'est que moi.

– Bon sang Maggie, avais-je grogné en arrachant mon casque. J'étais sur le point de réussir à enregistrer cette piste. C'était presque parfait.

J'avais cliqué sur le bouton « Stop » de la bande en appuyant sur la souris plus fort que nécessaire.

Les yeux ronds, Maggie avait repoussé ses cheveux bruns fins derrière les oreilles.

– Pardon ! Bon Dieu, pas besoin de te mettre dans un état pareil.

– Qu'est-ce que tu veux ? avais-je aboyé, guère d'humeur à me disputer une fois de plus avec elle.

Cela faisait des mois qu'elle était irritable et désagréable. Avant, malgré notre différence d'âge, nous étions tout le temps fourrées ensemble, à nous enflammer pour la dernière série de fantasy à la mode, à regarder plusieurs films d'affilée les week-ends, à dévorer des histoires de fan fiction et à écouter des bandes originales de films – parmi les plus grandioses jamais composées. C'était ainsi qu'était née ma passion pour ce genre de musique. Jusqu'à ce que je devienne plus une gêne pour ma sœur qu'un acolyte.

Maggie se dandinait d'un pied sur l'autre.

– J'aimerais te donner quelque chose.

Elle avait sorti de sa poche son bracelet d'améthystes, celui que mon grand-père avait offert à grand-mère Betty comme cadeau de mariage.

– Il est à toi.

J'avais fait pivoter ma chaise pour lui faire face, les yeux rivés sur le bijou, abasourdie. Quand nous étions petites, nous nous asseyions à tour de rôle sur les genoux de grand-mère Betty et adorions compter les perles difformes et désigner notre préférée.

– Mais tu souhaitais le porter au bal de promo. Maman comptait t'aider à trouver une robe violette qui aille avec...

– Je sais. Mais je ne veux plus y aller.

Elle s'était approchée en me tendant le bracelet, qu'elle avait posé dans ma paume ouverte. Les perles d'améthystes étaient chaudes pour être restées dans sa poche.

– Pourquoi ?

Elle avait haussé les épaules.

– Aucun garçon ne va m'inviter de toute façon. Alors à quoi bon ?

– Tu n'as pas besoin d'être accompagnée pour y aller, si ?

– Je n'ai pas envie, d'accord ? s'était-t-elle énervée, et son menton avait tressailli. Viens, laisse-moi t'aider.

Elle avait repris le bracelet pour le passer autour de mon poignet.

– Et voilà.

J'avais caressé les perles, ne sachant trop que penser.

– Merci.

– De rien.

Elle s'était dirigée vers l'escalier.

– Attends ! l'avais-je interpelée. (Elle s'était arrêtée, sans se tourner.) Tu veux qu'on fasse quelque chose ? On pourrait regarder un film ?

– Tu es occupée à ta musique. Je ne te dérange pas plus longtemps.

J'avais jeté un coup d'œil à mon clavier – c'est vrai, je voulais finir ce morceau. Mais ce jour-là, Maggie avait eu l'air de faire un pas vers moi, en se comportant de nouveau comme une vraie sœur. Passer du temps avec elle m'avait manqué. Mais quand je m'étais retournée, elle était déjà sortie de la pièce et remontait l'escalier.

Je ne l'avais pas suivie.

C'était la dernière fois que je l'avais vue vivante.

Papa était toujours à côté de moi, les bras croisés, en train de loucher sur les couplets sur mon écran.

– Ça a l'air bien.

Je m'efforçai de repousser ces tristes souvenirs.

– Vraiment ?

– Je n'en ai absolument aucune idée.

Nous nous mîmes à rire.

– Et ces logiciels gratuits, ça marche ? demanda-t-il d'un air soucieux.

Quand mon ordinateur portable avait rendu l'âme l'année précédente, j'avais refusé de prendre celui de Maggie et préféré acheter un appareil reconditionné qui n'était pas compatible avec mon logiciel de montage de pointe. Mais les autres programmes étaient hors de prix.

– Oui, ça fonctionne très bien. J'ai presque fini avec ce morceau, d'ailleurs. La fin du troisième acte.

– Oh, super, commenta-t-il, visiblement rassuré. Ensuite il ne t'en restera plus qu'un, c'est ça ?

– Ouais, confirmai-je en souriant.

Papa savait que j'avais déjà fini l'acte V, il aimait bien se tenir au courant de mon avancée. Il était impressionné que je compose la musique d'une pièce entière de Shakespeare et avait même relu *Roméo et Juliette* pour pouvoir écouter mes morceaux en ayant les scènes à l'esprit.

– Amber ! appela ma mère dans l'escalier.

– Ah oui, dit mon père en se passant le doigt au-dessus de la lèvre. Il y a quelqu'un à la porte pour toi.

– Ah bon ?

Qui ça pouvait bien être ? En ce début d'été, tout le monde était parti. Priya rendait visite à sa grand-mère en Inde, et Sasha, Maria et Amy étaient monitrices à un stage de pom-pom girls en Pennsylvanie.

– Oui. Mais n'oublie pas : interdiction de sortir avec un garçon avant d'avoir quarante-sept ans.

Je haussai les sourcils. Il m'imita et, comme il ne me donna pas plus d'informations, je me précipitai en haut des marches.

Quand je déboulai dans le hall d'entrée, je me retrouvai nez à nez avec Robbie, qui était *chez moi*, avec une rose rouge. Une rose qui m'était destinée, selon toute probabilité. Ma poitrine se comprima et j'eus soudain du mal à respirer.

– Salut, réussis-je à articuler.

Maman se tenait à côté de l'escalier, un sourire jusqu'aux oreilles. Je n'avais pas vu Robbie depuis le début des vacances. Après l'incident de Phil Pratt, j'avais annulé notre rendez-vous, trop chamboulée pour penser à sortir ou à embrasser qui que ce soit, voire à prendre du bon temps de manière générale.

Mais Robbie avait fait son affaire personnelle de me rendre

le sourire. Il m'avait glissé des petits mots dans mon casier avec des blagues nulles qui m'amusaient quand même, du genre : « Comment on appelle une cigogne agressive ? Une kicogne ! » J'aimais en particulier celles où il s'était risqué à dessiner, comme ce muffin apeuré devant un autre muffin qui parlait. On s'échangeait aussi des SMS pendant des heures le soir, en testant combien de temps on arrivait à avoir une discussion uniquement composée d'émoticônes. Sous ses dehors de sportif écervelé se cachait en fait un petit rigolo. Tout en restant un sportif très sexy.

– Hum... ça va ?

Je jetai un coup d'œil à la rose. Moufle s'était déjà faufilé entre les chevilles de Robbie et se frottait la tête contre son jean, mais même mon adorable chat ne détourna pas son regard, rivé sur moi.

– Je t'emmène à la fête foraine. Pour ton anniversaire.

J'étais quasi sûre d'avoir entendu ma mère piailler.

– C'est demain, mon anniversaire... Mais attends, comment tu le sais ?

J'avais désactivé mon compte Facebook en quatrième et je ne me souvenais pas de lui avoir jamais mentionné la date.

Il sourit.

– Priya m'a envoyé un texto.

À l'occasion du 4 Juillet, il y avait chaque année dans notre ville une fête foraine plutôt ringarde à laquelle Priya et moi allions toujours pour mon anniversaire. Quand nous étions petites, ça nous semblait absolument féerique, comme si Disney World venait à nous. Jusqu'à ce que nos parents nous emmènent au *vrai* parc Disney World et qu'on se rende compte qu'en fait, non, ça n'avait rien à voir. Nous avons quand même continué à y aller chaque été et, même depuis l'autre bout du monde, Priya s'était assurée que je perpétue la tradition.

– Enfin, reprit Robbie, je me suis dit que tu aurais déjà des projets pour demain, donc je te garde pour moi tout seul ce soir.

Il me tendit la rose et je la pris en me pinçant les lèvres pour retenir un sourire. Une onde de chaleur et des fourmillements m'envahirent et mes doigts tremblèrent légèrement, comme si j'avais bu un cappuccino trop vite.

Maman semblait au bord de la combustion spontanée tant elle était en joie. Oh mon Dieu. C'était tellement gênant. Je me tournai vers elle et vers papa qui nous avait finalement rejoints.

– Je peux y aller ?

Au-delà des plaisanteries de mon père, je ne savais pas si mes parents accepteraient de me laisser sortir avec un garçon – je ne leur avais pas encore parlé de Robbie.

– Bien sûr ! s'écria ma mère. Depuis quand as-tu besoin de demander la permission pour voir tes amis ?

Depuis avant la mort de Maggie. Je n'avais pas besoin de prononcer ces mots tout haut pour que maman comprenne. Son sourire s'évanouit.

Depuis la mort de Maggie, c'était comme si les règles de base instaurées par mes parents n'existaient plus. J'aurais pensé qu'ils allaient devenir plus protecteurs, mais au contraire ils me laissaient faire tout ce que je voulais, du moment que j'envoyais des textos à ma mère aussi souvent que possible. On aurait dit qu'ils marchaient sur des œufs avec moi, terrifiés à l'idée de me contrarier.

– Génial, dit Robbie, dépassé par ce qui se tramait entre ma mère et moi – ce qui était d'ailleurs aussi le cas de papa, trop occupé à étudier Robbie. Du coup... tu veux peut-être te changer ?

Je jetai un coup d'œil à mon pantalon de pyjama à carreaux et à mes chaussons en forme de lapin, couverts de taches de limonade. Mon visage vira au rouge écarlate.

– En effet. Je reviens tout de suite.

Je me précipitai vers ma chambre et posai la fleur sur mon bureau pour enfiler un short en jean, un T-shirt à paillettes et une paire de Converse, puis remontai en vitesse avant que mon père ne lui serine que je devais encore attendre une trentaine d'années avant d'avoir le droit de sortir avec un garçon.

– Envoie-moi un SMS quand vous arrivez, me lança ma mère.

La fête foraine se situait à quelques minutes de voiture. Une fois sur place, Robbie me paya le ticket d'entrée et une énorme barbe à papa rose. J'avais beau détester la barbe à papa, je l'acceptai quand même, espérant que mon estomac fébrile tienne le coup face à cette montagne de sucre.

– Tu te sens plus âgée ? demanda-t-il.

Je lui adressai un sourire sournois.

– Il faudra me poser la question demain.

– On y est presque.

Je haussai les épaules.

– Je ne suis pas fan de l'idée de vieillir.

– Hein ? s'exclama-t-il en me poussant le bras de manière enjouée. Allez ! Tu n'as que dix-sept ans.

En effet, dix-sept ans. L'âge de Maggie quand elle était décédée.

– Tu en es à quoi ? Même pas au cinquième de ta vie.

– C'est vrai, concédai-je en repoussant mes pensées morbides.

– Et alors, comment avance la pièce ?

– Pas trop mal. J'essaie de terminer la musique d'ici au retour de Sasha.

Je tirai un bout cotonneux avant de le laisser fondre dans ma bouche, sentant presque le sucre attaquer mes dents.

– Heureusement que vous l'avez reportée à décembre, non ? dit-il tandis que nous passions devant les tasses tournantes – une attraction qui me donnait envie de vomir.

– Oui, sans doute.

J'avais stagné dans mon travail au printemps car c'était difficile de se concentrer alors que les images sanglantes de ce qui aurait pu se produire si je n'avais pas dénoncé Phil tournaient en boucle dans mon esprit. Mais je ne voulais pas parler de ça maintenant.

– Oh, regarde, il y a des montagnes russes cette année ! m'écriai-je en pointant le doigt, pressée de changer de sujet. Enfin, il faut être suicidaire pour monter là-dessus.

Je me retournai juste à temps pour surprendre le regard de Robbie se promener sur moi. Il était en train de me reluquer.

– Nan, je suis sûr qu'il n'y a aucun risque.

– Hum, si. Le train pourrait rester bloqué au milieu. Ou dérailler. On voit sans arrêt des trucs comme ça aux infos. Il y a même déjà eu des morts.

– Ouais, mais ça ne va pas nous arriver à nous.

Il ricana en balayant mes craintes d'un geste de la main, comme si les accidents n'arrivaient qu'à la télé, qu'aux autres.

Je pris une nouvelle bouchée puis tendis le nuage rose à Robbie, mais il déclina d'un geste.

– Oh, allez, insistai-je. Je ne peux pas m'enfiler ça toute seule.

Il sourit.

– Quoi, tu n'arrives pas à venir à bout d'un demi-mètre cube de pur sucre ?

– Impossible. Est-ce que je suis bizarre si j'avoue que je trouve la barbe à papa dégueu ?

– Pas le moins du monde, dit-il en me la prenant des mains pour la jeter à la poubelle. Ce sont ceux qui aiment ça qui sont bizarres.

– Tu pensais donc que j'étais une fille bizarre, hein ?

– C'est ma faute. Qu'est-ce que je peux t'offrir d'autre ? Des churros au cholestérol ? Un hot-dog à la viande douteuse ?

Je grimaçai.

– Oh-oh, serais-tu un parano de la malbouffe ?

– *Oh-oh ?* me singea-t-il en plaquant la main sur la poitrine, feignant d'être offensé. Je suis fier de ma paranoïa, merci bien.

– J'imagine que tu peux être parano si je suis bizarre, dis-je en riant.

– Hum, OK.

Il me prit la main, réveillant une nuée de papillons au creux de mon ventre tandis que nous nous faufilions dans les allées bordées de stands de jeux et de nourriture, d'où s'élevait une forte odeur de friture et de viande.

Je cherchai quelque chose d'intéressant à dire mais ne trouvai rien d'autre que :

– Alors, qu'est-ce que tu as fait de beau ces derniers temps ?

Renversant, je sais.

Il haussa les épaules.

– Je suis pas mal allé à la salle de sport.

Je m'efforçai de ne pas trop lorgner ses muscles que, bien sûr, je n'avais absolument pas regardés de tout le trajet en voiture.

Bon OK, j'avoue. Je n'avais pas arrêté de les mater. Je plaide coupable.

– Tu ne joues pas au base-ball ?

– J'ai un stage la semaine prochaine. Mais ce n'est pas loin, on pourra quand même se voir.

Les papillons redoublèrent d'intensité. Il voulait passer du temps avec moi. *Avec moi.*

– Et je jouerai en ligue régionale à l'automne puisque je n'ai pas encore été recruté par une équipe universitaire.

Des lignes soucieuses se creusèrent sur son front.

– Comment ça, « pas encore » ? L'année de terminale n'a même pas commencé.

– Oui, mais c'est généralement en première qu'on se fait repérer. (Nous nous arrêtâmes à un stand pour regarder un collégien lancer des sacs sur une pyramide de trois bouteilles de lait et rater lamentablement.) D'ailleurs, mon frère a été repéré dès la seconde.

– Wouah, sérieux ?

– Eh ouais. Il n'est allé à la fac qu'un an avant d'être sélectionné en ligue mineure.

Sa voix était tendue. Et moi qui pensais manquer de temps pour les dossiers de candidature à envoyer en décembre au plus tard. Je serais dévastée si j'avais l'impression d'avoir déjà raté ma chance.

– Ce n'est pas encore fichu, si ?

Il se frotta la nuque.

– Peut-être que si, pour être honnête. Mais je n'abandonne pas. Jamais de la vie.

Wow. J'admirais sa détermination. Avant que j'aie l'occasion de le lui dire, il s'approcha du collégien.

– Hé petit, laisse-moi te montrer comment s'y prendre.

Il paya trois sacs au bonhomme dégarni qui tenait le stand. Le garçon recula vers sa grande sœur, que je n'avais pas remarquée jusque-là. C'était Becky Wallace. Son expression s'envenima tandis que ses yeux passaient de Robbie à moi.

Robbie me jeta deux sacs puis recula en tenant le dernier derrière son dos, comme au base-ball.

– Je croyais que tu jouais en troisième base ? le taquinai-je en m'efforçant d'ignorer le regard de Becky.

– Ça ne veut pas dire que je ne sais pas lancer.

Il fit un pas en avant et projeta le sac vers l'une des pyramides, dont les six bouteilles se renversèrent. Je l'acclamai. Il tendit son index vers moi d'un air aguicheur et je lui passai le projectile suivant en gloussant.

Il dégomma facilement les deux pyramides restantes puis poussa un cri de victoire avant de me prendre dans ses bras en me faisant tourner.

– Mortel ! s'écria le petit frère de Becky qui le tira par le bras, malgré ses protestations.

C'était quoi son problème, en fait ?

– Alors ce sera quoi ? demanda le monsieur dégarni, l'air blasé. Le chien géant, le dragon géant ou le chat géant ?

Il désigna les peluches accrochées au-dessus de sa tête.

Robbie me jeta un coup d'œil.

– Laisse-moi deviner. Je parie que tu veux le chat.

– Comment tu le sais ? rétorquai-je en écarquillant les yeux.

Il baissa la tête vers ses jambes, là où son jean bleu foncé était couvert de poils de Moufle.

– Au pif, vraiment.

– Eh bien, je préférerais le dragon, répliquai-je en croisant les bras. Tu n'auras qu'à m'appeler la Mère des dragons.

Avec sa longue perche, l'homme commença à décrocher le dragon.

– Non, attendez ! m'écriai-je. Le chat. C'est le chat que je veux.

– Ah ! fanfaronna Robbie tandis que je serrais l'immense chat dans mes bras.

– Oh la ferme.

Il m'attira derrière le dernier stand de l'allée et repoussa mes cheveux derrière mon oreille. Avant que j'aie eu le temps de dire ouf, ses lèvres étaient sur les miennes et j'eus la quasi-certitude que mon cœur allait exploser. Robbie prit mon visage entre ses mains et je m'agrippai à son T-shirt, le tirant contre moi tandis qu'il intensifiait son baiser. La chaleur se répandit dans mes veines et mon corps tout entier frémit comme si chacune de mes terminaisons nerveuses était en feu.

Des cris tout proches nous ramenèrent à la réalité, me faisant sursauter. Mais c'était simplement le train des montagnes russes qui passait à côté de nous. Robbie sourit.

– Allez, on le fait.

– Je sais pas trop… Je n'ai pas vraiment envie de mourir.

– Moi non plus !

Il me tira vers la file en riant et on se retrouva juste derrière Becky et son frère. Oh, non. Becky me fusilla à nouveau du regard, comme si j'étais coupable de haute trahison. Nous avait-elle vus nous embrasser ? Était-elle jalouse ?

À l'époque où nous étions copines, elle avait eu un faible pour tous les garçons de la classe à un moment ou à un autre, même pour Phil Pratt. À chaque soirée pyjama, elle lançait le jeu *Kiss, Marry, Kill* pour savoir si nous étions intéressées par les mêmes mecs qu'elle.

Robbie sortit son portefeuille.

– Mince, je n'ai plus de liquide. Il y a des distributeurs à l'entrée. Je reviens tout de suite.

– J'ai de l'argent...

– Non, aujourd'hui c'est pour moi. (Il planta un bisou sur ma joue.) Garde notre place dans la file.

Tandis qu'il s'éloignait au petit trot, Becky me dévisagea ouvertement. Gênée, je me balançai d'un pied sur l'autre.

– On dirait qu'on ne va pas faire moitié-moitié... tentai-je de plaisanter.

Mais elle ne dit rien. La culpabilité m'accabla au souvenir de l'épisode de la fête de Maria, lorsque Sasha et ses amies, et même Priya, s'étaient moquées de la tenue de Becky, sans que je réagisse.

Je croisai son regard et espérai pouvoir me racheter.

– Écoute, je suis désolée...

– Ce n'est pas à moi que tu devrais présenter tes excuses, me coupa-t-elle.

Derrière elle, son petit frère était absorbé par un jeu sur son téléphone.

C'était mon tour de la fixer sans comprendre.

– Quoi ? Qu'est-ce que tu veux dire par là ?

Elle triturait le bout de sa tresse au-dessus de son épaule.

– Je… je ne pige pas. Tu te sens au-dessus de tout, maintenant, avec tes grands airs. Qu'est-ce qui t'est arrivé ?

Quoi ? Oh, non. Est-ce qu'elle ruminait sa rancœur depuis le collège ? Peut-être avait-elle l'impression que je cherchais à gagner en popularité en sympathisant avec Sasha et Robbie. Ce qui n'était pas du tout le cas.

– Écoute, Becky… repris-je, l'énorme chat serré contre ma poitrine. Je ne voulais pas te blesser. Tu le sais, n'est-ce pas ? J'ai traversé une phase difficile…

Elle lâcha sa tresse et ferma le poing.

– On ne parle pas de moi, là.

– Alors de qui ?

Elle jeta un coup d'œil à son petit frère, qui était toujours dans son monde.

– De Phil.

Elle me prit de court.

– Phil Pratt ? Mon Dieu, Becky, comment as-tu pu être amie avec lui ?

– Je suis toujours son amie. *Suis*. Au présent.

– Mais… pourquoi ?

– Il n'est pas méchant. Tu ne sais absolument rien sur lui.

Je secouai la tête, abasourdie.

– Il a apporté une arme à l'école. C'est tout ce que j'ai besoin de savoir.

Son expression s'assombrit, le ressentiment dans ses yeux amplifié par ses épais verres.

– Bien sûr, vu que tu n'as jamais pris la peine de t'intéresser à lui. Tu ne sais pas pourquoi il avait cette arme.

Je me rebiffai en entendant son ton, à croire que c'était moi qui avais mal agi.

– Alors dis-moi pourquoi ?

Les lèvres pincées, Becky m'étudia un moment.

– Ce n'est pas à moi de t'expliquer. Je lui ai promis de ne rien dire... (Elle déglutit avec difficulté.) Mais tu ne le connais pas. Et maintenant il est coincé chez lui avec... avec... il est coincé chez lui, et c'est ta faute.

– Hé ! cria Robbie en se faufilant entre les gens derrière nous dans la file jusqu'à venir se planter devant moi comme un bouclier. C'est quoi ton problème ?

Il toisa Becky qui eut un mouvement de recul, les yeux ronds. Mais Robbie continua :

– Ne parle pas à Amber de Phil. As-tu idée à quel point ça a été traumatisant ? Elle nous a sauvé la vie.

– Absolument pas, répondit-elle d'une petite voix, les lèvres tremblotantes. Elle n'a sauvé personne.

– N'importe quoi.

– Phil ne ferait jamais de mal à personne. On ne peut pas en dire autant de vous et de vos amis qui vous en prenez à lui en permanence.

Robbie fit la grimace.

– On ne lui a rien fait de mal.

Becky secoua la tête, les yeux remplis de larmes.

– À moi de dire « n'importe quoi ».

Sans un mot de plus, elle prit son frère par le bras, le tira de la file et partit en courant, alors que la haine dans ses yeux se gravait dans ma mémoire.

00:38:00

Je poussai un profond soupir.

– Phil m'a dit pourquoi il avait l'arme. Mais j'ai juré de garder le secret...

Robbie m'attrapa le bras.

– Tu as laissé ce taré t'approcher ?

Je me libérai de son emprise.

– On s'est croisés un jour au Starbucks, après la fête foraine.

Becky avait dû lui raconter ce qui s'était passé. Elle l'avait peut-être même encouragé à me dire la vérité.

– Il est venu à ma table pendant que sa mère commandait un café. Je n'allais pas remballer mes affaires et partir. Je ne peux pas m'enfuir chaque fois que je le vois.

– Si, tu peux !

– Mais il n'est pas dangereux. Enfin pas vraiment.

– Qu'est-ce qu'il t'a dit ? voulut savoir Priya en se redressant pour mieux me voir par-dessus la table.

Les dents serrées, j'hésitai. Je ne l'avais répété à personne, comme me l'avait demandé Phil, car sa vie était déjà assez compliquée comme ça. Mais désormais je n'avais plus le choix.

– Il m'a confié qu'il avait seulement l'arme pour se défendre contre son père. Et pour protéger sa mère.

Jamais je n'oublierais son regard quand il avait roulé sa manche pour me montrer les brûlures de cigarettes. La façon dont sa lèvre tremblait lorsqu'il avait évoqué la douleur. L'expression glaciale dans ses yeux lorsqu'il les avait plantés dans les miens. Comme si j'avais fait exprès de le trahir, de le contraindre à passer un an à la maison avec son père alcoolique.

La culpabilité avait assailli mon cœur. Je savais que j'avais bien fait de dénoncer Phil. Quand on voit une arme à l'école, on la signale. Il n'aurait pas dû apporter un pistolet à billes au lycée. Mais je n'avais aucune idée de ce qui se passait chez lui. Comment étais-je censée savoir que son père était violent ? Il ne s'en était jamais ouvert à moi.

Mais Becky avait raison, ce n'était pas non plus comme si je m'étais intéressée à lui.

J'avais vu les bleus sur le visage de Phil. Je l'avais vu appuyé sur des béquilles l'année précédente. Mais je n'avais pas pris la peine de demander ce qui s'était passé. Ni de me soucier de quoi que ce soit d'autre que la pièce et ma vie sociale. Peut-être que si j'avais été plus observatrice, plus empathique, j'aurais pu l'aider à se sortir de cette atroce situation, rien qu'en avertissant le conseiller d'orientation. Au lieu de ça, j'avais fermé les yeux sur sa souffrance et l'avais catalogué comme un loser qui aurait besoin de se laver un peu plus souvent.

Priya bondit sur ses pieds.

– Son père le battait ?

– Oui. Tout le temps.

– N'importe quoi, maugréa Sasha. Il a sûrement inventé cette histoire pour faire pleurer dans les chaumières. (Elle pointa la porte du doigt.) Je parie que ce sale parasite pleurnichard est là derrière en ce moment même, en train de se foutre de nous.

Sidérée par son ton, je grimaçai.

Robbie lui baissa le bras et murmura, en lançant un regard appuyé vers la caméra :

– Ne dis pas des trucs comme ça.

– Ce n'étaient pas des mensonges, repris-je. J'en ai parlé au conseiller d'orientation, et maintenant Phil vit avec sa tante.

– Ça ne veut pas dire que c'est vrai, répliqua Sasha.

– Je ne crois pas qu'il ait menti, intervint Diego, et nous nous tournâmes tous vers lui. J'avais remarqué qu'il avait des bleus.

– Moi aussi, renchéris-je. Juste avant de voir le pistolet dans son sac. D'abord, j'ai cru que c'était à cause de Zane qui le bousculait dans le couloir. Et peut-être même à cause de toi, ajoutai-je en regardant Robbie. J'ai eu peur que ce soit la raison pour laquelle il avait l'arme. Pour l'utiliser contre vous.

Robbie me lança un regard peiné.

– Je ne l'ai jamais touché.

– Oh allez, Robbie, rétorquai-je d'une petite voix. Je t'ai vu lui rentrer dedans. C'était toujours par accident ?

Jusque-là, je n'avais jamais abordé le sujet avec lui. J'aurais dû lui en parler dès que je l'avais vu heurter Phil. Mais j'avais préféré considérer qu'il n'avait pas fait exprès. J'étais totalement sous son charme et je voulais qu'il m'apprécie. Qu'il m'aime. À l'époque, il me dévorait des yeux comme si j'étais la seule fille du lycée qui valait la peine d'être regardée, même par rapport à Sasha, et je craignais de tout gâcher. Mais j'avais été bête. Je connaissais les conséquences du harcèlement scolaire.

Robbie rougit et se frotta la nuque.

– Bon, c'est vrai que j'ai pu le bousculer un peu. Mais ce n'était pas méchant.

– Ouais, n'empêche que, même si ce n'est pas Phil, peut-être qu'une autre personne que tu as pu « bousculer un peu » nous a enfermés là-dedans, dit Diego en mimant des guillemets en reprenant les mots de Robbie.

– Tu es en train de dire que c'est ma faute si on est coincés ici ? s'énerva Robbie avec un geste de la main.

À peine quelques centimètres plus loin, l'aiguille de la seringue reluisait sur le plateau en argent. J'avais déjà vu Robbie perdre son sang-froid, mais il n'irait pas jusqu'à vouloir se servir de la seringue dans un élan de colère… si ?

Tremblante, je posai la main sur son bras.

– Ce n'est pas ta faute. On essaie juste de comprendre ce qui se passe, d'accord ? (Robbie avait les narines dilatées mais, après quelques secondes, il hocha la tête.) De toute façon, je crois que c'est quelqu'un de plus fourbe qui nous a mis là-dedans.

– Tu penses à Becky ? demanda Robbie. Elle nous détestait clairement, toi et moi.

– Hein ? C'est quoi cette histoire ? demanda Sasha.

– On est allés à la fête foraine l'été dernier… Je suis parti chercher de l'argent et, quand je suis revenu, Becky était en train de hurler après Amber, on aurait dit une folle furieuse.

– Becky connaissait la vérité sur Phil, expliquai-je. Elle était énervée… enfin, elle était sans doute énervée pour plusieurs raisons, mais surtout parce que j'avais dénoncé Phil et l'avais fait renvoyer sans savoir pourquoi il avait l'arme. Et lorsque Robbie a pris ma défense, elle l'a pris en grippe, lui aussi.

Sasha hocha la tête.

– Très bien, Becky semble plausible, déclara-t-elle, la main levée comme si c'était son tour de prendre la parole. Elle déteste Amber parce qu'elle a balancé Phil. Elle déteste Robbie parce qu'il s'est rangé du côté d'Amber. (Elle faisait le décompte sur ses doigts.) Elle déteste Diego parce que c'est Diego.

– Hé, répliqua celui-ci, ça veut dire quoi, ça ?

– Oh ça va, lâcha Sasha. Tu es millionnaire à cause d'une éponge débile. *Tout le monde* te déteste. (Diego ouvrit la bouche pour protester, mais elle continua.) Il ne reste donc plus que Scott et Priya.

– Et toi, alors ? souligna Priya en la fusillant du regard. Elle te déteste aussi.

Je haussai les sourcils, impressionnée de la voir lui répondre sur ce ton.

À ma surprise, Sasha acquiesça.

– Ouais... elle me fixe souvent de manière bizarre, à croire qu'elle passe son temps à me surveiller. (Elle frissonna rien que d'y penser.) Elle a toujours été jalouse de moi.

– Oh, franchement, Sasha, répliquai-je. Ce n'est pas simplement de la jalousie. Tu le sais très bien.

– Et c'est quoi, alors ? demanda Sasha, les sourcils froncés.

– Oh mon Dieu ! m'exclamai-je en me tapant le front.

Pour quelqu'un censé être un génie, Sasha en tenait parfois une couche.

– Peut-être qu'elle te déteste parce que tu as toujours été infecte avec elle ? hasarda Scott. Simple supposition.

– Elle est infecte avec tout le monde, marmonna Diego.

Sasha en resta bouche bée puis se pinça les lèvres, comme pour contenir son étonnement.

– Ce n'est pas vrai. Je suis gentille.

Elle se tourna vers moi avec un regard suppliant qui me prit de court.

– Toi aussi, tu penses que je suis une peste ?

6 MOIS PLUS TÔT

AOÛT AVANT L'ANNÉE DE TERMINALE

– Zane a demandé de mes nouvelles ? répéta Priya pour la troisième fois.

Je ris au milieu d'une gorgée et un filet d'eau coula le long de mon menton.

– Je te jure, oui. Qu'est-ce que ça a de si surprenant ? Il ne t'a pas vue de tout l'été.

J'attrapai une serviette et m'essuyai le menton et le T-shirt. Nous étions installées Chez Mike – j'évitais le Starbucks depuis que je m'y étais retrouvée nez à nez avec Phil.

– Et qu'est-ce que tu as dit ?

– La vérité. Que ta grand-mère avait essayé de te caser avec tous les Indiens de bonne famille de la ville.

Priya tendit le bras au-dessus de la table pour me pousser l'épaule.

– Arrête, t'as pas dit ça !

Je ris à nouveau.

– Quoi ? Au moins, ça l'a rendu jaloux.

– Impossible...

– Bonjour, mesdames.

Scott apparut à notre table, un tablier blanc noué au-dessus de ses sempiternels vêtements noirs, et posa deux énormes tasses de cappuccino devant nous.

– Cadeau de la maison.

– Ah, c'est trop gentil ! Merci, babilla Priya en lui souriant.

Je jetai un coup d'œil autour de moi dans le café – il n'y avait que deux autres clients, installés près des fenêtres.

– Est-ce que tu as le droit de nous offrir ça ?

Il haussa les épaules.

– Rien à foutre. Je me fais chier. Nettoyer la machine à expresso, ça a ses limites. (Il ramassa nos précédentes tasses vides.) Vous voyez ? Je m'emmerde tellement que je nettoie votre bordel.

– Ça fait partie de ton boulot, non ? le taquinai-je.

Avant qu'il puisse répondre, Sasha déboula dans le restaurant et s'écria :

– Salut les filles !

Elle se rua vers nous et je me levai pour la prendre dans mes bras. Après son stage de pom-pom girls, elle était partie directement à Paris avec ses parents pendant une semaine, si bien que je ne l'avais pas vue de tout l'été. Elle me fit la bise puis donna l'accolade à Priya.

Scott attendait, comme pour voir s'il aurait aussi droit à des salutations.

– Hey, dit-il.

Sasha percha ses lunettes de soleil sur le haut de son crâne.

– Pfff ! Pourquoi faut-il que je te voie partout ?

– Si seulement je ne te voyais nulle part, rétorqua-t-il avant de retourner vers le bar en secouant la tête.

– Pathétique, murmura-t-elle.

Qu'est-ce que Sasha avait contre Scott ? Ce n'était pas la première fois qu'elle le rembarrait comme ça.

– Écoute, reprit Sasha en poussant l'épaule de Priya. Tu pourrais nous laisser ? Je dois discuter avec Amber de *Roméo et Juliette*.

– Mais on vient juste de se retrouver, protesta Priya en jetant un œil à son cappuccino fumant.

– Oui, eh bien, c'est important, insista Sasha, une main sur la hanche. Et très urgent.

– Je n'ai pas vu Amber de tout l'été.

– Vous pourrez rattraper le temps perdu tout à l'heure. Enfin, tu peux rester si tu veux, mais ça ne va pas être très intéressant pour toi. On ne va parler que de la pièce.

Priya se tourna vers moi.

– Tu savais qu'elle venait ?

Je me mordis la lèvre. J'avais oublié de prévenir Priya, mais je ne pensais pas que Sasha la congédierait ainsi.

– Oui, je l'ai conviée. Mais je t'envoie un texto dès qu'on a fini et on n'aura qu'à se rejoindre chez moi.

– Pfff, très bien.

Elle prit son sac et céda sa place à Sasha.

– Alors, commença celle-ci en se penchant en avant, les coudes sur la table. J'ai du nouveau à propos de *Roméo et Juliette*.

– J'ai passé des vacances géniales, et toi ?

Sasha fit claquer sa langue.

– Haha très drôle. Sérieusement, j'ai quelque chose à te dire.

Elle fronça les sourcils, comme si ce qu'elle était sur le point de m'annoncer risquait de ne pas me plaire. Mon estomac se noua. Oh non.

– Je sors tout juste d'une réunion avec la troupe.

Je n'assistais jamais à ces réunions. « Amber, tu as déjà

tant à faire », avait-elle dit au printemps dernier lorsque je lui avais demandé si je devais y participer. « Toi tu t'occupes de l'orchestre, et moi du club de théâtre. C'est le moins que je puisse faire. »

– Oh mon Dieu.

La panique m'envahit. Ils n'avaient pas changé d'avis pour *Roméo et Juliette*, au moins ? J'avais envoyé mes compositions terminées à Sasha deux semaines plus tôt, et j'en étais tellement fière. Je n'avais pas fait tout ça pour rien, si ?

– Ils n'aiment pas mes morceaux, c'est ça ?

– Non, non ! Ta musique est géniale... c'est juste que, eh bien, ils trouvent que jouer un classique de Shakespeare, c'est un peu barbant.

Oh mon Dieu. Non, non, non. Est-ce que c'étaient mes compositions qu'ils trouvaient *barbantes* ? J'avais travaillé si dur ; j'y avais mis toute mon âme, toute mon énergie. Et ça ne suffisait pas ?

– Qu'est-ce que tu veux dire ? demandai-je d'une voix tremblante. Je croyais que tout le monde était d'accord. Et nous en faisons une version moderne. C'est presque une réinterprétation. Tu as déjà préparé le script...

– Amber, m'arrêta Sasha en me prenant la main sur la table. Calme-toi. On peut faire la pièce à condition qu'on ajoute quelques chansons.

Je retirai ma main.

– Hein ?

Elle prit son téléphone pour consulter son appli de notes.

– On a choisi quelques scènes qu'on trouve appropriées pour des chansons. (Elle jeta un coup d'œil à mon expression horrifiée.) Juste quelques-unes ! La scène du balcon, le début de l'acte IV quand Juliette menace de se tuer, et la scène de son suicide.

– Mais... mais...

Complètement prise au dépourvu, je nageais en pleine confusion. Le travail était pour ainsi dire fini. L'orchestre était censé commencer à apprendre les morceaux à la rentrée, la semaine suivante, et il ne restait plus que quelques ajustements à apporter au script et à la mise en scène.

– Ça aura l'air ridicule, d'ajouter juste quelques chansons par-ci, par-là. Et puis je ne suis pas parolière, je n'ai jamais composé de la musique avec du texte.

– Eh bien, ça va être un super challenge alors ! s'exclama Sasha avec enthousiasme.

– Non, absolument pas ! m'écriai-je, si fort que les trois autres clients se retournèrent vers nous.

Scott haussa les sourcils.

C'était un désastre. Ce que je voulais envoyer aux universités, c'était une belle musique, envoûtante, légère, et non pas des morceaux bricolés, entrecoupés de chansons qui ne sortaient de nulle part.

Les petits doigts en l'air, Sasha saisit le cappuccino intact de Priya. Elle but une gorgée sans me quitter des yeux audessus de la tasse.

– Écoute, j'ai essayé de m'opposer à cette idée, mais je représentais la minorité. Le truc, c'est que si tu refuses, j'ai peur que les autres insistent pour faire plutôt *Grease*.

Le sang quitta mon visage. Elle dut me voir pâlir.

– J'aurais préféré ne pas te le dire, mais ils voulaient déjà changer.

– *Quoi ?*

J'avais l'impression d'être à deux doigts de vomir.

– Je les ai convaincus qu'on pourrait rendre *Roméo et Juliette* plus sympa... plus *pêchu*... si nous ajoutions quelques chansons, voire quelques blagues aux dialogues. (Elle se frotta les yeux et poussa un soupir.) Je me sentirais vraiment mal si cette occasion te passait sous le nez. Tu as déjà tant travaillé. Je détesterais que ce soit pour rien. Mais enfin, si tu es vraiment contre, je le dirai aux autres...

– Non, objectai-je en prenant une profonde inspiration. C'est d'accord.

– Vraiment ?

– Oui.

J'en avais l'estomac sens dessus dessous. Ça allait générer beaucoup de travail supplémentaire, et je n'étais même pas sûre d'en être capable. Mais je devais tenter le coup.

– Merci, Sasha. Vraiment. Merci de ton soutien.

– Bien sûr, répondit-elle, un sourire aux lèvres. Tu peux compter sur moi. Je ne laisserai pas quelques crétins du club tout foutre en l'air.

00:36:00

Je fixai Sasha, sans savoir quoi répondre. Est-ce que je la considérais comme une peste ? Après tout ce qu'elle avait fait au cours de la dernière année, oui, ça ne faisait aucun doute. Son manque de discernement me choqua au plus haut point.

Ou alors elle faisait semblant.

– Les filles, s'interposa Diego. Ne perdons pas notre objectif de vue. Est-ce que Becky aurait une raison de te détester ? demanda-t-il à Sasha, qui secoua vivement la tête.

– Sasha, dit Robbie, tu sais que je t'adore, mais tu n'as pas toujours été sympa avec Becky. Allez, quoi. (Il enfonça les mains dans ses poches.) Comme nous tous.

Je fis un pas en avant, hésitante.

– Tout ce que tu as pu dire derrière son dos ? À propos de ses tenues, ses lunettes... ça ne te rappelle rien ?

Sasha me lança un coup d'œil en gonflant sa joue avec sa langue.

– D'accord, très bien. Et toi alors ? dit-elle à Priya. Becky aurait une raison de te détester ?

Perplexe, Priya secoua la tête. La sueur avait détrempé les racines de ses cheveux. Puis elle pencha la tête.

– Enfin, nous étions ses amies, avant, dit-elle en me regardant. Et puis...

Je hochai la tête.

– Oui, on l'a plus ou moins laissée tomber. Mais je ne crois pas qu'elle nous détestait – enfin moi, du moins – jusqu'à ce qu'on se rapproche de Sasha.

Celle-ci croisa les bras.

– Oh arrête. Ne me dis pas qu'elle me déteste au point de vous mettre dans le même sac. Et de là à vouloir vous tuer ?

– Plus rien ne m'étonnerait, dans tout ce cirque, bougonna Robbie.

– OK, supposons qu'elle te haïsse aussi. Il ne reste plus que toi, dit Sasha en se tournant vers Scott. Qu'est-ce que Becky aurait contre toi ?

Adossé au mur, Scott haussa les épaules, un petit sourire aux lèvres.

– J'en sais rien. Je ne vois pas de raisons.

– Aucune ? insista Sasha. Tu ne te souviens pas d'une seule fois où tu aurais pu l'irriter ?

– Nan.

– Alors pourquoi tu es là ? demanda Robbie.

Le sourire de Scott s'élargit et les mots qu'il prononça ensuite me glacèrent le sang :

– J'en sais rien. Peut-être que Becky avait besoin d'un mec assez taré pour tuer l'un d'entre vous.

4 MOIS ET 1 SEMAINE PLUS TÔT

SEPTEMBRE DE L'ANNÉE DE TERMINALE

La sonnerie retentit, tirant les élèves de leurs délicieuses cinq minutes de répit. J'ouvris la porte des toilettes des filles et hasardai un coup d'œil dans le couloir. Mis à part quelques retardataires qui se précipitaient en cours, la voie était libre.

Je me faufilai discrètement vers l'escalier le plus proche. Quand soudain Priya apparut au bout du couloir, en provenance des salles de première. Je me réfugiai aussitôt dans l'embrasure d'une porte. Zut, zut, zut. Si elle m'avait vue, elle voudrait qu'on déjeune ensemble.

La culpabilité me serra le cœur. Je détestais éviter ainsi ma meilleure amie. Mais j'avais besoin de cette heure pour écrire une nouvelle chanson. Il me restait moins de trois mois avant la première de *Roméo et Juliette* pour terminer ces morceaux avec paroles.

Sasha s'était réservé le rôle principal plutôt que de l'attribuer à Maria – l'un des plus grands cataclysmes de l'histoire du club de théâtre. Puisqu'il n'y avait que quelques scènes chantées, elle tenait enfin sa chance. Elle était au comble de la joie quand elle m'avait annoncé la nouvelle.

Pour toute réponse, j'avais grincé des dents. J'avais été trop occupée par ailleurs pour pouvoir avancer sur les nouvelles chansons. Entre diriger les répétitions de l'orchestre (sous la supervision de M. Torrente), aller aux matchs de Robbie, faire mes devoirs et réviser – sans parler des demandes insistantes de Sasha et de Priya pour qu'on se voie –, je m'estimais heureuse quand j'arrivais à dormir cinq heures par nuit. Sans compter que je n'avais pas vraiment envie d'écrire ces chansons. Je continuais de trouver l'idée grotesque.

« Tu peux encore changer d'avis si tu veux, m'avait dit Sasha. Mais les autres risquent de vouloir jouer *Grease*. Ils connaissent déjà les paroles, en plus. Bah oui, c'est *Grease*, on connaît tous les paroles ! Et Maria aura forcément le premier rôle... »

Je ne pouvais pas la laisser tomber. Je ne pouvais pas laisser tomber tout court. Je m'étais déjà tant investie dans cette pièce.

Du coup, la course contre la montre avait démarré et c'était là ma seule heure de libre de toute la journée, puisque après les cours j'avais une répétition de l'orchestre puis rendez-vous avec Robbie. Ferais-je mieux d'annuler nos projets ?

Après notre sortie à la fête foraine, Robbie était venu me voir dès qu'il n'avait pas d'entraînement ou de matchs dans le cadre de son stage d'été de base-ball. Maman était ravie de pouvoir garder un œil sur nous puisqu'elle travaillait de la maison, mais papa grommelait « interdiction de sortir avec un garçon avant d'avoir quarante-sept ans » dès que Robbie débarquait muni de son maillot de bain ou de son ordinateur et son casque de jeux vidéo. Mais au bout de quelques semaines, papa avait allumé chaque soir le barbecue à côté de la piscine et proposé à Robbie de rester dîner.

Il leur était même arrivé de se faire des passes de base-ball et mon père avait installé Fortnite sur son PC. C'était plutôt mignon.

Mais depuis la rentrée, avec nos emplois du temps respectifs bien remplis, nous essayions de caser des rendez-vous au pied levé quand nous trouvions un moment. Comme aucun de nous n'avait d'autre soirée de libre d'ici à deux semaines, je n'avais pas envie de me défiler ce soir. Je n'avais pas le choix, c'était sur Priya que je devais faire l'impasse pour cette fois.

Dissimulée derrière une rangée de casiers devant une porte, je jetai un coup d'œil dans le couloir, attendant que mon amie bifurque vers la cafétéria. Si elle me voyait, elle allait me prendre par les sentiments...

– Est-ce que je peux t'aider ? me demanda M. Baskin derrière moi.

Je fis volte-face. Tous ses élèves avaient assisté à mon petit numéro.

Quelqu'un ricana et une vague de chaleur remonta le long de mon cou.

– Euh... non.

– Très bien. Je suggère que tu passes ton chemin, alors, répondit-il en se frottant la moustache. À moins, bien sûr, que tu ne veuilles réécouter le cours sur les guerres indiennes ? ajouta-t-il avec un geste vers sa classe.

– Euh... ça ira. J'ai saisi l'essentiel ce matin.

Au premier rang, Becky gloussa. Je lui lançai un regard noir. Son sourire s'évanouit et elle se mit à gommer le coin vide de sa feuille. Je ressentis aussitôt une pointe de remords mais je reculai pour laisser le professeur fermer la porte. J'inspectai le couloir. Aucun signe de Priya.

Je me hâtai vers la cage d'escalier et me glissai dans le petit espace derrière les marches. La lumière du jour filtrait à travers la minuscule vitre de la porte arrière. Comme il pleuvait des cordes, avec un peu de chance, personne n'entrerait par là.

Dans un soupir, je sortis mes écouteurs de mon sac à bandoulière, pestant contre le nombre d'heures limité dans une journée. Dommage que je n'aie pas l'un de ces chewing-gums à la caféine de Sasha. Ignorant la fatigue, je me concentrai sur le séquençage de la boucle de la contrebasse avec les violons, les flûtes et les percussions, dans l'optique de créer de douces harmonies tamisées. Alors que les couplets défilaient sur mon écran, le visage de Scott se matérialisa à côté de mon ordinateur.

Je sursautai et fis tomber mon portable par terre.

– Wow. Tu m'as fichu une de ces trouilles ! m'exclamai-je en retirant mes écouteurs.

– Je t'ai bien eue, Red.

Scott glissa une cigarette entre ses lèvres et fouilla les poches de sa veste en cuir élimée.

– Je ne pensais pas te voir ici, reprit-il.

Je mis le morceau sur pause et fermai mon ordinateur, au moment où un coup de tonnerre fit vibrer la porte.

– OK. J'y vais.

– T'inquiète, répondit-il en allumant le briquet. Tu peux squatter là. Je ne dirai rien si tu ne dis rien non plus, ajouta-t-il en désignant sa cigarette.

Je le regardai avec méfiance puis rouvris mon ordinateur.

– OK. *Deal.*

Il fit un geste de la tête vers mon ordinateur.

– Alors, ça roule ?

– Ça roule, ma poule.

Il rigola.

– Non, vraiment. Qu'est-ce que tu fiches, planquée là ?

– Occupe-toi de tes oignons, rétorquai-je, pressée de me remettre au travail.

Il sourcilla.

– Tu vas sur des sites illégaux, c'est ça ? Je ne pensais pas que c'était ton genre, Red.

Il secoua la tête et prit une longue bouffée.

– Quoi ? Non ! Je ne suis pas... je... balbutiai-je, hésitant à lui avouer la vérité.

Si Priya découvrait que je l'évitais en me tapissant sous l'escalier, elle serait dévastée. Elle prenait tout beaucoup trop à cœur.

– Eh bien, tu caches clairement quelque chose.

L'espace d'un instant, il retint son souffle avant d'expirer un nuage de fumée, tout en m'étudiant. Soudain, son visage se figea.

– Oh, merde, Red. Tu t'abrites de Phil ? Ils ne le laisseront plus entrer ici, tu sais.

Mon estomac se noua au souvenir de l'expression de marbre de Phil lorsque j'avais repéré l'arme dans son sac, et quand il m'avait dit la vérité sur son père. Il n'allait pas essayer de se venger de moi, si ? Je frémis.

– Non, non, ce n'est pas ça. Je... Je bosse sur quelque chose. J'avais juste besoin d'un endroit tranquille pour pouvoir me concentrer.

Scott se détendit.

– Oh, fit-il en s'asseyant à côté de moi, jambes croisées, les yeux rivés sur mon écran. J'aimerais bien avoir un ordi comme ça. J'utilise l'antiquité de mon père qui doit dater des années 1990.

– Sérieusement ?

Il haussa les épaules.

– Nan, il n'est peut-être pas si vieux. Tout ce que je sais, c'est qu'il plante plus souvent qu'il ne redémarre. (Il tira à nouveau sur sa cigarette.) Alors, sur quoi tu t'excites comme ça ?

Avant que je puisse répondre, il éclata de rire.

– Enfin, façon de parler !

– Pff, fis-je, mais je dus réprimer un sourire. Je travaille sur une composition, si tu veux tout savoir.

– Je veux tout savoir, en effet ! Une composition... De la musique ? Pour la pièce ?

– Quelle perspicacité.

– Eh bien, ça aurait pu être un *essai*. Ou de la *littérature*.

– Ça ne se dit pas comme ça, ricanai-je.

– Alors où sont tes instruments ?

– J'utilise un logiciel.

Je fis pivoter l'écran vers lui pour lui montrer les couplets.

– Ah d'accord. Donc tu composes les airs de chaque instrument et ça les met tous ensemble, c'est ça ?

Je souris, impressionnée. La plupart des gens n'avaient pas la moindre idée de la façon dont on composait un morceau.

– C'est un peu plus compliqué que ça, mais oui, c'est le principe. Une fois qu'on est satisfait du résultat, on peut enregistrer le morceau sur un clavier ou le jouer avec de vrais instruments, comme ce sera le cas pour la pièce. (Je fronçai le nez.) Beurk. Je ne sais pas ce que tu fumes, mais ça sent le putois...

Oh mon Dieu. Il était en train de fumer de *l'herbe* ? Je fermai l'ordinateur d'un coup sec et le rangeai dans mon sac.

– Bon sang, Scott ! m'écriai-je avant de baisser la voix. Est-ce que tu veux que je me fasse suspendre ? Je n'avais pas compris que c'était un joint.

Il rit.

– Même maintenant que tu traînes avec la bande de Sasha, tu es toujours si naïve ?

Je lorgnai le pétard puis scrutai le plafond à la recherche de détecteurs de fumée. J'en repérai un dans le coin près de la porte du couloir, dont la lumière rouge de la batterie clignotait, menaçante.

– Ils ne consomment pas de drogue. Du moins, pas que je sache. Ils boivent, c'est tout.

– Même pas Sasha ?

– Non.

Il porta le joint à ses lèvres.

– Voilà qui m'en bouche un coin.

– Pourquoi ?

Il posa les coudes sur les genoux en m'adressant un sourire sournois.

– Parce que.

Qu'entendait-il par là ? Savait-il quelque chose sur Sasha que j'ignorais ? Je lui frappai le bras.

– Pourquoi tu fais l'étonné ? Dis-moi.

– Hé, et si tu me confiais d'abord ton petit secret à toi ? rétorqua-t-il avec un geste vers mon ordinateur, avant de prendre une longue bouffée.

– Ce n'est pas un secret. Sasha m'a demandé ces chansons. Je n'ai rien à cacher.

Je me rendis compte à quel point cette dernière affirmation était fausse, étant donné que je me cachais derrière un escalier.

Il expira de la fumée.

– Et ce que Sasha demande, Sasha l'obtient.

Je perçus l'amertume dans sa voix, ce qui était inhabituel, venant de lui. En général, il était plutôt blasé.

Je fronçai les sourcils.

– Qu'est-ce que tu veux dire ?

– Rien. Laisse tomber.

– Tu sous-entendais quelque chose, c'est évident.

Il fit rouler lentement son joint entre ses doigts, en pleine réflexion.

– Eh bien, toi par exemple. Il se pourrait que j'aie entendu une partie de votre conversation au café...

– Ouais, peu importe.

– OK. Eh bien, repense à la manière dont tu lui as cédé en deux-deux. Ça ne te paraît pas bizarre ?

– Je ne lui ai pas cédé à elle, mais au reste de la troupe. Sasha voulait m'aider. Si je n'avais pas accepté de faire ces chansons, les autres auraient voulu changer pour *Grease*.

– Pardon, tu as besoin de t'allonger, peut-être ?

– Pourquoi ? demandai-je en regardant par terre.

– Je ne m'étais pas rendu compte qu'on venait de t'opérer du cerveau pour te retirer des neurones.

Je me renfrognai.

– Et qu'est-ce que j'étais censée faire...

La porte du couloir s'ouvrit d'un coup et quelqu'un grimpa les marches. *Éteins ce truc*, articulai-je en silence, en désignant frénétiquement le joint de Scott. Il en étouffa le bout entre ses doigts et le rangea dans sa poche, mais ça sentait l'herbe dans toute la cage d'escalier. Quand la porte de l'étage supérieur claqua, je me levai et jetai mon sac sur mon épaule.

– J'y vais. Qui que ce soit, il ou elle risque d'avertir un prof de l'odeur.

Il tapota sa poche et lâcha avec un sourire :

– Bon sang, tu aurais plus besoin de ça que moi. Tu veux m'en acheter ? Je fais un prix pour les novices.

– Non ! Beurk, fis-je en me dirigeant vers la porte.

– Attends.

Scott se mit sur ses pieds à son tour. Jusque-là, je n'avais pas remarqué ses yeux injectés de sang.

J'agitai la main pour dissiper la fumée qui flottait autour de nous.

– Quoi ?

– Je voulais juste te dire... Je trouve que tu te laisses trop faire par cette fille.

J'inclinai la tête.

– Non, c'est faux...

– Si. Mais il n'y a pas que toi. C'est notre cas à tous. (Il se frotta le visage et sembla chasser certaines pensées d'un geste de la tête.) Red, réfléchis-y. Est-ce que tu as seulement discuté avec le reste des comédiens de leur requête absurde ?

Je fronçai les sourcils.

– Attends, qu'est-ce que tu insinues ?

Il ricana.

– Ils trouvent vraiment que c'est une bonne idée de *chanter* le monologue du suicide de Juliette ? Bordel, qui est-ce qui pousse la chansonnette juste avant de se foutre en l'air ?

Quand Sasha m'avait parlé des chansons, j'avais paniqué et accepté immédiatement par crainte d'avoir fait tous ces efforts ces derniers mois pour rien. Mais j'aurais peut-être dû demander à participer à leurs réunions.

– Wow, tu as raison. J'aurais dû essayer de les convaincre. (Je me tapai le front.) Mais c'est trop tard, maintenant.

Scott s'adossa au mur opposé, sans me quitter de ses yeux vitreux, un sourire aux lèvres.

– Nan. Tu ne captes toujours pas.

– Mais qu'est-ce que tu veux dire, alors ? Je leur ai cédé trop vite. OK. J'ai pigé. La prochaine fois qu'ils auront une suggestion débile, j'irai les voir pour les persuader qu'il existe une meilleure alternative... (Je m'interrompis lorsque Scott se frappa le genou, tordu de rire.) Quoi ?

– Pauvre petite Amber Prescott, si innocente. Red, tu n'as aucune idée de la marche du monde, si ?

Plié en deux, il se bidonnait comme s'il venait d'entendre la blague la plus hilarante de tous les temps.

– T'es complètement défoncé, non ?

Il balança sa tête plus qu'il ne la hocha, en titubant vers le mur derrière moi.

– Ouais. Mais ça ne change rien au fait que tu es naïve comme le roc.

– Cette expression n'existe pas, soulignai-je, les bras croisés. Et je suis naïve à propos de quoi, alors ? Tu m'éclaires ?

Il gloussa en plaquant une main sur mon épaule.

– Je te l'ai déjà dit, Red. Ce que *Sasha* demande, *Sasha* l'obtient.

Bon sang, ce qu'il pouvait être agaçant ! Ses propos n'avaient ni queue ni tête.

– Tu peux arrêter de parler par énigmes ? Dis-moi ce qu'apparemment je ne saisis pas. Ce n'est même pas Sasha qui demandait...

– Hé ? *Hé ?*

Il pointa du doigt mon visage, me touchant presque la joue, et je repoussai sa main.

– Oh mon Dieu, tu es dingue ou quoi ? m'exclamai-je, mais il rit simplement.

– On dirait que Sasha cache bien son jeu.

Sa façon de prononcer ces mots me fit froid dans le dos.

Sasha avait beau être la reine en tout, elle avait fait preuve d'une extrême gentillesse envers moi – elle était devenue mon amie sans poser de questions, m'avait aidée pour la pièce et arrangé le coup avec son meilleur ami. Je restais toutefois consciente qu'elle n'était pas aussi parfaite qu'elle voulait le faire croire. Elle avait bu de l'alcool en douce, dans l'enceinte de l'école qui plus est – tout comme moi. Elle avait triché à l'examen de bio qu'avait volé Priya – mais j'avais été complice. De ce que j'en savais, Sasha n'avait rien fait de pire que moi-même. Alors, qu'est-ce qui m'échappait ? Sasha avait-elle des ennuis ? Ou me cachait-elle quelque chose ? Avais-je tort de lui faire confiance les yeux fermés ?

Je tirai sur le bras de Scott.

– C'est quoi son secret, alors ?

Il sourit.

– Je ne peux pas te le dire. Sinon elle le saura. Tu dois la prendre sur le fait.

– Mais je ne sais même pas de quoi tu parles ! Comment je pourrais la prendre sur le fait ?

– Je ne sais pas encore. (Il avait visiblement du mal à se concentrer.) Je ne sais pas quand ça va se reproduire. Quand je le saurai, je te préviendrai.

Sans un mot de plus, il s'en alla, me laissant dans la confusion la plus totale. Qu'est-ce que Sasha Harris pouvait bien dissimuler ?

00:35:00

Tel un troupeau de gazelles devant un lion prêt à leur bondir dessus, tout le monde dévisagea Scott en silence. Ses mots résonnaient dans ma tête. *Peut-être que Becky avait besoin d'un mec assez taré pour tuer l'un d'entre vous.*

Scott était l'outsider. Le type à part. Et un brin cinglé, aucun doute là-dessus. Mais est-ce que ça en faisait un assassin potentiel ? Non. Absolument pas.

– Qu'est-ce que tu racontes ? dis-je d'une voix tendue.

– L'un de nous n'est pas à sa place ici, débita Scott en nous regardant l'un après l'autre à chaque syllabe.

Mais son sourire s'évanouit lorsqu'il remarqua la lueur apeurée dans nos yeux.

– Le fait que tu sois un peu décalé ne fait pas de toi un psychopathe, soulignai-je.

– Il n'est pas seulement décalé, intervint Robbie.

– Ah oui bien sûr, j'oubliais, rétorqua Scott, le regard noir tourné vers lui. Pour vous autres connards arrogants, je ne suis qu'un fumeur de joints. Un dealer...

Avant qu'il puisse continuer, Sasha se rua tout à coup vers la table et attrapa la seringue.

– Sasha ! criai-je. Qu'est-ce que tu fabriques ?

Elle serra la seringue dans son poing en la pointant vers Scott.

– Je nous protège. Il est dangereux. C'est pour ça qu'il est là. Pour nous tuer.

Ses cheveux décoiffés lui tombaient sur les épaules et quelques mèches lui collaient au front.

– Bordel. Je rigolais, dit Scott.

Il leva les mains et se redressa contre le mur, le visage déformé par la douleur.

– Mais bon sang, pourquoi dire un truc comme ça pour rire ? glapit Sasha. T'es malade ? Ça prouve juste que tu es assez fou pour tous nous zigouiller.

Diego inclina la tête.

– Tu trouves ?

– Je ne tiens même pas debout, hurla Scott, la respiration saccadée. (Des perles de sueur gouttaient de son menton sur son T-shirt.) C'est toi qui pointes cette saloperie vers moi. Tu es vraiment mal placée pour traiter qui que ce soit de malade.

– Oh non. Ne me la fais pas à l'envers. C'est *toi* qui as un problème. Tu as probablement grillé tous tes neurones avec tes joints et Dieu sait quoi d'autre.

– Sasha, dis-je en m'approchant d'elle. Repose la seringue. Scott ne va pas nous faire de mal.

– Comment tu le sais ? (Elle s'éloigna de moi en secouant la tête, au bord des larmes.) Pourquoi est-ce que tu lui fais confiance ?

Une grimace sur le visage, Scott fixait la seringue dans la main de Sasha.

– Et pourquoi est-ce que *toi*, tu ne me fais pas confiance ?

s'écria-t-il. Tu as pourtant toutes les raisons du monde de me faire confiance, plus que quiconque !

Robbie fronça les sourcils.

– De quoi tu parles ?

– J'en sais rien. Il est dingue, répondit Sasha en jetant un coup d'œil à Robbie. Peut-être… peut-être que c'est lui qu'on devrait désigner.

– *Quoi ?* s'écria Priya.

– Si on n'a pas le choix… poursuivit Sasha, les yeux remplis de larmes, si on doit tuer quelqu'un… ça devrait être lui.

Je secouai la tête, dégoûtée qu'elle propose une chose pareille, d'autant que je savais pourquoi elle voulait se débarrasser de Scott. Et ce n'était pas parce qu'elle le jugeait dangereux.

– Très bien, je n'aurais pas dû faire cette blague, déclara Scott, les mains tremblantes. C'était juste une théorie fumeuse sur la raison pour laquelle Becky ou qui que ce soit d'autre m'aurait invité ici. Mais je n'ai aucune idée de la raison pour laquelle je suis là, je le jure.

Une larme coula le long de la joue de Sasha.

– Je ne te crois pas.

Elle s'avança vers lui ; chacun de ses pas résonnait à mes oreilles comme une explosion. Personne n'osait bouger. Mais Scott n'était pas le psychopathe que dépeignait Sasha. Il connaissait juste son secret. Peut-être ne pleurait-elle pas seulement à l'idée de tuer Scott – elle était aussi terrifiée qu'il crache le morceau.

– Qu'est-ce qu'il y a ? demanda Robbie, qui avait remarqué l'expression de mon visage.

Je l'ignorai et m'approchai de Sasha.

– Le tuer ne va rien régler.

Sasha ouvrit grands les yeux.

– Quoi ? dit-elle en se passant la langue sur les lèvres. Je voudrais pouvoir éviter ça. Mais s'il n'y a pas d'autre solution... Le tuer arrêtera le compte à rebours. On pourra sortir de là...

– Ce n'est pas ce que je voulais dire et tu le sais très bien. Le tuer n'enterrera pas ton secret avec lui... parce que je suis aussi au courant.

3 MOIS ET 3 SEMAINES PLUS TÔT

OCTOBRE DE L'ANNÉE DE TERMINALE

– Ça te dit d'aller Chez Mike ?

Tandis que je bouclais ma ceinture de sécurité, mon estomac grogna à la perspective d'un milk-shake. Robbie avait une heure à tuer avant son match de base-ball car l'équipe adverse était bloquée dans les embouteillages, il m'avait donc proposé de manger un bout avec lui.

– Je n'ai pas très faim, et toi ? répondit Robbie en insérant la clé dans le contact mais sans la tourner, ses yeux plongés dans les miens.

Je haussai les épaules.

– Eh bien... pas tant que ça. On n'a qu'à discuter un peu.

Le coin de sa bouche se tordit.

– Oui. *Discutons.*

Il fit courir ses doigts sur le dos de ma main, ce qui déclencha une vague de frissons le long de ma colonne vertébrale. Je savais où il voulait en venir. Ces derniers temps, quand on se voyait, on restait le plus souvent blottis l'un contre l'autre dans son SUV. Je n'allais pas mentir, j'appréciais beaucoup nos séances de pelotage, donc ça m'allait très bien. Mais je n'étais pas encore prête à sauter le pas – surtout pas au milieu du parking de l'école.

Non pas que nous n'ayons pas déjà été à deux doigts d'aller plus loin. Lorsqu'il m'entourait le visage de ses mains et m'embrassait avec douceur et attention, j'avais l'impression d'être un trésor rare qu'il chérissait. Puis ses mains couraient sous mon haut et, au contact de sa peau chaude contre la mienne, c'était difficile de ne pas fondre. Mais le sexe n'était pas quelque chose à prendre à la légère. J'étais terrifiée de m'offrir ainsi à quelqu'un... peu importe combien mon corps réagissait sous ses doigts. Avant Robbie, je n'avais même jamais embrassé un garçon. Je n'étais simplement pas encore prête.

J'enlaçai ses doigts baladeurs pour les retenir, tandis que mon cœur battait à tout rompre dans ma poitrine.

– J'ai une question à te poser.

– Comment on appelle un musicien qui se pose des questions ?

Je souris et, alors que je réfléchissais, il amena ma main à ses lèvres et m'embrassa les doigts un à un. Finalement, je dis :

– Je ne sais pas. Comment?

– Un esprit dé*concerté*.

– Oh mon Dieu, c'est nul ! m'exclamai-je en le poussant, mais je ris tout de même et il se fendit d'un sourire. Non, sérieusement.

– Oui ?

– Si jamais tu ne pouvais plus jouer au base-ball, pour quelque raison que ce soit, qu'est-ce que tu ferais, après le lycée ?

Alors que les dates limites de candidature aux universités

approchaient et qu'il n'avait toujours pas été recruté, j'étais curieuse de savoir quel était son plan B. Il postulerait peut-être aux facs du sud de la Californie.

– Quel genre de carrière tu envisagerais, je veux dire.

– Hum, fit-il en fronçant le sourcil. Pour être honnête, j'en sais rien. Le base-ball, c'est tout pour moi, tu vois ? (Il fit courir ses doigts sur ma nuque en s'approchant.) Il n'y a rien d'autre que j'aime autant.

– Et pourquoi tu aimes autant ça ? le guidai-je, dans le but de faire ressortir des éléments qui pourraient s'appliquer à un autre domaine.

Il sourit.

– La vache. Par où commencer ? J'adore l'anticipation de chaque lancer. La tension qui se relâche à chaque coup de batte. L'odeur de gazon du terrain. J'adore le fait que ça se joue au centimètre près, que taper la balle juste à côté puisse changer le cours d'un match. J'adore cette précision, tu vois ?

Je réfléchissais en même temps. Les maths, peut-être ? Ou la physique ?

– Mais aussi la façon dont parfois tout se passe comme prévu, par exemple tu finis par un *home run* ou alors tout le monde enchaîne *base hit* après *base hit*, comme si c'était le destin. Je sais pas, c'est dur à expliquer.

Wow. Je n'avais pas idée qu'il pouvait se montrer si poétique.

Je souris.

– Tu t'en sors pas trop mal.

– Ah oui ?

Puis, sans crier gare, il défit ma ceinture de sécurité et m'attira vers lui jusqu'à ce que je me retrouve sur ses genoux.

– Je connais un autre domaine où je me défends pas trop mal non plus.

Il repoussa mes cheveux d'une main et me caressa la joue de l'autre, puis approcha ses lèvres des miennes.

S'il voulait dire qu'il embrassait bien, je lui donnais raison à cent cinquante pour cent.

Son téléphone nous ramena tout à coup à la réalité. Je m'écartai pour reprendre place sur mon siège alors qu'il sortait l'appareil de sa poche.

– Hum… fit-il en fronçant les sourcils vers son écran. C'est ta mère. « Est-ce qu'Amber est avec toi ? Tout va bien ? Merci de me répondre dès que possible. »

– Oh mince.

Je cherchai mon portable dans mon sac. J'étais censée lui envoyer un texto une fois arrivée au restaurant, sauf que nous n'avions jamais quitté le parking. Non sans surprise, je vis que j'avais raté plusieurs appels de ma mère et reçu une quinzaine de messages, qui évoluaient d'une simple question à un bon milliard de smileys furieux. Je désactivai le mode silencieux et poussai un soupir agacé – elle m'avait promis de n'utiliser le numéro de Robbie qu'en cas d'urgence, et le cas présent ne rentrait absolument pas dans cette catégorie.

Tandis que je tapais à toute vitesse un SMS pour la rassurer, un autre apparut à l'écran. C'était Scott.

« Porte arrière, du côté des salles des premières. Dehors. 10 minutes. »

Je me redressai. Il s'était passé deux semaines depuis que Scott avait fait allusion au secret de Sasha et je n'avais toujours aucune idée de ce que c'était. À la fois curieuse et préoccupée, tant pour Sasha que pour la confiance que je lui accordais, j'avais harcelé Scott tous les jours pour qu'il me révèle ce qu'elle cachait, mais il n'avait répondu qu'avec des smileys qui rigolaient ou qui faisaient un clin d'œil. Apparemment, il était enfin prêt à me dévoiler quelque chose et par chance, j'étais encore au lycée. Il fallait que j'aille voir.

– Je suis désolée, je dois rentrer.

Robbie ronchonna.

– Je peux te ramener chez toi.

– Non, inutile... Je suis à vélo.

– D'accord.

Nous sortîmes de la voiture pour nous diriger vers l'école. Robbie entrelaça ses doigts aux miens.

– Tu es sûre que tu ne peux pas venir au match ?

– Sasha va bientôt arriver chez moi. Elle est dans un état pas possible à cause des examens de samedi.

Il leva les yeux au ciel.

– J'imagine. Euh... ton vélo est là, non ? fit-il remarquer en désignant le garage à bicyclettes que nous venions de dépasser.

– Oh, je... je dois d'abord aller aux toilettes.

Mes joues s'enflammèrent mais il ne posa pas de question. Après avoir traversé le vestibule, je plantai un bisou sur ses lèvres.

– Bonne chance pour ce soir. Ou je devrais dire « merde » ?

– Bonne chance suffira.

Il me fit un signe de la main avant de partir vers les vestiaires des garçons. Une fois qu'il eut disparu de ma vue, je remontai les couloirs déserts vers les salles des premières, jusqu'à la porte arrière. Je l'entrouvris et hasardai un coup d'œil dehors. Les projecteurs illuminaient au loin le terrain de base-ball, jetant une ombre violette sur le ciel sombre, mais le terrain de football tout proche était vide. Aucun signe de Sasha.

– Salut Amber ! appela quelqu'un derrière moi.

Je lâchai la porte et pivotai. Oh mon Dieu. C'était Diego. Il portait un grand trépied et un appareil photo pendu à son cou.

– Tu vas au match ? demanda-t-il.

Ses cheveux sombres dans les yeux, il ajusta la bandoulière de son appareil en s'approchant.

– Non, pas ce soir. Et toi ?

Je vérifiai le couloir, mais je ne voyais toujours pas Sasha.

– Ouais. Je filme. Je dois faire un montage pour le site de la ligue régionale.

Je levai un sourcil.

– Tu as le temps pour ce genre de choses ?

– Non, dit-il en hochant la tête.

Je ne pus m'empêcher de rire et ses yeux cuivrés s'illuminèrent.

– Mais c'est sympa, alors je prends le temps, expliqua-t-il.

Ça ne me surprenait pas – quelques années plus tôt, les vidéos qu'il avait faites pour l'Éponge-Clown étaient devenues virales et avaient contribué à son succès. La rancune me gagna et mon sourire s'évanouit.

– Mais j'ai clairement mal choisi le match. L'autre équipe est encore à une demi-heure de route. Et toi, qu'est-ce que tu fais là à cette heure-ci ?

– Rien. Enfin, je... je révisais.

Bon sang, j'étais vraiment nulle pour mentir. Mais je n'avais pas de temps à perdre, je risquais de rater ce qui se tramait là-dehors, même si je ne savais pas quoi.

– Bref, faut que j'y aille.

Je rouvris la porte, mais il me suivit à l'extérieur.

– Tu es aussi garée sur le parking ? demanda-t-il en désignant le chemin qui menait en haut de la côte.

– Euh… non.

– D'accoooord.

La tête penchée sur le côté, il me prenait certainement pour une débile profonde. Je n'avais qu'une envie, qu'il me laisse. Je grimaçai au contact de l'air glacé qui s'infiltra à travers mes leggings – il faisait un froid de canard pour octobre. Scott était-il aussi dans le coin ? Ou savait-il juste que Sasha viendrait ? Les gradins étaient encore vides et seuls quelques joueurs se faisaient des passes sur le terrain. Scott avait dû se tromper.

Ou alors il était encore trop tôt.

– Oh, je viens de me souvenir que j'ai oublié quelque chose dans mon casier. À plus tard… dis-je en essayant d'ouvrir la porte pour retourner au chaud dans le couloir, mais elle s'était automatiquement verrouillée derrière nous. Ah zut.

– On dirait que tu as un problème avec les portes, non ? plaisanta Diego.

Je fis la moue.

– Bon sang, tu ne pourrais pas juste… commençai-je avant de fermer la bouche pour éviter de dire quelque chose que je risquais de regretter. Je vais passer par devant. À demain.

Il haussa les épaules.

– OK, à demain.

Je me mordis la lèvre alors qu'il gravissait la pente vers le parking. Il avait le chic pour débarquer au mauvais moment. À croire qu'il essayait de me coincer.

Ou alors il cherchait juste une occasion de me parler, comme au bal de promo. Peut-être voulait-il vraiment qu'on redevienne amis.

Ignorant les picotements dans mon ventre, je regardai tout autour de moi mais ne vis rien. J'étais peut-être arrivée trop tard. Mince.

Quelques pigeons s'envolèrent lorsque je m'engageai sur le chemin boueux derrière les gradins vers l'entrée principale de l'école, salissant mes chaussures. Tout à coup, je perçus du mouvement sous les tribunes.

Je sursautai en voyant Sasha sortir d'un recoin, dans sa tenue de pom-pom girl. Elle se dirigeait vers le bâtiment lorsqu'elle me repéra, l'air surprise. Elle se rua sur moi et me saisit le bras.

– Merde, salut. Qu'est-ce que tu fais là ? (Elle se tapa le front.) Je ne t'ai pas dit que la réunion du club de théâtre était ce soir, au moins ?

– Non.

J'avais voulu assister à leur dernière réunion ce vendredi-là, mais Sasha m'avait dit que ça commençait à 16 heures au lieu de 15 heures, si bien que je l'avais ratée. Elle avait un tel agenda qu'elle s'emmêlait les pinceaux.

– J'étais avec Robbie... mais qu'est-ce que tu fichais là-derrière, toi ?

Je me tournai juste à temps pour voir Scott sortir de la pénombre. Il portait sa traditionnelle veste en cuir et un bonnet noir d'où dépassaient ses cheveux foncés bouclés. Il me fit un clin d'œil et prit un paquet de cigarettes dans sa poche.

– Oh merde, Sasha. Tu fricotais avec *Scott* ?

Un air dégoûté passa sur son visage.

– Non, ne dis pas n'importe quoi. C'est Zane qui me plaît. Et jamais je ne... non ! Beurk !

Zane et elle flirtaient ouvertement depuis que je les

connaissais, mais ils étaient amis depuis toujours. Avait-elle réellement des sentiments pour lui ? Ou disait-elle ça pour me convaincre qu'il ne se passait rien avec Scott ?

– Alors tu faisais quoi ? insistai-je.

– Rien, rétorqua-t-elle. Oublie, tu veux ? Allons chez toi. On n'a qu'à prendre ma voiture.

Elle m'entraîna vers le parking. Je jetai un coup d'œil en arrière vers Scott, appuyé contre la structure métallique. Il nous regarda partir en allumant son briquet, la main en coupe contre le vent. S'ils ne fricotaient pas, tous les deux, alors... que faisait-elle avec Scott sous les gradins ? Elle ne lui achetait quand même pas de la drogue...

Mais si elle avait effectivement un secret, ça pouvait très bien être une histoire de drogue. La seule question était : à quoi carburait-elle ?

00:34:00

– De quoi parle Amber ? demanda Robbie à Sasha, qui s'appuya contre la table, la seringue tremblant dans sa main. Qu'est-ce que tu caches ?

Sasha secoua la tête, les yeux écarquillés.

– Rien. Je n'ai aucune idée de ce qu'elle insinue.

Priya me lança un regard entendu et je hochai la tête, pour confirmer ses soupçons.

Robbie surprit notre échange silencieux.

– Qu'est-ce qu'il y a ? s'enquit-il, le front barré d'inquiétude.

Sasha serait mortifiée que Robbie apprenne la vérité. Elle s'était forgé une telle façade de perfection que, même à lui, elle ne s'était pas confiée.

Scott haletait sans quitter la seringue des yeux, les tempes couvertes de sueur. Je devais dire quelque chose. Sasha ne pouvait pas sincèrement penser que Scott allait emporter son secret dans la tombe. Quelques mois plus tôt, je l'avais prise entre quatre yeux pour lui poser la question, mais elle avait tout nié en bloc, convaincue d'avoir noyé le poisson. Elle n'avait pas compris que j'étais au courant... Si elle croyait que Scott était le seul à connaître son secret, allait-elle vraiment lui planter la seringue dans l'épaule ?

Je ne pouvais pas courir ce risque. Il était trop tôt. On avait encore du temps. Je devais révéler son secret.

– Sasha achète de la drogue à Scott.

Elle me fusilla du regard en se pinçant les lèvres.

Robbie eut un mouvement de recul.

– Quel type de drogue ?

Je secouai la tête.

– Ça, je l'ignore.

– Wow, murmura Robbie. Ça explique pas mal de choses.

Sasha baissa la seringue.

– Ça veut dire quoi, ça ?

Contre le mur, Scott se laissa aller, soulagé.

– Eh bien… dit Robbie en se frottant la nuque. Ces derniers temps, tu es assez fébrile. Et tu as souvent les yeux exorbités, comme maintenant. (Sasha cligna rapidement, essayant de reprendre un air normal.) Je sais que tu es stressée. On stresse tous pour l'an prochain, ajouta-t-il en me lançant un regard lourd de sens. J'ai donc mis ça sur le compte d'un excès de caféine. Je n'ai jamais imaginé que tu prenais de la *drogue*. Merde.

Il secoua la tête, sous le choc.

– J'en avais besoin, répondit Sasha. Je devais rester alerte. Tu n'as aucune idée du degré de pression que je subis. Aucune idée ! J'ai tellement à faire… et il me faut des bonnes notes pour Harvard. Je devais rester alerte. Pouvoir me concentrer.

Sa voix craqua. Sans réponse de Harvard, elle était chaque jour un peu plus nerveuse.

– Je ne supportais plus tout ce stress.

– Mais il y a d'autres moyens de gérer ça, intervint Diego en secouant la tête. On est tous sous tension, d'accord ? Vas-y, essaie de faire tourner une entreprise et d'aller en cours en même temps.

– Oh arrête, répliqua Sasha. Tu es déjà millionnaire. Les diplômes sont le cadet de tes soucis.

Diego fronça les sourcils.

– Ah bon ? Je veux devenir ingénieur biomédical, les études sont donc primordiales. Tout ce que je dis, c'est que tu n'es pas la seule à avoir un million de trucs à faire. Et dans tous les cas, Harvard ne vaut pas la peine de se droguer. Il y a plein d'autres universités.

Sasha le toisa.

– Facile à dire pour toi, tu as déjà été accepté. (Elle serra les dents si fort que je crus que la veine de sa nuque allait exploser.) Harvard, c'est le top du top. Je dois y entrer. Je n'ai pas le choix.

Le *top du top*. Ça me dépassait. Dans sa quête permanente pour atteindre la perfection, elle ne reculait devant rien – tricher, mentir, se droguer, voire pire. Ça ne pouvait pas simplement venir de la pression de sa mère – mais d'où, alors ?

– Bref, dit Sasha en regardant le minuteur de la bombe. On n'a pas le temps pour une leçon de morale.

– Dis-nous ce que tu lui as vendu, demanda Robbie à Scott, fulminant.

Scott ouvrit la bouche pour répondre, mais Sasha le devança :

– Je prends du speed, d'accord ? Pas de quoi en faire tout un plat.

– *Pas de quoi en faire tout un plat ?* gronda Robbie. Tu

pourrais avoir de gros soucis si jamais tu te faisais pincer à prendre des amphètes !

Scott ricana.

– Vous prenez pas la tête, intervint-il en jetant un coup d'œil à sa cheville. Je lui ai vendu de la Ritaline, pas des amphètes. C'est comme un antidépresseur.

– QUOI ? s'écria Sasha.

– Wow, wow, wow, fis-je. Tu lui as *menti* sur ce que tu lui vendais ?

– Hé, je lui rendais service, se défendit Scott d'une voix grave, comme si chaque mot lui coûtait un effort considérable. Un jour, elle me demande si j'ai du speed à lui vendre. À croire que je suis un authentique baron de la drogue.

– C'est le cas, rétorqua Sasha.

Il grimaça.

– Vendre quelques joints, ça ne compte pas.

– Bref, continue, le sommai-je.

Il hésita et hasarda un coup d'œil vers Sasha.

– À cette époque-là, j'étais en train d'arrêter mes médocs mais j'avais encore une ordonnance. Du coup je me suis dit, je ne vais pas manquer ma croûte pour ramasser un peu de maille. Je lui fais croire que je lui donne du speed, lui refile quelque chose de moins nocif et me fais un peu de fric au passage. Tout le monde est gagnant.

Sasha brandit la seringue comme un poignard au-dessus de l'épaule de Scott.

– Tu m'as menti ! rugit-elle.

Scott s'écarta et cria de douleur à cause du mouvement.

– Pour ton propre bien !

Elle fit un pas vers lui.

– Je ne savais même pas ce que je prenais. C'est super dangereux !

– Pas autant que les amphétamines.

Il frotta son front couvert de sang du dos de la main. La seringue chancelait dans la main de Sasha tandis qu'elle encaissait tout ça.

Robbie secoua la tête.

– Vous me sidérez.

Il donna un coup de pied dans la chaise à côté de lui, faisant sursauter Sasha. Oh mon Dieu. Et si elle appuyait malencontreusement sur le piston ? Le liquide coulerait sur le bras de Scott.

– Sasha, pose cette satanée seringue ! tonnai-je en serrant les poings pour les empêcher de trembler.

– Oui, pose-la, renchérit Scott. Je pensais t'aider.

C'était le pompon.

– Sérieux ? m'exclamai-je en secouant la tête. Tu lui as vendu une substance qu'elle n'aurait pas dû prendre. Ça aurait pu avoir des conséquences dramatiques sur sa santé !

– Elle était déjà sur la mauvaise pente, souligna Priya en observant la silhouette tremblante de Sasha.

– Et Scott n'a rien fait pour l'aider, contrai-je, tandis qu'il se pinçait les lèvres. Tu l'as laissée se faire du mal, quand tu aurais pu chercher de l'aide.

– Oh arrête, Red. Tu n'as rien fait non plus.

– Je ne connaissais pas toute la vérité ! Tu ne m'avais rien dit de concret. Tu as juste fait allusion à son secret. Et quand je l'ai prise en quatre yeux pour lui demander, elle a tout nié, comme toujours.

3 MOIS ET 2 SEMAINES PLUS TÔT

OCTOBRE DE L'ANNÉE DE TERMINALE

– Sasha, mes paupières se ferment toutes seules.

Je frottai mes yeux fatigués. Nos fiches de révision étaient éparpillées sur le sol de ma chambre. La dernière fois que j'avais hasardé un coup d'œil vers mon réveil, il était plus de 2 heures du matin. Priya s'était déjà assoupie deux fois et nous avions écouté trois fois en boucle ma playlist « Top musique de films ». Mes parents m'autorisaient à veiller jusqu'à pas d'heure avec mes amis, même en semaine, tant que nous étions sous leur toit. Leur clémence avait ses avantages et ses inconvénients, notamment celui que ça ne me donnait pas de bonne excuse pour foutre tout le monde dehors.

– Chut. Récite-moi la définition de « transitoire ».

Sasha agita une fiche sous mon nez.

– J'en peux plus, protestai-je en m'affalant sur mon matelas.

– On doit continuer.

Sasha essuya le filet de sueur au-dessus de sa lèvre et je plissai les yeux vers elle. Je l'observai, à l'affût de signes montrant qu'elle prenait quelque chose, mais il était difficile de faire la différence avec ce qui relevait simplement du stress.

– C'est ma dernière chance pour augmenter ma moyenne. Je dois battre Diego.

Il était de notoriété publique que Sasha avait d'excellents résultats. Mais comme Diego la dépassait de peu, elle considérait qu'elle n'était pas au niveau.

– Pourquoi tu veux à ce point faire mieux que lui? demanda Priya en prenant une nouvelle poignée de fruits secs.

Pour accentuer l'apport en sucre, elle y avait ajouté des M&M's, même si elle allait certainement le regretter le lendemain matin. À cause de son hypoglycémie, sa mère bannissait toute barre chocolatée de la maison. Mais, gourmande comme elle était, Priya s'autorisait de temps en temps des friandises en douce, quitte à le payer très cher par la suite avec un mal de tête du feu de Dieu.

– Harvard accepte rarement deux élèves de la même école, expliqua Sasha. Je ne peux pas courir ce risque.

Moufle choisit ce moment pour pousser ma porte et se faufiler entre nous. Il se vautra sur les fiches éparpillées sur le tapis et étira ses pattes pour réclamer des caresses sur le ventre. J'étais convaincue qu'il avait été un chien dans une vie précédente.

– Bouge de là ! gronda Sasha en le chassant.

Moufle se remit sur ses pattes.

– Hé ! protestai-je en recueillant Moufle pour le serrer contre moi. Laisse mon chat tranquille.

Sasha roula des yeux.

– Bref. (Elle me tapota le bras avec la fiche.) Allez, arrête. C'est facile. « Transitoire ».

Je lui lançai un regard mauvais.

– Ma patience sera *transitoire* si tu continues.

Priya haussa les sourcils tout en mâchant en silence ses fruits secs.

Sasha jeta la fiche.

– OK. Suivante. « Se carapater »... (Elle plissa les yeux vers Priya.) Arf, je suis tellement jalouse.

Priya s'immobilisa, la tête penchée en arrière, et une poignée de friandises dégringola devant sa bouche.

– Quoi ?

– J'aimerais pouvoir manger autant de sucre, sauf que ça descend directement dans mes cuisses. (Elle fit claquer son jean skinny.) Je grossis rien qu'en les regardant. Tu as vraiment de la chance qu'une morphologie plus généreuse t'aille bien.

Priya se décomposa et elle baissa la main. Sasha se retourna vers moi et cria presque :

– « Se carapater ».

– Et si toi tu allais te *carapater* ? ripostai-je, ne sachant même pas si ça se disait.

– Très bien. Je dois aller aux toilettes, de toute façon.

Elle se mit sur ses pieds et se rua vers la porte. Je reposai Moufle qui la suivit dans l'escalier. Imbécile de chat.

– Elle vient de me traiter de grosse, grommela Priya.

– Priya, ce n'est pas vrai. C'est elle-même qu'elle a traitée de grosse.

Elle secoua la tête.

– Bref, conclut-elle en jetant le reste de son paquet à la poubelle. D'où elle sort toute cette énergie, d'ailleurs ? Je suis morte. Et maintenant j'ai mal au ventre.

Je me levai pour éteindre la musique et m'effondrai sur mon lit.

– Ça fait bien deux heures que je tombe de fatigue.

– Elle ne pourrait pas réviser toute seule ? grommela Priya, avant d'attraper l'un des oreillers sous ma tête et de se coucher par terre. Pourquoi tu nous infliges d'être ses esclaves de révision ?

– Oh, arrête. Tu sais très bien qu'elle s'est invitée toute seule.

Partager mon temps entre elles deux n'était pas une mince affaire et je me retrouvais souvent ballottée.

– Tu ne pouvais pas dire non, pour une fois ? Elle n'avait qu'à travailler avec Amy et Maria, ou Zane, ou quelqu'un d'autre, *n'importe qui*.

Je me mordis la lèvre. À la mention de Zane, je me demandai pour la centième fois si je devais confier à Priya que Sasha avait des sentiments pour lui. J'ignorais toujours si elle avait menti pour couvrir ce qu'elle faisait avec Scott sous les gradins. Je ne voulais pas faire de peine à Priya inutilement. Après quelques minutes, je me redressai sur mes coudes.

– Qu'est-ce qui lui prend si longtemps ? grommela Priya, à demi assoupie.

Je me levai, sortis de la pièce et montai vers les WC à côté de la cuisine. Mais la porte était béante, les lumières éteintes.

– Sasha ? chuchotai-je.

Mes parents dormaient, je voulais rester discrète. Pas de réponse. Peut-être était-elle allée aux toilettes à l'étage ? Ce serait bizarre.

En m'approchant de l'escalier, j'entendis du bruit au-dessus. Comme si ça venait de... *merde.*

Je montai les marches comme une petite souris, en faisant le moins de bruit possible. La porte de Maggie était ouverte, un filet de lumière filtrait dans le couloir. Mon cœur s'arrêta. *Non, non, non.* Moufle était assis sur le seuil, ses yeux verts luisant dans l'obscurité, braqués sur moi. Il miaula doucement, comme pour signaler l'intrusion. Comme s'il savait que cette chambre-là représentait un territoire interdit.

Je me glissai dans la pièce et fermai la porte derrière moi. Sasha était là, penchée au-dessus de la coiffeuse de ma sœur. Je ne supportais pas de voir quiconque toucher aux affaires de Maggie.

– Qu'est-ce que tu fiches là ? murmurai-je.

– Je cherchais du dentifrice, il n'y en avait pas en bas, dit-elle en se pinçant les lèvres d'un air renfrogné, car elle n'en avait toujours pas trouvé. Je croyais que c'était la salle de bains. C'est à qui tout ça ?

Sasha saisit le parfum le plus cher de ma sœur, en examinant la console couverte de maquillage et d'accessoires pour cheveux. Les étagères étaient pleines à craquer de romans de fantasy et de science-fiction et les murs, tapissés de posters de Legolas, Captain America et Thor. Maman refusait de déranger quoi que ce soit, comme si Maggie allait revenir à la maison et s'énerverait si elle remarquait que quelque chose avait bougé.

– C'est à ma sœur. C'est sa chambre, dis-je en triturant nerveusement mon bracelet d'améthystes.

Sasha vaporisa du parfum sur son poignet et ses sourcils se soulevèrent.

– Ah bon ? Tu as une sœur ?

Oh bon sang. Si maman sentait le parfum de Maggie sur Sasha, elle allait péter les plombs. L'odeur de lavande et de bois d'acajou était identifiable entre toutes.

– Laisse ça ! Je vais avoir des ennuis...

– Relax, c'est juste du parfum.

Elle reposa le flacon sur la coiffeuse et scruta le panneau

en liège accroché au-dessus. Maggie n'avait jamais affiché de photos d'elle-même, elle détestait se voir, tout comme moi.

– Je... je croyais que tu étais fille unique.

Sasha s'approcha du bureau et passa les doigts sur le vieil ordinateur portable de Maggie. La voir à l'endroit même où ma sœur était morte me fit l'effet d'électrochocs en plein cœur, ravivant des souvenirs – des souvenirs insupportables. Je revis tout se dérouler sous mes yeux, comme si c'était arrivé la veille.

Nos parents étaient sortis dîner et j'étais en train de chercher de l'eau à la cuisine quand j'avais entendu un bruit sourd à l'étage. « Maggie ? » avais-je appelé. Aucune réponse. Puis un autre son bizarre. Comme si quelqu'un... suffoquait. C'était peut-être Moufle qui crachait une boule de poils ? J'avais jeté un coup d'œil dans le salon, où notre chat était allongé sur le canapé, sa queue ondulant au-dessus du coussin noir.

J'entendis une nouvelle fois le son. Ça venait d'en haut, j'en étais sûre. Un frisson me parcourut le dos.

– Maggie ? appelai-je en me ruant dans l'escalier.

La porte de la salle de bains était entrouverte, je la poussai. C'était vide, je ne remarquai rien hormis le *plop* de l'eau qui gouttait du pommeau de douche. Je traversai le couloir en vitesse et tournai la poignée de la chambre de ma sœur. Verrouillée. Je toquai.

– Maggie ? Tout va bien ?

Pas de réponse. Elle avait peut-être des écouteurs dans les oreilles. Je mis les mains autour de la bouche et criai aussi fort que je pouvais :

– MAGGIE !

Rien ne fut plus assourdissant que le silence qui s'ensuivit.

– Maggie !

Je secouai frénétiquement la poignée. Mais la porte était fermée de l'intérieur et il n'y avait pas de clé, juste une petite entaille où insérer un tournevis en cas d'urgence. Où est-ce que papa rangeait ses outils ? Au garage ? Je pressentais que je n'avais pas le temps d'aller fouiller. Parviendrais-je à emboutir la porte ? Notre maison avait plus d'un siècle. Les murs étaient si mal insonorisés qu'on entendait tout d'une pièce à une autre. J'avais certainement assez de force pour l'enfoncer.

Mais si jamais Maggie était simplement en train d'écouter de la musique à pleins tubes dans son casque ? Et si je m'affolais pour rien ? Ma sœur serait furieuse et mes parents sûrement pas des plus ravis que j'aie cassé la porte. Je pris de l'élan et donnai un coup de pied juste à côté de la poignée. La douleur irradia dans mon talon mais la porte résista. Je fis une nouvelle tentative. Cette fois-ci, le bois céda et je poussai le battant.

La pièce était plongée dans l'obscurité. La seule source de lumière était l'écran d'ordinateur sur son bureau, qui diffusait une lueur lugubre sur le lit vide. J'allumai la lumière.

Elle gisait par terre, son visage avait pris une teinte violacée terrifiante.

– Maggie !

Son siège de bureau avait basculé avec elle. Je traversai la chambre pour m'agenouiller près d'elle. Ses yeux étaient fermés et d'atroces borborygmes sortaient de sa gorge. Elle était vivante. Était-elle en train de s'étouffer ?

Mon esprit bouillonna. Que faire ? J'avais appris les gestes de premiers secours à l'école – on était censé se positionner derrière la personne qui suffoque et placer les poings sur l'abdomen, sous la cage thoracique. Mais je n'étais pas sûre de savoir m'y prendre. Non... Mieux valait appeler les urgences. On m'enverrait de l'aide. Ils sauraient quoi faire. Je me précipitai vers son bureau – son portable se trouvait à côté de son ordinateur.

C'est alors que je vis les médicaments – une douzaine de flacons avec des étiquettes d'ordonnances et d'autres boîtes blanches dont je reconnus les noms : Advil, Doliprane, Ibuprofène. Tous vides. Comme si elle avait avalé tous les cachets qu'elle avait trouvés dans la maison.

J'avais appelé les urgences, mais Maggie était morte avant que la standardiste au bout du fil me dise de la faire rouler sur le côté. Elle s'était étouffée dans son propre vomi à l'endroit même où Sasha se trouvait à présent, alors que, penchée au-dessus d'elle, j'espérais plus que tout au monde qu'elle respire encore.

– On doit sortir d'ici, réussis-je à articuler à Sasha.

Tout à coup, il y eut du bruit à la porte. Moufle grattait pour essayer d'entrer. Mes parents allaient finir par entendre quelque chose.

– Allez, chuchotai-je, aussi fort que possible.

Mais Sasha secoua simplement la tête.

– Je n'arrive pas à croire que tu ne m'as pas parlé de ta sœur. Elle est à la fac ?

Elle scruta les murs à la recherche d'un blason d'université. Son regard tomba sur un coussin sur lequel était brodé le prénom de ma sœur, au milieu de fleurs et de feuilles... Nous devions tous en faire un en cours d'arts plastiques au collège. Sasha articula le prénom de Maggie et ses yeux s'agrandirent comme si... Le reconnaissait-elle ?

Est-ce qu'elle était au courant pour Maggie ? Lorsque

c'était arrivé, Sasha et moi étions dans des collèges différents mais sa grande sœur – celle qui avait abandonné les études pour jouer dans *Le Fantôme de l'opéra* – avait peut-être connu Maggie. Elle avait pu entendre l'histoire de la fille qui était morte au milieu de l'année de terminale.

Peut-être avait-elle aussi connu celle qui avait poussé Maggie à en arriver là.

J'ouvris la bouche pour demander à Sasha comment s'appelait sa sœur quand j'entendis une porte se fermer dans le couloir et je me figeai, le cœur battant à cent à l'heure.

– Fichons le camp. Ma mère va me tuer si elle nous trouve ici.

Je pris Sasha par le poignet et la tirai dehors, de l'autre côté de la porte que mes parents avaient remplacée pour ne plus jamais l'ouvrir.

Je conduisis Sasha le long du couloir. J'avais des fourmis dans les doigts alors que nous marchions sur la pointe des pieds devant la chambre de mes parents. Une fois de retour dans ma chambre, au sous-sol, je soufflai et croisai les bras sur ma poitrine.

– Bon sang, Sasha ! Tu ne peux pas fouiner chez les gens comme ça.

Elle m'ignora et poussa Priya du pied.

– Est-ce que tu savais qu'Amber avait une sœur ?

– Quoi ? s'exclama Priya, rouvrant soudain les yeux. Une sœur ? Oui, bien sûr.

– *Bien sûr ?* répéta Sasha avant de se tourner vers moi en fulminant. Comment se fait-il que Priya sache que tu as une sœur ? Tu ne m'en as jamais parlé.

– Ça fait plus de treize ans que je suis sa meilleure amie,

rétorqua Priya en sautant sur ses pieds pour venir se planter à côté de moi, soudain bien réveillée et prête à me défendre.

Les lèvres tremblotantes, Sasha rougit.

– Moi aussi je suis sa meilleure amie, maintenant.

Elle avait presque crié, les yeux exorbités et vitreux. Je n'aurais jamais imaginé qu'elle prenne si mal le fait que Priya connaisse mieux ma famille.

– Sasha, calme-toi. (Je jetai un coup d'œil vers la porte, inquiète à l'idée que mes parents descendent voir ce que c'était que tout ce raffut.) Tu as pris quelque chose ? Un truc pour t'aider à te maintenir éveillée, peut-être ? Tu te comportes de manière bizarre.

– Non ! protesta-t-elle en jetant la tête en arrière, les poings serrés, comme pour cacher ses tremblements. Je suis juste... sous le choc.

– Je ne vois pas où est le problème. OK, j'ai une sœur. Elle n'est jamais là. Et alors ? Le sujet n'est jamais venu sur le tapis.

Priya me lança un regard, mais je l'ignorai. Je n'avais pas envie de raconter à Sasha l'histoire de Maggie. Pas maintenant. Jamais, en fait. Le revivre dans ma tête était déjà assez douloureux comme ça. Raconter à quelqu'un ce qui s'était passé – que je l'avais vue mourir, que je n'avais pas pu la sauver – était un véritable cauchemar.

On aurait dit que Sasha était sur le point de pleurer.

– C'est juste que...

Sans un mot de plus, elle attrapa son sac et fonça vers la porte, laissant derrière elle ses livres et ses fiches.

– Wow, fit Priya. C'était quoi ce petit numéro ? Elle me déteste vraiment au plus haut point, non ?

– Non.

Dans un soupir, je me frottai la nuque et repensai à la fois où je les avais surpris, Scott et elle, sous les gradins.

– Je ne crois pas que ça ait quoi que ce soit à voir avec toi. Je crois qu'elle est défoncée.

00:32:00

– J'ai nié parce que ce ne sont pas tes oignons, dit Sasha en inspirant profondément. Ce que je prends ne te regarde pas. Ça fait de mal à personne.

Je croisai les bras et levai un sourcil, mais elle m'ignora.

– En revanche, on va tous mourir si on ne fait rien, poursuivit-elle. Alors pourrait-on se concentrer là-dessus ?

– Oh bon Dieu, lâcha Priya en se tenant la poitrine. Mais qu'est-ce qu'on peut faire ? On a regardé partout, il n'y a pas d'issue.

– En effet. On doit désigner quelqu'un, affirma Sasha. Et il a démontré qu'on ne pouvait pas lui faire confiance, dit-elle en pointant Scott du doigt. Il m'a menti sur ce qu'il me vendait.

– Hors de question, objectai-je en ravalant une envie de vomir.

Comment pouvait-elle être si prompte à sacrifier quelqu'un ?

– Il a eu tort de te vendre de la Ritaline, mais ça ne veut pas dire qu'il mérite de mourir. Ce n'est pas toi qui décides.

On a tous notre mot à dire. Et je suis d'avis de chercher un moyen de *tous* nous sortir de là vivants.

– Mais comment ? demanda Priya.

– Que ce soit du vrai poison ou non, intervint Diego, quelqu'un escompte qu'on choisisse l'un d'entre nous. (Il montra la caméra dans le vaisselier.) Quelqu'un nous observe, n'est-ce pas ? On devrait donc essayer de ramener à la raison l'auteur des faits.

– Est-ce que tu penses que Phil ou Becky ou qui que ce soit... tu penses qu'on nous écouterait ? s'enquit Priya.

– Je ne pense pas que ce soit Phil, répondit Diego en lançant un regard méfiant à Sasha, qui tenait toujours la seringue, le pouce sur le piston. Ni Becky.

– Qu'est-ce qui te fait dire ça ? répliqua Robbie. Il est venu au lycée avec une arme. Et elle a pris sa défense.

Diego s'essuya le front du dos de la main.

– Honnêtement, je crois qu'aucun d'eux ne serait assez futé. (Il désigna le plateau avec la bombe et la lettre.) C'est trop... sophistiqué.

– Oui, je ne sais pas pour Becky, concéda Priya, mais Phil n'est certainement pas assez malin pour mettre au point un plan pareil.

– Mais qui d'autre nous déteste tous ? demanda Robbie, avant de se tourner vers Scott. Euh... enfin presque tous. Tu es sûr que Phil et Becky n'ont pas une dent contre toi ?

Scott secoua simplement la tête. La sueur se mêlait au sang sur son front.

– Est-ce que c'est forcément quelqu'un qui nous déteste tous ? suggérai-je avec un coup d'œil vers Sasha. Et si celui qui est derrière tout ça avait une cible bien précise en tête ?

Priya écarquilla les yeux.

– Si c'est le cas, souffla-t-elle, ce serait vache de faire subir ça à tous les autres. Et comment être sûr que tout se déroule comme prévu ?

Sasha reposa enfin la seringue sur le plateau.

– Ouais, c'est insensé.

– Pas tant que ça, insistai-je. N'y a-t-il pas une personne qui déteste assez l'un d'entre nous pour orchestrer tout ça ? Pour tenter le coup ? Réfléchissez à tous ceux à qui vous avez causé du tort d'une façon ou d'une autre. (Je sentais battre mon pouls dans mes tempes.) Sasha, qu'est-ce que...

– Il y a quelqu'un qui me déteste, affirma Diego en me fixant du regard. Peut-être même au point de vouloir me tuer.

Ma respiration resta bloquée dans ma gorge et je fis un pas en arrière.

Priya fronça les sourcils.

– Qui ça ?

– Le père d'Amber.

En déglutissant avec peine, je me tins à la chaise devant moi.

– Comment peux-tu dire une chose pareille ?

Sasha nous regarda tour à tour, nageant en pleine confusion. Je ne lui avais jamais raconté ce qui s'était passé avec Diego. Elle ignorait que nos pères avaient travaillé ensemble.

Robbie vint se planter à côté de moi, fusillant Diego du regard.

– C'est quoi ton problème, mec ? C'est impossible que ce soit le père d'Amber.

– On fait la liste des gens qui nous en veulent, non ? répondit Diego, ruisselant de sueur. Eh bien, son père hait toute ma famille.

– Il ne te hait pas, Diego, mentis-je. Ton père, peut-être, mais pas toi. C'est ton père qui lui a fait un sale coup. C'est lui qui a abandonné leur entreprise du jour au lendemain.

– À cause de l'Éponge-Clown. À cause de moi.

Je le fixai pendant un moment. Ma vue se troubla tandis que des larmes m'emplissaient les yeux.

– C'est absurde.

– Oui, c'est absurde, répéta Diego. Toute cette foutue soirée est absurde. Mais il vous a peut-être enfermés là-dedans pour que vous ayez tous une raison de vous débarrasser de moi. Sasha l'a dit... tout le monde me déteste.

– C'est faux ! m'écriai-je en avançant.

Il secoua la tête.

– Tu sais ce qu'on dit, Amber. « La gloire amène toujours la solitude. » Peut-être que ton père a finalement trouvé un moyen de se venger du mien.

3 MOIS ET 1 SEMAINE PLUS TÔT

OCTOBRE DE L'ANNÉE DE TERMINALE

J'avais tout sauf envie de me retrouver au lycée un samedi, mais papa avait insisté pour m'emmener au forum d'orientation – comme si je ne m'étais pas déjà dédiée corps et âme à l'USC. Il aurait eu l'impression de faillir à son devoir parental s'il ne le faisait pas.

Alors que nous parcourions les allées bondées de lycéens et d'étudiants de villes voisines que je ne connaissais pas, mon père me montra des stands de facs des environs. Je secouai la tête.

– Aucune de celles-là ne t'intéresse ? demanda-t-il.

– Non.

– D'accord. Interdiction de partir à la fac avant d'avoir trente-trois ans, de toute façon.

– Ah ah.

Mais plus il suggérait les universités devant lesquelles nous passions, plus je faisais non de la tête.

– Allez, Amber, m'encouragea-t-il en me tapotant l'épaule. Ce n'est pas en dédaignant ces écoles que tu vas en apprendre davantage à leur sujet.

– Mais je sais déjà où je veux postuler. L'USC, c'est

certain, et si je rate les auditions, il y a Berklee, l'UCLA, la NYU, Oberlin...

– Je te l'ai déjà dit, me coupa-t-il en se frottant le visage. Nous n'avons pas les moyens de te payer le voyage pour participer aux auditions.

– Je sais. Mais il est possible de les passer en ligne, maintenant. Par Skype, par exemple.

Les universités encourageaient à venir aux auditions en personne, et j'avais le sentiment que ça augmentait les chances d'être accepté, mais c'était inutile d'insister là-dessus.

– Et je vais aussi envoyer des enregistrements.

Sauf que la première de la pièce n'avait lieu que vingt-quatre heures avant la date butoir du dépôt de dossiers de candidature. C'était du suicide.

– D'accord, fit papa en nous menant au bout de l'allée, où il y avait moins de monde. Mais écoute... je crois que tu devrais aussi postuler à des facs de la région.

Je sourcillai.

– Quoi ? Pourquoi ?

– Eh bien, elles sont beaucoup moins chères, dit-il en feuilletant la brochure du stand le plus proche. Tu vois ? Celle-ci n'est pas très loin et coûte douze mille dollars par an. L'USC, c'est soixante-quatorze mille dollars. *Chaque année.*

– Pourquoi... pourquoi tu ne me parles de ça que maintenant ? Tu aurais pu le faire il y a longtemps !

Papa souffla.

– J'espérais ne pas avoir à le faire. J'espérais que la situation allait s'améliorer. Mais ce n'est pas le cas. Je suis désolé, Amber.

Le sol se déroba sous mes pieds.

– Mais… je pourrais faire un emprunt étudiant.

– Hors de question. Je ne vais pas te laisser t'endetter de trois cent mille dollars pour rien.

– Tu es *sérieux* ?

Je n'en croyais pas mes oreilles.

Les narines de mon père tressaillirent.

– Ne fais pas ta mauvaise tête.

– Ne me parle pas comme si j'avais cinq ans ! On en a déjà discuté. Si je produis de la musique de film, je gagnerai bien ma vie. Mais je n'aurai jamais les relations dont j'ai besoin à Hollywood si je ne vais pas dans une bonne école.

Papa se tortilla, mal à l'aise, jetant un coup d'œil vers des recruteurs non loin qui nous scrutaient.

– Même les bonnes écoles ne constituent pas une garantie. Tu sais à quel point la compétition est rude dans l'industrie du divertissement ?

Je me décomposai.

– Quoi, tu ne me crois pas capable de percer ?

– Bien sûr que si… Tu sais que j'adore tes compositions. Je ne voudrais simplement pas que, une fois tes études finies, tu aies des décennies de dettes à rembourser comme moi. Si j'avais pu l'éviter, j'aurais économisé plus tôt. Et la perte de mon affaire n'aurait pas été si problématique. Non… (Il secoua la tête, apparemment décidé.) Je ne te laisserai pas devenir une artiste sans le sou. Si tu n'obtiens pas de bourse pour l'un de ces cursus de musique, tu iras dans une université de la région. Et… enfin, tes résultats ne sont pas tout à fait au niveau pour obtenir une bourse.

– Désolée de ne pas être Maggie, lâchai-je.

Son prénom resta en suspens entre nous, plus pesant encore que les rêves déchus de ma sœur. Maggie avait raflé toutes les bourses. Elle voulait devenir médecin avant même de savoir faire du vélo. Pendant que Priya et moi nous amusions à nous déguiser ou à jouer aux poupées, Maggie passait son temps avec son stéthoscope et un petit maillet en caoutchouc. Lorsqu'elle avait mis le grappin sur quelqu'un, elle exigeait qu'il se taise pour qu'elle entende son cœur ou lui tapait sur le genou pour tester le réflexe rotulien. Des années plus tard, quand elle avait reçu sa première lettre d'admission à l'université John Hopkins – accompagnée d'une bourse couvrant la totalité des frais –, papa avait été si fier.

Les lettres d'admission avaient continué d'arriver même après sa mort.

Papa expira lentement, les yeux rivés au plafond, comme s'il se retenait de pleurer. Les néons accentuaient les rides qui s'étaient creusées sur ses tempes à une vitesse alarmante. Il avait pris dix ans en à peine quelques années.

– Tu crois que c'est facile pour moi ? Dire à ma fille que je ne peux pas réaliser ses rêves ?

Je luttais contre les larmes qui me montaient aux yeux.

– Non.

Papa m'avait toujours encouragée, il n'aspirait qu'au meilleur pour moi. Voilà pourquoi il m'avait conduite à mes leçons de piano trois fois par semaine pendant des années avant de m'offrir un clavier. Voilà pourquoi il m'avait laissé le sous-sol, de l'espace pour pratiquer la musique. Voilà pourquoi il avait pris des congés après la mort de Maggie, pour passer du temps avec moi et s'assurer que je tenais le coup.

– J'aimerais plus que tout au monde pouvoir te payer n'importe quelle fac.

– Je sais, papa.

Il m'attira contre lui.

– Alors, qu'est-ce que tu en dis ? Est-ce qu'on peut au moins jeter un coup d'œil ? Tu n'as pas besoin de décider quoi que ce soit aujourd'hui. Regarde juste s'il y en a qui ont des cursus de musique qui te plairaient.

– OK, murmurai-je en me tamponnant les yeux pour m'assurer que rien ne coulait.

Je le suivis dans les allées, une boule dans la gorge. Je pris les brochures de toutes les facs qui avaient un semblant de filière dédiée à la musique. Tandis que mon père et moi étudiions une plaquette à l'un des stands, un flash à côté de nous attira mon attention. Oh mince. C'était Diego, la dernière personne que j'avais envie de voir à cet instant. Je jetai un regard prudent à papa, qui se dirigeait déjà vers le comptoir suivant.

Diego sourit et s'approcha, penché sur l'écran de son appareil photo.

– Jolie prise.

Il me la montra. C'était une belle photo père-fille, du genre de celles qu'on voyait sur les sites des forums d'orientation.

– Je te l'enverrai par e-mail.

– OK, si tu veux.

Ma voix tremblait. J'en voulais à Diego et ses éponges débiles d'avoir causé la faillite de mon père, mais je ne m'étais jamais imaginé que cela compromettrait également mes projets.

– Ça va ?

Je ne savais pas quoi dire, pas certaine de réussir à endiguer mon ressentiment.

Diego consulta le paquet de brochures dans ma main.

– Tu t'intéresses à quelles écoles ?

Mon ventre se noua.

– Eh bien... j'aimerais intégrer une filière de musique...

– Ah oui. J'ai entendu dire que tu composais la musique de la pièce du lycée.

– Ouais, eh bien, ce sera peut-être pour rien.

– Quoi ? Pourquoi ?

– Je vais sûrement devoir opter pour un cursus moins cher. Mon père veut m'assurer une bonne situation à la fin de mes études, expliquai-je avant de le toiser, incapable de me contenir. Il veut éviter que je me retrouve en difficulté comme ça lui est arrivé.

Les yeux de Diego s'agrandirent et il repoussa ses cheveux ébouriffés.

– Merde, murmura-t-il.

– Ouais.

Il se passa la main sur le front.

– Amber. Je... Ça craint. Je ne savais pas que votre situation était si délicate.

La colère montait en moi.

– Eh bien, peut-être que si tu ne m'avais pas ignorée pendant trois ans, tu aurais été au courant. (J'étais si bouleversée par ma conversation avec mon père que je ne pouvais plus me contrôler.) Tu sais, si mon père n'avait pas perdu son travail à cause de tes satanées éponges, rien de tout ça ne serait arrivé.

Un air sidéré s'imprima sur son visage.

– Attends une minute. Tu dis que c'est *moi* qui t'ai ignorée ? C'est toi qui fais demi-tour chaque fois que tu me vois dans les couloirs. C'est toi qui as coupé les ponts. Je croyais que tu me détestais.

Je grimaçai.

– Tu es sérieux, là ? Je t'ai envoyé un texto, ce soir-là, après cette fichue émission. Tu ne m'as jamais répondu et ensuite ton père a laissé le mien en plan. Et puis tu ne m'as plus jamais adressé la parole.

– Je...

– Tu t'estimais supérieur à moi ? C'est ça ?

Il écarquilla les yeux.

– Pas du tout...

– Fiche-lui la paix, gronda mon père en arrivant derrière moi, les yeux plissés vers Diego. Tu ne vois pas que tu la contraries ?

Diego ouvrit puis referma la bouche, comme s'il cherchait quoi répondre.

– Monsieur Prescott, je suis désolé. Je voulais juste...

Papa devint tout rouge et une veine saillait sur son front.

– Tu as déjà assez perturbé nos vies. Maintenant laisse-la tranquille, menaça-t-il. Ne t'approche plus jamais de ma fille.

00:30:00

L'idée que mon père nous ait enfermés ici était si ridicule que ça frisait le comique. Jamais il n'orchestrerait une telle mise en scène pour se débarrasser d'un gamin par pure jalousie. Le seul fait que Diego le suggère était à la fois odieux et désolant – qu'il me suspecte de vouloir le tuer me brisait le cœur.

– Comment peux-tu avancer une chose pareille ? aboyai-je, tremblant de la tête aux pieds. Pour commencer, mon père ne mettrait jamais ma vie en danger, soulignai-je en désignant la bombe. Absolument jamais. Et je n'arrive pas à croire que tu puisses seulement imaginer que je souhaite ta mort.

Une larme roula sur ma joue.

– Je n'ai pas dit ça, rectifia-t-il en faisant la moue. J'ai dit que ton *père* aimerait bien se débarrasser de moi.

Tout le monde observait notre échange comme s'il s'agissait d'un match de tennis. Sasha nous regardait, bouche bée.

– Mais ça impliquerait qu'il m'ait mise dans la confidence, pour s'assurer qu'on te choisisse. Et donc que j'aie accepté. Tu penses vraiment que je serais d'accord pour te tuer ?

– Non... bien sûr que non, admit-il en faisant un pas en arrière. Ce n'est pas... ce n'est pas ce que je voulais dire...

Je serrai les poings, la respiration saccadée.

– Eh bien tu n'es peut-être pas aussi malin que tu le penses.

Il recula comme si je venais de lui donner une gifle. Mais j'avais l'impression qu'il m'avait planté la seringue en pleine poitrine.

Robbie laissa échapper un grognement.

– C'est grotesque. Il n'y a pas moyen que le père d'Amber soit derrière tout ça. J'ai passé pas mal de temps chez eux. C'est un chouette type. Ça ne peut pas être l'un de nos parents. C'est impensable.

La gratitude m'envahit.

Sasha planta la main sur sa hanche.

– Hé, on n'a pas le temps pour ce genre de débat !

Robbie bougonna à nouveau et donna un coup de pied dans la porte.

– C'est pas franchement utile, ça, grommela Diego.

– Ouais bah va te faire foutre, Épongeman.

Robbie fit quelques pas en direction de Diego et je me précipitai pour m'interposer entre eux.

– Arrêtez, les gars.

Je posai une main sur la poitrine de Robbie. Sa chemise était trempée de sueur. La pièce était étouffante.

– Calmez-vous, OK? Repartons tous du bon pied.

Je lançai un regard mauvais à Diego en secouant la tête.

– Je suis désolé, d'accord ? s'excusa-t-il avant de faire un geste circulaire. Mais tout ça... eh bien, c'est forcément quelqu'un qu'on connaît, non ? Et c'est la première personne à qui j'ai pensé... (Il s'interrompit, s'essuyant la lèvre.) Je suis désolé.

Il avait peut-être émis cette hypothèse sans réfléchir. Car la chaleur nous faisait tous un peu dérailler.

– Bref, dis-je. Ça va.

– D'accord, d'accord, conclut Sasha. Il est désolé, tu es désolée, nous sommes tous désolés. Alors qui d'autre ça pourrait être ? Quelqu'un a-t-il des ennemis dont il ne parle pas ?

Nous nous regardâmes les uns les autres, curieux de voir qui réagirait en premier.

– Et toi ? demandai-je à Sasha. Toi la reine... la meilleure en tout... il doit bien y avoir *quelqu'un* que tu aurais pu énerver.

– Non, dit-elle en secouant la tête, avant de hasarder un coup d'œil vers Priya. Enfin je veux dire, personne à part ceux que nous avons déjà évoqués.

Scott la pointa du doigt en dodelinant de la tête.

– Ha ! Foutaises. Tu adores utiliser les gens, bredouilla-t-il, comme ivre de douleur. Tu incites les gens à se confier à toi pour ensuite utiliser contre eux ce qu'ils t'ont dit.

Robbie souffla.

– N'importe quoi.

Mais ce n'était pas la première fois que Scott laissait entendre que Sasha profitait des gens. *Ce que Sasha veut, Sasha l'obtient.*

– Qu'est-ce que tu veux dire ? l'apostrophai-je.

De quoi s'était servie Sasha contre Scott ?

– Oh tu voudrais bien le savoir, hein ?

Scott était tourné dans ma direction sans vraiment poser son regard sur moi, car il avait visiblement du mal à fixer un endroit précis. Il se tint la jambe et serra les dents ; le col de sa chemise était imprégné de sueur.

– Tu me détestes. Tout comme elle.

J'eus un mouvement de recul.

– *Quoi* ? Ce n'est pas vrai...

– Si, c'est vrai. Tu me détestes pour avoir vendu de la drogue à Sasha. Tu as dit... (Ses yeux vacillèrent.) Tu l'as dit toi-même. Tu me considères comme un sale tordu.

Il eut un vague geste vers Priya, qui inclina la tête, déboussolée.

Je me mordis la lèvre et la culpabilité se répandit dans ma poitrine comme une traînée d'encre. Mais avant que j'aie le temps de répondre, les yeux de Scott se révulsèrent et il s'effondra contre le mur.

3 MOIS PLUS TÔT

NOVEMBRE DE L'ANNÉE DE TERMINALE

J'avais enfin réussi. Après des semaines à essayer de convaincre Robbie d'arranger le coup, nous sortions enfin à quatre avec Priya et Zane. Une partie de moi se demandait si ça embêterait Sasha... Et si jamais elle avait vraiment des sentiments pour Zane ? Mais, après tout, je n'avais pas besoin de sa permission – elle avait dit elle-même qu'elle n'avait pas le temps pour une relation, il était donc libre comme l'air.

Du moins, je l'espérais.

Et puis ça faisait des siècles que Priya en pinçait pour lui.

Robbie et moi nous serrâmes l'un contre l'autre sur un banc devant Chez Mike, en remuant les jambes pour se tenir chaud alors que d'autres lycéens entraient et sortaient. Zane était censé aller chercher Priya mais, à en croire les textos qu'elle m'envoyait toutes les dix secondes, il était en retard.

– J'ai quelque chose à te montrer.

Je sélectionnai un fichier vidéo sur mon téléphone, me penchai sur le bras de Robbie et orientai l'écran de façon que nous le voyions tous les deux.

Il reconnut tout de suite le premier plan.

– Waouh, tu as déjà fini ?

– Ouais.

J'appuyai sur « Lecture » pour démarrer la nouvelle vidéo de base-ball de Robbie destinée aux recruteurs, agrémentée d'un fond musical aux influences rock. Il avait déjà un film qu'il envoyait aux universités depuis la classe de seconde, mais comme Georgia Tech semblait maintenant intéressée, il avait ajouté quelques prises de son stage d'été, où on le voyait faire des *home runs*, voler la troisième base ou encore foncer vers la deuxième base pendant un *base hit*. Quand il m'avait montré la séquence la semaine précédente, j'avais tiqué en entendant la musique ringarde et lui avais proposé de créer un nouveau morceau et de nettoyer la bande-son.

À la fin de la vidéo, son visage rayonnait.

– Wow, Amber. Merci beaucoup.

– De rien. (Je me penchai pour l'embrasser et il répondit à mon invitation, avant de reculer en poussant un soupir.) Qu'est-ce qui ne va pas ?

– Oh, ce n'est rien.

Je me mordis la lèvre. La musique n'était pas assez bien ? Le rythme trop saccadé ?

– Non, vraiment. Qu'est-ce qu'il y a ? Je peux retravailler tout ce que tu voudras.

– Non, non. La vidéo est parfaite. J'espère juste que ce n'est pas trop tard.

Je fronçai les sourcils et rangeai mon téléphone.

– Mais il y a ce nouvel intérêt de Georgia Tech.

Robbie se prit la tête entre les mains, les coudes sur les genoux.

– Ouais, mais c'est ma dernière chance. S'ils ne me prennent pas, c'est la fin. (Il gardait les yeux rivés sur le parking de l'autre côté de la rue, incapable de soutenir mon regard.) J'aimerais seulement…

– Quoi ? demandai-je en lui prenant la main. Dis-moi.

– Eh bien… mon père avait fait appel à des agences de recrutement pour aider Paul et Liam quand ils étaient en seconde. Ils avaient contacté des tonnes de chasseurs de talents, réalisé des vidéos super pros, tout le tintouin. Mais il est tellement accaparé par les matchs de mes frères qu'il n'a rien fait de tout ça pour moi. (Il donna un coup de pied dans un caillou.) J'imagine qu'il considère que deux fils sur trois qui réussissent, ça suffit.

Je lui pressai la main.

– Mais tu réussis, toi aussi. Tu t'es fait repérer sans toute cette aide.

– Ouais mais j'ai juste l'impression, je sais pas… quoi que je fasse, ce n'est jamais assez bien pour papa. Il prend l'avion pour aller à Boston voir Paul jouer plus souvent qu'il ne vient à mes matchs au bout de la rue. Je lui ai dit que le chasseur de têtes de Georgia allait me regarder mais il n'en avait rien à foutre. (Il se frotta à nouveau le visage.) Ah, je sais pas. C'est comme si Paul et Liam avaient déjà tout accompli, tu vois ? Je suis le vilain petit canard. Celui qui ne compte pas.

J'en eus les larmes aux yeux. Je détestais le voir souffrir ainsi. Je fixai nos doigts enlacés.

– Je connais cette sensation. Avoir l'impression de ne pas faire le poids face à ses frères et sœurs…

Robbie me lança un coup d'œil.

– Je croyais que tu étais fille unique.

Frigorifiée, je pris une profonde inspiration. Je ne lui avais pas encore parlé de Maggie. Ça avait été un tel soulagement, de ne pas être prise en pitié. Mais je pouvais me livrer à lui. Je pouvais lui faire confiance.

– Je ne l'ai pas toujours été, murmurai-je. J'avais une grande sœur. Elle est morte quand nous étions en quatrième.

Il fronça les sourcils.

– Oh, attends une seconde. Merde. Cette fille qui est morte quand on était au collège… une élève de terminale… c'était ta sœur ?

Les yeux braqués par terre, je hochai légèrement la tête.

– Je suis désolé. Je ne savais pas.

Il passa le bras autour de moi et m'attira contre lui. Je vis dans un flash le visage sans vie de Maggie et fermai fort les yeux, la tête enfouie dans la veste de Robbie alors que mes grelottements dus au froid se transformaient en tressaillements émotifs. Il m'étreignit alors que je luttais pour retenir mes pleurs, espérant que les gens amassés près de la porte d'entrée ne remarqueraient rien.

– Elle voulait être médecin et elle avait obtenu toutes les aides financières des meilleures universités, dis-je finalement, en essuyant une larme qui avait réussi à s'échapper. Mon père doute que je décroche une bourse comme elle. Il veut donc que je postule aux écoles du coin qui coûtent moins cher. Il ne me croit pas capable de percer en tant que productrice de musique, ni de rembourser un emprunt. Alors que tout réussissait à Maggie. (Ma voix resta coincée dans ma gorge et j'eus du mal à déglutir.) Je comprends donc ce que tu traverses. C'est horrible. Et je suis désolée.

– Moi aussi, dit Robbie en m'embrassant sur la joue sans relâcher son étreinte. Mais tu sais quoi ? On ne va pas les laisser nous arrêter. Nous brider. (Il me fit relever le menton.) Si je veux me consacrer au base-ball, d'une façon ou d'une autre, j'y jouerai. Et si tu ne veux pas étudier dans une fac du coin, n'y va pas. Si tu veux faire un emprunt, c'est ton choix. Ce sont nos vies. On se fout de ce qu'ils pensent.

Je souris.

– Tu as raison. On se fout de ce qu'ils pensent...

– C'est quoi ces têtes d'enterrement ? lança une voix.

Nous vîmes Zane et Priya approcher. Je m'essuyai les joues une dernière fois alors que nous nous levions pour les saluer.

Priya me dévisagea.

– Tout va bien ?

– Oui, oui. Nous étions juste en train de discuter de choses sérieuses.

– Pff, ironisa Zane. Ça ne m'étonne pas que tu sois dans tous tes états. C'est de la torture d'écouter cet abruti.

– La ferme, mec ! le rembarra Robbie en riant.

Zane ouvrit la porte du restaurant et nous nous engouffrâmes tous à l'intérieur. L'hôtesse nous conduisit à une table au milieu de la salle et nous tendit à chacun un menu en adressant à Zane un sourire enjoué. Priya la fusilla du regard alors que nous nous installions.

Mais Zane ne remarqua rien.

– Désolé pour le retard, s'excusa-t-il en se frottant les yeux. J'ai failli ne pas venir.

– Qu'est-ce qui t'est arrivé ? demanda Robbie.

Zane lança un regard sombre à son ami.

– C'est à nouveau mon frère.

Son frère était en seconde. Je l'avais vu chez eux plusieurs fois, souvent claudiquant sur des béquilles. L'année précédente, il s'était fait une triple fracture de la jambe lors d'un accident de ski. J'avais eu du mal à trouver une place libre sur son plâtre tant de gens l'avaient déjà signé.

– Ah, fit Robbie, comme s'il comprenait.

Priya avait l'air aussi perdue que moi.

– Qu'est-ce qui s'est passé ? hasarda-t-elle.

Elle n'avait pas dû oser l'interroger pendant le trajet en voiture.

Il éluda la question d'un geste de la main.

– Je n'ai pas envie d'en parler.

– Son frère a des problèmes de drogue, expliqua Robbie. Des psychotropes. Sa mère finit toujours par trouver ses planques, ce qui la fait péter les plombs.

– Oh merde, dis-je.

Zane toisa Robbie.

– J'ai dit que je ne voulais pas en parler.

– Il n'y a pas à en avoir honte, intervint Priya. C'est un énorme problème dans tout le pays en ce moment. Des tonnes de gens sont complètement accros. J'ai vu aux infos que...

Zane tapa du poing sur la table, faisant sursauter les gens à la table derrière nous qui jetèrent un coup d'œil par-dessus leur épaule.

– J'ai dit que je ne voulais pas en parler, putain !

– Tiens, tiens ! Regardez-moi la fine équipe que voilà, ironisa Scott en s'approchant avec un bloc-notes pour prendre notre commande.

Mon ventre se noua. Je n'étais toujours pas sûre à cent pour cent de ce que Sasha et lui faisaient sous ces gradins, mais j'aurais parié mon synthétiseur qu'il lui vendait de la drogue.

– Salut, Red. Ça roule...

– Eh bien, tu travailles aussi les soirs de semaine, maintenant ?

Mes mots étaient empreints d'animosité.

Il sourit.

– Tout ce qui peut me rapporter un peu de fric, je ne dis pas non.

Comme si ça allait m'impressionner. Un goût amer me monta à la bouche. Zane le dévisagea avec un ressentiment évident. Oh mon Dieu. Pensait-il que Scott vendait des cachets à son frère ?

– Qu'est-ce que je peux servir à ces messieurs-dames en cette délicieuse soirée ?

Zane ne lui adressa pas la parole si ce n'est pour commander un burger et des frites et, à part des grognements occasionnels et quelques « ouais », il ne se montra guère expansif pendant le dîner. Il passa la majeure partie de son temps à envoyer des textos et, à un moment donné, lorsqu'une notification illumina son écran, j'aperçus le prénom de Sasha. J'étais quasi sûre que Priya l'avait aussi remarqué car elle se précipita aux toilettes. Quand je demandai à Robbie de me laisser passer, elle refusa que je l'accompagne.

Dix minutes plus tard, elle n'était toujours pas de retour.

– Elle est passée où ? demanda Zane en buvant son milkshake. J'ai accepté de venir, non ? Et la voilà qui disparaît.

– Tu ne t'es pas vraiment comporté en prince charmant avec elle, ripostai-je. Je dirais même plutôt en bon grincheux.

– Ouais, ouais, lâcha-t-il en se passant la main sur le visage. La soirée a été rude.

– Je vais la voir.

Je pressai le bras de Robbie et il se leva de notre banquette pour que je puisse passer. Je me dirigeai vers les toilettes mais trouvai Priya adossée au vieux juke-box près des cuisines en train de parler avec Scott Coleman en personne. Elle riait, comme si personne ne l'attendait à sa table.

– Qu'est-ce qui se passe ? m'enquis-je en lançant un regard perplexe à Priya.

– Ah salut, Red, répondit Scott. On papote, c'est tout...

– Il n'y a pas des clients qui t'attendent ? soulignai-je. On est au milieu d'un double rencard. Je vais donc devoir te voler Priya.

Un air chagriné se peignit sur le visage de Scott.

– Oh...

– Ça va, répondit Priya. Je ne suis pas pressée.

– Zane a demandé où tu étais.

Je m'attendais à ce qu'elle soit ravie d'entendre ça, mais elle sourcilla, la mine sceptique.

– Vraiment ?

Mince. Priya rêvait de sortir avec Zane depuis des années et il fichait tout par terre.

– Ouais. Vas-y. Je dois d'abord aller aux toilettes.

Elle haussa les épaules en soupirant.

– D'accord. À plus tard, Scott.

Elle lui fit un petit signe de la main avant de retourner à notre table.

Quand elle fut assez loin pour ne pas nous entendre, je toisai Scott.

– Ne t'approche pas de mes amies.

– Quoi ?

Ma poitrine se comprima.

– Tu vendais de la drogue à Sasha sous les gradins, je me trompe ? C'est ça, son secret, non ?

– J'en sais rien... éluda-t-il en haussant les épaules.

– Arrête ton petit manège, rétorquai-je en le poussant

légèrement. Tu connais les conséquences de ces drogues ? Ça la fout en l'air... Elle est fébrile, agitée, et perd carrément la boule.

Et maintenant que je savais pour le frère de Zane, je n'étais pas étonnée qu'elle le cache à ses amis. Ils avaient déjà vu les effets de la drogue et essayeraient de l'arrêter. Et elle ne tolérerait jamais que quiconque lui dicte ce qu'elle avait à faire.

Il renâcla.

– Ouais, mais c'est son choix.

– Et c'est aussi le tien. Arrête de lui refourguer cette saloperie.

– Je... je ne peux pas.

Il venait de confirmer mes soupçons. Il lui vendait bien quelque chose.

– Comment ça, tu ne peux ? Tu lui fais du mal !

– C'est elle-même qui se fait du mal, et personne d'autre. Je n'avais pas le choix, putain. (Il se mordit le poing comme s'il en avait déjà trop dit.) Écoute, tu ne sais pas tout...

Je me raidis.

– J'en ai vu assez. Alors tiens-toi à l'écart de mes amies. Laisse Sasha tranquille. Et Priya aussi. Elle ne voudra jamais sortir avec toi, de toute façon.

Je regrettai mes mots aussitôt qu'ils franchirent mes lèvres. Mais j'étais furieuse.

– Tu n'es qu'un sale tordu de dealer qui n'arrête pas de l'embêter. Alors fous-nous la paix.

00:29:00

Horrifiés, nous regardâmes Scott s'avachir.

– Scott ! cria Priya.

Elle se pencha au-dessus de lui et lui saisit les épaules de ses mains tremblantes.

Les paupières de Scott papillonnèrent et il dodelina de la tête vers elle en lui attrapant la main.

– Je ne peux pas... ça fait mal...

Robbie saisit un verre d'eau sur la table et le tendit à Priya.

– Il ne faut pas qu'il se déshydrate. Fais-le boire.

Elle opina du chef.

– Personne n'a d'aspirine ?

Nous secouâmes tous la tête. Si ça avait été le cas, nous lui en aurions déjà proposé. J'attendais que Scott explicite ce à quoi il avait fait allusion avant de tomber dans les vapes. Quelles confidences avait utilisées Sasha contre lui ? Mais ses mains tremblaient furieusement alors qu'il essayait de boire, si bien qu'il renversa de l'eau. Il avait manifestement besoin d'un peu de répit.

– L'heure tourne, dit Sasha en regardant la bombe.

Blanche comme un linge, elle se couvrit les oreilles comme

si le dispositif pouvait exploser à tout moment. Les chiffres défilaient en silence sur le minuteur attaché au fouillis de fils et de tubes. Vingt-huit minutes et trente-neuf secondes restantes. Trente-huit. Trente-sept.

– OK, OK.

Je me grattai le front tandis que Priya aidait Scott à se redresser, même si elle semblait à deux doigts de défaillir, elle aussi. Une vague d'angoisse déferla dans mes veines.

– Réfléchissons. Réfléchissons à une autre façon de procéder. On ne pourrait pas essayer de désamorcer la bombe ?

Un lourd silence emplit la pièce pendant que tout le monde étudiait l'enchevêtrement de câbles.

– Bon sang, c'est comme si celui qui l'avait fabriquée avait rajouté quelques fils rien que pour nous embrouiller encore plus.

– Ouais, peut-être qu'il vaudrait mieux ne pas y toucher, dit Robbie. Je doute qu'on puisse faire comme dans les films. J'y connais que dalle en désamorçage de bombe. (Il la regarda en se passant la main dans les cheveux.) Et si on la bougeait ?

– La bouger… pour la mettre où ? demandai-je.

– On ne pourrait pas la faire sortir par la fenêtre ? suggéra Priya pendant que Scott buvait tout seul.

– Ça ne passera pas à travers les barreaux, répondis-je.

– Oh, j'ai une idée ! s'exclama Robbie en claquant des doigts qu'il posa ensuite sur ses lèvres, en pleine réflexion. On met la bombe dans un coin, dit-il en désignant l'angle entre la fenêtre fermée et le grand miroir en laiton, et puis on tire les armoires, la table, les chaises. On fait un barrage à partir de tout ce qu'on peut mettre. (Sasha approuva d'un mouvement de la tête.) Et on se terre à l'autre bout de la pièce…

– Dans la cheminée ! s'écria Priya en abandonnant Scott pour traverser la salle. On peut essayer de se serrer là-dedans... (Elle se baissa pour se glisser dans la cheminée.) Humm, peut-être pas...

– On ne rentre pas tous là-dedans, objecta Sasha. Mais j'en sais trop rien. Tout ce qu'on entassera sur la bombe risque d'exploser en un milliard de projectiles comme des éclats d'obus, non ?

– Tout à fait, acquiesça Diego. Et au cas où tu ne l'aurais pas remarqué, on est coincés ici. Même si l'explosion ne nous tue pas, on finira cramés.

Je croisai les bras.

– Ou asphyxiés.

Diego inclina la tête.

– Non... je ne sais pas si vous vous rendez compte. Ces bâtons de dynamites sont énormes. Et Dieu sait de quoi ils sont remplis. Ça pourrait détruire tout le bâtiment. Ce n'est pas la fumée, le souci.

– Tu ne peux pas en être sûr et certain, répliqua Priya.

– Non, en effet, admit Diego en secouant la tête. Ce soir, on n'est sûrs de rien. Mais je ne pense vraiment pas que se recroqueviller dans un coin et couvrir la bombe avec des chaises et des nappes soit le bon plan.

– Fichus barreaux aux fenêtres... (Je me pinçai les lèvres.) Et si on mettait la bombe dans la cheminée ?

– Ça me paraît douteux, contra Diego.

– Non, attends, écoute-moi ! On pose la bombe dans la cheminée et on en bloque l'ouverture avec tout ce qu'on trouve. Ça pourrait diriger l'explosion vers le haut... ?

– Il n'y a pas de haut.

Diego se pencha vers l'âtre et tapota la planche de bois qui bouchait le conduit d'aération.

– C'est une fausse cheminée. Il n'y a pas d'évacuation. Mais même si c'était le cas et que ça confinait l'explosion... *alors* nous mourrions asphyxiés.

Je le rejoignis à côté de la cheminée et posai la main sur son épaule.

– Il y a peut-être une chance pour que la bombe fasse un trou dans le mur par lequel on pourrait sortir.

– La majeure partie de la pièce est en sous-sol. Imaginons que le haut du mur s'effondre, on devrait hisser les gens au-dessus d'un feu.

– Merde, lâcha Sasha en lorgnant la seringue sur le plateau.

Ma poitrine se comprima.

– Pourquoi tu es comme ça ? demandai-je à Diego, en baissant la voix. Si on ne tente pas le tout pour le tout, elle risque de vouloir à nouveau s'en prendre à Scott. On doit trouver une solution. Tu sais que c'est la seule chose à faire. Il faut au moins essayer. Et s'affirmer.

– Je sais...

– Alors pourquoi tu démontes toutes les idées les unes après les autres ?

Il m'agrippa le bras.

– Parce que ça ne peut pas marcher, Amber ! Tout ne se déroule pas toujours comme prévu, peu importe combien on le souhaite.

2 MOIS ET 3 SEMAINES PLUS TÔT

NOVEMBRE DE L'ANNÉE DE TERMINALE

J'allais manquer de temps. Je consultai l'horloge au-dessus de la porte de la salle de classe. Il ne me restait plus que vingt minutes avant le début des cours pour finir ce foutu devoir d'histoire. Mais *Hamilton* avait beau tonitruer dans mes oreilles, je ne trouvais pas plus vite les bonnes dates de la guerre d'Indépendance dans mon manuel. Et il n'y avait encore aucun élève à qui demander les réponses.

Mes notes avaient chuté depuis que je passais tant de temps à visionner les répétitions de *Roméo et Juliette*. Heureusement, Sasha avait réquisitionné un élève de seconde pour filmer les répétitions – j'aurais dû me dédoubler si j'avais dû y assister en plus de celles de l'orchestre. Chaque fois qu'ils modifiaient le script, il me fallait ajuster les morceaux pour caler la musique sur leurs répliques. Et les journées n'étaient pas extensibles à l'infini.

Alors que je griffonnais des réponses sur ma feuille, quelqu'un s'assit à côté de moi et, sans un mot, sortit l'un de mes écouteurs de mon oreille avec un petit *pop*. Je sursautai et levai les yeux vers Diego qui insérait l'écouteur dans son oreille. En reconnaissant la musique, il ferma les yeux et sourit.

Nous ne nous étions pas parlé depuis le forum d'orientation et j'étais mortifiée par la façon dont je m'étais emportée. Il retira l'écouteur et tapota ma feuille.

– Tu n'as pas reçu l'e-mail de M. Baskin ? Il est malade aujourd'hui. Tu as un jour de plus.

– Oh !

Je dégainai mon portable et ouvris ma messagerie. En effet, un mail de notre prof d'histoire apparut.

– Génial ! m'exclamai-je avant de grimacer. Enfin, ce n'est pas génial qu'il soit malade. Évidemment.

– Oui, oui, j'avais compris, répondit-il en me tendant l'écouteur. Écoute, je... je voulais te présenter mes excuses.

– Pour quoi ?

Il devait vivre dans une sorte d'univers parallèle, parce que c'était plutôt à moi de m'excuser.

Il souffla.

– De ne pas avoir répondu à ton texto. Pour tout. D'avoir demandé à mon père de démissionner de son entreprise.

– Tu lui as demandé de démissionner ? m'étonnai-je, les sourcils froncés.

Il déglutit difficilement.

– Eh bien, en quelque sorte... Une fois que les ventes de l'Éponge-Clown ont explosé, je voulais en faire un vrai business. Papa était trop pris par son travail pour y accorder du temps, mais j'avais besoin d'aide – de l'aide d'un adulte – et de fonds pour augmenter la production. J'ai donc postulé à *Banco ou Fiasco* sans lui en parler.

« Quand on a été sélectionnés, papa ne pouvait plus dire non. C'est une occasion en or. Et il s'est toujours mis en quatre pour me faire plaisir. Je crois que c'est parce que j'ai été adopté... comme s'il voulait prouver qu'il m'aime encore plus, un truc du genre. Et puis pendant l'émission, les investisseurs nous ont pris de court en demandant comment j'allais gérer une société alors que j'étais encore à l'école. J'avais supposé que l'un des investisseurs mettrait une équipe à ma disposition. Mais papa a proposé en direct de s'y consacrer à temps plein.

– Oui, je m'en souviens, dis-je d'une voix égale.

– C'est pour ça que je n'ai pas répondu à ton texto. Mon père m'avait confié qu'il allait quitter leur entreprise, sachant que ton père allait mal le prendre. Et je m'en voulais tellement.

Mon cœur se serra. J'étais abasourdie.

– Mais je n'avais aucune idée de l'impact que ça aurait sur ta famille, poursuivit-il. J'étais si mal quand j'ai découvert que la société périclitait. Je n'avais pas anticipé tout ça. Je me sentais de plus en plus coupable, à tel point que je... je ne savais plus quoi dire. Et je ne savais pas que les choses allaient encore si mal aujourd'hui. Je ne comptais absolument pas te blesser, déclara-t-il en posant une main sur mon bras. Je ne ferais jamais rien pour te blesser.

Ses yeux étaient si sincères que je le crus sur parole. J'avais passé des années à lui en vouloir car je pensais qu'il ne me considérait plus comme digne d'intérêt, alors que pendant tout ce temps il s'en voulait à lui-même.

Je poussai un soupir.

– Ce n'était pas ta faute. Tu t'es retrouvé face à une opportunité incroyable et tu l'as saisie. Comment aurais-tu pu anticiper les répercussions ?

Il se détendit un peu et ricana nerveusement.

– J'aimerais vraiment pouvoir me racheter.

Je me mordis la lèvre.

– En fait… il y a peut-être un service que tu pourrais me rendre.

– Oui ?

Il eut un regard tellement plein d'espoir que c'en était presque comique.

– Oui. Tu réalises des films, non ?

– En effet.

– Eh bien… on va jouer *Roméo et Juliette* dans quelques semaines, tu sais, la pièce du lycée. Et finalement, poursuivis-je avec un sourire timide, je vais quand même postuler aux cursus de musique. Avec un peu de chance, j'obtiendrai une bourse. Je ne le saurai jamais si je ne tente pas le coup.

Diego sourit.

– Super.

– J'aimerais donc filmer la pièce pour l'envoyer avec mon dossier de candidature. J'ai tout l'équipement nécessaire pour l'image et le son, mais je ne peux pas le faire moi-même puisque je joue dans l'orchestre, alors comme la semaine dernière tu as filmé le match de base-ball, peut-être que…

– Compte sur moi. Tout ce que tu veux.

– Vraiment ? dis-je, rayonnante.

– Bien sûr. Écoute…

– Oui ?

– Je voulais aussi te dire… Je ne suis pas seulement désolé à cause de ton père, son affaire, tout ça. Sache que je ne penserai jamais, absolument jamais, que je vaux mieux que toi. Jamais de la vie. Et je suis vraiment navré de t'avoir donné cette impression. Tu es… tu es géniale, Amber.

J'avais cessé de respirer, littéralement. Toutes ces années, j'avais eu l'impression que, quoi que je fasse, ce n'était jamais assez bien. Je n'étais pas à la hauteur pour composer la musique de la pièce sans qu'on y ajoute des chansons. Pour obtenir une bourse d'études. Pour me consacrer à mes amis. Pour sauver ma sœur. Ce n'était jamais suffisant. C'est pourquoi m'entendre dire que j'étais géniale m'estomaquait.

– Je sais combien tu travailles dur pour intégrer une école de musique, continua-t-il. Et le fait que tu tentes ta chance, en dépit de tous les obstacles ? Tu déchires tout. Tu mérites de réussir.

Ses paroles me scièrent. Alors qu'il soutenait mon regard de ses yeux cuivrés intenses, je songeai que ça aurait été si simple de me pencher vers lui et de l'embrasser. Si simple.

Hein, quoi ? Avais-je perdu la tête ? Je détournai le regard et reculai. J'étais avec Robbie. J'étais *amoureuse* de Robbie. Qu'est-ce qui me prenait, bon sang, de penser à embrasser Diego ? Je lui étais sans doute juste reconnaissante de bien vouloir m'aider et soulagée que nous ayons vidé notre sac. C'était tout. J'étais submergée par un flot d'émotions. Rien d'autre.

– Merci, fut tout ce que je parvins à dire.

– Je t'en prie.

Il remit mon écouteur dans son oreille, sortit un cahier à spirale de son sac et commença à écrire, se balançant légèrement en rythme. Pour une fois, mes pensées se tournèrent vers autre chose que la musique, cherchant des excuses à cette envie soudaine d'embrasser un autre garçon que mon petit ami.

00:27:00

Diego contemplait la bombe avec des yeux apeurés.

– Et si l'idée de la cheminée marchait ? dis-je, au bord des larmes. (Je lui saisis les bras, mon visage à quelques centimètres du sien.) Et si ça nous permettait de tous sortir d'ici en vie ? On peut entasser assez de trucs pour bloquer les éclats.

– Peut-être...

– C'est toujours mieux que l'alternative, soulignai-je en le suppliant du regard. C'est toujours mieux que de supprimer quelqu'un. Non ?

Robbie tapa dans ses mains.

– Ça ne coûte rien d'essayer, pas vrai ?

Diego et moi fîmes un bond en arrière tandis que Robbie fixait Diego d'un air mauvais. *Et merde.* Qu'était-il en train de se dire ? Soupçonnait-il quelque chose ? Mais il détourna les yeux vers Sasha, qui était restée dans un coin, les bras croisés.

– Sauf si on fait tomber la bombe, lança Priya.

– On ne va pas la faire tomber, rétorquai-je, mon pouls s'accélérant.

– Il faudrait la porter à plusieurs, suggéra Sasha. Ça vaudrait mieux.

– Très bien, approuvai-je. Donc... qui va la porter ?

Silence. Personne ne voulait toucher à ce truc, et encore moins le soulever. On préférait ne pas savoir si ça allait exploser si vite qu'on ne sentirait rien du tout ou si au contraire on connaîtrait l'agonie de brûler vif.

Diego finit par se porter volontaire.

– Je veux bien.

– Moi aussi, renchérit Robbie.

Il se rua vers la bombe, comme pour prouver qu'il était plus courageux que Diego.

– Attendez une seconde, intervins-je.

J'observai les fenêtres près du plafond puis m'approchai de la cheminée.

– Pourquoi ne pas essayer de la hisser sur une espèce de socle le plus haut possible dans la cheminée ? Comme ça, l'explosion démolira la partie du mur en surface et la fumée pourra s'échapper par là ?

– Il y aura la place ? demanda Priya en allant jeter un coup d'œil à l'intérieur de la cheminée. Ah oui, ça devrait aller...

Elle perdit l'équilibre et vacilla.

Je lui saisis les épaules pour la rattraper.

– Ça va ?

La mine inquiète, Diego se posta à côté de moi pour l'étudier de plus près.

– Je vais bien.

Elle s'essuya le front du dos de sa main tremblante. Elle avait le regard brumeux.

– Priya, tu devrais manger quelque chose, dis-je avant de me tourner vers Diego. Elle a des problèmes d'hypoglycémie.

– Je vais bien, répéta Priya en nous repoussant d'un geste de la main. Tentons le truc du socle. Pour faire exploser le haut du mur.

Robbie parcourut la pièce du regard, à la recherche de tout ce qu'on pouvait utiliser pour surélever la bombe.

– Qu'est-ce qu'on peut empiler ?

Tout le monde se mit à réfléchir.

– Les tiroirs, grommela Scott en agitant son verre vide vers les meubles. Ceux du vaisselier et des buffets.

– Est-ce que ça sera assez stable ? demanda Priya en lui tendant un autre verre d'eau.

– Il n'y a qu'un moyen de le savoir, répondit Robbie.

Il sortit le tiroir du vaisselier à côté de la porte, en jetant par terre les nappes, serviettes, cuillères, fourchettes et napperons. Sasha se chargea de ceux du deuxième vaisselier et Priya et moi des buffets. Le meuble sous la fenêtre était en grande partie vide.

– Ceux du buffet sont moins larges, nota Diego. On les placera au-dessus.

Robbie mit tous les tiroirs du vaisselier les uns sur les autres. C'était plutôt stable, mais la pile ne lui arrivait qu'à la hanche.

– Ça ne va pas être assez haut.

– C'est un début, dis-je.

Robbie tendit deux tiroirs du buffet à Diego, qu'il posa au-dessus. Comme ils n'étaient pas aussi robustes, il en déplaça d'autres pour stabiliser le tout.

– On dirait qu'on joue à Jenga, commenta Sasha.

Scott posa son verre vide par terre.

– Ça n'a rien à voir avec Jenga.

– La ferme, le rembarra Sasha en le toisant.

– Non.

Au moins, il semblait avoir à nouveau les idées claires.

– Attendez, attendez, dit Diego en arrêtant Robbie d'un geste. Si on continue, la pile sera trop haute pour qu'on puisse l'insérer dans la cheminée. Il faut rajouter les suivants une fois que la tour est dans l'âtre.

– Bien vu, approuva Robbie.

– Comment on va mettre la bombe au-dessus ? demanda Priya.

– Ouais... il faudrait éviter de l'incliner, non ? dit Robbie.

– En effet, confirma Diego. Voici ce qu'on va faire. On va construire la pile à cette hauteur, expliqua-t-il en plaçant sa main sous le manteau de la cheminée, puis poser la bombe au-dessus et, en la maintenant droite, soulever le tout pour glisser les tiroirs suivants en dessous.

– C'est exactement comme Jenga, persifla Sasha à l'attention de Scott.

Celui-ci croisa les bras.

– Pas le moins du monde.

– OK, dit Robbie, allons-y.

Diego et lui défirent ensemble la pile de tiroirs pour la reconstituer dans la cheminée. Une fois que l'ouvrage atteignit presque les briques au-dessus du foyer, ils se tournèrent vers la bombe.

– Prêt ?

Diego s'essuya le front.

– Pas vraiment le choix.

Je serrai le bras de Robbie lorsqu'il passa devant moi et il s'arrêta pour m'embrasser le haut du crâne. Les filles se rassemblèrent sous la fenêtre à côté de Scott pendant que Diego et Robbie s'approchaient du plateau argenté.

Je posai la main sur l'épaule de Scott.

– Tu tiens le coup ?

Il me fixa droit dans les yeux en finissant son verre d'eau.

– Je survivrai, répondit-il avant de se tourner vers Robbie et Diego. Enfin j'espère.

Robbie retroussa ses manches.

– On le prend chacun d'un côté ?

– Oui, confirma Diego en faisant craquer ses doigts.

– Attention...

Alors que Robbie et Diego soulevaient doucement le plateau pour pouvoir glisser leurs doigts en dessous, Priya lâcha un petit cri à côté de moi. Je passai un bras autour de ses épaules, et elle se laissa faire, se blottissant contre moi malgré nos peaux moites.

Sasha attrapa mon autre main de ses doigts tremblants.

– Je ne peux pas voir ça.

– Ça va bien se passer. On va s'en sortir, affirmai-je.

On se pelotonna les unes contre les autres, observant Diego et Robbie manœuvrer le dispositif.

– Prends-le de côté, je préfère ne pas marcher à reculons, dit Robbie.

Diego changea de position et ils avancèrent prudemment vers la cheminée, un pas après l'autre. De la sueur coulait le long de la tempe de Diego, sa mâchoire était serrée de concentration. Les yeux de Robbie oscillaient entre la bombe et leur destination. Et le compte à rebours rouge continuait sa course. Vingt-cinq minutes, quarante-neuf secondes. Quarante-huit. Quarante-sept.

Les garçons atteignirent la cheminée et levèrent la bombe

à hauteur de poitrine pour la glisser au-dessus de la pile. Sasha plaqua sa main libre sur sa bouche. Une fois le plateau posé, tout le monde laissa échapper un soupir de soulagement.

– OK. Passons maintenant à la partie délicate, dit Robbie.

– Oui, acquiesça Diego en soufflant.

– Sérieux ? glapit Priya. C'était la partie facile, ça ?

– Attendez, intervins-je en lâchant Sasha et Priya. Assurons-nous d'avoir la bonne heure.

– Ah merde, s'exclama Scott en se tapant le front. On ne verra plus le temps qu'il reste.

– C'est bon, on n'a pas besoin de le voir.

Je m'approchai de la cheminée et me penchai au-dessus du plateau. Vingt-cinq vingt-deux. Vingt et un.

– Je vais régler le minuteur de mon téléphone, dit Diego.

Il me rejoignit et sortit son portable de sa poche pour régler le temps sur celui de la bombe.

– Voilà.

Priya gémit et se laissa glisser par terre dos au mur, les genoux pliés contre la poitrine, le front couvert de sueur.

– Finissons-en, déclara Diego. Tu soulèves la pile et je glisse les tiroirs en dessous.

Robbie acquiesça.

Je pris Priya par le bras et fis un geste vers le reste des tiroirs.

– Allons leur donner un coup de main.

Priya opina du chef et passa devant Sasha pour apporter les tiroirs aux garçons, mais Sasha la retint par le dos de sa robe.

– Reste en dehors de leur chemin, dit-elle. Ils risquent de tout lâcher, à cause de toi.

Elle la tira si fort en arrière que Priya perdit l'équilibre et atterrit sur les fesses.

Priya gémit de douleur. Elle essaya de se relever mais tangua. Je lui pris les mains pour l'aider et elle lissa sa robe blanche bohème avant de se tourner vers Sasha.

– C'est quoi ton problème ? Je sais encore porter un tiroir.

– Tu ne tiens même pas debout, répliqua Sasha.

– Arrêtez, protestai-je en essayant de me mettre entre elles, mais Priya me repoussa.

Je pouvais presque voir de la fumée sortir de ses oreilles.

– Non mais est-ce que tu t'es déjà regardée en face ? rugit Priya. Tu es si méchante... si *cruelle.* Si nous devons tuer quelqu'un, j'espère que ce sera *toi*.

2 MOIS ET 2 SEMAINES PLUS TÔT

NOVEMBRE DE L'ANNÉE DE TERMINALE

– Priya, reprends-toi, bon sang.

J'entendais Sasha sur le terrain jusque tout en haut des gradins, alors que la musique de *Star Wars* m'emplissait les oreilles. J'avais promis à Robbie de venir à ce match – une rencontre importante puisque plusieurs chasseurs de talents y assisteraient. Jusque-là, il avait réussi un *base hit* et un *strike out*. La semaine précédente, furieux d'avoir raté des frappes, il avait fracassé sa batte par terre si fort qu'elle s'était brisée. Heureusement, cette fois, il se contenait. Après deux tours de batte plutôt calmes, je profitais d'un temps mort pour potasser en vue d'un examen de physique.

Mais les cris de Sasha perturbèrent mes efforts pour mémoriser les lois du mouvement de Newton. Quand elle avait appris que l'équipe de Robbie allait jouer un match de ligue mineure à domicile, elle avait saisi l'occasion pour que sa troupe pratique les nouvelles figures devant un public avant le prochain championnat. Elle se tenait maintenant devant ses coéquipières en formation triangulaire, les mains sur les hanches.

Priya portait Amy sur ses épaules, face aux gradins bondés.

Amy vacillait dangereusement mais gardait les poings brandis en l'air, un sourire déterminé figé sur le visage.

– Tu essaies de faire quoi, de la peloter? aboya Sasha à Priya tandis que j'ôtais mes écouteurs. Tu es censée lui tenir les chevilles, pas les mollets.

Pourquoi rabrouait-elle Priya ainsi, devant tout le monde? Même de loin, je voyais que Priya était devenue écarlate. Zane observait la scène alors qu'il attendait au marbre la prochaine manche et Robbie tapait la terre de ses semelles avec sa batte au cercle d'attente.

Amy chancela lorsque Priya essaya de changer de prise, son sourire virant à la grimace. Elle était à deux doigts de tomber. Avant de perdre entièrement l'équilibre, Amy sauta des épaules de Priya et atterrit sur ses pieds avec un petit pas de côté. Rayonnante, elle salua la foule comme si tout était allé comme prévu. Le public, qui n'y avait vu que du feu, l'applaudit et l'acclama.

Sasha jeta un œil vers les spectateurs avant de tirer Priya par le poignet derrière les gradins, pendant qu'Amy entamait une chorégraphie d'encouragement à l'équipe pour booster la foule alors que le match redémarrait. Comme j'étais au dernier rang, je voyais Sasha et Priya en dessous.

– On a répété ces figures un million de fois, vociféra Sasha. Tu es la seule à ne toujours pas réussir les mouvements de base. C'est lamentable. Je n'aurais jamais dû t'accepter.

– Je suis désolée, murmura Priya.

– C'est ça, ouais. Si tu n'y arrives pas, menaça-t-elle en tendant son index sous le nez, tu ne fais plus partie de l'équipe.

Le visage de Priya se déforma comme si elle était sur le point de fondre en larmes.

– Oh non, marmonnai-je.

Pendant tous ces mois, je pensais que Priya se montrait trop sensible quand elle disait que Sasha ne l'aimait pas. Mais maintenant, en la voyant se faire rudoyer de la sorte, je ne savais plus quoi penser. J'abandonnai mes affaires et dévalai les larges marches des gradins.

– J'ai dit que j'étais désolée, OK? dit Priya alors que je contournais la structure métallique pour les rejoindre. Est-ce qu'on peut réessayer ?

– Et puis quoi ? s'écria Sasha en croisant les bras. Pour que tu fasses tomber Amy devant tout le monde ?

Je me précipitai vers elles et poussai Sasha sur le côté.

– Hé ! protesta-t-elle.

Priya grimaça à nouveau en secouant la tête avant de se tourner vers les gradins.

– Sasha, qu'est-ce qui te prend ? lançai-je.

Elle se frotta le front de ses doigts tremblants.

– Je ne sais vraiment plus quoi faire d'elle. (Elle serra et desserra les poings, la respiration saccadée.) On a répété cette chorégraphie un milliard de fois. Je ne peux même plus les compter. Elle n'y arrive toujours pas. À cause d'elle, on a l'air ridicules.

– Ça n'a pas été si catastrophique que ça. Elle n'a pas fait tomber Amy. Tu ne crois pas que tu exagères un peu ?

– Non, je n'exagère pas. Tu sais combien de temps on a passé à mettre au point cette chorégraphie ? Elle fout tout par terre alors qu'on s'est tuées à la tâche.

Elle souffla et ferma à nouveau les poings.

Elle ne parvenait visiblement pas à contenir sa colère, malgré ses efforts. Ça dépassait le simple mécontentement envers la performance de Priya.

– Bon Dieu, Sasha, tu as pris quelque chose ou quoi ?

Je lui saisis le poignet, qui tremblait entre mes doigts.

– Non ! Qu'est-ce qui te fait penser ça ?

Elle se dégagea et se détourna, les bras croisés. Une veine de sa nuque palpitait alors qu'elle tentait de maîtriser sa respiration.

– Parce que tu agis de manière irrationnelle, répondis-je, préférant ne pas mentionner les allusions de Scott alors qu'elle était déjà hors d'elle. Je m'inquiète pour toi, Sasha. Tu portes trop sur tes épaules. Tu ne t'en rends pas compte ? Pourquoi tu ne ferais pas une pause avec les pom-pom girls pendant quelques mois, jusqu'à ce que la pièce soit finie...

– Garde ton putain de sermon pour toi ! rugit-elle en plissant les yeux vers moi et je tressaillis, choquée par son ton. Comme je te l'ai déjà dit, je ne prends rien. Je vais très bien.

– On ne dirait pas, repris-je, une vague de chaleur me montant au visage. Et tu te comportes vraiment comme une pétasse envers Priya.

Nous ne nous étions jamais disputées comme ça auparavant et ma voix fléchit sous la pression.

Elle me lança un regard dégoûté.

– Je ne comprends pas comment tu peux être amie avec elle. Elle est pathétique.

Une boule se forma dans ma gorge et j'eus l'impression d'être poignardée en plein cœur. Elle parlait de ma meilleure amie. C'était comme si sa façade de fille sympa se fissurait pour révéler l'ignominie en dessous, et j'étais horrifiée d'en avoir un aperçu.

– Non, c'est faux, croassai-je.

D'un air dégoûté, elle me repoussa.

– Il y a beaucoup trop de tarés en ce monde. Pourquoi est-ce que tu ne retournes pas à ta place t'occuper de tes oignons ?

Sans me laisser le temps de riposter, elle pivota et se rua vers sa troupe.

Je n'avais jamais vu Sasha si déchaînée. M'étais-je trompée à ce point-là sur son compte ? Non, c'était l'effet de la drogue. C'était forcément ça.

Je devais l'aider. Elle s'était démenée pour moi et pour Priya – elle avait convaincu la troupe de me laisser composer la musique de la pièce et laissé Priya faire partie des pom-pom girls en prenant la peine de lui apprendre les figures. Mais elle se surmenait... en partie à cause de nous. Peut-être était-ce ma faute si elle se sentait si dépassée. Je devais l'aider. Quels que soient les démons contre lesquels elle se battait, je devais l'aider à leur botter les fesses.

– Aïe.

Je grimaçai – les fesses osseuses de Priya m'écrasaient la jambe. Nous étions entassées à quatre sur la banquette arrière de la Prius de Maria. Je tentai de me décaler vers Amy, mais elle était déjà coincée contre Lisa, sa copine.

– Désolée, dit Priya.

Sa voix tremblait comme si elle était sur le point de fondre en larmes. Elle était de toute évidence encore chamboulée par la crise de Sasha tout à l'heure. Celle-ci, toutefois, avait fait comme si de rien n'était quand elle m'avait envoyé un SMS après le match : « Ramenez-vous, on célèbre la victoire chez Zane. » Et maintenant elle braillait avec Maria les paroles d'une chanson de Taylor Swift sous les rires d'Amy et de Lisa, dont les mains étaient entrelacées.

– Pas de problème, répondis-je.

– Hé, les filles, s'écria Sasha à la fin de la chanson. Je crois que je vais laisser Zane jouer les prolongations, si vous voyez ce que je veux dire.

Maria piailla et Priya me lança un regard perplexe. Oh mon Dieu. Je ne lui avais pas dit que Sasha aimait bien Zane. Je pensais qu'elle n'avait balancé ça que pour détourner l'attention de ce qui se tramait avec Scott.

– C'est officiel, vous deux ? demandai-je innocemment.

– Ouais !

– Depuis quand ? poursuivis-je. Pourquoi tu n'as rien dit ?

– Elle est très pudique quand il s'agit des garçons, couina Maria, et Sasha la rabroua.

– Je t'avais dit qu'il me plaisait.

Sasha me lança un regard appuyé, comme pour dire *Tu vois ? Je ne fricotais pas avec Scott.* J'avais envie de lui rétorquer *Alors qu'est-ce qu'il t'a vendu ?* mais ne voulais pas lancer d'accusations devant tout le monde.

– Ça fait des années qu'on flirte, tous les deux, poursuivit-elle. Mais on a eu notre premier vrai rencard hier soir !

Elle jeta un coup d'œil à Priya dans le rétroviseur, dont l'expression était passée de l'étonnement à la consternation. Sasha savait que Priya en pinçait pour Zane et elle l'avait pourtant laissée fantasmer sur lui pendant tout ce temps.

– Je n'arrive pas à croire que vous n'ayez pas encore couché ensemble, lança Amy.

– Je ne suis pas si facile, rétorqua Sasha en haussant les épaules de manière désinvolte.

Au volant, Maria se tourna vers elle.

– Allez, Sasha, crache le morceau. Ça veut dire quoi, « pas si facile » ?

Sasha lui tapota la jambe.

– Garde les yeux sur la route, tu veux ?

– Alors réponds à la question.

Sasha poussa un soupir.

– Disons que je suis du genre à céder après trois rendez-vous.

– Oh, à d'autres ! s'exclama Amy. Tu l'as dit toi-même, tu flirtes avec Zane depuis des *années*.

Pendant un moment, on n'entendit plus que la voix de Taylor Swift, jusqu'à ce que Maria s'exclame :

– Oh bordel. Tu es encore vierge ?

Amy et elle éclatèrent de rire.

Sasha marmonna quelques mots inintelligibles. Pour une fois, elle n'était pas la première ou la meilleure dans un domaine et ses joues rosirent légèrement.

– Et vous, les filles ? demanda-t-elle finalement. Enfin à part Priya, qui est évidemment pucelle.

L'intéressée croisa les bras et me lança un regard mauvais, comme si c'était moi qui lui avais lancé la pique.

– Et toi Amber, tu l'as déjà fait avec Robbie ? enchaîna Sasha en reportant son attention sur moi.

Ce fut mon tour de rougir.

– Non.

– Et toi non plus, Amy, poursuivit Sasha.

– Hum, protesta-t-elle avec un mouvement de la tête. Tu sais bien que si.

– Mais tu… tu n'as jamais couché avec un *garçon*, souligna Sasha. Donc tu es encore vierge.

Lisa soupira et gonfla sa joue avec sa langue, mais ne dit rien. Amy tapa dans le siège de Sasha.

– Coucher avec des filles, ça compte, espèce de grognasse.

– Te fatigue pas, murmura Lisa.

– En plus, continua Amy en serrant le genou de Lisa en un geste rassurant, coucher avec des garçons est *tellement* chiant. Ils ne connaissent pas les endroits importants et...

– Tu peux éviter d'entrer dans les détails ? la rabroua Lisa avec une petite tape sur la main.

– Quoi ? protesta Amy. Ce sont mes meilleures amies, je leur raconte tout.

Lisa croisa les bras.

– Tes *meilleures amies* ne pensent pas que coucher entre filles, ça compte.

Sasha s'adossa contre son siège en se rongeant le pouce. Malgré la pénombre, je voyais qu'elle avait le visage tout rouge. Elle ne pensait sans doute pas ce qu'elle avait dit – simplement, elle ne savait pas comment gérer le fait de ne pas être la meilleure. Après un silence gêné, je hasardai :

– Pour ce que ça vaut, je trouve que ça compte.

Mais personne ne dit plus rien pendant le reste du trajet. Je m'extirpai de sous le fémur de Priya, frissonnai dans la nuit fraîche et suivis les filles vers la maison de Zane.

Dans le jardin, son père faisait cuire des steaks sur un gril tandis que Zane et sa mère sortaient des chauffages d'extérieur sous lesquels nous blottir. Sitôt que les parents furent de retour à l'intérieur, Sasha ne perdit pas de temps – elle tira Zane vers une table et se jeta sur ses genoux pour s'adonner à de très claires démonstrations d'affection en public.

– Oh mon Dieu, murmurai-je avant de saisir Priya par le

bras. Écoute, je suis vraiment désolée... commençai-je, mais Robbie arriva.

– Je n'ai pas droit à mon baiser de la victoire ?

Il m'attira contre lui pour m'embrasser alors qu'il était trempé de sueur. Je le repoussai de manière enjouée.

– Beurk, tu es tout transpirant.

– Eh bien, c'est ce qui arrive quand tu accomplis le *home run* de la victoire.

– C'est toi qui l'as fait ?

J'avais dû le rater. Il me lâcha, une expression indéchiffrable sur le visage, et mon estomac se noua.

– Enfin, bien sûr, c'était génial ! Bravo !

– Tu ne l'as pas vu, hein ?

Mince.

– Je suis vraiment désolée... Il fallait que je révise pendant le match pour notre examen de physique. Je devais être ailleurs à ce moment-là.

Il donna un coup de pied dans le gravier, la mâchoire serrée.

– Les chasseurs de têtes l'ont vu. C'est l'essentiel.

C'est alors que Sasha gloussa après que Zane lui eut chuchoté quelque chose à l'oreille. Priya renâcla et se précipita hors de la pelouse. Oh, non.

Je m'écartai de Robbie.

– Écoute, je suis vraiment désolée. Mais Priya ne va pas bien. Je dois aller lui parler.

– Oui, bien sûr.

Je courus après Priya et la rattrapai dans l'allée devant la maison de Zane.

– Priya !

Elle fit volte-face.

– Bordel, Amber ? Je ne suis plus ta meilleure amie ? Elle m'a aussi battue là-dessus ?

– Bien sûr que tu es ma meilleure amie...

– Elle me rabaisse devant tout le monde, rugit-elle en brandissant le doigt vers le jardin, où Sasha fricotait avec Zane. Ensuite elle me hurle dessus comme sur un enfant de cinq ans et toi, c'est elle que tu réconfortes ?

– Attends... c'est pour ça que tu es dans cet état ? Ce n'est pas à cause de Zane ?

– Non, ce n'est pas à cause d'un mec.

– Mais... attends, tu n'es pas triste qu'il soit avec Sasha maintenant ?

– Si, enfin, un peu. Mais ça fait des siècles que j'ai lâché l'affaire. C'est évident qu'il s'en fout complètement de moi. Il ne se serait jamais intéressé à moi.

Des siècles ? Je me creusai les méninges pour me souvenir de la dernière fois qu'elle m'avait parlé de Zane, avant notre catastrophique dîner à quatre, la dernière fois qu'elle avait inlassablement jacassé sur lui... ça devait être il y a des mois, et je n'avais même pas remarqué qu'elle avait arrêté.

– C'est *toi* qui as essayé de nous caser ensemble, poursuivit Priya. Pourquoi, d'ailleurs ? Tu savais qu'ils flirtaient, tous les deux. Est-ce que tu voulais me faire entretenir des faux espoirs ?

– Non ! Je suis désolée. Je ne...

– Et pourquoi est-ce que tu as pris la défense de Sasha au match alors que c'est moi qu'elle traitait comme de la merde ?

– Priya, j'essayais de la calmer. Pour qu'elle arrête de te crier après, tu vois. Je lui ai dit qu'elle se comportait comme une pétasse.

– Mais bien sûr.

Je blêmis.

– Tu ne me crois pas ?

– Je ne sais pas, rétorqua-t-elle, les yeux pleins de larmes. Vous êtes devenues inséparables. Tu vas à toutes ses fêtes. Tu sors avec son meilleur ami. Tu fais partie de ses amies les plus proches. Tu es dans sa bande.

– Toi aussi !

Priya ouvrit les bras.

– Tu es aveugle ? Elle me déteste. Elle déteste tout chez moi. Elle me trouve complètement pathétique.

– C'est faux...

Mais Sasha avait utilisé ce mot-là. Je repoussai ma frange en arrière.

– Elle t'a laissée faire des figures.

– Ouais, parce que j'avais volé un sujet d'examen pour elle.

Oh mon Dieu. C'était vrai, ça aussi.

– Est-ce qu'on ne pourrait pas juste...

– Juste quoi ? Être toutes copines ? J'ai essayé, Amber. Tu te souviens ? J'ai essayé de lui lécher les bottes, exactement comme tu l'as fait. (Une larme coula le long de sa joue.) Si seulement... si seulement nous ne nous étions pas approchées d'elle. J'aimerais que rien de tout ça ne soit jamais arrivé. J'aimerais qu'elle n'existe pas.

00:24:00

Sasha cligna des yeux, tremblante, et ses joues s'empourprèrent – était-ce à cause de la chaleur ou de la colère contre Priya qui venait de la désigner comme celle qui devait mourir, je n'aurais su le dire.

– Comment peux-tu affirmer une chose pareille ? tonna-t-elle.

Tout s'était envenimé beaucoup plus vite que je ne l'aurais imaginé.

– Parce que tu n'es qu'une pétasse, rétorqua Priya en s'agrippant si fort au dossier de l'une des chaises que ses jointures devinrent blanches. Tu ferais tout pour arriver à tes fins…

– Oh mon Dieu, s'écria Sasha. Tu crèves tellement de jalousie que tu veux te débarrasser de moi !

Diego glissa un autre tiroir au milieu de la pile difforme, de sorte que la bombe disparaissait maintenant derrière le manteau de la cheminée.

– Oh non, réfuta Priya. Ça n'a rien à voir avec la jalousie.

– Les filles, ça suffit, intervins-je en me postant à côté de

Priya avant de m'adresser à Sasha. Priya ne souhaite la mort de personne. C'est juste cet endroit... ça nous rend tous tarés.

– Comment tu le sais ? demanda Sasha.

– Parce que je connais Priya comme personne. Je serais prête à parier ma vie là-dessus.

L'expression de Priya s'adoucit, mais elle se tenait toujours à la chaise, comme si elle avait besoin d'un soutien.

– Écoutez, on a encore... (je jetai un coup d'œil à ma montre) à peu près vingt-quatre minutes. Il reste du temps. Bloquons l'ouverture de la cheminée.

Diego croisa les bras et secoua la tête devant la pile de tiroirs.

– Je ne crois pas que ça va marcher.

– On devrait peut-être au moins discuter de la personne qu'on désignerait, suggéra Robbie avec une moue dégoûtée rien qu'à l'idée de le proposer. Et si pour finir nous n'avions pas le choix ?

Je secouai la tête ; mon cœur battait beaucoup trop vite.

– Mais comment prendre une telle décision ? m'écriai-je. De quel droit peut-on décréter qui doit mourir ?

Robbie se frotta le visage.

– Je ne sais pas. Mais il vaudrait mieux ne pas attendre la dernière minute pour y réfléchir, si ?

– Je continue de penser que ça devrait être Scott, déclara Sasha.

Je penchai la tête. Son secret avait pourtant éclaté au grand jour. Et puis je me souvins de ce que Scott avait dit tout à l'heure, avant de perdre pratiquement connaissance. Il avait laissé entendre qu'elle avait utilisé contre lui une confidence qu'il lui avait faite. Et des mois plus tôt, quand je l'avais pris entre quatre yeux Chez Mike, il avait dit qu'il n'avait pas d'autre choix que de lui vendre de la drogue. Qu'avait-il voulu dire ?

– Bon sang, Sasha ! m'exclamai-je. Pourquoi veux-tu à tout prix t'en prendre à Scott ?

Sasha croisa les bras.

– À ton avis ?

– Quoi, cette histoire de Ritaline ? (Je me tournai vers Scott.) Ou alors... vous cachez autre chose.

Sasha se crispa, le regard tourné vers la porte.

– Absolument pas.

– Et le chantage que tu m'as fait ? fulmina Scott.

Tout le monde se figea, tourné vers Scott. Il régnait un tel silence que j'entendais presque le tic-tac de la bombe dans la cheminée. Sasha se pinça les lèvres et secoua la tête, la veine de sa nuque à nouveau dilatée.

– Menteur.

– C'est la vérité, et tu le sais très bien.

– Elle t'a fait du chantage ? répétai-je. Comment ? Que s'est-il passé ?

Il se frotta les yeux.

– Rien de tout ça ne sort de cette pièce, d'accord ?

– Mec, *personne* ne va peut-être sortir de cette pièce, répliqua Robbie.

– On ne dira rien, promis-je à Scott.

– Non... commença Sasha.

– La ferme ! criai-je et elle tressaillit.

Scott prit une profonde inspiration.

– Eh bien, un jour, après des heures de colle, j'attendais mon père, qui devait me chercher, mais il n'est pas venu. Classique. Mais Sasha passait par là et je n'avais vraiment pas envie de rentrer chez moi à pied, alors je lui ai demandé de me déposer. Mauvaise idée, commenta-t-il en secouant la tête. Du coup, pendant le trajet, elle fait mine de s'inquiéter, me demande ce qui ne va pas. Elle se montre toute gentille, à me conduire, et je suis plutôt vulnérable, tout ça, donc je lui raconte ce qui se passe. Que mon père est en permanence défoncé aux amphètes ou à l'herbe ou je ne sais quoi, et que du coup il ne travaille plus et oublie toujours tout, en l'occurrence de venir me chercher.

« Sasha dit : "Est-ce que tu as essayé de demander de l'aide ?" Mais ma mère est morte il y a des années et si mon père va en cure de désintox... J'ai peur que les services sociaux s'en mêlent. Dieu sait ce qu'ils pourraient faire de moi. Je me retrouverais certainement en foyer d'accueil.

– Wow, lâcha Diego.

– Je suis vraiment désolée, dis-je.

– Ouais, je croyais qu'elle l'était aussi, continua Scott en scrutant Sasha. Mais quelques semaines plus tard, elle me coince pour me demander si je ne pourrais pas piquer quelques amphètes à mon père pour elle. Selon elle, je rendrais service à mon daron en tapant dans sa planque. "En plus, tu as besoin d'argent, non ?" J'ai refusé, mais alors elle a commencé à dire que ce serait dommage s'il continuait dans cette voie-là et que quelqu'un l'apprenait...

– Ce n'est pas comme ça que je l'entendais ! objecta enfin Sasha. Je ne te faisais pas de chantage. Je voulais simplement t'aider.

– Arrête tes conneries, riposta Scott. Tu essayais d'obtenir ce que tu voulais. Je me suis ouvert à toi et tu t'en es servie à mes dépens.

– C'est faux ! s'écria Sasha, le visage sombre. Tu racontes n'importe quoi.

Je jetai un coup d'œil vers Priya, qui chancela avant de se rattraper à la chaise à côté de moi.

– C'est donc pour ça que tu lui as refilé de la Ritaline, compris-je. Pour avoir quelque chose à lui vendre et la faire taire.

– Exactement. Et maintenant, à cause de ça, elle veut me tuer.

– C'est faux ! nia Sasha.

– On ne va pas te tuer, déclarai-je à Scott.

Sasha me lança un regard médusé.

– Il déforme mes propos. Ce n'est pas ce que je voulais dire. Il essaie seulement de me faire passer pour la méchante afin de s'assurer que ce soit l'un de *nous* qui meure et pas lui.

Mais je n'imaginais pas Scott capable d'inventer une histoire pareille. Je le croyais.

– Qu'est-ce que tu veux dire par « l'un de nous » ? demandai-je à Sasha.

– Eh bien, tu sais. Nous. Notre bande d'amis, explicita-t-elle en nous désignant, Robbie, elle et moi. Mais ça ne peut pas être l'un de nous. Impossible.

Robbie passa un bras protecteur autour de moi, comme s'il était d'accord. Une telle chaleur irradiait de lui qu'il m'étouffait presque.

Priya lâcha la chaise et fit un pas en avant, serrant ses poings tremblants.

– Au cas où vous ne l'auriez pas remarqué, vous ne représentez pas la majorité, souligna-t-elle, les sourcils froncés, et une boule se forma dans ma gorge. C'est trois contre trois et je vote pour que ce soit l'un d'entre vous qui meure.

Plus destructeurs que n'importe quelle bombe, ses mots firent exploser mon cœur en mille morceaux. C'était ma meilleure amie depuis toujours, jusqu'à il y a peu. Mais sa phrase résonna à mes oreilles et je la dévisageai, les larmes aux yeux.

Comment en étions-nous arrivées là ?

Mais avant que je puisse répondre, que je puisse tenter de raisonner celle qui avait été comme une sœur pour moi, Priya ferma les yeux et s'écroula par terre.

2 MOIS PLUS TÔT

DÉCEMBRE DE L'ANNÉE DE TERMINALE

Ce jour-là, Priya n'était pas venue au lycée.

Je l'avais attendue sur son perron le matin pour que nous fassions le chemin ensemble, comme d'habitude. J'avais désespérément besoin de ses conseils. La veille, Robbie m'avait annoncé qu'on lui avait proposé une bourse pour jouer dans l'équipe universitaire de base-ball de Georgia Tech. C'était une énorme surprise – il s'attendait à peine à être recruté, alors une bourse... mais apparemment ils pensaient avoir déniché la perle rare. Robbie était au comble du bonheur – il avait été choisi parmi près de cent joueurs de ligue majeure et avait enfin obtenu le respect de son père. Folle de joie, je lui avais sauté au cou et l'avais couvert de baisers et de félicitations. Et puis il m'avait demandé l'impensable.

Il m'avait demandé de venir avec lui.

À Georgia Tech.

J'étais dévastée. J'étais amoureuse de lui et j'avais envie d'être avec lui, mais je m'étais toujours dit que, lorsque nous irions étudier dans des villes différentes, nous poursuivrions notre relation à distance et nous verrions pendant les vacances. Nous connaissions et respections les objectifs de carrière de chacun et le fait que ça passait avant tout le reste.

Du moins, c'était ce que je pensais.

Prise de court, j'avais vaguement bredouillé que j'avais déjà des facs en tête mais que je jetterais un œil à leur filière de musique.

« Leurs cursus sont super, je te le promets, avait dit Robbie avec un sourire. Et j'ai vérifié, les frais de scolarité sont la moitié de ceux de l'USC. Ton père sera content. On pourrait même habiter ailleurs que sur le campus, à un moment donné, pour faire des économies. Et puis tu pourras venir à mes matchs ! »

La peur avait bouillonné dans mon ventre – aucun programme de Georgia Tech ne pourrait égaler ceux des écoles de mes rêves. Et quand j'avais consulté leurs cursus sur Google la veille, je m'étais rapidement rendu compte qu'il n'y en avait pas de musique à proprement parler. Aucun. Ni dans aucune fac à cent kilomètres à la ronde.

Mais Robbie voulait que j'aille avec lui, il envisageait notre couple sur le long terme. Qu'on *vive* ensemble. C'était sérieux, pour lui. Une part de moi était transportée de joie. Mais ma musique... comment pouvais-je abandonner tous mes projets comme ça ? Pire, comment pouvait-il, lui, attendre de moi une chose pareille ? Il savait combien je rêvais d'intégrer une école de musique. Mais si je refusais de l'accompagner, risquais-je de le perdre ? Devais-je malgré tout considérer de le suivre ?

D'où mon besoin d'en parler à Priya. Elle était ma confidente depuis toujours, elle connaissait tous mes rêves et les efforts que j'avais déployés pour essayer de les réaliser. S'il y avait quelqu'un qui pouvait me raisonner, c'était Priya.

Mais elle ne répondit pas quand je sonnai puis frappai à la

porte d'entrée. Sa voiture se trouvait dans l'allée mais le garage était fermé, je ne savais donc pas si ses parents étaient à la maison. Comme d'habitude ils m'ouvraient toujours, j'en déduisis qu'ils étaient déjà partis au travail. Ou alors Priya était allée quelque part avec eux ? Elle avait ignoré mes messages : « Où es-tu ??? »

Entre les cours, je n'arrêtais pas de consulter mon téléphone. Ce n'était pas son genre de me laisser sans nouvelles et je m'attendais à ce qu'une explication vienne éclairer mon écran. Plus mes messages restaient sans réponse, plus j'avais mal au ventre.

En route vers le cours de physique, je passai devant le casier de Sasha. Amy, Maria et elle étaient penchées au-dessus de son téléphone, en train de ricaner. Sasha et Amy portaient déjà leur uniforme de pom-pom girls pour le match de football américain de ce soir-là.

Quand Sasha m'aperçut, elle rangea son portable.

– Salut toi, ça va ? (Elle tendit une joue pour me faire la bise.) Tu viens au match, tout à l'heure ?

J'essuyai le gloss tout collant de ma joue lorsqu'elle se tourna vers le miroir de son casier.

– Hum... Je ne sais pas. Il y a une répétition de l'orchestre.

– Ah oui, super. Ils ont appris mes nouvelles chansons, n'est-ce pas ?

Ses nouvelles chansons ? J'acquiesçai en regardant Maria se décomposer. L'orchestre maîtrisait désormais tous les accompagnements. C'était la première fois que je composais de la musique avec des paroles et l'exercice m'avait fait sortir de ma zone de confort. J'étais particulièrement fière de la mélodie lancinante que Juliette entonnait après avoir découvert que Roméo était mort. C'était une belle démonstration de l'étendue de mon répertoire, en plus des autres extraits que j'allais envoyer aux universités. J'avais donc pris le temps de peaufiner le tout pour mon enregistrement de quinze minutes de la pièce, accompagné du PDF des partitions. Si je réussissais à impressionner les jurys d'admission, ils m'accorderaient peut-être une bourse.

J'avais une chance d'entrer dans l'école de mes rêves, tout compte fait.

– Ouais, ça va être génial, répondis-je. Hé, est-ce que vous avez vu Priya ? Elle n'était pas là pour notre test de maths tout à l'heure et ce n'est pas son genre de... (Je m'interrompis en voyant les regards furtifs qu'elles s'échangèrent toutes les trois.) Qu'est-ce qu'il y a ?

Amy remit en place ses cheveux bouclés.

– Priya va sûrement manquer les cours pendant quelque temps, annonça-t-elle avec une grimace, en se mordant la lèvre.

– La pauvre, grogna Sasha en sortant son rouge à lèvres.

– Pourquoi ? m'enquis-je. Que s'est-il passé ?

– Elle s'est vautrée à l'entraînement hier soir, m'apprit Amy.

– C'est le moins qu'on puisse dire, renchérit Sasha et elles gloussèrent.

– Oh mon Dieu ! s'exclama Maria. Arrêtez, c'est horrible.

Le malaise monta en moi.

– Qu'est-ce qu'il s'est passé, exactement ?

– Arf, c'était la cata, déplora Sasha en se pinçant les lèvres. Elle a raté un simple salto arrière.

– Un *simple* salto arrière ? répétai-je d'une voix aiguë. À partir des épaules de quelqu'un ?

– Des miennes, répondit Amy en se pointant du doigt.

Je toisai Sasha.

– Tu sais que les figures d'équilibre ne sont pas son fort, pourquoi tu lui fais faire des saltos depuis les épaules de quelqu'un ?

– Hé, protesta-t-elle en claquant la porte de son casier. Ce n'est pas ma faute si elle est complètement nulle. (Elle posa la main sur la hanche et leva le menton, prête à en découdre.) Elle a eu des semaines pour s'entraîner.

Comment pouvait-elle dire ça ? Je commençais à m'échauffer lorsque la sonnerie retentit. Mais mon inquiétude pour Priya surpassait la colère.

– Qu'est-ce qui lui est arrivé ? Est-ce qu'elle va bien ?

– Ce n'était pas joli à voir, déclara Sasha.

– Et encore probablement maintenant, ajouta Amy. Une vilaine chute. (Elle fronça les sourcils.) C'était carrément flippant, en fait.

– Aïe, je suis contente de ne pas y avoir assisté, dit Maria. Ça m'aurait fait gerber.

– La seule mention du sang te fout les jetons, répondit Sasha.

Je perdis toute sensation dans les doigts et les orteils. Il y avait eu du *sang* ?

– C'est vrai, admit Maria en frémissant.

Sasha consulta sa montre.

– Je ne veux pas être en retard. Bonne répétition avec l'orchestre. J'espère qu'ils sont prêts. (Elle me fit une rapide accolade.) Plus que trois semaines avant la première !

Je martelai la porte d'entrée de la maison de Priya pour la énième fois. Ses parents étaient encore au travail mais je l'avais repérée derrière les rideaux de sa chambre à l'étage.

– Priya ! appelai-je vers sa fenêtre. Je t'ai vue ! S'il te plaît, laisse-moi entrer !

Pas de réponse.

– Je veux juste m'assurer que tu vas bien. J'ai appris ce qui s'est passé.

Toujours rien.

– Allez Priya ! Ça ne peut pas être si terrible. Qu'est-ce que ça fait si tu as des bosses et des bleus ?

Aucune réaction.

Je reculai et décidai de faire le tour de la maison pour voir si une fenêtre était ouverte.

– Je ne partirai pas tant que je ne t'aurai pas parlé !

Je me glissai derrière les haies à l'avant et vérifiai la fenêtre du salon, mais elle était fermée.

– Priya ! Pourquoi tu te caches...

J'entendis alors le cliquetis de la porte d'entrée qui s'entrouvrit en craquant. Je m'extirpai des arbustes pour retourner vers le porche.

– Tu vas arrêter de hurler ? dit Priya.

– Je voulais juste...

Je m'arrêtai net en voyant le visage de mon amie. Sa lèvre supérieure était barrée de plusieurs points de suture. Des bleus violacés couvraient sa joue droite. Le reste de son corps n'était pas visible car elle portait un long sweat-shirt gris sur des leggings noirs.

– Oh mon Dieu, ça va ?

Elle céda et ouvrit la porte un peu plus.

– Est-ce que ça a l'air d'aller ?

Elle siffla en prononçant certains mots et j'aperçus sa dent de devant – ou plutôt le trou à la place de la dent.

Je plaquai une main sur ma bouche en retenant mon souffle.

– Ouais. Entre.

Elle se décala pour me laisser passer et me conduisit dans sa chambre. Ça faisait des siècles que je n'étais pas venue ici étant donné qu'on se voyait toujours chez moi. Des posters de David Thurston et d'illusions d'optique étaient toujours accrochés au mur et ses étagères croulaient de livres de magie et de romans de fantasy.

Quand elle s'assit à son bureau, je me laissai tomber au bord de son lit.

– Ça fait mal ? demandai-je.

– À ton avis ? (Elle se couvrit la bouche en parlant.) Je suis littéralement tombée la tête la première et me suis cassé les deux dents de devant, mais ça ne fait pas du tout mal.

Je me concentrai pour la comprendre malgré son zézaiement.

– Je suis désolée. Bien sûr que ça fait mal... (Je marquai une pause alors que les larmes qui luisaient dans ses yeux finirent par couler le long de ses joues.) Est-ce que ça va pouvoir être arrangé ?

Elle baissa la main et passa la langue dans le trou au milieu de sa bouche.

– Ouais. Les dents se sont fendues en deux mais elles vont être remplacées par des implants. Il paraît qu'on n'y verra que du feu.

– Ouf. C'est génial. Ça a quand même dû être carrément flippant.

– Tu crois ? répliqua-t-elle en plissant les yeux.

– Je suis désolée. Je voulais juste...

– Juste quoi ? Tu voulais juste venir voir le phénomène de foire, c'est ça ?

Je fronçai les sourcils. Se considérait-elle vraiment ainsi ? Je trouvais assez normal de tomber en tentant une figure si difficile. Ça relevait vraiment de la poisse d'avoir atterri sur le visage mais il n'y avait rien de honteux là-dedans.

– Bien sûr que non. Je m'inquiétais pour toi. Jamais je ne penserais une chose pareille.

– *Elle*, oui. Tout le temps. Sasha me rappelle en permanence à quel point je suis moche, incompétente, intello, nulle comme pom-pom girl ; bref, une grosse débile qui ne sert à rien.

Je l'observai avec horreur, bouche bée.

– Je l'ai entendue me traiter de phénomène de foire devant Amy quand elle a vu... quand elle a vu... dit-elle en montrant sa bouche.

– Elle... elle t'a qualifiée de « grosse débile qui ne sert à rien » ?

– Pas en ces termes exacts... elle écrit ces commentaires horribles sur mes publications Facebook et Instagram que tout le monde peut lire. « Oh, Priya, en photo, tu es vraiment jolie », singea-t-elle avant de renâcler. Comme si j'étais affreuse dans la réalité. Et tout le monde comprend les sous-entendus.

Ma poitrine se contracta. J'avais entendu Sasha dire ce genre de choses, mais je m'étais dit que Priya prenait tout ça trop à cœur. Sasha avait été si gentille avec moi, toujours prête à m'aider, je ne m'étais pas imaginé qu'elle faisait exprès d'être vache.

– C'est allé de plus en plus loin, continua Priya. Elle a commencé à m'envoyer des liens vers des tutos de maquillage pour masquer mes boutons ou vers des recommandations de régime. Les gens ont liké, certains y sont même allés de leurs pseudo-conseils. (Elle mima des guillemets.) « Oh Priya, tu devrais te coiffer plus souvent comme ça, ça te couvre le visage. » Ou encore : « Tu as déjà entendu parler de Photoshop ? »

– Non, murmurai-je.

– Et ce n'est pas le pire.

Oh mon Dieu.

– On m'a filmée hier soir à l'entraînement... raconta-t-elle en retenant un sanglot. Pas Sasha, évidemment... Quelqu'un d'autre a dû lui envoyer la vidéo. Mais elle l'a partagée sur tous les réseaux, sous prétexte de servir de leçon aux pompom girls, pour qu'elles prennent leurs précautions. Comme si elle voulait aider les autres. Et c'est devenu viral.

– Quoi ?

Je crus avoir reçu un choc sur la tête. Sasha ne m'avait rien dit de ça tout à l'heure. Priya attrapa son téléphone sur le bureau, fit quelques recherches avant de me tendre l'appareil. Je grimaçai en reculant.

– Je préfère ne pas voir. Je... je te crois. Je suis désolée, je ne savais pas...

– Je sais, je sais. Tu n'es pas sur les réseaux sociaux. Tu es bien la seule personne sur cette foutue planète à ne pas les utiliser.

Sous le coup de stress post-traumatique, j'avais supprimé mes comptes après la mort de Maggie, terrifiée à l'idée de voir quelque chose dont je ne me remettrais pas.

Exactement comme c'était arrivé à Maggie.

– Pourquoi tu ne m'as rien dit ?

– J'ai essayé. Tu n'arrêtais pas de relativiser ses fourberies... celles que tu voyais pourtant de tes propres yeux.

– Je... je ne me suis pas rendu compte...

– Et je sais que tu préfères ne pas entendre parler des réseaux sociaux. Alors j'ai pris sur moi, j'ai essayé d'être copine avec elle quoi qu'il arrive, en profonde imbécile, parce que je ne voulais pas mettre notre amitié à nous deux en danger. Mais tu sais quoi ? Ça m'est égal, maintenant. J'en ai fini.

Je secouai la tête, interdite.

– Qu'est-ce que tu veux dire par là ?

– J'en ai fini, répéta-t-elle. De tout ça. À commencer par les pom-pom girls. J'ai déjà arrêté.

– Mais tu ne peux pas abandonner maintenant. Tu as travaillé si dur...

Je regardai sa lèvre enflée et déglutis avec peine.

– Oh, s'il te plaît, rétorqua Priya en secouant la tête. J'arrête les pom-pom girls, j'arrête avec Sasha et j'arrête avec *toi.*

Mon cœur s'engourdit.

– Quoi ?

– Tu m'as entendue. Je ne peux plus continuer comme ça. J'en ai assez de me battre pour que tu te consacres un peu à moi.

Ma bouche s'ouvrit et se referma plusieurs fois alors que je m'efforçais de trouver les bons mots.

– Regardons les choses en face, Amber. On prend des directions opposées.

Je me levai.

– Non, c'est faux !

– C'est comme si tu étais dans ta bulle. Il n'y a plus rien

d'autre qui compte pour toi que ta pièce, ta nouvelle amie parfaite et ton petit copain parfait. Ils passent avant moi. J'ai toujours été là pour toi, mais c'est trop, je ne peux plus supporter cette situation.

Mes yeux s'humidifièrent. Je n'en croyais pas mes oreilles.

– Priya... je sais que tu es chamboulée à cause de la vidéo...

– Ce n'est pas seulement la vidéo. Honnêtement, j'aurais dû prendre cette décision il y a des mois.

Oh mon Dieu. À force de refouler tout ça, désormais elle explosait.

– Mais je ne voulais pas te perdre, poursuivit-elle. Et c'est vrai que j'avais envie de faire partie des pom-pom girls. De réaliser mon rêve, comme toi. Je voulais que tu sois fière que je sorte de ma coquille. J'étais prête à sympathiser avec n'importe qui, du moment que je restais ton amie.

Elle buta sur les derniers mots, les joues pleines de larmes.

– Et non seulement elle m'a fait des choses horribles mais elle m'en a aussi fait *faire*. J'ai bu à l'école contre mon gré. J'ai volé un examen pour elle. Je me suis moquée de Phil Pratt pour essayer de m'intégrer, et ensuite il a apporté une foutue arme au lycée...

Je lui pris la main mais elle se dégagea.

– Ce n'était pas ta faute. Ce n'est pas comme si tu t'en prenais sans cesse à lui, Priya. Juste une fois.

– Mais s'il était déjà à bout ? Peut-être qu'il s'est dit que si même cette looseuse de Priya Gupta s'y mettait... enfin, ça a très bien pu être le coup de grâce. Et s'il avait été pris d'une folie meurtrière et que je faisais partie des gens qui l'avaient fait se sentir nul ? J'aurais pu finir avec du sang sur les mains – voire parmi les victimes.

– Mais il n'est pas passé à l'acte !

Je secouai la tête, perplexe de découvrir à quel point ça lui avait pesé sur la conscience. Je l'avais encouragée à être marrante et exubérante en présence de Zane, ce qui l'avait menée à ridiculiser Phil. S'il y avait une responsable, c'était moi.

– Pourquoi tu ne m'as pas parlé de tout ça plus tôt ?

– Mais quand ? s'écria-t-elle. Quand est-ce que j'aurais pu le faire ? Sasha est *toujours* là. Tu n'es jamais en ligne sur les chats et les textos, ce n'est pas ton fort. Quand elle n'est pas là, tu te consacres entièrement à la musique. Et pour être honnête, je n'étais pas sûre que tu te ranges de mon côté.

J'essuyai la larme qui coulait sur ma joue.

– Je croyais que c'était notre amie à toutes les deux.

– Mais tu l'as vue me crier dessus ! Tu l'as vue !

– Je pensais qu'elle craquait à cause de la pression, ou qu'elle prenait des trucs.

Mais ni le stress ni la drogue n'excusaient ce que Sasha faisait endurer à Priya.

Ces derniers mois, j'avais été égoïste. Je composais la musique de la pièce du lycée, j'étais devenue amie avec la fille la plus populaire de l'école, je sortais avec un joueur de base-ball et je faisais partie de leur bande. Pour la première fois depuis une éternité, je me sentais intégrée dans un groupe, acceptée par des gens que j'avais toujours considérés comme supérieurs à moi. Mais j'avais abandonné celle à qui je tenais le plus et les avais laissés l'écraser. Ça devait cesser. Je ne pouvais pas perdre Priya. Je ne pouvais plus la regarder souffrir ainsi.

– Je vais arrêter de la fréquenter. Tout de suite, déclarai-je d'une voix tremblante. Elle doit s'occuper de la pièce, de toute façon...

Priya tapa sur son bureau.

– *Et voilà*. On revient toujours à la pièce, ou à ce que Robbie veut, à ce que Sasha veut, mais jamais à ce que moi je veux. Tu ne t'en rends donc pas compte ? Je passe toujours en dernier. C'est trop tard. Je veux retrouver une vie normale. J'en ai fini avec toi. Avec tout ça.

Non. C'était impossible. Elle ne le pensait pas. Je ne pouvais pas perdre Priya.

– Je te le jure, je ne vais plus parler à Sasha.

– Tu ne vas même pas simplement prendre tes distances. Je le sais, déclara Priya en secouant la tête. Tu es des leurs, maintenant. Ça n'a jamais été mon cas. Je ne vais pas du tout leur manquer.

– À moi, tu vas manquer. Tous les jours. Tu es ma meilleure amie, Priya.

– Non, je ne le suis plus. C'est *elle*, ta meilleure amie. Elle a acquis ce rang il y a des mois. Et j'en ai ma claque. J'en ai fini.

00:22:00

– Priya ! hurlai-je en me précipitant vers mon amie qui gisait par terre.

Diego me rejoignit alors que je la tournais sur le dos. Elle était faible et flageolante depuis un moment, mais j'avais mis ça sur le compte de la peur et de la chaleur. Connaissant ses problèmes de santé, j'aurais dû insister pour qu'elle mange quelque chose. C'était ma faute. *Ma* faute.

Dans un élan de panique, je me levai pour prendre le poivrier sur la table.

– Et si on lui mettait ça sous le nez ?

Diego me le prit des mains.

– Quoi, du poivre ?

– Oui, tu sais, pour la réveiller.

Diego secoua la tête.

– Tu confonds avec les sels de pâmoison.

– Il faut faire quelque chose !

Je jetai à travers la pièce le poivrier qui se fracassa contre la cheminée en répandant des grains un peu partout.

– Ce n'est pas possible.

Mon estomac se noua et je déglutis avec difficulté. *Je vote pour que ce soit l'un d'entre vous qui meure.* J'avais sans doute mal compris. La chaleur avait dû m'embrumer le cerveau. Certes, nous étions en froid, mais de là à souhaiter que je *meure*... Des larmes me brouillèrent la vue.

Diego s'essuya le front et jeta un regard vers la vitre cassée, l'air affolé.

– Je ne pensais pas que la température pouvait tant monter. Pourquoi fait-il si chaud, bon sang ?

– Le chauffage doit être cassé, supposa Robbie.

– Robbie, casse l'autre fenêtre, dis-je. Essayons d'aérer un peu.

– Ça vaut le coup d'essayer, approuva-t-il.

– Priya, réveille-toi, l'appelai-je en lui secouant doucement les épaules, et sa tête dodelina de droite à gauche. Mince, je lui avais dit de manger quelque chose. Elle fait de l'hypoglycémie.

– Ça doit être l'effet cumulé du manque de sucre et de la chaleur, hasarda Diego tandis que Robbie soulevait une chaise pour la projeter contre la vitre intacte.

Il s'écarta juste à temps pour éviter la pluie de bris de verre puis se mit à agiter frénétiquement les bras pour essayer de faire circuler l'air. Mais les fenêtres étaient trop petites, c'était peine perdue. Tout le monde semblait à bout, complètement en nage.

La panique m'envahit et je frissonnai malgré la chaleur. Impossible de sortir. Impossible d'emmener Priya à l'hôpital. Personne n'allait nous ouvrir avant que l'heure ne se soit écoulée, et il restait encore une vingtaine de minutes. Et si nous finissions tous par défaillir ?

– Si elle meurt, dit Sasha, on n'aura plus besoin de tuer quelqu'un.

– Bordel, Sasha ! s'exclama Diego.

Elle fronça les sourcils.

– Je dis juste que, s'ils voient quelqu'un mourir, se justifia-t-elle en désignant la caméra dans le vaisselier, le compte à rebours va peut-être s'arrêter. Et puis vous l'avez entendue. Priya voulait que ce soit moi. Elle est prête à commettre un meurtre.

– Tu peux parler, rétorqua Scott en se redressant contre le mur. Tu étais la première à vouloir tuer quelqu'un.

Il se frappa la poitrine en toisant Sasha.

Celle-ci écarta les bras.

– C'était pour sauver les autres !

– N'importe quoi ! Tu avais juste peur que je te balance.

Alors qu'ils étaient en train de se crêper le chignon, Priya toussa et ouvrit les yeux.

– Priya !

Je saisis un verre d'eau sur la table et le tendis à Diego, qui aida Priya à s'asseoir et à boire.

– Vite, il faut que tu manges.

Je me dirigeai vers la table sur laquelle étaient disposés les plats de poulet, de légumes, les salades, les patates douces et les œufs mimosa.

– Non, râla Priya en s'agrippant à la manche de Diego. Je ne veux rien avaler de ce qu'on nous a donné.

– Je suis sûre qu'il n'y a pas de problème, affirmai-je.

– Et si... et si c'était empoisonné ? bredouilla-t-elle.

Un sentiment d'impuissance me gagna alors que j'observais les plats. Priya devait se mettre quelque chose sous la dent.

– Quelqu'un a une barre de céréales ? Des fruits secs ? Un truc dans ce genre-là ?

– Oh ! s'exclama Diego. Amber, j'ai un Snickers dans mon sac à dos.

Il fit un geste vers sa place initiale.

– Ce pic de sucre, ça ne risque pas de la faire rechuter violemment après coup ? soulignai-je.

– Un Snickers, c'est très bien, répondit Priya. Il me faut juste quelque chose rapidement.

– De toute façon, « après coup », on ne sera peut-être même plus en vie, lâcha Robbie, dépité.

– C'est vrai, admis-je avant de faire le tour de la table et d'ouvrir le sac de Diego. Dans la poche principale ?

– Non, à l'avant. Ça devrait être...

Il prit une courte inspiration alors que j'ouvrais la poche en question, où je devinais la forme d'une barre chocolatée. Mais il y avait un milliard de compartiments là-dedans. Je retournai le sac et le secouai jusqu'à faire tomber le Snickers, puis le lançai à Diego par-dessus la table. Les yeux rivés à mes pieds, l'air épouvanté, il le rattrapa puis le déballa avant de le tendre à Priya. Je reposai son sac à dos par terre et me penchai pour ramasser ses stylos, crayons et une fiche bristol.

Minute, ça n'était pas une fiche bristol. C'était un Polaroid. Je me figeai.

Mon cœur s'arrêta lorsque je reconnus la photo. C'était au bal de promo de l'année dernière, le selfie que nous avions pris ensemble.

Je sentais le regard de Diego sur moi mais n'arrivais pas à quitter la photo des yeux. Il l'avait gardée sur lui. L'avait-il rangée dans son sac et oubliée là sans jamais la sortir ? Ou la regardait-il souvent ? Les bords paraissaient abîmés, comme si elle avait été pas mal manipulée. Et il avait l'air nerveux que je la trouve.

Mais ça ne voulait sûrement rien dire.

Je levai la tête et croisai le regard de Diego. Vu la façon dont il me détaillait, ça voulait dire quelque chose. Il me fixait comme si je pouvais faire voler son petit monde en éclats plus vite qu'une bombe. Avant que tout s'effondre pour ma famille, j'en pinçais vraiment pour lui. Avant que je pense qu'il me prenait de haut. Et que lui pense que je le détestais. Nous avions laissé des hypothèses erronées nous éloigner. Est-ce que ça signifiait que, depuis tout ce temps, je plaisais à Diego ? Combien d'années d'occasions ratées cette photo représentait-elle ?

Je jetai un coup d'œil à Robbie, qui observait Sasha et Scott se crier dessus. Il me lança un regard exaspéré, comme si ces deux-là le sidéraient. Je n'imaginais pas que c'était possible d'avoir des sentiments pour deux personnes en même temps. J'avais l'impression de me tenir au bord d'un précipice au-dessus d'un lac, hésitant entre choisir la sécurité et reculer ou alors profiter de l'adrénaline et plonger, sans savoir ce qui m'attendait sous la surface vitreuse : un profond bassin ou des rochers acérés ? Comment décider ?

Après avoir remis la photo à sa place dans le sac de Diego, je contournai la table et vins m'agenouiller à côté de Priya qui, appuyée contre la porte, était en train de manger le Snickers. Elle avait le menton qui tressaillait et elle se frotta le nez. Diego me prit la main un instant et, confortée dans mes soupçons, je sentis mes doigts s'enflammer. Il y avait quelque chose. Sans un mot, il se leva pour rejoindre les autres près des fenêtres.

– Priya, dis-je en me concentrant sur elle. Je suis vraiment désolée. Tu ne peux pas t'imaginer à quel point je suis désolée, tellement c'est énorme. Je ne voulais jamais, absolument jamais, te perdre comme amie. Comme *sœur*.

Elle tiqua au mot « sœur », les yeux emplis de larmes alors qu'elle avalait sa barre chocolatée.

– Je ne le pensais pas, articula-t-elle enfin. Je ne veux pas que tu meures.

Le soulagement m'enveloppa. Mais les choses redeviendraient-elles normales entre nous ?

– Tu sais que je t'aime, dis-je. Je n'ai jamais voulu qu'elle te remplace. Je n'ai jamais voulu te blesser. Et peut-être... peut-être que j'avais trop peur pour regarder la vérité en face. Tu sais, à cause de ce qui a poussé Maggie à croire qu'elle n'avait pas d'échappatoire. Je refusais de voir que ça se reproduisait. (Je secouai la tête et fixai Sasha.) Mais j'aurais dû davantage me battre pour te protéger. J'ai été lâche. Je suis tellement désolée.

– Je sais. Et j'aurais dû me confier à toi plus tôt. Te montrer ce qu'elle faisait. C'est aussi ma faute.

– Non, rien de tout ça n'est ta faute.

Comme Maggie n'avait absolument pas été fautive. Si j'avais été là pour ma sœur, j'aurais pu lui apporter l'aide nécessaire pour lutter. J'allais désormais faire en sorte d'être toujours présente pour Priya.

– Je vais me racheter, je te le jure. Je vais te sortir d'ici en vie et m'assurer qu'elle ne...

– Ça suffit maintenant ! cria Diego à Sasha pour mettre un terme à sa dispute avec Scott, nous faisant sursauter, Priya et moi. Scott a raison, tu étais la première à suggérer de tuer quelqu'un.

– Non...

– Si. Nous sommes tous témoins. Mais plus tu nous fais perdre du temps à argumenter, plus il est probable que nous en arrivions là.

– C'est déjà trop tard, rétorqua Sasha. On n'a pas le choix, ça paraît évident.

– Vous savez quoi ? lançai-je en bondissant sur mes pieds, les poings fermés. Je suis d'avis que, si on doit désigner une personne, ça soit celui ou celle qui a montré le moins de considération pour la vie d'autrui.

– Oh, arrête, répliqua Sasha en agitant la main pour rejeter l'idée. Épargne-nous les grands discours à la con. Laisse-moi te dire une chose. Quand il ne restera plus que cinq minutes – elle pointa la cheminée du doigt –, tu voudras tuer quelqu'un, toi aussi. Tu seras prête à tout pour sauver ta peau.

Je m'essuyai la lèvre.

– Peut-être. Je n'en sais rien. Mais je veux au moins donner sa chance à tout le monde ici présent. Tout comme l'ont fait Diego, Robbie, Scott et Priya. Nous essayons tous de trouver une solution, pendant que toi, tu ne te soucies de rien d'autre que t'assurer que ta petite personne s'en sorte indemne.

Elle renâcla, mais je poursuivis :

– Et ce n'est pas le cas juste ce soir, dans cette pièce. Tu n'hésites jamais à piétiner les autres pour être la meilleure.

Je lançai à Diego un regard lourd de sous-entendus.

Le visage de Sasha se durcit, j'avais visiblement appuyé là où ça faisait mal.

– Ce n'est pas vrai.

Diego ne me quitta pas des yeux et ferma les poings.

– Si, c'est vrai, confirma-t-il. Tu es prête à tout pour avoir de meilleurs résultats que moi.

Sasha souffla.

– Comme si bosser comme une tarée nuisait à quiconque.

– Sérieusement ? rétorqua Diego en levant la main. Et toutes les fois où tu as essayé de me tendre des pièges, alors ?

1 MOIS ET 3 SEMAINES PLUS TÔT

DÉCEMBRE DE L'ANNÉE DE TERMINALE

En cours de physique, je m'installai à ma place habituelle près de la fenêtre, croisai les bras et posai ma tête dessus. Je n'avais pas fermé l'œil de la nuit après que Priya m'avait bannie de sa vie. Qu'est-ce que j'allais faire ? Comment parvenir à ce qu'elle me pardonne ? Pire encore, comment me retrouver face à Sasha après tout le mal qu'elle avait causé ?

– Salut, bébé.

Robbie s'assit à la place de Sasha, m'embrassa la tempe et me prit dans ses bras.

– Oh, salut, dis-je, surprise de le voir mais heureuse de recevoir un peu de tendresse plus que bienvenue.

Je blottis ma joue contre son épaule, inspirai son parfum musqué et le serrai fort contre moi.

– Il y a quelque chose qui ne va pas ?

Il sentait toujours quand j'étais tracassée.

Je soupirai.

– C'est... tout.

Je n'avais pas le temps de lui raconter ce qui s'était passé avec Priya. En plus, il fallait que je réfléchisse à la façon dont j'allais le lui raconter. Sasha faisait partie de ses meilleurs amis. Il se pouvait qu'il se range de son côté par pure loyauté, vu qu'ils se connaissaient depuis toujours. Avait-il déjà été témoin de la cruauté dont elle était capable ?

– Je t'expliquerai plus tard.

– Je suis toujours là pour toi. (Il m'embrassa le haut de la tête.) Hé, tu as reçu mes SMS hier soir ?

Je les avais eus mais ne lui avais pas répondu, trop dévastée pour interagir avec un autre être humain. J'avais préféré me pelotonner contre Moufle qui avait chevaleresquement supporté mes interminables jérémiades et écouté à fond des musiques de film toute la soirée, comme si ça pouvait disperser le nuage maussade au-dessus de ma tête.

– Désolée, je me suis couchée super tôt. Je suis manifestement en déficit de sommeil.

Il gloussa.

– Je veux bien le croire. Je voulais juste savoir si tu avais déjà postulé à Georgia Tech ?

Je me raidis, ce qui ne lui avait sûrement pas échappé.

– Euh... oui.

J'eus un mouvement de recul, les joues en feu, et Robbie serra la mâchoire en me dévisageant. Il savait que je mentais.

– Non, murmurai-je.

Par peur de lui faire de la peine, j'avais tenté de remettre cette conversation à plus tard.

– Mais tu vas le faire, n'est-ce pas ?

– Je ne sais pas. Le truc, c'est que... il n'y a pas de cursus de musique à Georgia Tech.

– Je croyais que si.

– Non, il n'y en a pas. Il y a une filière de technologie de la musique, mais ce n'est pas ce que je cherche – c'est plutôt axé pour former les ingénieurs du son.

Il blêmit.

– Oh. Je ne m'en étais pas rendu compte.

– Ouais. Je veux dire, tu sais que je veux étudier la musique pour produire des BO. Les meilleurs cursus sont à l'USC et à Berklee...

– Mais tu peux pratiquer ta musique partout, toute seule. Ou avec un prof particulier.

Je fronçai les sourcils.

– Hein, quoi ?

Je m'étais livrée à cœur ouvert sur mon désir d'étudier la musique. Sur le fait que papa me poussait à postuler contre mon gré à des facs moins chères. Il savait à quel point c'était important pour moi. Pourquoi réagissait-il maintenant ainsi ?

– Tu n'as pas besoin de ces cursus débiles, poursuivit-il, et je me retrouvai bouche bée. Tu es déjà tellement douée...

Boom. Je sursautai. Diego venait de laisser tomber son lourd sac à dos sur la table devant moi et fixa Robbie. Celui-ci vit son expression et le toisa en retour. À quoi ils jouaient, tous les deux ?

– Hé Robbie, bouge, dit Sasha en le chassant d'un geste. Tu n'as pas espagnol ?

En la voyant, je me pinçai les lèvres et luttai contre la colère qui menaçait d'exploser. Je n'arrivais pas à croire que je sois tombée dans le panneau de son petit jeu de gentillesse. Robbie me chuchota à l'oreille :

– Cette conversation n'est pas terminée.

– Clairement pas, rétorquai-je et je le suivis du regard alors qu'il quittait la pièce.

– Salut toi ! me lança Sasha en s'asseyant à côté de moi, s'apprêtant à me faire la bise, quand elle remarqua l'expression de mon visage.

– Hum, ça va ?

– Au poil.

J'ouvris mon sac et fis semblant de chercher quelque chose.

Sasha me dévisageait comme si je venais d'une autre planète jusqu'à ce que Diego plaque son devoir sur son bureau. Elle l'observa et s'éclaircit la gorge tout en feuilletant son travail.

– Question cinq, question cinq… la réponse est 58,2 kilos, dit-elle, juste assez fort pour qu'il l'entende.

Je consultai son devoir – elle avait écrit 63,5 kilos à la question cinq, et non 58,2. Comme escompté, Diego consulta son devoir et se gratta la tête.

– Bon sang, Amber, c'était facile, ça. Suis un peu.

Alors qu'elle parcourait les pages à la recherche d'une autre occasion de faire douter Diego de ses réponses, je repensais à Robbie. Peut-être avait-il raison. J'avais appris le piano et le violon si jeune que la musique était presque innée. Avais-je vraiment encore quelque chose à apprendre à l'école ? Je pourrais continuer de faire grandir ma communauté en ligne, décrocher des missions pour composer la musique de petits films indépendants et tracer ma voie à partir de là.

Non, non, non. Qu'est-ce qui me prenait ? Je ne pouvais pas laisser Robbie m'amadouer. Hors de question de postuler à Georgia Tech. J'avais dédié ma vie à la musique. Tout était gravé dans le marbre : j'allais postuler pour les cursus de musique de mes rêves, obtenir un stage dans une maison de production et me forger les relations dont j'avais besoin pour devenir assistante de producteur de son, voire assistante de compositeur. J'avais tout prévu depuis que j'étais au collège. Jamais je n'avais douté de mes projets.

Jusqu'à maintenant. Robbie avait débarqué dans mon existence, avec ses irrésistibles fossettes et ses bisous, il prenait soin de moi, me couvrait d'attentions et planifiait un futur à deux. Comment pouvais-je renoncer à tout ça ? À quel point risquais-je de le blesser en disant non ? Ma gorge se serra à cette idée.

– Bonjour tout le monde, dit M. Greenwood, me tirant de mes pensées. Aujourd'hui, on va s'amuser. On va faire un concours de lâcher d'œuf !

– Quoi, comme à l'école primaire ? demanda Sasha.

M. Greenwood secoua la tête.

– Pas tout à fait. Les principes de cette expérience – quantité de mouvement, impulsion et impact – sont à la base du travail des ingénieurs et des constructeurs automobiles pour minimiser le choc sur les passagers en cas d'accident de voiture grave. Ils appliquent les lois de la physique lorsqu'ils conçoivent des systèmes de protection comme les airbags et les ceintures de sécurité. Ce TP va compter en tant que projet annexe. C'est-à-dire qu'il peut vous rapporter des points supplémentaires pour améliorer votre moyenne du trimestre. (Sasha se pencha en avant en se mordant la lèvre.) Le but est de concevoir une structure pour protéger votre œuf. Si vous arrivez à le préserver d'une chute de cinquante centimètres, vous obtenez un demi-point. Un mètre, un point. Un mètre cinquante, un point et demi. Et ainsi de suite. Mais vous devrez créer cette structure avec seulement dix feuilles de papier, un mètre de ruban adhésif et une paire de ciseaux. Et vous n'avez que vingt minutes.

Sérieux ? Comment on était censés empêcher un œuf de craquer avec quelques misérables bouts de papier ? Alors que les protestations s'élevaient en chœur dans la classe, je jetai un coup d'œil à Sasha, ma binôme par défaut, qui me lança un sourire confiant. Le soulagement me gagna. Bien sûr, elle savait quoi faire. Elle m'était redevable, de toute façon.

C'était peu dire.

Elle me devait même ma meilleure amie.

– Mélangeons-nous un peu, aujourd'hui, ajouta M. Greenwood. Au lieu de travailler avec votre partenaire habituel, vous allez faire équipe avec la personne assise devant ou derrière vous.

Mon estomac se noua. *Mince.* J'allais devoir me passer de l'aide de Sasha. M. Greenwood passa dans les rangs pour s'assurer que tout le monde se mettait correctement par paires.

– Donc Sasha, tu es avec Jason. Amber, tu es avec Diego.

– Oui ! murmura Sasha avant de se pencher à mon oreille. Fais en sorte que ton œuf se casse.

– Quoi ? rétorquai-je. Tu plaisantes ?

– Tu dois le faire ! Ça pourrait être ma seule chance.

– Hors de question.

Mes résultats n'étaient pas terribles et les universités allaient voir les notes du premier semestre. Ces points supplémentaires pourraient vraiment m'aider.

Elle jeta un regard à Diego qui rassemblait ses affaires pour me rejoindre.

– S'il te plaît ! insista-t-elle en m'attrapant la main, les yeux exorbités. À chaque examen, nous avons tous les deux les meilleures notes. Je ne suis qu'à quelques dixièmes de point derrière lui.

– Venez chercher le matériel et apportez-moi vos devoirs, dit M. Greenwood en tapotant le bac vide sur son bureau.

Diego posa son sac à dos à côté de la chaise de Sasha.

– Je vais récupérer le matériel.

– OK, merci.

Je lui tendis mon travail. Une fois qu'il fut parti, je fronçai les sourcils vers Sasha et dis tout bas :

– Je ne vais pas saboter mes propres résultats pour que *toi*, tu puisses être major.

Sa mâchoire se durcit.

– Oh allez, Amber. Ne fais pas ta petite peste. (Son ton me fit tressaillir.) Tu sais combien c'est important pour moi. Tout ce que tu as à faire, c'est de mettre une feuille de papier au-dessus et d'« oublier » de la scotcher.

Elle mima des guillemets. Diego revint à notre table.

– Fais-le, grogna Sasha à mon oreille. Fais-le, bordel.

– Voilà, dit Diego en posant les fournitures sur la table, ses yeux baissés dissimulés derrière des mèches de cheveux noirs.

Le cœur battant la chamade, je m'agrippai à la table. Jamais elle ne m'avait parlé de la sorte. J'eus soudain l'impression de ne pas du tout la connaître, tout compte fait.

L'expression de Sasha se métamorphosa en un sourire rayonnant.

– Salut ! dit-elle à Diego, au moins trois octaves trop haut. Désolée, je te laisse la place.

Elle ramassa ses affaires et se jeta presque sur Jason, son nouveau partenaire.

Je serrai les lèvres, le cœur toujours affolé, alors que Diego organisait notre maigre attirail : quelques feuilles, un rouleau de scotch et une paire de ciseaux rose vif.

– Alors, commença Diego, je crois que la meilleure approche est de fabriquer une soucoupe avec du papier et de froisser le reste pour créer un coussinet.

Son ton était froid et il évitait mon regard.

– Euh... ouais.

Je le dévisageai, ahurie. Était-il fâché contre moi ?

– Ouais, ça me semble une bonne idée.

– OK, parfait. Je m'en occupe. Tu n'as besoin de rien faire.

– Quoi ? Pourquoi ?

Oh, non. Il avait dû entendre Sasha. Penchée sur sa pile de feuilles, elle était déjà affairée à les coller ensemble. Quand Jason voulut prendre les ciseaux, elle lui tapa sur la main.

– Diego...

– Ne t'embête pas. Tiens, dit-il en posant la moitié du papier devant moi. Tu peux les mettre en boule. (Puis il se ravisa et les tira vers lui.) Non, à la réflexion, je vais le faire. Histoire d'éviter que tu y caches quelque chose de lourd ou de pointu.

Ma poitrine se comprima.

– Diego, je ne ferais jamais ça, murmurai-je. C'était Sasha. J'ai refusé de saboter notre travail.

Diego plia une feuille pour fabriquer une soucoupe en origami.

– Tu sais, c'est marrant. J'ai toujours tendance à te laisser le bénéfice du doute.

Je l'observai, envahie par un sentiment d'impuissance.

– Qu'est-ce que tu veux dire ?

– Rien. Laisse tomber.

Il serra les lèvres, concentré sur sa tâche.

– Non, dis-moi, insistai-je. Je veux savoir.

Il expira longuement par le nez.

– Bon, tu te souviens de cette fois, l'année dernière, quand tu as interrompu notre réunion des Olympiades scientifiques ?

Une boule se forma dans ma gorge. Comment l'oublier ? J'avais eu tellement peur que Diego voie Priya reposer le dossier de l'examen de biologie sur le bureau de Mme Tanner. Mais le devoir s'était passé sans incident et Priya, Sasha et moi en avions déduit que personne ne s'était aperçu de rien. Sasha avait eu une super note, Priya s'en était sortie et je m'étais retrouvée avec un énorme poids sur la conscience.

– Oui, je m'en souviens, marmonnai-je.

– Je me suis dit que je me faisais des idées. Que Priya avait du retard pour un devoir, un truc du genre, et avait honte de ne pas l'avoir remis à temps.

Je me mordis la lèvre sans rien dire, en le regardant plier et déplier la feuille de papier jusqu'à ce qu'une soucoupe carrée prenne forme.

– Et puis quand Mme Tanner nous a rendu nos copies la semaine suivante, elle nous a expliqué qu'elle avait prévu d'ajuster les notes parce que l'examen était particulièrement difficile, mais que finalement elle ne pouvait pas le faire parce que quelqu'un avait tout juste.

Oh merde.

– En voyant la mine de Sasha, poursuivit-il avec un petit rire amer, si contente d'elle, j'ai compris qu'elle avait obtenu la meilleure note. Et très bien, elle est super intelligente, c'était plausible. Mais ensuite j'ai vu ton visage… rouge comme une tomate.

Je gardai les yeux baissés sur le bureau, où au fil des ans les lycéens avaient gravé leurs noms, leurs initiales ou des obscénités.

– Si tu savais ce qu'elle avait fait... pourquoi ne pas l'avoir dénoncée ?

Diego secoua la tête en faisant le dernier pli qui parachevait la soucoupe.

– J'ai essayé de rationaliser tout ça... en me disant que tu étais énervée parce que tu avais eu une mauvaise note. Je voulais croire que tu valais mieux que ça.

Chaque mot qui sortait de sa bouche me brisait un peu plus le cœur. Je serrai mes doigts tremblants sous la table. Je voulais être le genre de personne qu'il admirait. Qu'il respectait. Jamais je ne m'étais sentie aussi considérée qu'en entendant ce qu'il m'avait dit lorsqu'il m'avait présenté ses excuses, le jour où il avait accepté de filmer la pièce. Je ne supportais pas l'idée de perdre cette estime.

– Diego... commençai-je avant de m'éclaircir la gorge, sans savoir quoi dire. Crois-moi, s'il te plaît... Je ne voulais pas être impliquée là-dedans. Priya avait déjà volé le sujet d'examen. (Je parlais si bas que je m'entendis à peine.) Elle l'a tout de suite regretté et je voulais seulement l'aider à le remettre à sa place.

– Elle l'a volé pour Sasha ?

Il froissa une feuille et la fixa sur la base, toujours sans me regarder.

– Oui. Mais les parents de Priya... ils sont extrêmement sévères. Si elle avait eu des ennuis pour avoir triché, c'est certain qu'ils l'auraient retirée du lycée pour lui faire l'école à la maison. Je devais l'aider. Et tout à l'heure... c'était Sasha. Elle veut à tout prix te battre.

Il mit en boule une autre feuille en regardant l'arrière du crâne de Sasha.

– Ce n'est pas la première fois qu'elle tente un coup bas.

Je lui adressai un regard abasourdi.

– Alors pourquoi tu n'as rien dit ? Pourquoi tu n'essaies pas de l'arrêter ?

– Je te retourne la question, rétorqua-t-il.

Je fermai la bouche, incapable d'affronter son regard.

– C'est toi qui es proche d'elle, souligna-t-il. Enfin, je suis d'avis que tu devrais mieux choisir tes amis. Parce qu'ils n'en ont clairement rien à cirer de toi.

00:18:00

– Tu as toujours essayé de me mettre des bâtons dans les roues, vociféra Diego comme s'il refoulait son ressentiment depuis une éternité. Tu te souviens de l'expérience de l'œuf?

Sasha le fixa du regard, la seringue à quelques centimètres de sa portée.

– Oh, c'était juste un travail complémentaire. Quoi? Tu vas me tuer parce que je voulais quelques points en plus?

– Ce n'est pas qu'une question de points, répliqua Diego. Tu as triché à l'examen de biologie l'année dernière, tu te rappelles? Celui où les notes auraient dû être ajustées.

Une fraction de seconde, les yeux de Sasha s'agrandirent et elle jeta un œil à Priya dont la mâchoire se décrocha.

– Tu n'es pas le seul à qui elle a essayé de nuire, intervins-je, et Sasha me lança un regard perplexe. Tu sais, l'année dernière? Les affiches pour ta campagne de déléguée de classe?

Sasha leva les yeux au ciel.

– Oh, franchement.

Mais sa voix tremblait.

– Hein, qu'est-ce qu'elle a fait? dit Diego.

– Elle a essayé de propager la rumeur selon laquelle Jason Goding avait piqué l'argent de la classe.

Je m'efforçai d'ignorer le regard noir de Sasha.

– Mais je les ai jetées à la poubelle, repris-je.

– C'est pas vrai, déplora Diego en secouant la tête, tandis que Sasha croisait les bras et gonflait sa joue avec sa langue. Tu es une tricheuse. Une menteuse...

– Les gars, intervint Robbie, toujours affairé avec les tiroirs devant la cheminée. Vous pourriez me filer un coup de main ? On doit finir d'entasser tout ce bordel.

– Bien sûr, approuvai-je.

– Tu crois vraiment que ça va marcher ? demanda Sasha à Robbie. Tu es prêt à parier nos vies là-dessus ?

– On n'a pas le choix, soulignai-je en fronçant les sourcils.

– Si, on a le choix ! On ignore ce qui va se passer quand ce truc va exploser, aboya-t-elle en se plantant devant moi, le doigt pointé vers la cheminée. On ne sait pas à quel point c'est puissant. Même si on essaie de le bloquer, ça pourrait quand même nous tuer. Je ne comprends pas pourquoi vous êtes prêts à courir ce risque !

– Parce que tout le monde dans cette pièce a droit à une chance de s'en sortir ! grondai-je.

– Entre faire périr six personnes et en sacrifier une seule, j'ai choisi ! Y'a pas photo !

– Même si cette personne, c'était toi ? contrai-je et elle ouvrit la bouche, mais je ne lui laissai pas le temps de répondre. Et imagine que nous tuions quelqu'un et que la bombe explose quand même ? Peut-on croire sur parole un psychopathe quand il prétend que les autres s'en sortiront indemnes ?

Comme si elle avait déjà réfléchi à la question, Sasha rétorqua du tac au tac :

– Tuer quelqu'un est notre seule chance d'arrêter la bombe. Tu veux vraiment qu'elle te mette en pièces ? Tu as idée du calvaire que ce sera ? Ton corps déchiqueté ou complètement calciné. C'est ce que tu veux ?

– Non... dis-je en me tenant la gorge. Mais il y a forcément un autre moyen.

– Nous devrions désigner quelqu'un, affirma Diego.

Ma respiration se bloqua.

– Quoi ?

– Désigner l'un de nous, sans toutefois passer tout de suite à l'acte, dit-il. Nous perdons du temps. Choisissons qui ce sera, pour régler la question, et essayons ensuite de trouver une solution jusqu'à la dernière minute.

– Mais ce sera trop tard ! riposta Sasha.

– Ou cinq minutes avant, peu importe, répondit Diego. Mais finissons-en avec ça pour que nous puissions passer à autre chose.

Sasha croisa les bras et hocha la tête.

– Très bien.

– Alors comment on va décider qui va mourir ? demanda Robbie.

1 MOIS ET 2 SEMAINES PLUS TÔT

DÉCEMBRE DE L'ANNÉE DE TERMINALE

C'était maintenant ou jamais.

Je tins fermement mon violon, ravalant la nausée, et regardai l'orchestre s'agiter autour de moi. Jason était si nerveux qu'il n'arrêtait pas de faire tomber sa trompette. Nous étions réunis à la cafétéria, dans nos jupes et pantalons noirs sur chemises blanches, attendant qu'on nous fasse entrer dans l'auditorium. La troupe de théâtre était en coulisses en train de peaufiner costumes et maquillage.

Tout le travail que j'avais abattu depuis près d'un an aboutissait à cet instant. Nos répétitions générales la semaine précédente s'étaient bien passées, mis à part un ou deux incidents mineurs. Mais ce qui importait, c'était ce soir, parce que la première date butoir des dépôts de candidature dans les écoles de mes rêves était demain, minuit. C'était ce soir qu'on enregistrait. C'était ce soir que tout se jouait.

Je jetai un coup d'œil vers la porte, espérant qu'elle s'ouvre, que Robbie vienne me souhaiter bonne chance avant la performance la plus importante de ma vie. Mais rien.

– Très bien, tout le monde, dit M. Torrente. Ça va être à

vous. Je tiens à vous dire à quel point je suis fier de vous tous. Monter un tel spectacle, ce n'est pas rien !

Il nous invita à applaudir.

– Oui, Amber ?

Je baissai ma main tremblante.

– Est-ce que je peux dire quelque chose à l'orchestre ?

– Bien sûr. C'est ta pièce.

Je m'éclaircis la gorge et me levai en posant mon violon à côté de moi. Tous les yeux étaient rivés sur moi. Oh mon Dieu. C'était une chose de jouer d'un instrument devant un public. Faire un discours était une autre histoire.

– Je voulais juste... je voulais juste vous remercier. Merci, monsieur Torrente, de nous avoir laissés faire cette pièce au lieu de notre concert de fin d'année habituel. (Il fit un petit geste du menton.) Et merci à tous d'avoir consacré tant de temps à répéter. Je sais que ce n'était pas facile d'apprendre quelque chose de totalement nouveau. Et peut-être pas aussi grisant que notre traditionnelle reprise de *Rodolphe le renne au nez rouge*. (Quelques personnes gloussèrent.) Alors merci de vous être aventurés là-dedans et de m'avoir supportée.

– Merci à toi d'avoir composé des morceaux si géniaux !

Je pivotai pour voir Sasha s'approcher dans son élégante robe pailletée bleue, en princesse de Vérone moderne. Asher, notre Roméo, se joignit également à nous. Ils s'arrêtèrent à côté de M. Torrente et Sasha me lança un sourire encourageant, les yeux scintillants, comme si elle avait oublié la rancœur entre nous. Depuis ma dispute avec Priya, je l'avais évitée, mais comme nous étions toutes les deux très occupées par les préparatifs de la pièce, elle ne s'en était pas rendu compte. Et mon cerveau ne pouvait pas gérer à la fois la frénésie des répétitions et une confrontation avec Sasha pour ce qu'elle avait fait à Priya. Face à toute cette pression, j'avais en permanence l'impression d'être à deux doigts de craquer.

– Je trouve la musique magique, déclara Sasha. Nous faisons salle comble ce soir et j'ai hâte que tout le monde vous entende jouer. Beau travail, Amber !

Mon Dieu. Comment pouvait-elle se montrer si gentille avec moi et si diabolique envers Priya ? *Comment ?*

Quelqu'un dans l'orchestre poussa une acclamation et les autres se mirent à applaudir à nouveau ; ma poitrine se comprima. Alors que Sasha se mêlait aux musiciens pour leur souhaiter bonne chance, Asher s'approcha de moi.

– Joli travail.

– Merci ! dis-je en me forçant à sourire. Et tu fais un très beau Roméo. Tu as le trac ?

– Nan, dit-il avec un geste de la main, avant de faire la moue. Bon OK, peut-être juste un peu, à cause de la scène du balcon. Mais sérieux, merci de ne me faire chanter qu'une fois.

Je penchai la tête sur le côté.

– Tu ne voulais pas chanter ?

– Oh non, pas du tout. C'est le truc de Dan et de Maria, ça ; je choisis en général le rôle qui chante le moins. (Il rit.) Quand Sasha nous a annoncé que tu insistais pour ajouter des chansons, j'ai cru que j'allais vomir. (Mon sang ne fit qu'un tour.) Ne le prends pas mal, elles sont géniales, en fin de compte. Mais nous étions tous un peu inquiets que tu foutes tout par terre...

Ces mots s'étouffèrent en bruit de fond alors que j'observais Sasha, qui discutait joyeusement avec notre professeur. Quelle garce. Elle m'avait fait croire que les acteurs réclamaient des chansons. Qu'ils décideraient de faire *Grease* si je refusais. Mais c'était son choix depuis le début. Elle ne leur avait même pas parlé des scènes chantées jusqu'aux auditions. Jusqu'à s'être attribué le rôle principal. Jusqu'à ce qu'il soit trop tard. Qu'elle soit sûre que c'était bon, qu'elle allait pouvoir se pavaner sur le devant de la scène.

Elle m'avait menti pour arriver à ses fins.

Pire, elle avait menti à *tout le monde*.

Alors que je faisais courir mon archet sur les cordes de mon violon, je contemplai les visages rayonnants du public derrière M. Torrente. Je n'avais pas besoin de regarder mes doigts, j'aurais pu jouer ce morceau à l'envers, les yeux bandés.

Après tout, c'était moi qui l'avais composé. J'avais composé tous les morceaux. C'était mon plus grand exploit ; non seulement j'avais dû mettre au point la musique de scène d'une pièce tout entière, mais j'avais dû la rendre accessible à un orchestre de lycéens, un orchestre sans bassons ni harpes – sans parler du trompettiste, Jason, qui était un véritable crétin. Mais on y était arrivés, et après des heures et des heures de composition, de pratique et de répétitions, on était prêts.

Je m'efforçai de ne pas penser à la façon dont Sasha avait failli tout faire capoter. Je ne voulais pas que l'amertume se répercute sur mon jeu, en filtrant par le bout de mes doigts. Ce soir, rien d'autre que la musique ne comptait. Je devais rester forte.

Je distinguai quelques visages familiers aux premiers rangs. Maman ne me quittait pas des yeux, rayonnante de fierté. Et elle avait même l'air d'une psychopathe, à sourire alors que la Juliette de Sasha pleurait la mort de Roméo et s'apprêtait à se tuer.

J'aurais presque préféré que le siège à sa droite soit inoccupé, car Robbie semblait au comble de l'ennui. Il accaparait l'accoudoir entre ma mère et lui, le menton posé dans sa main, la mine morose. Parfois, son visage s'éclairait à la lueur de son écran de téléphone. À toute autre représentation, maman lui aurait pris le portable des mains, mais elle paraissait ne rien remarquer tant elle était subjuguée.

À sa gauche, papa affichait son air coupable habituel. Si seulement il n'était pas terrassé en permanence par la peine de ne pas pouvoir me payer les études dont je rêvais...

Une autre tête connue me souriait depuis l'aile centrale. Quand je croisai le regard de Diego, il leva ses deux pouces derrière le trépied de sa caméra. Malgré ce qui s'était passé en physique la semaine précédente, il avait tenu sa promesse. J'esquissai un sourire avant de reporter mon attention sur le morceau. Je devais rester concentrée, mon solo arrivait bientôt. C'était le passage que j'allais envoyer aux facs. Mon cœur s'emballa et je pris une profonde inspiration.

Le reste de l'orchestre se tut. J'attendis le signal de M. Torrente et un frisson remonta le long de ma colonne vertébrale lorsque je plaçai l'archet sur les cordes. Les vibrations du violon sous mon menton m'envahirent, puis se mêlèrent à la voix de Sasha, et la mélodie triste emplit la salle de chagrin et de regrets. Je hasardai un coup d'œil vers le public pour guetter les réactions. Les spectateurs semblaient en extase, penchés en avant sur leurs sièges, totalement absorbés alors que Sasha faisait mine de plonger un couteau dans sa poitrine.

Et puis sa voix se fit rauque, et elle toussa.

Sasha *toussa.*

Je refusai de m'interrompre. C'était ce soir que Diego enregistrait. Il n'y aurait pas de seconde chance. Je me tournai vers la scène. Sasha ouvrait et fermait la bouche, comme si elle essayait de retrouver les paroles et de raccrocher les wagons. Mais elle était censée s'être poignardée en plein cœur à présent et l'orchestre allait m'accompagner dans un crescendo alors qu'elle perdait la vie.

Je ravalai la panique et continuai de jouer, adressant un mouvement du menton à M. Torrente pour qu'il donne le signal aux autres instruments de se joindre à moi, comme prévu. Mais tous les altos fixaient Sasha, et Jason Goding était trop occupé à ricaner pour souffler dans sa trompette.

La moitié de l'orchestre émit un vacarme confus, pendant que l'autre moitié contemplait Sasha. Pour finir, elle fit semblant de se donner la mort et tomba en arrière.

Sasha avait tout fichu par terre. Absolument tout.

Je ne voulais plus qu'une chose, disparaître à mon tour.

00:17:00

Je pris une profonde inspiration. Nous allions choisir quelqu'un. Ça semblait inéluctable.

– Et comment tu veux qu'on choisisse ? s'énerva Priya en tentant de se lever, mais elle tituba et se rattrapa à la chaise la plus proche. Je ne veux pas mourir. Et je... je suis fille unique. Mes parents seraient dévastés.

– Comme n'importe lesquels de nos parents, contra Diego. Mon père... après tout ce qu'il a fait pour moi...

Au bord des larmes, il secoua la tête et repoussa en arrière l'habituelle mèche qui lui tombait sur le front.

– Et le mien... renchérit Robbie en s'agenouillant comme un receveur derrière le monticule, avant de se prendre la tête entre les mains. Bon sang, il était si fier que j'aie obtenu cette bourse. Pas mal de joueurs de Georgia Tech finissent en ligue majeure. Je ne peux pas mourir maintenant. C'est trop injuste, bordel.

– C'est le moins qu'on puisse dire, renchérit Sasha. Je suis promise à tant de choses... J'ai été acceptée à Brown !

Diego lui lança un regard exaspéré.

– Et alors ? J'ai été admis à Harvard. Tu n'es pas la seule à avoir des objectifs.

Sasha le fusilla du regard et ouvrit la bouche pour riposter, mais je la coupai :

– À ce rythme-là, personne ne va rien accomplir du tout ! Dans moins de vingt minutes, on sera tous morts. On a tous des projets. Aucun ne compte plus que les autres. Pas Harvard, ni Brown, ni ton éponge, ni ta bourse de base-ball.

La mâchoire de Robbie se raidit, mais je l'ignorai. Une larme coula le long de ma joue.

– Peut-être que certains valent quand même plus, hasarda Sasha.

– Non ! La dernière chose à faire est de se comparer les uns aux autres. Il n'y a pas d'échelle de valeur, où Harvard vaudrait dix points et une bourse de base-ball huit et...

Je stoppai net en voyant Robbie froncer les sourcils parce que je venais de dévaloriser le base-ball par rapport à Harvard.

– Tu vois ? relevai-je en le pointant du doigt. Exactement ! C'est injuste. Aucun avenir ne vaut plus qu'un autre. Aucune *vie* ne vaut plus qu'une autre.

Robbie laissa échapper un ricanement.

– Quoi ? dis-je.

– Enfin quoi... aucune ? dit Robbie en faisant un geste vers Scott.

Mes mains tremblaient de colère.

– Tu n'es pas sérieux, j'espère.

– C'est juste que... je trouve qu'il y a des différences.

– Ah ouais ? intervint Scott en le fixant. Quel genre de différences ?

La main sur la nuque, Robbie se balançait d'un pied sur l'autre. Mais il ne pouvait pas faire machine arrière.

– Une différence entre ceux qui vont marquer le monde et ceux qui se contenteront de vendre de la drogue.

– Je suis d'accord, approuva Sasha.

– Allez vous faire foutre, aboya Scott. Vous ne savez rien sur moi.

– Wow, fis-je en secouant la tête vers Robbie et Sasha. Vous me sidérez, tous les deux. Tout ce qui vous intéresse, c'est votre petite personne. Vous n'hésitez pas à écraser les autres dans votre propre intérêt et à faire en sorte que les gens autour de vous se sentent petits comme ça, dis-je en montrant un centimètre du bout des doigts.

Robbie croisa les bras et baissa les yeux. Éprouvait-il des remords ?

– Traîtresse, lâcha Sasha. Comment oses-tu te retourner contre nous ?

Scott se tapa la jambe indemne et rugit :

– Oh, comme si critiquer la reine Sasha s'apparentait à de la trahison ! Ma vie vaut peut-être de la merde, mais toi, tu es la définition même de la merde. L'incarnation de la merde. La bactérie qui pullule sur la merde...

Je posai une main sur l'épaule de Scott.

– La vie de personne ne vaut de la merde. Pas la tienne, ni la sienne.

Nous commettions tous des erreurs. Ce n'était pas parce que Scott en avait fait, comme fumer de l'herbe à l'école ou vendre de la Ritaline à Sasha, que sa vie ne valait rien. J'en avais fait un tas, moi aussi. Mais je refusais qu'elles me déterminent, et c'était aussi vrai pour Scott. Même Sasha méritait une chance de prouver qu'elle pouvait mieux faire. Nous n'étions pas définis par nos erreurs, mais plutôt par la façon dont nous apprenions à les réparer. Tout le monde avait le droit de pouvoir se racheter.

– Peut-être pas, admit Robbie après un moment d'hésitation. Mais il faut bien qu'on désigne quelqu'un.

– Tout ce qui t'intéresse, c'est de sauver ta peau, m'énervai-je, les poings fermés.

– Ce n'est absolument pas vrai, rétorqua Robbie. Je veux qu'on sorte tous les deux d'ici vivants.

– Mais bien sûr ! ironisai-je.

Il m'attrapa le bras et me secoua.

– C'est la vérité ! Qu'est-ce qui te prend ?

Je me libérai.

– Robbie, je ne t'ai jamais vu te soucier du futur de qui que ce soit à part du tien.

Il écarquilla les yeux.

– Tout à fait, poursuivis-je. Tu sais pertinemment que je ne rêve que d'une chose, intégrer une école de musique. Mais dès que tu as obtenu ta bourse, ça a été comme si je te trahissais en faisant passer ma passion avant toi. Tout à coup, il n'y a plus que ton avenir qui compte. Mais ce n'est pas toi qui décides du mien. Tout comme ce n'est pas toi qui décides qui doit vivre ou mourir ce soir. (Je pointai Scott du doigt.) C'est un être humain. Avec des espoirs, et des rêves bien à lui. Ils ne te paraissent peut-être pas aussi ambitieux que les tiens, mais ils sont tout aussi légitimes. Ce n'est pas parce que tu ne connais pas Scott ni ses projets qu'ils n'existent pas.

Robbie me dévisageait, l'air de chercher ses mots. Mais Diego hocha la tête. Priya croisa les bras et fixa la bombe du regard, les lèvres tremblantes. Il me restait environ quinze minutes pour les convaincre. Tout n'était pas fichu.

Et puis tout se précipita. Avant que j'aie le temps de dire ouf, Sasha se rua vers la table, attrapa la seringue puis courut vers moi, l'aiguille pointée vers ma poitrine.

1 MOIS ET 2 SEMAINES PLUS TÔT

DÉCEMBRE DE L'ANNÉE DE TERMINALE

Le lendemain de la représentation, je croisai Robbie devant son casier, dos à moi, en train de rire avec Zane. Je serrai les doigts sur mon classeur en m'approchant d'eux.

– Tu es passé où, hier soir ?

Robbie pivota et son sourire s'évanouit.

– Après la pièce, tu es passé où ? insistai-je.

– Ohhh, fit Zane en poussant l'épaule de Robbie. J'en connais un qui a des ennuis.

Je lui adressai un regard mauvais.

– Oh la ferme. Tu peux nous laisser une minute ?

– Oui bien sûr.

Zane tapota Robbie dans le dos avant de filer vers Amy et Maria qui étaient agglutinées au-dessus du miroir d'Amy.

Robbie claqua la porte de son casier.

– Tu peux éviter de me foutre la honte comme ça ?

– Te foutre la honte ?

Je tenais mon classeur contre ma poitrine. Après le fiasco de la scène la plus importante à cause de Sasha, le reste de la pièce s'était poursuivi sans encombre. Mais le mal était fait. Et quand nos amis et familles étaient venus ensuite nous retrouver en coulisses, j'avais cherché Robbie parmi la foule. J'avais besoin qu'il me prenne dans ses bras et me dise que tout allait s'arranger. Mais il n'était pas apparu.

– À ton avis, je me suis sentie comment, hier soir ? dis-je. J'ai travaillé si dur pour cette pièce. Je m'étais attendue à ce que tu viennes me voir. Mais tu as filé en douce.

Robbie se passa la main sur le visage.

– Tu n'as pas reçu mes fleurs ?

– Ouais, ma mère me les a données. Mais j'aurais aimé que tu me les donnes toi-même.

– Il fallait que je dorme. On a un match important, ce soir. C'est le championnat de la ligue...

– *Sérieux ?*

La vérité, c'était que son absence de la veille n'était que la partie visible de l'iceberg. Depuis qu'il avait obtenu sa bourse, il ne s'intéressait plus qu'à ses matchs, ses objectifs, son futur. Mais il me mettait la pression pour que je postule à Georgia Tech avec tant de détermination que j'avais envie de croire qu'il tenait à moi, sinon il ne se donnerait pas cette peine. Pourtant, le fait qu'il ne soit pas venu me féliciter, me réconforter, me dire quoi que ce soit après la pièce confirmait mes suspicions. Non, il ne tenait pas à moi. Pas vraiment. Pas autant que je le pensais.

Je repoussai ma frange.

– J'ai assisté à la plupart de tes matchs, cette saison. Je cours chaque fois comme une dératée après mes répétitions pour arriver à temps. Sans oublier que je te rejoins ensuite pour fêter la victoire. Tu n'aurais pas pu sacrifier un tout petit peu de ton sommeil juste pour cette fois ? Penser un peu moins à toi-même et être là pour moi ?

– Je suis venu à la pièce, non ?

– Tu étais sur ton téléphone la moitié du temps !

– Je suis désolé. C'est juste... (Il cogna dans la porte de son casier.) Pourquoi tu ne m'as pas dit la vérité ?

Je penchai la tête sur le côté, perplexe.

– De quoi tu parles ?

– La fac. Georgia Tech. Le fait que tu ne veuilles pas venir avec moi.

Mon ventre se noua et je fis un pas en arrière.

– C'est pour ça que tu es parti ? Parce que tu es *fâché* contre moi ?

– Non, ce n'est pas ça.

– Alors c'est quoi ?

– Je devais sortir de là ! Je devais m'éloigner de ce truc qui est plus important à tes yeux que moi !

Il se mordit le poing et tourna le regard vers le couloir pour éviter le mien.

Je me radoucis.

– Je... je ne savais pas que ça t'affectait à ce point-là.

– Bien sûr que si ! Je t'aime, putain !

Il cria si fort que les gens autour de nous se retournèrent. Oh mon Dieu. C'était la première fois qu'il me le disait. Qu'aucun garçon me le disait. Je ne m'étais jamais imaginé que cette première fois s'accompagnerait d'un juron mais voilà, les mots avaient été prononcés et flottaient entre nous, résonnant dans mes oreilles.

– Je pensais qu'on était d'accord, poursuivit-il. Je pensais que tu viendrais avec moi, qu'on serait ensemble.

J'en avais le souffle coupé. C'était deux poids deux mesures. Jamais je ne lui avais demandé de choisir entre le base-ball et moi. C'était son rêve avant qu'on se rencontre et ça aurait été injuste de lui imposer de l'abandonner pour me suivre dans mon école de musique. Je l'avais toujours soutenu. Mais il me sommait de tirer un trait sur mes rêves de toujours. Si la question se posait dans son cas, il choisirait dans la seconde le base-ball plutôt que moi. Aucun doute là-dessus.

– On n'a encore rien décidé, dis-je. C'est toi qui as fait tous ces plans. Je n'ai jamais accepté d'aller à Georgia Tech. Tu sais que je veux étudier la musique.

– Oui, mais je pensais que tu pourrais le faire là-bas.

Je secouai la tête.

– On en a déjà parlé. Il n'y a pas le cursus que je veux à Georgia Tech. Je veux aller à l'USC, ou à Berklee, une école réputée dans le domaine, où je pourrai me créer un réseau...

– Tu peux te constituer un réseau partout ! Tout se fait en ligne, maintenant. Tu peux composer et jouer de la musique n'importe où.

– Ce n'est pas comme ça que ça marche ! Tu n'as aucune idée de la façon dont fonctionne l'industrie de la musique. Il me faut les bons stages, les bonnes missions d'assistant de production. En personne.

– Pas forcément, insista Robbie en nouant les mains derrière la tête. Pourquoi n'essaies-tu même pas de trouver une solution ?

Mais je ne pouvais pas simplement sortir une baguette magique et changer les rouages du milieu de la musique. C'était comme si je lui disais de se pointer à l'USC et d'exiger une place dans leur équipe de base-ball – et avec une bourse pour couronner le tout, merci bien.

– En plus, continua-t-il, tu as toute la vie pour faire carrière dans la musique. La plupart des joueurs de base-ball s'arrêtent à quarante ans. Toi, tu n'as aucune restriction.

Ça, c'était la meilleure. Il n'y avait aucune garantie dans

la vie pour mettre ainsi ses rêves en suspens. Celle de Maggie avait été abrégée avant même de vraiment commencer.

– Hors de question de reporter à si loin mes objectifs. Qui sait où j'en serai dans vingt ans ? Dans dix ans ? Même demain ?

– Oh arrête. Il ne va rien t'arriver.

J'écartai les bras.

– Qu'est-ce que tu en sais ? Tu te prends pour Dieu ? Je ne vois pas pourquoi ce serait à moi de faire une croix sur mes projets. Sous quel prétexte ? Parce que c'est toi le garçon ?

– Oh, donc tu préfères faire une croix sur nous ?

– Ce n'est pas ce que j'ai dit !

Je n'arrivais pas à croire qu'il essaie de me faire culpabiliser. Qu'il ne récuse rien de tout ça. Comment pouvait-il être si égoïste ? Si *manipulateur* ? Dès qu'il m'avait demandé de venir à Georgia Tech avec lui, j'aurais dû comprendre que nos jours ensemble étaient comptés.

La sonnerie retentit, mais il l'ignora. Je luttai pour retenir mes larmes. Il s'approcha de moi et posa son front sur le mien en m'agrippant l'arrière de la tête.

– Amber... on va trouver une solution.

Mon cœur fit un bond. Peut-être me trompais-je. Peut-être était-il prêt à envisager une relation à distance.

– Vraiment ?

– Oui, bien sûr. On embauchera des profs particuliers. Je t'aiderai. Et tu réussiras à te faire toutes les relations dont tu as besoin *via* Internet.

Non. Je fermai les yeux et une larme roula sur ma joue. Robbie sourit. Il l'interpréta comme un signe de soulagement.

– Tu sais quoi ? dit-il. Ça ne sert à rien de parler de tout ça si jamais tu n'es pas acceptée. Inutile de décider quoi que ce soit pour le moment. Pourquoi ne pas postuler et aviser plus tard ? Ça nous laisse du temps.

Il ne comprenait toujours pas. Il continuait de penser qu'il était le centre du monde. Qu'on devait tout faire selon ses propres plans.

Sauf que j'allais suivre les miens.

La deuxième sonnerie retentit et il m'embrassa tendrement.

– On en reparle plus tard, d'accord ? Tu vas postuler ?

J'opinai du chef, trop blessée et trop frustrée pour rétorquer quoi que ce soit. J'avais une boule dans la gorge. Je devais partir avant que les vannes ne s'ouvrent. Je le repoussai et tournai les talons pour me précipiter dans le couloir avant d'exploser de colère. Je bifurquai et fonçai droit dans Diego. Dans un brusque mouvement de recul, je lâchai mon classeur qui se vida par terre.

– Wow ! s'écria Diego qui garda de justesse l'équilibre.

– Oh mon Dieu, je suis vraiment désolée, dis-je en riant nerveusement, mais des larmes traîtresses dévalèrent mes joues.

– Je te cherchais, justement. (Il fronça les sourcils et me toucha le bras.) Ça va ?

J'inspirai bruyamment – j'avais l'impression d'avoir reçu une décharge dans le bras qui remontait dans toutes les veines de mon corps.

Je m'essuyai le visage, les joues en feu.

– Très bien, oui.

Je me penchai pour ramasser les feuilles autour de mes pieds, aidée par Diego. Les derniers retardataires se pressaient pour rejoindre leur salle de classe.

– Qu'est-ce qui s'est passé ? demanda Diego, les sourcils froncés.

Je saisis mon classeur d'une main et me frottai les joues de l'autre.

– Ce n'est rien. Il est l'heure d'aller en cours.

– Les cours peuvent attendre. Je veux être sûr que tu ailles bien.

Mes affaires plaquées contre moi, je m'adossai au casier derrière moi, en reposant l'arrière de mon crâne. Je secouai la tête, sans savoir par où commencer.

– Je suis juste fatiguée. Fatiguée d'essayer de satisfaire tout le monde et pour finir de tout faire de travers. Fatiguée de constater que ce n'est jamais assez, malgré mes efforts. Fatiguée d'être *manipulée*. De tout rater. Un mix de tout ça.

– Pour commencer, tu ne rates pas tout.

Diego retira l'une des bretelles de son sac à dos et fouilla dans la poche du milieu. Après quelques secondes, il en sortit une clé USB qu'il me tendit. *Ma vidéo.*

– Loin de là. Ta musique est grandiose. Continue de composer des morceaux comme ceux d'hier soir et tu vas rendre les gens heureux pour le restant de tes jours.

Mon cœur se serra. Comment avait-il fait ? Comment avait-il fait, avec quelques mots simples, pour me donner envie à la fois de me liquéfier sur place et de me jeter dans ses bras ?

– Mais elle a tout gâché. Je voulais envoyer la séquence de cette scène-là, mais elle l'a gâchée.

Il sourit.

– Pas si sûr.

– Qu'est-ce que tu veux dire ?

– J'ai filmé les répétitions pour m'entraîner, tu te souviens ?

Mon cœur manqua un battement. J'avais vu Diego s'installer au fond de l'auditorium et m'étais imaginé qu'il calibrait son équipement pour la première. Je ne m'étais pas rendu compte qu'il avait enregistré l'ensemble du spectacle chaque soir.

– Juste avant qu'elle ne tousse, expliqua-t-il, au moment où il y a la petite pause qui précède ton solo, j'ai fait un montage avec la dernière répétition. Crois-moi, on n'y voit que du feu. Tu peux donc utiliser la scène que tu veux. Voire envoyer l'intégralité du spectacle.

– Oh mon Dieu ! m'exclamai-je, le visage en pleurs alors que je prenais la clé USB en lui effleurant les doigts. Merci, murmurai-je. Merci beaucoup.

– De rien. Tu as été géniale. Tu le mérites.

Il fit un pas en avant, réduisant l'espace entre nous. J'eus le souffle coupé lorsqu'il tendit la main pour essuyer mes larmes du bout du pouce. Je lui pris la main dans l'intention de l'écarter, mais au lieu de ça nos doigts s'entremêlèrent. J'étais persuadée qu'il entendait mon cœur marteler ma poitrine. Il se pencha en avant, son visage n'était plus qu'à quelques centimètres du mien et j'entrouvris les lèvres, prête à l'inéluctable.

Et puis je bondis en arrière, me cognant la tête contre le casier. Non. Je n'étais pas du genre à tromper mon petit ami. Je ne pouvais pas faire ça à Robbie. Il avait beau se comporter en parfait imbécile égoïste, il ne méritait pas ça. Je ne pouvais pas conclure ainsi les choses entre nous.

En plus, comment ça pourrait marcher entre Diego et moi ? Papa serait anéanti si je sortais avec celui qui avait amorcé la réaction en chaîne qui avait ruiné sa carrière.

Diego recula, l'air blessé. Si seulement la situation avait

été plus simple, si seulement je pouvais être avec un garçon qui m'encourageait à apprécier ma propre valeur.

J'aurais aimé pouvoir revenir en arrière, effacer tout ce qu'il s'était passé au cours de la dernière année. Mais c'était impossible.

En même temps, je ne pouvais pas tout laisser s'effondrer autour de moi. Je devais rectifier le tir, à commencer par ne pas perdre de vue la musique. C'est ce qui avait déclenché tout ce merdier. Ça ne pouvait pas être en vain. J'avais mon enregistrement, désormais. Je n'allais pas laisser mes ambitions me filer entre les doigts. J'allais envoyer la vidéo aux universités de mes rêves et voir ce que l'avenir me réservait.

00:16:00

Le risque, quand on est enfermé dans une pièce avec cinq autres personnes, une bombe et une seringue de poison mortel, c'est qu'à un moment donné tout dégénère. Peu importe à quel point on se démène pour se raccrocher à la raison et au sens commun, on finit par céder aux instincts primitifs de survie.

Jusque-là, j'avais tenu le coup. Mais quand Sasha avait empoigné ma robe d'une main pour brandir la seringue de l'autre, un mélange de peur et de consternation avait pris le dessus dans mon cerveau. Elle avait le pouce sur le piston. Elle était prête à passer à l'acte. Elle allait vraiment me planter cette aiguille. Autour de moi, les autres hurlaient à Sasha d'arrêter mais je comprenais à peine ce qu'ils disaient, submergée par l'adrénaline qui courait dans mes veines. Il n'y avait nulle part où fuir.

Je devais donc me battre.

Je levai le bras pour lui coller mon poing dans la figure mais m'interrompis juste à temps. *Non, non, non.* Si je lui donnais une bonne raison de me planter l'aiguille pour se défendre, tout serait fini. Je ne pouvais pas avoir recours à la violence. Ma robe émeraude me collait à la peau sous l'effet de la sueur qui dégoulinait dans mon dos. Par cette chaleur, impossible d'avoir les idées claires. Que faire ? Comment me dépêtrer de cette situation ?

Les yeux de Sasha lançaient des étincelles et elle serrait les dents, les lèvres pincées comme si elle retenait sa respiration. Elle pouvait facilement plonger l'aiguille dans mon bras et m'injecter le liquide beige, mais elle hésitait. Je la dévisageai, la mettant au défi d'aller jusqu'au bout. Allait-elle vraiment essayer de me tuer ? Pourrait-elle vivre avec un tel poids sur la conscience ? Je m'avançai vers elle de façon que nous ne soyons plus qu'à quelques centimètres l'une de l'autre, ignorant mon instinct qui me dictait de garder mes distances. Le bras de Sasha tremblota et les coins de ses yeux se ridèrent lorsque son visage se déforma en une grimace.

Elle laissa finalement échapper un grognement de frustration et me relâcha.

– Pourquoi tu compliques tout ? Pourquoi ne pas nous laisser désigner Scott et en finir ? Qu'est-ce que ça change pour toi, qu'il meure ou non ?

L'air afflua à nouveau dans mes poumons.

– Il ne mérite pas de mourir, dis-je. Tu ne comprends donc pas ?

– Oui, eh bien, aucun de nous ne mérite de mourir, rétorqua-t-elle en se passant la langue sur les lèvres et en se balançant d'un pied sur l'autre. Donc si tu ne veux pas que ce soit Scott, et vu que tu ne désigneras *jamais* Priya ni Robbie, il ne reste plus que Diego, non ?

Elle s'approcha de lui avec la seringue. Il se retrancha entre le vaisselier et la cheminée, les yeux ronds. Il était coincé.

– NON ! criai-je. Laisse-le !

Les mots sortirent avec plus d'ardeur que voulu.

Sasha pivota vers moi, la tête sur le côté, comme si elle essayait de décoder la situation. Soudain ses yeux s'éclairèrent et ses lèvres se retroussèrent.

– Oh mon Dieu, lâcha-t-elle.

Non. Elle ne pouvait pas connaître la vérité. Le souffle coupé, j'attendis la suite.

– Je le savais. Tu as un faible pour Diego.

Et voilà. C'était dit, devant tout le monde. Mes sentiments à nu, planant au-dessus de nous comme un nuage qui menaçait de m'étouffer. Tout le sang de mon corps me monta aux joues tandis que Robbie se raidissait à côté de moi. Je jetai un coup d'œil à Diego qui me regardait derrière le rideau de ses cheveux sombres. Je ne dis rien, seul résonnait le tic-tac de la bombe.

– C'est vrai ? demanda Robbie.

Oh mon Dieu. Je fermai les yeux comme si, en serrant les paupières assez fort, j'allais me réveiller de ce cauchemar. J'étais complètement dépassée. Ce n'était ni le lieu ni le moment d'avoir cette conversation. Mon pouls me martelait les tempes.

– Amber. C'est vrai ?

Je rouvris les yeux et lus l'inquiétude sur le visage de Robbie. Chaque fibre de mon être voulait nier en bloc. Mais je ne savais pas mentir.

– Nous devons trouver un moyen de sortir de là. C'est tout ce qui compte.

Mais ma non-réponse en disait long.

Sa mâchoire se tendit et il serra les poings en se tournant vers Diego.

– Bordel, Épongeman, tu essaies de me piquer ma copine ?

Merde, merde, merde. C'était exactement la tournure des événements que j'avais redoutée, et nous avions tout sauf le temps de gérer ça maintenant. Les yeux de Diego s'agrandirent, mais il ferma également les poings et se cambra en voyant Robbie s'avancer vers lui.

Je m'interposai et plaquai les mains sur sa poitrine.

– Robbie, arrête. Si dans quinze minutes nous ne nous en sortons pas, rien de tout ça n'aura d'importance.

Il tressaillit en regardant vers la bombe. Il était toujours parti du principe qu'il avait toute la vie devant lui. Mais il devait se concentrer sur la priorité actuelle : survivre à cette heure. Notre priorité à tous.

– Alors qu'est-ce qu'on fait ? demanda Priya, perchée sur sa chaise, les genoux repliés contre sa poitrine.

Robbie se passa la main sur le visage.

– Hors de question que j'attende là que la bombe explose. On désigne quelqu'un.

– Mais comment ? demanda Priya. On n'arrive à se mettre d'accord sur rien !

– On n'a qu'à jouer à chifoumi, suggéra Scott.

Sasha éclata de rire.

– C'est ça. On va décider qui empoisonner en jouant à chifoumi.

– Eh bien, pourquoi pas ? intervint Diego en me lâchant finalement du regard. Ça serait juste. On laisse le destin décider.

– Le destin ? frémit Priya. Ça voudrait dire... ça voudrait dire que ça pourrait être...

– N'importe qui, complétai-je. Ça pourrait être n'importe lequel d'entre nous.

Sasha secoua la tête.

– C'est absurde.

– Vraiment ?

Mon cœur battait si fort dans ma cage thoracique qu'il était au bord de l'implosion. Et si c'était moi ? Et si je perdais ? Je perdais *toujours* à ce jeu. J'étais l'illustration même de la loi de Murphy quand il s'agissait de chifoumi. Mais la manie de Sasha de considérer que tout lui était dû était abjecte. Au moins, c'était une manière équitable de choisir quelqu'un.

– C'est ce que j'ai entendu de plus sensé jusque-là.

– Hors de question. Ça pourrait tomber sur moi, rétorqua Sasha en s'essuyant la joue ruisselante de larmes. Ou sur Robbie !

– Pourquoi ça ne devrait pas être l'un de vous ? cria Priya.

– La ferme ! hurla Robbie en abattant son poing sur la table. On ne va pas recommencer. Essayons chifoumi.

Je lâchai un soupir de soulagement en constatant que, malgré tout, il se concentrait sur autre chose que Diego et moi.

– En mode tournoi ? suggéra Priya.

– Oui, sauf que c'est le perdant qui continue, dit Robbie. On s'affronte deux par deux, et celui qui gagne sort du jeu. L'autre passe au round suivant.

Diego se frotta l'arrière du crâne.

– Ouais, ça paraît cohérent.

Robbie plissa les yeux vers lui.

– Peut-être qu'en fait tu n'es pas le seul mec intelligent parmi nous.

– Je n'ai jamais dit le contraire.

– D'accord, d'accord, intervins-je, car nous n'avions plus le temps de polémiquer. Concentrons-nous. Comment on fait ?

– Il est trop tard pour organiser quoi que ce soit, dit Robbie en claquant des doigts. Allez, qui commence avec moi ?

Personne ne se manifesta. Ni ne bougea.

– Bon sang, jura Robbie en s'agenouillant à côté de Scott. Toi et moi, mec.

– Très bien.

Scott lâcha sa jambe blessée et fit craquer ses doigts. Nous nous rassemblâmes autour d'eux. Priya se pinça les lèvres. Je pressai l'épaule de Robbie en guise de bonne chance mais il m'ignora.

– En trois manches, les deux meilleures ?

Diego croisa les bras.

– Ça me semble bien.

Robbie hocha la tête.

– OK. Prêt ?

Scott et lui tapèrent leur poing dans la main.

– Pierre papier ciseaux.

Scott couvrit la pierre de Robbie avec son papier. Mais Robbie se leva, la veine de son cou palpitant.

– Tricheur ! Tu as hésité pendant une demi-seconde.

– Absolument pas !

– Il a joué en même temps que toi ! le défendit Priya.

– Non, je l'ai vu, il a attendu, aboya Sasha.

Bientôt tout le monde se mit à brailler si fort que je ne m'entendais même plus penser.

– Arrêtez ! criai-je, les mains plaquées sur les oreilles.

Mais personne ne me prêta attention. Robbie empoigna le T-shirt noir de Scott, qui gémit de douleur. Diego tira Robbie en arrière.

– Lâche-moi, gronda Robbie en se libérant, avant de brandir le poing vers Diego.

– Stop ! beuglai-je en m'interposant, les bras écartés comme un receveur entre un coureur et le marbre. Silence ! Fermez vos gueules !

Tout le monde se tut et me regarda, sauf Scott, le visage en sueur, penché en avant sur sa jambe blessée qui était tournée bizarrement.

– Procédons autrement, déclarai-je. Et si... et si on tirait à la courte paille ?

– Moins de risque de triche ? demanda Priya.

– Je n'ai *pas* triché, grogna Scott en se redressant contre le mur.

– *Aucun* risque de triche, affirmai-je en l'ignorant.

– Mais est-ce qu'il y a des pailles quelque part ? demanda Priya en ouvrant l'un des petits tiroirs des buffets que nous avions laissés en place.

– Je n'en ai pas vu, dit Sasha en scrutant la table. Bon sang, Amber, on n'a presque plus de temps.

– Tu crois que je ne le sais pas ? *Réfléchis*, au lieu de ressasser.

Elle souffla et jeta un regard vers la cheminée, derrière laquelle le minuteur tournait. Je consultai ma montre. Treize minutes. *Réfléchis, Amber. Réfléchis.*

Je me tapotai les lèvres en parcourant la pièce du regard.

– Là !

Je me ruai vers le buffet à côté de la porte. Il y avait un petit vase contenant des bâtons d'encens. Je les sortis et de l'huile de lavande goutta sur mes vêtements.

– Huit bâtons, comptai-je en frottant ma robe. Il ne nous en faut que six.

J'en reposai deux. En me tournant vers le groupe, je brisai en deux l'un des morceaux d'encens puis les mélangeai en égalisant les extrémités. Je me plaçai face aux autres en tenant les bâtonnets serrés dans mes deux mains.

– L'un d'eux est cassé en deux. Vous tirez. Celui qui l'obtient... (Je déglutis.) Eh bien, vous savez. Et s'il reste le plus court en dernier, c'est pour moi. Ça vous va ?

– Ça me va, approuva Diego.

Tout le monde acquiesça et se réunit au bout de la table à côté de l'immense miroir en laiton accroché au mur, le plus loin possible de la bombe.

– Très bien, dis-je. Qui tire en premier ?

– Honneur aux filles ? suggéra Scott en faisant signe à Priya.

Elle s'avança et se mordit la lèvre en triturant ses manches, les yeux rivés sur les bâtons.

– Allez, la pressa Sasha. On ne va pas y passer la nuit.

– Je ne vais pas mentir... rétorqua Priya avec un air mauvais. J'espère que tu vas tirer le plus petit.

Sasha écarquilla les yeux. Priya me jeta un coup d'œil.

– Tu ne mâches pas tes mots, murmurai-je en esquissant un sourire.

– Elle l'a bien cherché, non ? (Elle se mordit la lèvre à nouveau et fit un pas en avant.) Écoute, je suis désolée, pour tout. Je voulais juste que tu le saches avant... avant que tout ça ne soit fini.

Sa voix vacilla et elle hoqueta en me prenant dans ses bras.

Je la serrai contre moi de mon bras libre, le poing fermé sur les bâtons coincés entre nous. Le soulagement se mêla à la peur dans ma poitrine et je luttai pour retenir mes larmes.

J'avais peut-être enfin récupéré ma meilleure amie. Sauf que je risquais à nouveau de la perdre dans quelques minutes.

– Moi aussi je suis désolée, murmurai-je à son oreille. Je t'aimerai toujours.

– Je t'aimerai toujours, répéta-t-elle avant de reculer, un bâton dans la main – un long.

Elle me sourit avant de tourner les talons.

– À qui le tour? demandai-je.

J'avais désormais une chance sur cinq de me retrouver avec le plus court.

Sasha n'hésita pas.

– Finissons-en, marmonna-t-elle pour elle-même.

Après avoir examiné un moment les bâtonnets, elle tira sur le plus proche d'elle. Un grand. Ma respiration se bloqua dans ma gorge. Une chance sur quatre. Elle ferma les yeux de soulagement et recula, visiblement dénuée de toute compassion envers les personnes qui restaient – même Robbie, son meilleur ami, qui la dévisagea, les yeux plissés.

Il s'approcha de moi, sa chemise tachée d'auréoles de sueur, et mon cœur fit un bond. Oh mon Dieu. Si seulement il existait un bouton « on/off » pour l'amour. Malgré son égoïsme, je n'oubliais pas qu'il m'avait accompagnée dans l'une des plus rudes épreuves de ma vie, qu'il m'avait fait me sentir adorée et choyée. Et s'il tirait le bâton le plus court? J'avais l'impression que mes poumons étaient privés d'air même si je respirais encore. Il ne tira pas tout de suite. Il m'adressa un regard triste et jeta un coup d'œil vers Diego.

– C'est vrai?

– Quelle importance? Franchement?

– Qu'est-ce que ça veut dire?

– Tu le sais très bien. Tu sais que nous prenons des

directions opposées. Tu vas dans une fac pour jouer au base-ball. Et si je sors d'ici vivante, dis-je en montrant les tiges sous mon nez, j'irai suivre mes propres rêves.

– Mais... (Il serra la mâchoire avant de pousser un grognement.) Je sais. Je sais que tu as des rêves, toi aussi. Je n'ai jamais voulu te donner l'impression que les miens primaient. C'est juste que... je pensais qu'on avait du temps...

– Allez ! s'exclama Sasha.

– Boucle-la ! rugit Robbie et Sasha se pinça les lèvres en croisant les bras. Je voulais qu'on soit ensemble. C'est tout ce que je voulais. Et maintenant nous allons peut-être tous les deux mourir avant d'avoir eu l'occasion d'accomplir quoi que ce soit... J'ai vraiment été con.

Oui, en effet. Mais au moins il semblait comprendre. Tout pouvait s'arrêter en un battement de cils. Il n'y avait aucune garantie dans la vie. Nous avisâmes les morceaux de bambous. Il fallait avancer. Il devait en choisir un.

– Mieux vaut en finir.

Il opina du chef en déglutissant. Finalement, il saisit l'un des bâtons et le tira. C'était un long.

– Dieu merci, murmurai-je.

Mais il restait encore trois bâtonnets. Plus que Diego, Scott... et moi.

Diego fut le suivant à s'approcher. Quand ses yeux rencontrèrent les miens, un million de questions restèrent en suspens entre nous. En choisissant l'une des tiges, il frôla mon poing fermé et des frissons parcoururent mon bras. Sans me quitter du regard, il tira le morceau. Il était sauvé. Il enferma le bout de bois dans sa paume et recula sans un mot.

Plus que deux.

J'avais une chance sur deux d'être celle qui devait mourir.

Je fus prise de sueurs froides alors que je m'efforçais de rester forte. Il ne fallait pas céder à la panique. Pas maintenant. Mais mes mains tremblaient et une larme roula le long de ma joue. Priya laissa échapper un sanglot.

Robbie s'attrapa la nuque.

– Vous savez quoi ? Ce n'était pas une bonne idée.

– Peut-être que ça sera Scott, hasarda Sasha.

– Tu es prête à courir le risque ? riposta Robbie.

Sasha me pointa du doigt.

– C'est elle qui a pris le risque. On aurait pu tuer Scott il y a vingt minutes. On serait déjà dehors à l'heure qu'il est, en train de rentrer chez nous. Mais elle voulait se la jouer *noble*...

– Je voulais donner à tout le monde une chance de survivre, la coupai-je. Je voulais qu'on s'en sorte *tous*.

– C'est encore possible ! dit Robbie. Ce tirage au sort est ridicule.

– Tu paniques juste parce que maintenant c'est ta copine qui est sur la sellette, rétorqua Sasha. Ou ex-copine. Bref. On respecte les règles du jeu. Il faut aller jusqu'au bout.

– Tu rigoles, j'espère ? lui cria Robbie.

Pendant qu'ils se disputaient, Scott et moi nous regardions. Il se tenait le ventre là où Sasha l'avait frappé et ses yeux exprimaient la tristesse et la peur.

– On respecte les règles du jeu, dis-je d'une voix tremblante.

Je m'agenouillai à côté de lui, faisant craquer les bris de verre sous mes pieds.

Nous observâmes les deux bâtons. Et puis il me chuchota, suffisamment bas pour que moi seule l'entende :

– Je ne veux pas que ça tombe sur moi. Mais crois-moi, je serai vraiment navré si c'est toi, Red.

Je poussai un ricanement nerveux.

– Idem pour moi.

– Bon, fit-il en tirant l'un des deux bambous restants. Voilà.

18 JOURS PLUS TÔT

JANVIER DE L'ANNÉE DE TERMINALE

Quand je rentrai de l'école, ma mère m'attendait sur le porche, ce qui était bizarre, vu qu'elle détestait être dehors et sursautait au moindre bruit. Elle passait la plupart de ses après-midi dans la cuisine, à éditer un manuscrit, concentrée sur son ordinateur portable au milieu de papiers et de fiches éparpillées sur la table, refusant d'être dérangée par quiconque sauf Moufle, qui élisait souvent domicile sur ses genoux. Je remontai l'allée à vélo avant de le garer dans le garage.

– Amber, viens là, m'appela ma mère alors que j'accrochais mon casque au guidon.

Je la rejoignis en enroulant le fil de mes écouteurs autour de mes doigts.

– Qu'est-ce qu'il y a ? Qu'est-ce que tu fais là-dehors ?

– Je t'attendais.

Moufle était assis à côté d'elle, en train de lécher ses pattes noires. Je m'approchai et caressai sa tête douce.

– Pourquoi ?

Elle fit un geste de la tête vers la porte d'entrée.

– Eh bien, tu sais que ton père est toujours entre deux

boulots. Il n'est pas de très bonne humeur, aujourd'hui. Alors je préférais que tu voies ça avant lui. (Elle me tendit une enveloppe épaisse estampillée de l'USC.) C'est gros.

– Je suis déjà au courant. (Je serrai le courrier contre ma poitrine, sans l'ouvrir, et maman haussa les sourcils.) Ils m'ont envoyé un e-mail la semaine dernière. J'ai été reçue.

Ma mère rayonna.

– Félicitations, ma chérie. Je ne pensais pas que les bonnes nouvelles arriveraient si vite. Il est encore tôt, non ?

Je triturais le coin de l'enveloppe en évitant son regard.

– J'ai postulé aux présélections.

L'USC n'avait lancé leur système de présélections que l'année précédente – si on était accepté, on devait s'engager. Mais je savais que l'USC était mon premier vœu depuis des années. Leur filière de musique de film était l'une des plus renommées du pays, voire la meilleure. Mais après ma dispute avec papa, et depuis que Robbie essayait de me convaincre de le suivre à Georgia Tech, je ne voulais pas être tentée ou contrainte d'aller ailleurs.

Ça avait voulu dire mentir à mon père.

Et ça voudrait dire m'endetter jusqu'au cou.

Mais c'était ma vie. Mon choix. Et j'assumais mes responsabilités.

Maman pencha la tête.

– Les présélections... ça me dit quelque chose. Ça implique que tu ne peux postuler nulle part ailleurs ?

– Si. Enfin, je l'ai quand même fait. Toutes les écoles ont des dates de dépôt de candidature différentes... c'est compliqué. Mais je dois retirer toutes mes autres demandes.

Y compris celle que j'avais accepté à contrecœur d'envoyer à Georgia Tech. J'évitai de penser à quel point mon père risquait d'être énervé d'avoir payé pour rien les frais de dossier puisqu'il avait pris en charge mes candidatures aux facs régionales. Maman m'avait discrètement donné sa carte de crédit – celle qu'elle utilisait avec parcimonie pour s'acheter à l'occasion un nouveau sac à main ou une paire de chaussures – pour régler les autres, en me disant qu'elle s'occuperait de papa s'il faisait un esclandre.

Elle fronça les sourcils.

– Donc tu *dois* aller maintenant à l'USC, c'est ça ?

– Oui.

Je grimaçai, craignant le pire. Mais son visage se fendit d'un immense sourire et elle me prit dans ses bras.

– Oh mon Dieu ! Ma petite fille va devenir une célèbre compositrice de musique de film !

Mon rire resta bloqué dans ma gorge.

– Vraiment ? Tu n'es pas fâchée ? Je vous ai menti, à papa et à toi.

Elle poussa un soupir.

– C'est vrai. Et il faudra qu'on reparle de ça plus tard. (Je lui lançai un regard penaud.) Je sais que papa voulait que tu ailles dans une fac du coin, mais... on n'a qu'une vie. Il faut savoir saisir sa chance. C'est comme ça, ma grande. Et tu es la seule à décider de la façon dont tu veux la mener.

– Je sais. C'est pour ça que j'ai postulé aux présélections... Je savais que je le regretterais à jamais si je ne tentais pas le coup.

Je retournai l'enveloppe, le regard perdu de l'autre côté de la rue, où le système d'arrosage automatique de la pelouse des Johnson décrivait un arc de cercle verdâtre qui virait vers une palette de jaunes pâles et de bruns.

– As-tu fait des choix qui ont influencé le cours de ta vie ? demandai-je.

Maman glissa ses cheveux derrière ses oreilles.

– Je ne veux surtout pas que tu interprètes de travers ce que je vais dire... Ça a été un vrai bonheur de rester à la maison pour m'occuper de Maggie et toi, vous élever, être là pour vous, vous voir grandir. Je ne considérerai jamais, absolument jamais, que ça a été une erreur. Mais oui, Amber, j'avais des rêves. Je voulais être scénariste à Hollywood.

Je haussai les sourcils.

– Vraiment ?

Elle hocha la tête.

– Oui. On dirait bien que vouloir se lancer dans l'industrie du cinéma court dans les gènes. Mais le fait est que je n'ai pas poursuivi ces ambitions. La question n'est pas de savoir si j'ai eu tort ou non. J'ai fait mon choix. (Elle se tapota la poitrine.) J'ai choisi d'être éditrice. J'ai choisi de rester à la maison avec vous deux. Et j'en ai savouré chaque instant...

Sa phrase resta en suspens et le spectre de Maggie plana entre nous, venant assombrir notre conversation.

– Maggie n'a pas eu l'occasion de choisir, dis-je, un poids dans la poitrine.

– Non. Maggie n'en a pas eu l'occasion.

Ma mère leva une main au-dessus de ses yeux pour se protéger du soleil.

– Elle avait été admise à Yale, tu sais, dit-elle d'une voix légèrement tremblante tout en caressant Moufle. En médecine.

Mes yeux s'agrandirent. Yale était l'école de ses rêves.

– Je l'ignorais.

Maman hocha la tête.

– La lettre d'admission est arrivée une semaine après sa mort. Accompagnée d'une bourse prenant en charge l'intégralité des frais. Elle aurait pu accomplir tellement de choses dans sa vie. Tout lui était présenté sur un plateau d'argent. Mais...

Elle ne finit pas sa phrase, les yeux braqués sur l'arrosage d'en face.

– Mais elles l'ont tuée.

Maman m'agrippa le genou.

– Non, ma chérie. Elle était malade.

La colère m'envahit. Nous n'avions pas parlé de ça depuis des années, mais l'aigreur n'avait pas faibli.

– Elles l'ont *rendue* malade. Elle allait très bien avant qu'elles ne s'en prennent à elle.

– Ce n'est pas comme ça que ça marche. Les médecins l'ont dit...

Ses larmes l'empêchèrent d'aller plus loin. Plutôt que de continuer de parlementer, elle me prit la main et nous gardâmes toutes les deux le silence un long moment, à regarder la pelouse des Johnson. Finalement, elle s'essuya les joues et s'éclaircit la gorge.

– Dans tous les cas, ça prouve que, tout ce qui compte, c'est la santé et le bonheur. La santé, tu l'as. Maintenant occupe-toi de ton bonheur. Et ne t'inquiète pas pour papa, il est encore chamboulé par ses revers professionnels, mais il s'en remettra. Il ne veut que ton bonheur, comme moi.

Soudain, la porte d'entrée craqua et papa apparut. Il se racla la gorge, gêné.

– Elle a raison, tu sais.

Maman fit les gros yeux.

– Tu écoutais à la porte depuis le début ?

Il grogna en enfonçant les mains dans ses poches.

– Peut-être pas depuis le début, mentit-il. Écoute... quelle que soit l'école que tu choisis – ou plutôt que tu as déjà choisie – et peu importe la charge financière que ça implique... c'est ta décision. Et ne t'excuse jamais de ne pas être ta sœur. (Il n'arrivait toujours pas à prononcer son prénom à haute voix.) Tu ne devras t'excuser que le jour où tu essaieras d'être une autre que toi-même. Clairement... cette passion pour la musique que tu as toujours depuis... c'est ce pour quoi tu es faite. Tu vas réussir.

– Oh, papa... (Je me jetai à son cou.) Eh bien, tu sais, j'ai obtenu une bourse de l'USC.

– Quoi ? fit maman.

– Pas la totalité des frais, juste un quart. Mais c'est déjà ça.

– En voilà une bonne nouvelle, dit mon père en fourrant les mains dans ses poches. Je veux toujours un yacht pour ma retraite. J'attends donc de toi que tu fasses fortune à LA.

Je gloussai.

– Quoi qu'il en soit, reprit maman en fusillant papa du regard, grand-mère vous a laissé un petit héritage pour vos études, à Maggie et à toi. Il est à toi. Ça ne couvrira pas tout, mais entre ça et la bourse, on va y arriver. On se portera garants de tous les prêts dont tu auras besoin. Et même après ton diplôme, on ne te laissera pas mourir de faim.

Je soufflai.

– Qui dit qu'il n'y a pas d'argent dans le monde de la musique ?

Maman passa son bras autour de mes épaules, coinçant le chat entre nous.

– Pas sûr que ce soit l'avis des labels depuis qu'Internet existe, ma chérie.

– Pour ton information, les labels se portent comme un charme. De même que les producteurs de films.

J'ouvris l'enveloppe, en veillant à ne pas déchirer le blason de l'USC. Je sortis le premier document de la liasse et le tendis à maman.

– « Félicitations, lut-elle à voix haute. Nous avons le plaisir de vous annoncer que vous avez été acceptée dans notre cursus de musique de film de l'USC. »

00:13:00

Scott sortit le long bâton de ma poignée et ses épaules s'affaissèrent de soulagement. Ce bâton symbolisait la vie. Le plus court, le dernier dans ma main, signifiait que quelqu'un allait me planter la seringue et appuyer sur le piston. De la bile me remonta dans la bouche et le sol vacilla sous mes pieds. Je fis appel à toute la volonté du monde pour empêcher mes jambes de se dérober.

– Je suis tellement désolé... commença Scott, mais il fronça les sourcils en fixant le bambou dans ma paume ouverte. C'est quoi, ce bordel ?

Je baissai les yeux. C'était une longue tige. Pas la courte.

– Putain ça veut dire quoi ? demanda Robbie.

Diego me regarda, perplexe.

Mes yeux oscillèrent entre mon morceau d'encens et celui de Scott. Ils avaient la même longueur. Personne n'avait obtenu de bâtonnet court.

– Attends. Comment... ?

– Tu as triché, m'accusa Sasha.

– Non ! C'était censé être un vrai tirage au sort, je vous le jure.

Comment était-ce possible ?

– Tu essaies de gagner du temps, c'est ça ? poursuivit Sasha.

– Non, non, non. Je le promets, je n'ai pas triché. Ça ne fait que nous faire *perdre* davantage de temps, soulignai-je avant de me retourner vers le buffet. Là, vous voyez ? dis-je en prenant la moitié du morceau que j'avais posée un peu un plus tôt. J'en ai cassé un en deux.

– Mais... reprit Sasha en étudiant son bâtonnet. Où est passé l'autre bout ?

– Pas la moindre idée !

Diego prit le morceau et examina l'extrémité cassée. Puis il regarda le sol à mes pieds.

– C'est bizarre. Tu es sûre d'en avoir compté seulement six ?

– Sûre et certaine ! Les deux en plus sont toujours sur le buffet, tu vois ? Je ne sais pas d'où est sorti le bâton supplémentaire !

Sasha me fixait toujours et je passai d'un visage à un autre à la recherche de soutien.

– Je le jure, je n'ai rien fait, affirmai-je.

Tout le monde semblait perplexe. Tout le monde sauf Priya.

Soudain, je compris. En voyant mon expression changer, elle écarquilla les yeux et croisa les bras – pas en signe d'impatience, mais plutôt dans le but de cacher quelque chose.

– Oh mon Dieu, murmurai-je.

Priya secoua la tête sans rien dire. Que faire ? J'avais deviné son entourloupe. Mais si je la balançais, les autres allaient la désigner, c'était couru d'avance.

Sasha nous observa en penchant la tête. Et puis elle le repéra.

– Oh la sale petite conne !

Elle se jeta sur Priya et lui saisit les poignets.

– Remonte tes manches !

Priya se débattit.

– Non !

– Remonte-les ! (Sasha tira sur ses manches jusqu'à déchirer le tissu pour en extraire un demi-bâtonnet.) Ah ! On dirait bien que tes satanés tours de passe-passe ne sont pas si magiques que ça !

En larmes, Priya recula contre le mur, entre Scott et le buffet, marchant sur les débris de verre. Scott la dévisagea d'un air médusé. Un deuxième vase d'encens identique à l'autre était posé sur ce meuble. Tout s'expliquait. C'était là qu'elle avait pris un bâton pour faire l'échange. Et c'est pour ça qu'elle m'avait prise dans ses bras. Ma poitrine se comprima. Est-ce qu'elle pensait vraiment ce qu'elle avait dit ?

Diego se passa les doigts sur le crâne.

– Comment savais-tu lequel c'était ?

– Je ne le savais pas, bredouilla Priya à travers ses sanglots. Je n'avais pas l'intention de changer si je tirais un long. Quand j'ai senti que c'était le plus court, j'ai... j'ai...

Elle fit la démonstration de sortir un bâtonnet invisible de sa manche d'une seule main.

– Oh bon sang, lâcha Diego en marchant jusqu'à la porte contre laquelle il posa les mains et le front. Tout ça est absurde...

– Tricheuse ! beugla Sasha.

Priya la regarda d'un air mauvais, l'air de dire *tu peux parler*.

– Je n'ai rien fait au détriment de quelqu'un d'autre. De cette façon, personne n'allait tirer le mauvais et on allait plutôt réfléchir à un moyen de *tous* nous sortir de là.

– Tu nous as seulement fait perdre du temps, dit Sasha. On doit encore choisir.

Robbie fixa Priya.

– Et tu as tiré le bâton le plus court. Ça doit donc être toi.

Il passa devant moi pour se diriger vers la seringue.

– Non, attends.

Je l'attrapai par le poignet mais des mains fortes derrière moi m'enserrèrent la taille. Sasha me retenait.

– Lâche-moi ! criai-je.

– C'est toi qui as fixé les règles, me dit-elle à l'oreille.

– Non ! hurla Priya en reculant vers la porte. S'il te plaît, arrête !

Diego reprit ses esprits et se jeta sur Robbie en le tirant par le dos de son T-shirt. Les coutures du col craquèrent mais Robbie, bien plus costaud que lui, lui donna un coup de coude dans le ventre avant de se retourner pour le pousser.

– Dégage, mec !

Diego s'écrasa contre le miroir dans un grognement et Robbie s'avança à nouveau vers la seringue.

– Non ! Attends, j'ai une idée ! protestai-je. Il reste du temps.

Je griffai le bras de Sasha pour essayer de me libérer mais elle était trop forte, trop déterminée à laisser Robbie en finir. Mes cheveux me tombaient sur le visage tandis que je croisai le regard de Diego.

– Arrête-le !

Diego attrapa la chaise la plus proche et la brandit devant

Robbie comme un bouclier. Pendant ce temps, je plantai mes ongles dans le bras de Sasha, mais elle tint bon.

– S'il te plaît ! Laisse-moi !

Prête à tout pour éviter le pire, j'imitai Robbie et assénai un coup de coude dans la cage thoracique de Sasha aussi fort que je le pouvais.

– Aïe.

Dans un bruit guttural, elle relâcha son emprise l'espace d'une seconde et j'en profitai pour filer. Alors que Robbie tapait dans la chaise de Diego, qui résistait tant bien que mal, je courus de l'autre côté de la table, en passant devant Priya et Scott et en enjambant une autre chaise en travers de mon chemin.

Je me postai entre Robbie et la seringue et écartai les bras alors qu'il venait de se débarrasser de Diego.

– Arrête !

Je ne pouvais pas le laisser essayer de tuer Priya. Ce n'était pas censé se passer ainsi.

– S'il te plaît, ne fais pas ça.

Robbie grimaça, le front barré.

– Elle a tiré le bâton le plus court. Les règles sont ce qu'elles sont.

– J'ai une idée.

Je me passai la langue sur les lèvres en me creusant les méninges. Il fallait que je trouve une solution.

– Je sais comment nous tirer de là. Ça peut vraiment marcher, cette fois.

– Comment ? demanda Diego.

Je baissai la voix en jetant un coup d'œil vers la webcam dans le vaisselier :

– On fait semblant de tuer quelqu'un. On prétend lui

injecter le poison, comme ils l'attendent de nous. Et on voit si le minuteur de la bombe s'arrête.

– Oui ! souffla Priya.

Diego haussa les sourcils en hochant la tête.

– C'est génial ! Pourquoi on n'y a pas pensé plus tôt ?

– Parce qu'elle n'a pas arrêté de semer la panique, dis-je en désignant Sasha.

– Ça vaut le coup d'essayer, au moins, approuva Scott.

– Il nous reste quoi ? dit Sasha en consultant sa montre. Douze minutes ? Ce truc, ajouta-t-elle en pointant du doigt la bombe au-dessus de mon épaule, ce truc va tous nous tuer. Hors de question que je laisse ça se produire.

Elle se dirigea vers moi avant d'hésiter. Elle devait me dépasser pour atteindre la seringue juste derrière moi et je n'avais qu'à me pencher pour la saisir. Le moment se figea pendant ce qui sembla une éternité. Sasha haletait. Mes doigts me picotaient.

Et puis je me lançai. J'attrapai la seringue, tout en veillant à ne pas faire sortir de liquide. Diego tacla Sasha et ils s'effondrèrent ensemble sur les assiettes, les verres et l'argenterie posés sur la table.

Je m'éloignai, la seringue entre mes doigts, qui me parut aussi lourde que si elle renfermait toutes nos vies. Concentrée sur ce poids dans ma main, je ne vis pas Sasha échapper à Diego et foncer vers moi. J'essayai de l'esquiver, mais elle se jeta sur moi et m'agrippa le mollet. Déséquilibrée, j'écartai les bras par réflexe avant de m'écraser sur le sol, le souffle coupé. La seringue roula sur le parquet jusqu'aux pieds de Robbie.

Il se baissa pour la ramasser.

– Robbie ! soufflai-je en me redressant sur les coudes tandis que Sasha se remettait debout. Ne la laisse pas faire…

Mais Robbie s'approcha de Priya, un air contrit sur le visage. Elle recula contre le vaisselier dans lequel les verres et la porcelaine tintèrent comme en signe de protestation, mais elle n'avait nulle part où fuir.

– Robbie, non ! criai-je.

– Je suis désolé, dit-il. Mais on a tiré à la courte paille.

Sasha hocha la tête pour l'encourager.

– Exactement. Vas-y.

– Non ! protestai-je. Tu n'es pas un assassin.

– Aucun de nous n'est un assassin, dit Robbie avec un regard menaçant vers Sasha, la seringue tremblant dans son poing. Mais on doit mettre un terme à tout ce cirque. Elle a tiré le bâton le plus court. C'est la solution la plus juste.

Les joues baignées de larmes, Priya se recroquevilla sur elle-même, les bras tendus. Comment arrêter Robbie ? Les minutes défilaient, je n'avais plus le temps de lui faire entendre raison. Mais je devais l'arrêter. À tout prix…

La bombe lacrymogène. J'en avais une dans mon sac. Après l'histoire du tueur en série de l'épicerie, ma mère avait insisté pour que je l'aie toujours sur moi. Je ne laissai rien paraître. Grâce à la bombe lacrymogène, je parviendrais à surprendre Robbie et à le faire lâcher la seringue sans trop de mal.

Mon sac se trouvait à moins d'un mètre, à côté de la chaise de Sasha. Robbie et Priya étaient près de la cheminée. Je devais continuer à le faire parler, gagner du temps, pendant que j'allais récupérer mon spray.

– Robbie, écoute-moi, murmurai-je. Mon idée pourrait fonctionner. On simule une mort. On voit si le compte à rebours s'arrête. On saura une fois pour toutes si tuer quelqu'un arrête la bombe.

– C'est foutu d'avance ! contra Sasha.

– La ferme ! criai-je, en refusant de rompre le contact visuel avec Robbie. Tu n'es pas un assassin, Robbie.

Je m'agenouillai à côté de la chaise de Sasha, comme si je le suppliais, et m'approchai discrètement de mon sac sous la table.

– Ne fais pas ça. C'est ma meilleure amie.

Robbie plissa les yeux.

– Quoi, tu préfères que je le tue, lui ?

Il fit un geste du menton vers Diego qui recula et trébucha sur la jambe tendue de Scott. Celui-ci gémit tandis que Diego tombait à la renverse. *Non.* C'est exactement ce que je redoutais. Robbie détestait maintenant Diego et allait vouloir se débarrasser de lui sous prétexte de me sauver *moi.* Je ne pouvais pas le laisser faire. Ça ne pouvait pas finir comme ça.

Mais je ne devais pas céder à la panique. Pendant que tout le monde regardait Diego se relever, je tendis la main vers mon sac sous la nappe rouge et me mis à le fouiller de mes doigts tremblants.

– Non, ça doit être Priya, décréta Sasha. On était d'accord sur les règles. Elle a tiré le bâton le plus court. Sans compter qu'elle a triché.

Robbie brandit la seringue au-dessus de l'épaule de Priya mais s'interrompit, hésitant, au moment où je sentis la bombe lacrymo sous mes doigts. Était-il en train de se demander lequel d'entre les deux je le détesterais le moins d'avoir tué ?

Priya leva la main vers Robbie, comme si elle pouvait le bloquer.

– S'il te plaît, ne me tue pas. *S'il te plaît.*

Le bras de Robbie tremblait comme jamais. Priya sanglotait, les yeux rivés sur l'aiguille à quelques centimètres de sa peau. Il croisa son regard et souffla.

– Merde !

Il tourna les talons et se précipita vers Diego, qu'il plaqua contre le mur. D'une main, il le tint par le cou et de l'autre il approcha la seringue au-dessus de son épaule.

– Non ! Robbie, arrête ! protestai-je en me levant, la bombe lacrymogène cachée dans ma main. Tu les laisses gagner !

Robbie fronça les sourcils, le poison tremblant dans son poing.

– Qui ça ?

– Ceux qui nous ont enfermés ici !

J'étais à court d'arguments, mais il fallait que je détourne son attention assez longtemps pour pouvoir l'asperger de gaz lacrymogène. Il faisait plus chaud que dans un sauna, là-dedans. Une véritable étuve. J'avais du mal à me concentrer sur mes propos.

– Ils veulent nous pousser à commettre l'innommable. Faire de nous des monstres. Est-ce que tu vas leur donner satisfaction ?

De la sueur perlait sur les sourcils froncés de Robbie.

– Ils veulent qu'on meure *tous* ! Ils nous ont enfermés ici avec une bombe ! répliqua-t-il.

Il mit le pouce au-dessus du piston. Diego haletait, les yeux fixés sur l'aiguille toute proche.

– Non, tu te trompes, rétorquai-je en m'approchant, sans quitter Robbie des yeux. Ils nous testent, cherchent à nous monter les uns contre les autres pour qu'on s'entretue. Et tu tombes droit dans le panneau ! Tu leur donnes raison en leur prouvant que tu ne te soucies de rien d'autre que de toi-même. (Je criais désormais, tremblant de tous mes membres.) Essayons mon idée.

– On a assez essayé ! riposta Sasha en regardant sa montre. Si nous ne tuons pas quelqu'un maintenant, nous allons tous y passer.

Ragaillardi par ces mots, Robbie raffermit sa prise sur la seringue et la dirigea vers l'épaule de Diego. Les yeux de celui-ci s'agrandirent de peur.

– Non ! hurlai-je en menaçant Robbie avec la bombe lacrymogène. Donne-moi le poison.

Il cilla.

– C'est quoi ce machin ?

– Du gaz lacrymogène. Et je ne vais pas hésiter à m'en servir.

– Tu as perdu la tête !

– C'est toi qui es sur le point d'empoisonner quelqu'un !

– Je n'ai pas le choix ! Je dois le faire.

– Robbie. Ne cède pas. Montre-leur qu'ils ont tort, articulai-je lentement, luttant contre le tremblement de ma voix. Prouve que tu n'en as pas rien à foutre des autres.

Une expression torturée traversa son visage. Nous avions été poussés au bord de la folie pour nous battre pour ce que nous considérions comme juste. Il voulait sauver cinq vies. Je me démenais pour en sauver six. Car il craignait qu'essayer de sauver les six ne tue tout le monde.

Qui avait raison ?

Tout à coup, il baissa le bras et lâcha la seringue sur la table.

– Putain !

Alors que Diego se laissait glisser par terre, au comble du soulagement, Robbie se dirigea vers la chaise la plus proche et y donna plusieurs coups de pied. La veine de son cou palpitait et il poussait un grognement sonore à chaque frappe.

Sasha se couvrit les oreilles et cria :

– Qu'est-ce que tu fais ?

– Mec, je ne crois pas que tuer la chaise compte, lança Scott.

Le siège finit par se casser. Robbie s'écroula à côté, enfouit la tête entre ses jambes et laissa échapper de gros sanglots. Tout le monde le regarda en silence, sous le choc.

J'avisai la seringue, l'aiguille scintillant sur la table là où Robbie l'avait posée. Mes yeux croisèrent ceux de Sasha de l'autre côté de la pièce. L'espace d'un instant, nous nous figeâmes. Et puis nous plongeâmes.

14 JOURS PLUS TÔT

JANVIER DE L'ANNÉE DE TERMINALE

– C'est quoi ton problème ?

Sasha laissa tomber son cahier sur la table à côté de moi, me faisant sursauter.

– Chhhut, fit la documentaliste, Mme Burr.

Sasha roula des yeux.

Je retirai mes écouteurs rouges et mis sur pause le morceau sur lequel je travaillais.

– De quoi tu parles ? chuchotai-je.

– Comme si tu ne le savais pas, grogna-t-elle, les bras croisés. Depuis la pièce, tu m'évites. Tu m'en veux toujours d'avoir raté la chanson ? J'ai dit que j'étais désolée...

Je fronçai les sourcils. Je n'avais toujours pas trouvé comment l'aborder à propos de ce qu'elle avait fait à Priya et de ses mensonges concernant la pièce. Je pourrais simplement la sermonner... mais allait-elle m'écouter ? Ou au contraire tout nier en bloc ? La seconde option était la plus probable.

Et puis je deviendrais à mon tour sa tête de turc.

Hors de question de prendre ce risque. Je devais trouver une autre façon de la raisonner, sans qu'elle réussisse à s'en tirer à bon compte pour ensuite me tourner en ridicule derrière mon dos.

Chaque fois que je la voyais, je me rappelais la façon dont elle s'était moquée de Priya quand elle s'était cassé les dents. Je revoyais mon amie se couvrir la bouche, mal en point et humiliée. Et je pensais : *C'est moi qui ai fait ça. C'est ma faute.* Dès que j'essayais de parler à Priya dans les couloirs, en classe ou devant chez elle, elle partait dans la direction opposée. J'avais beau l'inonder de messages, elle continuait de m'ignorer. Je me creusais les méninges pour trouver un moyen de l'atteindre.

Au lieu d'exclure Sasha de ma vie, je l'avais gardée à portée de main. Si j'arrivais à faire en sorte qu'elle présente ses excuses à Priya et si je parvenais ainsi à panser ses plaies, ma meilleure amie me pardonnerait peut-être.

Je remuai le genou sous la table.

– Ce n'est pas juste à cause de la chanson. Je... je ne suis pas trop dans mon assiette, ces temps-ci. Je n'ai pas très envie de sortir...

Sasha fit la moue.

– Pourquoi ? Tu as eu la vidéo que tu voulais...

– Chhhhhut, fit à nouveau Mme Burr, si fort qu'elle postillonna.

Elle nous toisa, de même que d'autres élèves aux tables voisines.

– Oh ça va !

Sasha se leva et vint s'asseoir à côté de moi, sans lâcher Mme Burr des yeux. En se penchant vers moi, elle murmura :

– L'enregistrement était génial, en fin de compte. Je veux dire, pour la majeure partie, non ? Tu as envoyé ton dossier dans les temps. C'est ce que tu voulais, non ?

– Ce n'est pas ça. Je suis contrariée par ce qui est arrivé à Priya.

Sasha inclina la tête.

– Elle ne peut s'en prendre qu'à elle-même, dans cette histoire. En plus, ses dents sont encore mieux qu'avant. La petite veinarde.

Elle se passa la langue sur les dents de devant et fronça les sourcils comme si elle en était mécontente.

– Rien de ce qu'elle a enduré ne relève de la chance ! protestai-je. Tu t'es moquée d'elle en permanence. Tu es sortie avec le mec qui lui plaisait sans même la prévenir.

– Hé, je n'ai rien fait de mal. Zane m'intéresse depuis des années. C'est elle qui a essayé de lui mettre le grappin dessus.

Je haussai les sourcils. Elle était donc jalouse de Priya. Je ne m'étais jamais rendu compte qu'elle appréciait Zane à ce point-là ; je m'étais toujours dit que ce n'était pas sérieux entre eux.

– Dans tous les cas, dis-je, ça ne te donnait pas le droit de poster la vidéo de son accident sur les réseaux sociaux.

Sasha leva les yeux au ciel.

– Il n'y a pas de gros plan sur elle ni rien. On ne la reconnaît même pas.

– Mais elle, elle sait. Tout le monde sait que c'est elle. Pourquoi a-t-il fallu que tu la rabaisses sans arrêt ? Tu es la fille la plus populaire. Tu sors avec Zane. Tu es déjà la meilleure en tout. Tu ne te rendais pas compte que tu la blessais ?

Il fallait que je lui ouvre les yeux. Que je lui fasse comprendre qu'elle devait des excuses à Priya.

J'aimais à penser qu'elle y viendrait. Malgré ses manigances pour obtenir les chansons, elle avait persuadé le club de théâtre de me laisser composer la musique de la pièce et s'était démenée pour la réaliser. Elle avait encouragé Robbie à me proposer de sortir avec lui. Elle m'avait invitée à toutes ses fêtes et était devenue mon amie sans poser de questions. Elle avait de toute évidence une part de bonté.

Mais au fond de moi, je me demandais si elle n'était finalement pas qu'une peste narcissique. Si elle ne se montrait amicale que quand elle y trouvait son compte.

Les yeux de Sasha s'humidifièrent et elle murmura :

– Je ne suis pas la meilleure partout.

C'est à ce moment-là que je compris que je ne pourrais jamais la raisonner.

De tout ce que j'avais dit, elle n'avait retenu que la partie qui la concernait, *elle*. Mais comment la reine en tout pouvait douter d'elle-même ? Je penchai la tête.

– Qu'est-ce que tu veux dire ?

– Tu ne... tu ne sais pas ce que je subis. La pression à laquelle je suis confrontée. Tu n'as pas idée...

Elle cligna les yeux, furieuse. J'avais été témoin de la façon dont sa mère était sur son dos. Mais ça n'excusait pas les mensonges, ni le harcèlement.

– Je travaille d'arrache-pied depuis des années pour entrer à Harvard. Je n'ai toujours pas de nouvelles. J'ai beau faire tout mon possible, ce n'est jamais assez.

– Sasha, tu vas réussir, quelle que soit l'université. Tu as déjà été admise à Brown et, bon sang, tu vas probablement avoir aussi Harvard. Et même si ce n'est pas le cas, ça ira très bien. Je n'ai jamais rencontré quelqu'un de si déterminé de toute ma vie, et pourtant je suis moi-même plutôt butée quand il s'agit de mon objectif en musique, et ce n'est pas peu dire.

– C'est pour ça que je t'adore, répondit-elle en se fendant d'un sourire. Tu es la seule que je connaisse qui me rappelle, eh bien, moi-même.

Ses mots me percutèrent de plein fouet. Je n'avais rien à voir avec Sasha. Absolument rien à voir.

N'est-ce pas ?

Je tins fermement mon ordinateur portable en songeant à ce que j'avais fait. Je n'avais harcelé ou manipulé personne dans tous mes efforts pour composer la musique de la pièce. Mais j'avais trahi la confiance de mes parents – ainsi que celle de mes professeurs – pour fournir de l'alcool à la troupe. Je m'étais éloignée de ma meilleure amie et l'avais laissée se faire tourmenter. J'avais menti à papa et postulé aux présélections de l'USC. Certes, j'avais été acceptée dans l'école de mes rêves. Mais à quel prix ? Et si je ressemblais à Sasha plus que je ne voulais bien l'admettre ?

– Salut ! dit Maria en s'affalant en face de nous. Je vous ai cherchées partout...

– Les filles ! s'énerva Mme Burr, le visage désormais tout rouge, comme si elle était au bord de la combustion spontanée. Si vous ne parlez pas moins fort, je vais finir par vous mettre dehors !

Désolée ! articula Maria en silence.

– Oh, au fait, chuchota Sasha en me lâchant la main pour se frotter les yeux, faisant mine d'être fatiguée alors qu'elle tentait d'essuyer ses larmes. Je voulais te demander quand nous allions pouvoir nous approvisionner pour le week-end prochain. Les parents de Zane s'absentent de nouveau.

Je ne l'écoutais pas, trop obnubilée par ma soudaine prise de conscience. Qu'est-ce que j'avais fait ? Je devais régler tout ça.

– Il n'y a pas de « nous ». Malheureusement, dit Maria, je pars pour cette satanée croisière avec ma famille la semaine prochaine, tu te souviens ? Ça dure quinze jours, je vais rater les cours pendant une semaine.

– Ah oui, zut, c'est vrai !

– Pourquoi « malheureusement » ? demandai-je à Maria, alors que les mots de Sasha tournaient en boucle dans ma tête. Pas de cours pendant toute une semaine. Et une croisière, ça doit être génial.

Maria renâcla.

– Ouais, trop génial d'être coincée sur un bateau avec ses parents, ses grands-parents et des cousins chiants. (Elle grogna.) Sans compter tous ces trucs nazes que ma mère est en train de nous concocter… des ateliers d'origami, de l'aquagym, des *escape games*. Arf. En plus, c'est bientôt la fin du lycée. Je n'ai pas envie de louper autant de temps alors que ce sont nos derniers mois.

– Tu ne vas pas louper grand-chose si on ne peut pas mettre la main sur de quoi boire, marmonna Sasha.

Maria fit la moue.

– Demande à Nat. Elle rentre ce week-end, non ?

– C'est qui, Nat ? demandai-je, prise de picotements dans la nuque à la mention de ce prénom familier.

– Ma sœur, dit Sasha. Et non, finalement, elle ne rentre pas. L'actrice qu'elle double a attrapé la grippe, du coup elle la remplace pour les représentations des prochains jours. Tu ne peux pas piquer des bouteilles avant de partir ? Juste quelques-unes ?

– Tu rigoles ? Après le coup du mois dernier ? rétorqua Maria en secouant la tête. Impossible.

– Qu'est-ce qui s'est passé ? demandai-je, l'esprit toujours en ébullition.

– Oh mon Dieu, tu n'es pas au courant ? s'étonna Maria. On a fait une expédition d'alcool au Chesterfield un samedi matin. J'avais entendu mon père dire qu'il avait rangé des bouteilles de Jack Daniel's dans la réserve et j'ai voulu taper dedans. Donc cette andouille et moi y sommes allées, raconta-t-elle en pointant le pouce vers Sasha, et elle a laissé la porte se refermer.

– Oh ça va, répliqua Sasha avec un rictus.

– On est restées enfermées pendant une demi-heure jusqu'à ce que ma mère vienne nous ouvrir.

– Heureusement que ça n'a pas duré plus longtemps. Je me faisais tellement chier que j'ai cru que j'allais mourir, dit Sasha. J'aurais pu me tirer une balle. Enfin bref, je dois aller aux toilettes. Je reviens tout de suite.

Elle partit, nous laissant seules, Maria et moi.

– Qu'est-ce qu'elle ne ferait pas pour de l'alcool ? commenta Maria en roulant des yeux. Je vais pas de nouveau me retrouver privée de sorties pour qu'elle se bourre la gueule. Je regrette l'époque où elle te missionnait pour nous ravitailler.

Je fronçai les sourcils.

– C'était pour le club de théâtre que j'avais rapporté à boire.

Elle renâcla puis ironisa :

– Mais bien sûr.

Mes yeux s'agrandirent en voyant sa réaction. Je repensai à la façon dont Sasha m'avait menti, à moi mais aussi à la troupe, pour obtenir ses chansons. Et si...

– Non.

– Quoi ?

Je me penchai en avant et chuchotai :

– La fois où elle avait dit que des comédiens seraient à la fête de Zane mais qu'ils n'étaient pas venus...

Maria se pinça les lèvres.

– Je ne crois pas que je devrais...

– Dis-moi !

Elle leva à nouveau les yeux au ciel.

– D'accord, très bien. Elle ne les a jamais invités. Elle a rigolé en voyant à quel point tu étais crédule. À quel point tu étais prête à tout pour composer la musique de la pièce.

– Mais... au bal de promo d'hiver...

Maria secoua la tête.

– Asher et Dan ne boivent même pas.

Je me souvins qu'Asher avait posé son verre plein sur le piano. J'eus l'impression d'avoir reçu un coup de pied dans le ventre. La bile remonta dans ma gorge et je plaquai une main sur la bouche.

– Oh, ne t'inquiète pas, reprit Maria. Elle t'adore pour lui avoir permis de me battre. (Ses mots étaient acérés et amers.) Elle a toujours été jalouse que je joue le rôle principal. C'est pour ça qu'elle a accepté que tu composes la musique. Pour pouvoir être la star. (Elle agita les mains.) Et puis quand tu as voulu ajouter ces satanés textes, elle a enfin eu sa chance de chanter.

Oh mon Dieu. Même Maria ne savait pas que c'était Sasha qui avait réclamé les chansons.

Sasha m'avait bernée tout du long. L'alcool. La pièce. Les chansons. Priya. Elle m'avait trahie dès qu'elle en avait eu l'occasion. Pas étonnant qu'elle m'ait accueillie si facilement – elle m'*utilisait*. Elle prétendait être gentille quand en fait elle était égoïste. Elle prétendait m'aider quand tout ce qu'elle voulait, c'était avoir les projecteurs braqués sur elle. Pourquoi m'avait-elle arrangé le coup avec Robbie ? Peut-être cherchait-elle seulement à l'écarter de Zane pour que celui-ci passe plus de temps avec elle.

Désormais, je connaissais la vérité. C'était inutile d'essayer de parler à Sasha. C'était une menteuse. Une usurpatrice. Elle avait brisé mon amitié avec Priya et failli ruiner tout ce pour quoi j'avais travaillé.

Quelqu'un devait l'arrêter. Quelqu'un devait la remettre à sa place.

C'était à moi de le faire.

00:09:00

J'atteignis la seringue en premier. Elle était collante de la sueur de Robbie. Je la brandis vers Sasha, qui recula, les yeux écarquillés.

– Pourquoi ? grondai-je en ravalant un sanglot.

– Pourquoi quoi ? siffla Sasha.

Nous étions à court de temps parce qu'elle nous avait sans cesse embarqués dans une spirale de panique. Si nous avions travaillé ensemble, nous aurions pu trouver un moyen de sortir d'ici. Mais elle était tellement égoïste qu'au bout de même pas une demi-heure, elle avait suggéré de sacrifier l'un de nous.

– Pourquoi es-tu comme ça ? Pourquoi insistes-tu à ce point pour tuer quelqu'un ? J'ai juste besoin de comprendre les ressorts de ton cerveau, parce que ça me dépasse, tonnai-je et sa mâchoire se raidit. Et je ne parle pas seulement de ce soir. Même là-dehors, poursuivis-je en pointant la porte du doigt. Tu mens, tu triches, tu trahis tes amis... tu es prête à tout pour arriver à tes fins.

« Mais pourquoi ? Pourquoi es-tu comme ça ? hurlai-je. Tu étais déjà promise à une brillante université, mais tu as quand même pris de la drogue. Tu étais déjà deuxième de promo, mais ça ne t'a pas empêchée de mettre des bâtons dans les roues de Diego. Tu étais déjà capitaine des pom-pom girls, mais il a fallu que tu ridiculises Priya et la fasses se sentir comme une moins que rien. Tu étais déjà à la tête du club de théâtre, mais tu as menti à *tout le monde* pour voler la vedette.

Elle resta bouche bée.

– Oui, je sais ce que tu as fait. Je sais à quel point tu m'as manipulée, ainsi que toute la troupe, pour pouvoir être la *prima donna* que tu as toujours rêvé d'être. C'est pour ça que tu as suspecté Maria en premier, non ? Parce que tu lui as carrément volé le rôle principal.

Elle avait les yeux rouges et humides. Elle n'avait pas imaginé que je découvrirais la vérité.

– Et on pourrait continuer comme ça à l'infini. Tu es prête à tout pour battre les autres, quel que soit le domaine, même si ça implique de blesser les gens autour de toi au passage... voire de te faire du mal à toi-même ! Pourquoi ? C'est quoi le but, bordel ?

– Parce que je suis privée de la seule chose dont je rêvais !

Elle ferma la bouche et secoua la tête, puis les coins de ses yeux se craquelèrent comme si elle était au bord des larmes.

– Dès l'âge de quatre ans, j'ai passé des heures et des heures à m'entraîner pour devenir gymnaste olympique. Ma mère a quitté son boulot pour me coacher. Quand je me suis qualifiée pour les championnats nationaux, je visais la médaille d'or. C'était tout ce pour quoi je vivais... ce pour quoi je respirais.

« Et puis il y a eu cet horrible accident de voiture, dans lequel je me suis cassé la jambe. J'ai dû tout abandonner.

Tout ce temps que ma mère et moi avions investi... tout ça pour *rien*. Après ça, je n'avais plus aucune idée de ce que je voulais faire, de ce que je voulais *être*. C'était comme si je ne savais plus qui j'étais. Tu n'imagines pas ce que c'est. Tout perdre en un instant. Personne ne peut l'imaginer.

Je me remémorai la fois où la mère de Sasha nous avait surprises en train de jouer à Fortnite et lui avait demandé pourquoi elle perdait encore son temps. Tout s'éclairait, désormais.

– Et donc... tu as décidé d'être la meilleure en *tout*.

– Tu n'aurais pas fait pareil ? cracha Sasha. J'ai passé toutes ces années à me focaliser sur une seule chose et voilà où ça m'a menée.

Mon cœur martelait ma poitrine. Je m'en voulais de n'avoir pas compris plus tôt. Maria et Amy avaient évoqué l'accident de voiture la première fois que j'avais parlé à Sasha. Son attitude n'était pas simplement due à la pression de la part de sa mère. Mais au fait qu'elle avait un jour perdu tout ce pour quoi elle s'était bagarrée. Comment ne m'en étais-je pas rendu compte ?

Reste que ça ne justifiait pas tout.

Priya me devança :

– Ça n'excuse pas le fait que tu traites tout le monde comme de la merde.

Le moment de grâce de Sasha passa aussi vite qu'il était apparu et son expression redevint de marbre.

– Tu as écouté ce que je viens de dire ? J'ai fait ce que j'avais à faire. Et bon sang, je ferai tout pour me sortir de là vivante. Absolument tout.

Wow. C'était une chose d'avoir des objectifs ambitieux – c'était même admirable –, mais c'en était une autre d'écraser volontiers les autres pour les atteindre. La rage bouillonnait dans mes veines. Malgré la déception qu'elle avait endurée et les rêves qu'elle avait perdus, elle se fichait de qui elle blessait, que ce soit dans cette pièce ou dans la vraie vie. S'il y avait bien quelqu'un qui ne méritait pas de sortir d'ici, c'était elle.

– Maintenant, tu vas m'écouter.

La seringue enfermée dans mon poing, je jetai un coup d'œil à ma montre. Plus que huit minutes.

– Nous allons trouver une solution. Ensemble.

– Non… objecta Sasha en faisant un pas en avant, mais j'agitai la seringue devant moi et elle s'immobilisa.

– Nous allons tenter une dernière chose avant de prendre la vie de quelqu'un. On va tester mon idée, sinon je vous jure que le prochain qui s'attaque à moi finira avec ce poison dans le sang et la question sera réglée.

Je bluffais, bien sûr. Mais personne n'avait besoin de le savoir.

Comment en étions-nous arrivés là ?

Toute ma vie, j'avais écouté à fond des bandes originales de films pour essayer de rendre le quotidien plus dramatique. Et voilà que je me retrouvais à menacer ceux que j'avais un jour considérés comme mes amis, avec un seul désir : retrouver ma vie paisible de tous les jours. Ce n'était pas ainsi que les choses auraient dû se passer.

Priya prit une inspiration, les yeux oscillant entre Sasha et moi.

– Alors comment on fait ?

– On va jouer la comédie, murmurai-je. On va faire semblant d'empoisonner quelqu'un. La personne se jette par terre en convulsant, et tout et tout, et les autres s'affolent comme si c'était réel.

Sasha croisa les bras puis lâcha un rire hautain.

– Ça ne marchera jamais !

– Chut ! la rabrouai-je. Ne parle pas si fort.

Scott tapota la jambe de Priya et lui fit signe d'approcher une chaise. Elle s'exécuta.

– Aide-moi à me lever, dit-il.

– Qu'est-ce que tu fais ? demandai-je.

– J'en ai marre de rester affalé là comme un crétin inutile.

Priya et Diego attrapèrent chacun un de ses bras et le hissèrent. Il souffla.

– Oh bon sang. Merde.

Mais il tint bon. Il claudiqua sur son pied valide et se servit de la chaise comme béquille sous son bras en gardant sa jambe blessée pendue au-dessus du sol.

– Les gars, dit Sasha en désignant le vaisselier à droite de la cheminée. Ça ne va pas marcher…

Plusieurs la coupèrent en lui adressant des « chut » sévères. Elle baissa donc la voix, mais à peine.

– Oh arrêtez, ils nous voient parler. Ils savent sans doute qu'on manigance quelque chose. Et si on ne vide pas la seringue, ils le verront.

– Celui ou celle qui feindra de l'injecter pourra se dissimuler de la caméra, dit Diego. Je suis sûr qu'ils n'y verront que du feu. Ce n'est pas de la haute résolution. Une fois que la prétendue victime aura arrêté de convulser, on vérifiera le pouls pour que ça ait l'air vrai.

Robbie était toujours assis par terre en train d'essuyer ses larmes, mais il ne broncha pas.

– Tout à fait, approuvai-je et Priya et Scott hochèrent la tête.

Robbie serra les lèvres en réfléchissant. Finalement, il acquiesça et se leva.

– Tentons le coup. Mais il faut faire vite.

– Non ! protesta Sasha en tapant du pied. Bande d'abrutis ! Nous allons tous mourir !

Mais personne ne lui prêta attention.

– On va de toute façon bientôt le découvrir, une fois le compte à rebours terminé, dit Robbie.

– Ouais, répondit Diego. On va devoir sortir la bombe pour voir si le minuteur s'est arrêté.

Ce qui voulait dire soulever la pile de tiroirs pour en retirer quelques-uns.

– Allez, ce n'est pas dans le champ de la caméra, déclara Diego.

Robbie le rejoignit près de la cheminée.

– Et si la bombe explose ? Ça valait bien la peine de la fourrer là-dedans ! râla encore Sasha. Ça ne va pas marcher.

– La ferme ! chuchota nerveusement Scott.

– Qui va faire semblant de mourir ? murmura Priya.

Scott fit un pas vers moi, toujours appuyé sur la chaise, qu'il tira derrière lui.

– Bordel ! cria-t-il, en m'adressant un regard appuyé. Bande d'enfoirés, depuis le début vous vouliez que ce soit moi.

Je hochai subrepticement la tête et levai la seringue, l'aiguille dirigée vers son biceps gauche, en la maintenant hors du champ de l'objectif.

– Sasha a raison. Il est trop tard. C'est la seule solution. On n'a plus le choix !

Diego leva avec précaution les tiroirs du haut pendant que

Robbie en ôtait de façon à faire descendre la bombe. Le minuteur était à nouveau visible.

– Je suis vraiment désolée, Scott, dis-je en m'efforçant d'avoir l'air convaincante. Je n'ai jamais voulu en arriver là...

– Ça ne va pas marcher, protesta Sasha en se prenant les cheveux. Il ne reste plus que cinq minutes.

– On compte jusqu'à trois, chuchotai-je à Scott. Jette-toi sur moi, puis tombe par terre.

Scott fronça les sourcils pour feindre d'avoir l'air énervé.

– Tu ne peux pas faire ça ! s'écria-t-il avant d'ajouter tout bas : un.

– Fais-le ! rugit Robbie.

– Non ! hurla Scott en boitillant.

Priya cria et s'agenouilla à côté de la porte, les mains sur les yeux.

– Hé ! beugla Sasha. Si ça ne marche pas, ils ne nous croiront pas quand on tuera quelqu'un pour de vrai. Et alors on mourra tous de toute façon.

Je l'ignorai.

– Deux.

Je reculai le bras comme si je m'apprêtais à planter l'aiguille dans le bras de Scott, faisant mine d'avoir peur qu'il s'attaque à moi.

– Pousse-toi ! criai-je. Ne t'approche pas... Sasha, non !

Avant que je dise « trois » et que Scott se jette sur moi, Sasha lui sauta au cou. Pris par surprise, Scott dégringola en arrière et Sasha plongea avec lui.

Robbie se rua sur eux – pour aider Sasha ou pour l'arrêter, je n'aurais su le dire –, mais trébucha sur une chaise et bloqua le passage, empêchant quiconque d'intervenir. Les dents serrées, Sasha grognait alors qu'elle luttait pour maintenir

Scott à terre. En temps normal, du haut de son mètre quatre-vingts, il était plus fort qu'elle mais, à cause du manque d'oxygène et de la douleur à sa cheville, il était à bout. Il griffait les poings de Sasha, les yeux exorbités et le visage qui virait au violet, et émettait des borborygmes alors que ses poumons réclamaient de l'air.

La mort de Maggie me revint à l'esprit. Son visage violacé. Les bruits d'asphyxie.

Tout semblait se dérouler au ralenti.

Et puis tout s'accéléra. Diego et Priya escaladèrent Robbie et tirèrent Sasha en arrière.

– Tu fais quoi ? beugla Robbie en secouant Sasha par les épaules. Nous avions un plan ! Nous avions peut-être une chance !

– Ça n'aurait jamais marché ! riposta-t-elle. Tu ne comprends donc pas ?

Robbie la lâcha puis recula.

– Peut-être que si. Comment auraient-ils pu savoir que Scott n'était pas vraiment mort ?

– Et depuis quand es-tu prêt à courir un risque pareil ? tonna-t-elle alors que Diego aidait Scott à s'asseoir. Il suffit de le tuer et d'en finir ! Pourquoi tu es de leur côté, bon sang ?

– Parce que je ne suis pas un monstre !

Le visage de Sasha se décomposa.

– Et moi, si ?

Elle chevrota. Le silence de Robbie était éloquent. Il secouait simplement la tête, comme s'il prenait enfin conscience qu'il ne la connaissait pas du tout. Des larmes emplirent les yeux de Sasha.

– Tu penses que je suis un monstre.

– Tu *es* un monstre ! crièrent Priya et Diego à l'unisson.

– Tu es un putain de monstre, renchérit Scott d'une voix rauque en se massant la gorge. Depuis le début tu n'as fait qu'essayer de me faire la peau.

– Pareil pour moi, ajouta Priya.

– Et moi, conclut Diego.

Sasha se prit la tête entre les mains.

– Tout ce que je voulais, c'était sortir d'ici vivante.

Mon cœur se serra. Malgré tout, j'avais presque de la pitié pour elle. Elle commençait enfin à comprendre à quel point elle avait été horrible, mais ça ne suffisait pas, et c'était trop tard.

– Tu ne penses qu'à toi, dit Priya. C'est toi qui devrais mourir. Tu es mauvaise. Tu l'as toujours été.

– Non... bredouilla Sasha.

– Tu es horrible avec moi, en permanence. Tu as diffusé la vidéo de ma chute pour que tout le monde voie ma pire humiliation.

– Et tu m'as fait du chantage sur un sujet ultra-sensible de ma vie, renchérit Scott.

– Tu as essayé de me nuire chaque fois que tu en as eu l'occasion, poursuivit Diego.

– Et tu m'as manipulée, dis-je. As-tu seulement voulu être mon amie ? Ou t'es-tu juste servie de moi tout ce temps, en te moquant de moi derrière mon dos ?

– Oh arrête, rétorqua Sasha en croisant les bras alors qu'une larme roulait sur sa joue.

– Non, assez de tes « oh arrête » ! criai-je. Tu harcèles les autres. Tu sais que ma grande sœur s'est suicidée à cause de gens comme toi ?

Maggie. Son visage violet. Les borborygmes. Les flacons de cachets vides.

Ce sentiment d'impuissance qui avait aspiré tout l'air de mes poumons.

Je me revoyais dans sa chambre, une fois que la standardiste des secours m'avait calmée et dit de tourner Maggie sur le côté. Penchée au-dessus d'elle, j'avais regardé son visage, regardé la vie la quitter. Et il n'y avait rien que je puisse faire. Je ne pouvais pas la sauver. Moi, sa sœur, je n'avais pas été à la hauteur pour la sauver.

« Elle ne bouge pas, avais-je imploré au téléphone. *S'il vous plaît.* Qu'est-ce que je fais ?

– Tiens bon. Une ambulance est en route. Les secours sont en route. Tu dois juste... »

La voix n'était plus devenue qu'un bruit de fond lorsque mon regard était tombé sur l'ordinateur portable de Maggie. Après m'être assurée qu'elle ne bascule pas sur le ventre, j'avais saisi le PC. Une page web était ouverte sur Facebook.

Hébétée, j'avais lu le premier commentaire, d'une certaine Natasha Jane : « Je n'arrive pas à croire qu'on te laisse encore venir au lycée de Brewster. Tu ne sers vraiment à rien. »

Un autre, sous un article politique que Maggie avait partagé, disait : « Oh mon Dieu, tu essaies de faire ta maligne ? Ce sont des *fake news* ! »

Sous le lien vers une vidéo de maquillage : « Dommage que rien ne puisse arranger ton visage. »

En réaction à un selfie de ma sœur, un montage photo associait le gros ventre d'un vieux bonhomme torse nu et le visage de Maggie.

Et un autre commentaire : « Pourquoi tu ne te flingues pas, tout simplement ? »

Ces messages de haine m'avaient fait l'effet d'un coup de poing dans le ventre. C'était toujours la même fille. Parfois, d'autres se joignaient à elle, en likant ses commentaires ou en rajoutant une couche. Mais c'était surtout Natasha. J'avais fait défiler les publications mois après mois, incapable de remonter suffisamment loin pour voir quand tout avait commencé. Ça durait depuis très longtemps. Je n'avais jamais rien vu sur mon fil d'actualités, Maggie avait dû me bloquer l'accès au contenu de son journal. Pourquoi n'avait-elle pas bloqué cette Natasha et ses acolytes. Ça me dépassait.

Voilà pourquoi elle avait été d'humeur si maussade au cours de la dernière année. J'avais cru qu'elle ne voulait plus rien avoir à faire avec nous, sa famille. Mais la vérité, c'était qu'elle était harcelée. Elle souffrait. Et je ne m'étais doutée de rien. Pourquoi n'avait-elle rien dit ? J'aurais été là pour elle. Papa et maman auraient pu l'aider. Pourquoi nous l'avoir caché ?

« Je suis désolée, tellement désolée », avais-je sangloté en tenant son corps sans vie dans mes bras alors que des sirènes retentissaient devant la maison.

Mais plus jamais je ne pourrais la réconforter. Ni retirer ce que ces monstres lui avaient dit. Je ne pourrais jamais l'aider.

Elle n'était plus là.

Et maintenant Sasha se tenait devant moi, les yeux rivés sur la seringue dans ma main. Sasha, une persécutrice du même acabit, qui avait tourmenté Priya, fait du chantage à Scott, essayé de torpiller Diego, m'avait manipulée et avait ridiculisé tant d'autres. Ses yeux s'agrandirent en entendant mes mots, mais elle ne dit rien.

– Il y avait une fille qui n'arrêtait pas de l'embêter,

expliquai-je. Elle l'a harcelée sur Facebook, comme tu l'as fait avec Priya. Sauf que Maggie... le psychologue médico-légal nous a dit qu'elle montrait des signes de dépression. Nous ne nous sommes aperçus de rien. Et quand tout a pris des proportions délirantes, elle était trop malade. Elle a décidé que mourir était la seule issue, sans pouvoir faire machine arrière.

Sasha renâcla.

– Eh bien, c'est sa faute, alors.

– Non, c'est faux ! Elle était malade...

Je criais, la voix tremblante après des années de colère refoulée envers cette horrible fille qui avait martyrisé Maggie. Robbie me dévisageait avec de grands yeux et la mâchoire serrée.

Mais j'avais besoin que ça sorte.

– Elle n'y pouvait rien d'être dépressive. Et si elle n'avait pas eu l'impression que le monde entier était ligué contre elle, elle aurait peut-être appelé à l'aide. Mais les gens comme toi s'en fichent de faire du mal aux autres. Tout ce dont tu te soucies, c'est d'avoir l'air parfaite et de te sentir au-dessus de tous. Exactement comme ce soir, tu ne t'es préoccupée que de sauver ta peau. Tu n'es qu'une pétasse cruelle et égoïste. Comme ta sœur.

Sasha se décomposa, perplexe.

– Hein ? Ma *sœur* ?

– La fille qui a harcelé Maggie, c'est ta sœur, n'est-ce pas ? J'ai vu l'expression de ton visage quand tu as découvert son prénom brodé sur le coussin. Tu l'as reconnu... parce que c'est ta sœur qui s'est acharnée sur Maggie jusqu'à la pousser à se tuer. Natasha Jane. Nat, c'est ça ?

J'avais fait le lien quand Maria avait mentionné Nat à la bibliothèque.

– Natasha et Sasha, raillai-je. Tellement mignon.

Robbie blêmit.

– Oh merde, Sasha. Elle parle de *toi*.

Quoi ? Tous les poils de mon corps se hérissèrent. Le visage de Sasha se froissa mais elle ne pipa mot.

Non. C'était impossible.

– Qu'est-ce que tu veux dire ?

Mes yeux passaient de l'un à l'autre, en attendant une réponse. Aucun ne pipa mot. Pratiquement recroquevillée sur elle-même, Sasha secouait la tête vers Robbie. Il la fixait du regard comme s'il avait affaire à une étrangère qui venait de lui cracher au visage.

– Qu'est-ce que tu veux dire, putain ? répétai-je en haussant la voix.

Sasha se tint la gorge comme si elle était sur le point de vomir.

– Robbie, s'il te plaît, le supplia-t-elle.

Mais il parla quand même :

– Après s'être cassé la jambe en quatrième, Sasha a changé de pseudo sur Facebook pour « Natasha Jane ». C'est son nom entier. Et quelques mois plus tard, elle a supprimé son compte pendant un temps.

Priya était bouche bée. Je me retrouvai comme figée sur place, interdite. *Sasha* avait tué ma sœur ? Depuis le début, c'était elle ?

– Je... je ne comprends pas, bafouillai-je. Je croyais que Nat était ta sœur.

– Natalie, elle s'appelle Natalie, déclara Sasha, une larme scintillant sur sa joue. Nous avons toujours détesté avoir des prénoms si proches. Natalie et Natasha. Elle a donc opté pour Nat, et moi pour Sasha. Mais, après l'accident, j'ai préféré couper les ponts avec mes anciennes coéquipières de gym. J'étais si en colère... si *mortifiée*... que je les ai toutes supprimées de mes contacts sur Facebook et ai changé de pseudo.

Après tout ce que je savais déjà sur Sasha, elle était en fait encore pire que je l'avais imaginé.

– Tu... tu as tué ma sœur, dis-je, le corps pris de secousses. Tu l'as oppressée. Torturée. Tu lui as fait croire qu'il n'y avait pas d'issue.

– Je suis désolée. Je suis vraiment désolée. Je n'avais pas compris que c'était ta sœur jusqu'à ce que je voie le coussin sur son lit. Avant, je n'avais pas fait le rapprochement. Elle n'utilisait que l'initiale de son prénom sur Internet.

Je me souvenais de ça. Elle ne voulait pas que nos parents voient ses profils.

– D'où... d'où tu la connaissais ?

Sasha s'essuya les yeux.

– Je l'avais rencontrée à une fête de Nat un week-end où nos parents étaient partis. J'étais en quatrième. J'avais encore mon plâtre et je ne connaissais pas grand monde mais je... je voulais m'intégrer. Alors j'ai... j'ai...

Je n'avais pas besoin qu'elle finisse sa phrase.

– Tu t'es moquée d'elle. Pour avoir l'air cool, même si tu n'étais qu'une collégienne.

Elle hocha la tête.

– Et ensuite, bizarrement, elle a demandé à être mon amie sur Facebook. C'était comme si elle tendait le bâton pour se faire battre.

– Foutaises ! criai-je. Putain, tu es diabolique.

Même en sachant que son sadisme avait entraîné la mort d'une fille, elle avait harcelé Priya.

– Non, dit-elle. Je suis désolée, je suis tellement désolée...

– C'est faux, répliquai-je. Si tu étais désolée, tu ne te serais jamais comportée ainsi envers Priya. Mais tu as été encore plus perfide qu'avant. En te moquant d'elle avec des compliments à l'envers. En la ridiculisant quand tu pensais que tout le monde avait le dos tourné. Mais tu la harcelais... et tu le *savais*. Tu étais consciente des conséquences désastreuses que ça pouvait avoir, et tu l'as quand même fait !

– Priya... (Sasha joignit les mains en signe de prière.) Je suis désolée, OK ? Je suis vraiment désolée pour tout.

Mais Priya croisa simplement les bras et secoua la tête.

– Est-ce que tu le penses réellement ? demanda Robbie, l'air inquiet. Ou tu le dis parce que tu as peur de mourir ?

Sasha grimaça, à court de mots. Même son meilleur ami s'était retourné contre elle.

– Je ne crois pas à son petit numéro, affirma Scott.

– Vite, il n'y a plus à se poser de questions ! dit Priya en regardant le compte à rebours. Il reste moins de deux minutes.

Sasha secoua la tête et recula jusqu'à la cheminée – en voulant s'éloigner de nous, elle se rapprochait de la bombe. Elle n'avait nulle part où fuir.

– Non. S'il vous plaît... Je suis désolée.

Désolée pour quoi, exactement ? Il y avait tant de choses pour lesquelles elle devait s'excuser. Le minuteur rouge clignotait à côté d'elle. Plus qu'une minute et cinquante-sept secondes. Cinquante-six. Cinquante-cinq.

Personne ne prit sa défense. Pas même Robbie.

– Je vais le faire, Red, dit Scott d'une voix irritée en

tendant la main vers moi. Aide-moi à me relever. Je vais le faire. On ne va pas te demander de tuer ton amie.

– Bon sang, lâcha Robbie en se repliant sur lui-même, les deux mains sur le visage.

Après un moment d'hésitation, je pris la main de Scott et lui offris mon soutien, son bras passé autour de mes épaules pour traverser la pièce.

– Ce n'est pas mon amie. Plus maintenant.

Je ravalai la bile qui montait dans ma gorge et serrai les dents. Une minute trente-huit. Trente-sept. Trente-six.

– C'est bon, je vais me débrouiller à partir d'ici, Red, affirma Scott.

Je le lâchai puis reculai, et il clopina le reste du chemin vers Sasha. Il avait le visage dégoulinant de sueur, parsemé de sang séché provenant de la plaie de son front, mais la détermination à l'état pur le faisait avancer.

Sasha poussa un cri étranglé, les yeux paniqués.

– Robbie, s'il te plaît ! Ne le laisse pas faire !

Mais Robbie ne bougea pas. Diego apparut tout à coup à côté de moi et entrelaça ses doigts aux miens.

Sans perdre une seconde de plus et avant de risquer de changer d'avis, Scott plaqua Sasha contre le mur et brandit la seringue, l'aiguille pointée vers son épaule nue. Son pouce était sur le piston. Elle maugréa.

– S'il te plaît ! Non !

Une minute et vingt-sept secondes. Vingt-six. J'aurais voulu enfouir mon visage dans la poitrine de Diego. Mais je devais regarder. Je devais voir de mes propres yeux comment tout ça finissait. Une minute et vingt secondes. Dix-neuf. Dix-huit.

– Scott ! Vas-y ! cria Priya.

– Non ! hurla Sasha.

Elle passa les bras autour de sa poitrine, limitée dans ses mouvements par l'aiguille que Scott pressait contre sa peau. Elle s'appuyait tellement en arrière qu'on aurait dit qu'elle essayait de ne faire plus qu'un avec les briques.

Scott grimaça et ferma les yeux. Il n'avait pas l'âme d'un assassin. Mais pour nous sauver, il était prêt à commettre le pire. Il pleurait tandis qu'il plantait l'aiguille et appuyait sur le piston, sous les cris de Sasha.

Le silence s'abattit sur la pièce. Scott rouvrit les yeux, perplexe. Du liquide gouttait du bras de Sasha. Nous la fixions tous. En larmes, elle se laissa glisser le long du mur lorsque ses jambes se dérobèrent sous elle.

– Tu lui as fait l'injection ? demanda Diego.

– Oui, confirma Scott, puis il étudia la seringue et avisa du liquide sur ses doigts. Ahh !

Il jeta la seringue et s'essuya les mains à toute vitesse sur son T-shirt. Diego courut prendre une serviette sur la table pour ramasser la seringue. Il la retourna dans sa main puis fronça les sourcils en secouant la tête. Finalement, il utilisa la serviette pour presser le bout de l'aiguille. Il poussa un soupir.

– Wouah.

– Quoi ? demandai-je.

– L'aiguille est rétractable, expliqua-t-il en me souriant. C'est une fausse seringue.

– Bordel, lâcha Robbie en se passant les mains dans les cheveux. J'aurais juré que c'était une vraie.

Je sautai au cou de Diego.

– C'est une fausse, une fausse ! Ce n'était pas réel.

Priya courut vers nous et se jeta dans nos bras. Il n'y eut plus que des rires et des cris de soulagement.

Scott continuait de secouer sa main mouillée comme si elle était contaminée mais souriait de toutes ses dents.

– Dieu merci, souffla-t-il, avant de se tordre à nouveau de douleur en s'affalant sur le tapis. Mais quel coup foireux.

– C'est fini, dit Priya. C'est fini.

Nous lâchâmes Diego pour tomber dans les bras l'une de l'autre.

Robbie prit la seringue des mains de Diego et l'examina.

– Hé, attendez. Comment on sait que la substance n'est quand même pas du vrai poison ?

– Ce n'est pas une vraie seringue, c'est évident, dis-je. C'est bidon. Tout est fini.

Je le serrai contre moi mais il ne me rendit pas mon étreinte, toujours concentré sur la seringue qu'il scrutait au-dessus de mon épaule.

Diego se pencha au-dessus de la bombe et de la lueur rouge du compte à rebours qui éclairait le foyer de la cheminée.

– Euh, les gars ? Ça tourne toujours.

Mon ventre se contracta. Oh non. C'était censé être terminé. Nous avions survécu, et maintenant nous allions pouvoir rentrer chez nous.

– Combien de temps reste-t-il ? demanda Priya.

– Cinquante-huit secondes.

– Et si la seringue était cassée ? suggéra Robbie.

– Les aiguilles de seringue ne se rétractent pas ainsi, soulignai-je. C'est une fausse, ça ne fait aucun doute.

– Je ne sais pas, hésita Robbie en secouant la tête. Je ne veux pas finir explosé en mille morceaux parce que la seringue n'a pas marché.

– Oh oui bien sûr, intervint Sasha en se mettant debout

tant bien que mal, encore sous le choc d'avoir failli être empoisonnée. Mais tu étais prêt à me laisser mourir.

Elle se dirigea vers la table pour prendre une serviette.

– Attends, qu'est-ce que tu sous-entends ? demandai-je à Robbie.

– Et si nous devions toujours tuer quelqu'un ?

– Non ! criai-je. C'était un canular. Tu ne le comprends donc pas ?

Je lui pris la seringue des mains puis la brandis entre deux doigts comme une preuve lors d'un procès.

– Elle est bidon. C'est fini. On va tous sortir d'ici en vie. Le compte à rebours va arriver à zéro sans que rien ne se passe. Tout ça, c'était pour de faux.

– Ce n'est pas une farce ! contra Sasha en frottant la serviette si fort contre sa peau qu'elle était rouge et irritée. Je dois aller à l'hôpital.

Le minuteur rouge clignotait. Trente-neuf. Trente-huit. Trente-sept.

– Le décompte continue. Quelqu'un doit mourir. Mais ce ne sera pas moi.

Elle jeta la serviette par terre et se rua vers la chaise que Robbie avait saccagée un peu plus tôt. Elle tira sur l'un des pieds à moitié arraché du cadre qui se détacha facilement.

– Stop ! cria Priya qui s'approcha de la caméra et agita les mains au-dessus de sa tête. Arrêtez la bombe ! Le poison n'a pas marché !

Sasha souleva le pied de la chaise par-dessus son épaule comme une batte de base-ball.

– Non, arrête ! criai-je, les mains levées. Sasha, ce n'est pas pour de vrai !

– Oh la ferme, tonna Sasha, le corps tout entier tremblant

de peur… ou de fureur. Comment tu es si sûre que la seringue n'est pas simplement cassée ? Que le poison n'est pas en train de me tuer à petit feu ? Tu crois avoir raison sur tout, tu te crois si supérieure et puissante, à vouloir tous nous sauver. (Elle tourna ses yeux grands ouverts vers la bombe.) Eh bien, tu sais quoi ? Je refuse de mourir ici. Pas à cause de toi. Ni de personne d'autre.

Vingt. Dix-neuf. Dix-huit.

– Tu ne vas pas mourir ! cria Diego.

Mais Sasha l'ignora, le regard hystérique comme celui d'un animal enragé. J'avais révélé la vérité à son sujet. Son addiction à la drogue. Ses manœuvres. Ses mensonges. Sa responsabilité dans la mort d'une fille qu'elle avait harcelée. Tout le monde savait désormais qu'elle était tout sauf parfaite. Et tout ça à cause de moi.

Treize. Douze. Onze.

Sans plus hésiter, Sasha fonça vers moi en brandissant le bout de bois. Je m'écartai mais avant que quiconque ne puisse l'arrêter, elle abattit le pied de la chaise avec force. J'essayai d'esquiver le coup, sauf que j'étais bloquée par la table. Le bois vint me percuter l'épaule droite. La douleur se répandit dans mon bras alors que du sang apparut à l'endroit où le bois arraché m'avait lacéré la peau. Je criai en tombant en arrière sur les débris de verre. L'un des tessons se planta dans ma paume gauche. J'avais l'impression d'avoir le corps tout entier en feu.

Oh mon Dieu. Elle allait me tuer.

Terrassée par la peur, je reculai, ignorant les cris des autres et la douleur de la coupure à ma main, faisant de mon mieux pour m'appuyer sur l'autre. Je ne pensais à rien d'autre qu'à échapper à Sasha. Alors qu'elle s'apprêtait à m'asséner un nouveau coup, visant ma tête, Priya se jeta sur Sasha et la tira en arrière.

Plus déterminée que jamais, Sasha retrouva rapidement l'équilibre. Le visage déformé par la fureur, elle prit de l'élan pour s'en prendre à Priya.

Jamais je n'aurais pu anticiper ce qui se passa ensuite.

Pendant que Sasha se penchait en avant pour la frapper, Priya ramassa le premier morceau de verre qui lui tomba sous la main. La bouche de Sasha ne forma plus qu'un O de surprise lorsque la lame s'enfonça profondément dans son ventre.

00:00:05

Tout le monde regarda l'auréole rouge sombre se former sur la robe claire de Sasha autour de la plaie. Elle lâcha le morceau de bois et son regard pétrifié allait et venait entre Priya et le bout de verre planté dans son ventre. Non. *Non.* Ça ne pouvait pas arriver. Ça ne devait pas se passer comme ça.

C'est alors que le minuteur clignota à zéro. Et rien ne se produisit. Évidemment. Puisque c'était une fausse bombe.

Priya lâcha finalement la lame et recula, une expression horrifiée sur le visage, comme si elle n'arrivait pas à croire ce qu'elle venait de faire. Ses yeux écarquillés s'attardèrent sur la tache de sang qui grandissait sur le ventre de Sasha.

– Je n'avais pas le choix. Elle allait tuer Amber.

Je me tins l'épaule, là où Sasha m'avait frappée. La peau était enflée et toute rouge, marquée d'une profonde entaille d'où s'écoulait un filet de sang chaud, mais je pouvais encore bouger le bras.

– Bordel, jura Robbie.

De ses doigts tremblants, Sasha effleura le bout de verre et son visage se tordit de douleur.

– Que… qu'est-ce que je fais ? S'il vous plaît, qu'est-ce que je fais ?

Avant qu'on ait le temps de répondre, ses genoux cédèrent sous elle. Robbie la rattrapa et l'allongea délicatement. La plaie continuait de saigner et Robbie tendit la main vers le verre.

– N'y touche pas ! l'arrêtai-je.

Je me traînai vers eux en veillant à ne pas me couper avec d'autres débris, puis je m'agenouillai à côté de Robbie.

– Elle risque de perdre du sang encore plus vite, déclarai-je en jetant un coup d'œil vers Diego. N'est-ce pas ?

Il poussa un profond soupir.

– Je ne sais pas.

Il observait Sasha, sous le choc. Personne ne bougeait. Personne ne savait quoi faire.

Du sang coula du coin de la bouche de Sasha, se mêlant à la sueur. Oh mon Dieu. Ça n'annonçait rien de bon.

– Non… gémit Robbie, penché au-dessus d'elle.

Sasha fixa son regard vitreux sur son ami, les sourcils froncés, comme si parler lui coûtait énormément.

– Je ne suis pas… un monstre. J'ai paniqué… Je suis désolée.

Puis elle se tourna vers moi.

– Je ne voulais pas que ta sœur meure. Quand je l'ai appris, je me suis dit que c'était peut-être un accident, qu'elle avait fait une overdose… (Elle marqua une pause pour reprendre son souffle.) … que ce n'était pas vraiment un suicide.

Je secouai la tête, la vue brouillée par les larmes. Se réfugier dans le déni ne minimisait en rien ce qu'elle avait fait à ma sœur.

– Tu le savais très bien. Tu as supprimé tous tes commentaires. Ainsi que tous tes comptes.

– Je ne savais pas. Mais j'avais peur...

Elle était à bout de souffle, son ventre émettait des bruits étranges. Elle tâta le morceau de verre, comme si elle voulait le retirer mais craignait d'y toucher. Ses doigts tremblaient violemment lorsqu'elle m'attrapa la main.

– Je n'ai jamais... voulu...

Elle ouvrit la bouche pour ajouter autre chose mais rien ne sortit à part un souffle. Elle avait les yeux éteints.

– Sasha.

Je serrai sa main entre les miennes, malgré la douleur à mon épaule. Malgré tout ce qu'elle avait fait – harcelé ma sœur, torturé Priya et même essayé de me tuer –, je ne voulais pas qu'elle meure. C'était la peur qui l'avait poussée à agir ainsi. Ses regrets étaient peut-être sincères.

– Reste avec moi, d'accord ?

– Je n'ai jamais voulu...

Mais l'instant d'après, ses yeux restèrent fixés au plafond. Son bras gauche s'affaissa par terre à côté d'elle et sa main droite devint molle dans la mienne. Nous ne saurions jamais ce qu'elle avait essayé de dire. Elle était partie. Juste comme ça. Partie. Robbie geignit ; Priya pivota et se plia en deux pour vomir à côté de la cheminée.

– Non. Sasha, non. Reste avec moi.

Je lui secouai l'épaule. Sa tête dodelina, ses yeux restèrent ouverts.

– Tu n'étais pas censée mourir. Personne n'était censé mourir.

Elle ne dirait jamais au revoir à Zane ou à ses parents, finalement. Ça ne devait pas se passer ainsi. J'avais échoué. Tout le monde devait sortir d'ici indemne, mais j'avais échoué. Comment était-ce possible ? Comme était-ce possible, bon sang ?

En entendant un bruit à ma gauche, j'eus un sursaut qui envoya une nouvelle décharge de douleur dans mon bras et ma poitrine. Diego avait arraché une bouteille en plastique de la bombe. Il la renifla avant de l'amener à ses lèvres pour prendre une gorgée. Il garda le liquide en bouche quelques secondes.

– Du soda.

– Oh bordel, lâcha Scott. Au moins, on est fixés. Rien de tout ça n'était vrai.

– Bordel, répéta Robbie en secouant la tête au-dessus de Sasha.

– Non, confirmai-je d'une voix monocorde. Rien de tout ça n'était vrai. Personne n'était censé mourir.

– Je n'avais pas le choix. Je n'avais pas le choix, répétait Priya encore et encore.

Elle se laissa tomber près de la cheminée, à côté de sa flaque de vomi, et mit ses bras autour des genoux.

– Je n'avais pas le choix. Je n'avais pas le choix. Elle allait te tuer. Elle allait me tuer. Je suis désolée. Je n'avais pas le choix. Elle aurait tué quelqu'un si je ne l'avais pas fait.

– Stop ! cria Robbie. Ferme-la.

Je m'agenouillai à côté de Priya et l'entourai de mon bras vaillant. Elle s'agrippa à moi et son corps tout entier fut traversé de secousses.

– Je suis désolée, je suis désolée, répétait-elle encore et encore.

– Ce n'est pas ta faute.

Après des mois à subir sa violence et ses moqueries, Priya

avait finalement tenu tête à Sasha ce soir. Mais elle en resterait à jamais traumatisée.

– Rien de tout ça n'est ta faute. Tu as raison, elle m'aurait tuée. Tu m'as sauvé la vie, Priya. Tu as fait ce que tu avais à faire...

En entendant le claquement d'une porte dans le restaurant, nous nous tournâmes comme un seul homme vers le lourd battant en chêne. Je me levai, la main posée sur mon épaule blessée. Des pas s'approchèrent. Je consultai ma montre. 20 h 30. Nous retînmes tous notre respiration alors que quelqu'un s'arrêtait de l'autre côté de la porte.

– Oh merde, dit Robbie. Ils vont quand même tous nous tuer ?

Mon sang ne fit qu'un tour.

– C'était bidon. Personne ne va nous faire de mal.

Je traversai la pièce et posai ma main ensanglantée sur la porte en chêne. Devais-je appeler à l'aide ?

– Qui est responsable de tout ça, bordel ? demanda Scott.

Il y eut du bruit dans la serrure alors qu'on y insérait une clé.

Je reculai jusqu'à me retrouver contre la table.

Sous nos regards braqués, le verrou cliqueta, puis la porte s'ouvrit. La vingtaine, les cheveux bruns mi-longs attachés en queue-de-cheval, un jeune homme se tenait dans l'embrasure. Un courant d'air frais l'accompagna dans la pièce. Je fis instinctivement un pas en avant. Muni d'une grande boîte rose, il parut éberlué en nous découvrant dans cette pièce.

– Oh mince, il fait une de ces chaleurs, là-dedans...

– Vous êtes qui ? gronda Robbie.

Il fonça vers le type qui écarquilla les yeux.

– Non ! criai-je en bloquant Robbie.

– Pourquoi ? rétorqua-t-il. Qui êtes-vous ? Pourquoi avez-vous fait ça ?

Le jeune homme fronça les sourcils.

– Fait quoi ? Je suis juste là pour une livraison, mec. De la pâtisserie Sweet Cakes.

Il tendit la boîte à Robbie.

– Mais bien sûr, fulmina ce dernier.

– Wow, dit le livreur en voyant mon épaule et mon bras blessés. Qu'est-ce qui s'est passé ?

Robbie lui prit la boîte et la fourra dans les mains de Diego.

– Ça vient de qui ?

– Laissez-moi voir. (Il sortit une tablette de son sac dont il parcourut l'écran.) Ça a été payé en liquide. Alors... ils ont dû laisser un nom... ouais, voilà. Meagan Abbie a commandé deux douzaines de cupcakes de chez Sweet Cakes en laissant des instructions...

Robbie lui prit l'appareil des mains.

– Donnez-moi ça.

Il fit défiler la page jusqu'aux instructions dont il prit connaissance, les yeux de plus en plus ronds au fur et à mesure de sa lecture.

– Qui est Meagan Abbie ? demanda Diego et je haussai les épaules.

– Qu'est-ce qui est écrit ? s'enquit Priya.

Robbie lut à voix haute :

– « Livrez deux douzaines de cupcakes au Chesterfield, 121 Sherborne Lane, à 20 h 30. Comme c'est une surprise, merci de ne pas arriver en avance. La porte d'entrée sera ouverte. Laissez les gâteaux dans la salle du fond à côté du bar – la clé sera près de la caisse. N'oubliez pas cette dernière étape, sans quoi notre fête sera gâchée. »

Le livreur reprit sa tablette.

– J'ai trouvé les instructions bizarres, mais vous voilà. (Ses sourcils se froncèrent de plus belle lorsqu'il remarqua les fenêtres cassées.) Hé, vous étiez enfermés là-dedans ? comprit-il avant de repérer le corps de Sasha. Oh merde ! Est-ce qu'elle est...

– Ouais, confirma Robbie. Elle est morte. Vous voulez bien appeler la police ?

Le livreur sortit son téléphone.

– Il n'y a pas de réseau, lui dis-je alors que Diego posait la boîte rose sur la table pour l'ouvrir. Il faut sortir.

– OK, dit-il avant de se précipiter dehors, nous laissant à nouveau seuls.

Diego détacha un morceau de papier scotché sous le couvercle, le déplia et parcourut les deux lignes du regard. Il me jeta un coup d'œil, une expression à la fois de soulagement, de tristesse et de choc sur le visage, avant de lire à voix haute :

– « Félicitations d'avoir survécu à cette dernière heure. Maintenant vous savez vraiment qui vous êtes. »

4 HEURES PLUS TÔT

Ça faisait une heure que je préparais tout pour mes invités. Ça ne m'avait pas pris autant de temps que prévu. J'étais rentrée de l'école à vélo, avais récupéré deux sacs de sport dans ma chambre puis emprunté la voiture de mon père pour aller au supermarché d'une ville voisine où j'avais acheté tout un tas de plats cuisinés pour rendre ce dîner crédible – du poulet rôti accompagné de patates douces au four et de légumes, une assiette d'œufs mimosa, une salade et quelques petits pains. J'avais peur que garder mes gants en faisant les courses paraisse louche.

Mais je ne voulais pas laisser d'empreintes.

Non pas que j'aie l'intention de tuer qui que ce soit. Ça n'était pas l'objectif de cette expérience. Mais si jamais nous causions des dégâts au Chesterfield en essayant de sortir, les parents de Maria voudraient peut-être trouver le responsable ; or je préférais éviter qu'on sache que j'étais derrière le canular le plus épique de l'histoire de Brewster. Sans preuves, on ne soupçonnerait pas Amber Prescott, la gentille petite musicienne. Mais on n'est jamais trop prudent.

Personne n'avait semblé prêter attention à mes gants et

j'avais réglé mes achats en espèces aux caisses automatiques. Jusque-là, tout allait bien. Le reste du matériel était dans le sac, ma prochaine étape était donc le Chesterfield.

Je m'étais garée à quelques rues du restaurant pour que personne ne remarque la voiture de mon père près de l'entrée. Transporter mon attirail à l'intérieur constituait la partie délicate. La porte arrière du Chesterfield se trouvait dans une petite allée et si un voisin repérait une inconnue en train de taper le code de l'entrée alors que l'établissement était censé être fermé pour deux semaines, il pourrait tiquer.

Mince. Je me posais certainement trop de questions. Je pouvais très bien être un membre du personnel qui venait inspecter les lieux. J'étais sur les nerfs depuis ce matin. Car ce soir, tout devait se dérouler à la perfection.

Je remontai ma capuche bordée de fausse fourrure et l'attachai sous mon menton. Il y avait quelques personnes dans la rue, mais toutes avaient les yeux rivés sur leur téléphone en marchant. Je réussis à porter les sacs et les courses jusqu'au restaurant en un seul voyage, grommelant sous le poids. J'avais vu Maria composer les codes d'accès plusieurs fois lorsque je faisais le guet pendant qu'elle et Sasha allaient piquer de l'alcool. Je tapai les chiffres sur le clavier près de la porte arrière. Les parents de Maria fermaient le restaurant chaque fois qu'ils partaient en vacances. Il n'y avait aucun risque qu'on vienne contrecarrer mes plans.

En fait, c'était cet endroit qui m'avait donné l'idée – ce jour-là, à la bibliothèque, quand Maria avait raconté comment elle s'était retrouvée coincée avec Sasha dans la réserve au cours de leur dernière mission tequila. Toutes les serrures devaient être vétustes. Les mots de Sasha tournaient en boucle dans ma tête : « J'aurais pu me tirer une balle. » Comme si le suicide était un sujet de plaisanterie.

Mais ça avait fait naître le projet dans ma tête. J'avais réfléchi au concept, l'avais étudié sous toutes les coutures pendant deux semaines et en avais planifié les moindres détails, jusqu'à imaginer comment orienter la conversation pour faire en sorte qu'au bout du compte tout le monde se retourne contre Sasha. La désigne comme celle qui devait mourir. C'était le moyen idéal de lui donner une leçon, de lui ouvrir les yeux sur la façon dont elle traitait les gens autour d'elle, et de prouver que je n'avais rien à voir avec elle.

Et une fois les invitations envoyées, impossible de faire machine arrière.

Je traînai mes affaires à travers la cuisine puis la salle principale. La porte du salon privé du fond était ouverte. Je posai les sacs par terre, à côté de la cheminée, et allumai la lumière. Cette pièce était parfaite. Assez grande pour passer du temps à chercher une issue, mais assez petite pour faire naître un sentiment de claustrophobie. Ça devait faire peur. Ça devait avoir l'air *vrai*.

J'abandonnai ma veste sur une chaise et sortis mon téléphone de mon sac puis parcourus mes playlists de musiques de film. Des airs de bataille me semblaient tout à fait appropriés. Car, après tout, c'était en quelque sorte une bataille que je préparais.

Après avoir mis mes écouteurs et glissé mon portable dans ma poche arrière, je frissonnai avant de frotter mes mains gantées l'une contre l'autre. Il faisait frisquet là-dedans – les parents de Maria éteignaient probablement le chauffage pour économiser de l'énergie en leur absence. Je trouvai le thermostat dans la salle principale à côté du bar et le réglai sur vingt degrés.

De retour dans la pièce du fond, j'ouvris le premier sac et en sortis plusieurs plats avec des couvercles assortis que j'avais dénichés dans une boutique d'articles de cuisine. Je n'étais pas sûre que le Chesterfield dispose de tels plats et j'avais besoin d'en couvrir au moins quelques-uns pour que la bombe et la seringue ne soient pas visibles lorsque les gens arriveraient. En fouillant dans les meubles, je mis la main sur une nappe, d'autres plats élégants (avec couvercles !), une panière à pain, des assiettes, des couverts, des verres et des jarres – tout ce qu'il fallait pour la mise en scène réaliste d'un dîner. Le poulet rôti sentait divinement bon. Il serait froid d'ici à ce que tout le monde soit là, mais ça passerait inaperçu. Et Priya pourrait manger quelque chose si elle en avait besoin. Je disposai quelques légumes autour de la viande pour peaufiner le tout.

Après avoir réparti les autres plats et rempli les verres d'eau, j'ouvris le deuxième sac et posai sur le grand plateau les objets les plus importants.

La bombe.

La seringue.

Et l'enveloppe.

D'abord, j'avais envisagé d'utiliser une fausse arme. Mais après l'incident avec Phil, je n'avais pu me résoudre à acheter quelque arme que ce soit, même une imitation. Sans compter qu'il y avait de forts risques que ça tourne court, car on se rendrait vite compte de la supercherie. Avec une seringue de poison, il suffisait de persuader les autres qu'une goutte pourrait tous nous tuer. C'était certain que Sasha ne voudrait pas s'aventurer à la tester.

J'avais donc commandé depuis un compte Amazon bidon une fausse seringue, qui avait l'air vraiment réelle. C'était presque trop simple. Si mes parents tombaient dessus dans ma chambre, je pourrais toujours dire qu'elle datait de l'époque où Maggie jouait au docteur. Avec une arme factice, c'était plus compliqué de trouver une excuse.

J'activai le minuteur Bluetooth que j'avais attaché à la bombe la veille et plaçai le couvercle au-dessus du plateau. Mon ventre se noua tout à coup. Si on ne captait pas dans ce sous-sol, le Bluetooth allait-il fonctionner ? Il ne fallait pas du réseau ou du Wi-Fi ou un truc du genre, si ?

Je soulevai la cloche et tirai mon téléphone de ma poche. Comme toujours, il n'y avait pas de réseau au Chesterfield. Le minuteur était réglé sur une heure et deux minutes. J'avais besoin de ces deux minutes d'avance, car ça aurait l'air louche si je pianotais sur mon téléphone au moment même où je soulevais le couvercle. Je lançai l'appli du minuteur Bluetooth et regardai le compte à rebours en appuyant sur « Démarrer ». Le temps commença à défiler. Je poussai un soupir de soulagement, réglai à nouveau le minuteur et reposai le couvre-plat. Ça allait finir par marcher comme prévu.

Le défi suivant concernait la porte. Il fallait qu'elle se ferme une fois que tout le monde était à l'intérieur. Je savais qu'elle se verrouillait automatiquement depuis que Robbie et moi nous étions retrouvés coincés, la première fois que nous nous étions embrassés. Je retirai la clé en laiton. Je devais la laisser sur le bar à l'attention du livreur de cupcakes à la fin de l'heure. Je me mordis la lèvre en parcourant la pièce du regard. Y avait-il une autre clé cachée quelque part ? Et si le livreur ne venait pas ? Nous serions vraiment bloqués ici.

Cacher une deuxième clé dans la salle serait toutefois trop hasardeux. Si quelqu'un tombait dessus, mon plan capoterait. J'allais devoir prendre le risque de faire sans.

La porte ouverte, je testai le verrou depuis l'intérieur pour m'assurer que je pourrais ressortir après avoir vérifié mon dispositif, puis rangeai la clé dans ma deuxième poche arrière.

Il me fallait maintenant essayer de la faire claquer depuis la table. Si ça ne marchait pas, j'allais peut-être devoir tout annuler. J'avais acheté en ligne une bobine de ficelle en nylon marron foncé. Comme Diego l'avait souligné un jour, on trouve absolument tout sur Internet. Le cordon marron se fondait bien sur le plancher en bois et le tapis oriental, on le remarquait à peine. Il ne restait plus qu'à espérer qu'il soit assez solide pour que, une fois enroulé autour de ma cheville avec un nœud coulant, il ferme la porte lorsque je tirerais le pied de ma place à table. J'avais déjà préparé le nœud. Quand mes parents étaient partis faire des courses le week-end précédent, je m'étais entraînée à le faire coulisser autour de ma cheville et à tirer la porte de ma chambre avec le cordon. Au début, ça m'avait paru impossible, jusqu'à ce que je découvre que des escarpins à bout ouvert permettaient de coincer la ficelle avec mon orteil, et ce système-là semblait fonctionner.

L'imposante porte s'ouvrait vers l'extérieur. Le plan consistait à attacher une extrémité de la ficelle à la poignée et à la faire courir jusqu'à ma place à table. Après avoir glissé le pied dans le nœud et l'avoir resserré, je n'aurais qu'à tendre la jambe. Mais cette porte en chêne était beaucoup plus lourde que celle de ma chambre. Je poussai un profond soupir. Si je n'y arrivais pas, tout le reste serait vain et je n'aurais plus qu'à remballer. Sans compter que les prétendus lauréats de la bourse débarqueraient dans cet endroit désert sans trouver personne, sans Amber, et sans aucune idée de ce qui se tramait.

Après avoir placé le nœud sous la table à l'endroit où je m'assiérais, je déroulai la ficelle et laissai suffisamment de longueur pour la faire passer sous le battant et en travers du parquet pour que personne ne trébuche dessus.

Du moins il fallait l'espérer.

Je coupai le nylon avec des ciseaux et l'attachai à la poignée, de manière assez lâche pour que je puisse le retirer une fois la porte fermée. Il me faudrait me dépêcher d'aller l'inspecter en premier, ôter la ficelle et la cacher. Je regardai autour de moi. Je pourrais la dissimuler sous la table. Avec la nappe rouge, peut-être que ça ne se verrait pas. Mais ça semblait trop aléatoire. Il y avait aussi un buffet à côté de la porte. Encore mieux : je pousserais la ficelle sous le meuble avec le pied. Personne ne la trouverait.

Du moins il fallait l'espérer.

De la sueur perla sur mon front et je l'essuyai du dos de la main. Il restait un certain nombre d'incertitudes. Je n'aimais pas dépendre de la chance. Tant de choses pouvaient aller de travers. Mais il était trop tard pour se dégonfler.

Je m'assis sur la chaise pour m'entraîner. Sans trop d'effort, je mis mon pied dans le nœud et fis un mouvement circulaire de la cheville pour le serrer. Je tendis le pied en avant. La porte claqua derrière moi.

Je souris. Ça allait peut-être marcher, après tout.

Je remis la porte et la ficelle en place et répétai l'opération plusieurs fois. Je devrais attendre que tout le monde soit assis et en train de parler avant de tendre la ficelle, sinon quelqu'un pourrait se prendre les pieds dedans. Mais si j'agissais vite... si j'attendais un moment où personne ne ferait attention à moi... ça pouvait fonctionner. Après un dernier test, je rouvris la porte et inspectai mon ouvrage. La ficelle se mêlait au grain de la porte en chêne. Si on ne savait pas qu'elle était là, impossible de la voir. Puis je plaçai la vieille clé en laiton sur le bar pour le livreur de cupcakes.

Il ne restait plus que les touches finales. Bien sûr, il n'y aurait aucun employé ce soir, je scotchai donc une pancarte à l'accueil de l'entrée principale pour orienter mes invités vers la salle Winona, avec une flèche. Puis je sortis une webcam sans fil de mon sac, la posai sur l'étagère du haut dans l'un des vaisseliers et la couvris d'une serviette. La lumière rouge était à peine visible dessous. Elle n'enregistrait pas vraiment, évidemment, mais personne ne le saurait.

Ensuite, je retirai tout ce qui semblait avoir de la valeur. Je remplaçai les services en cristal dans le vaisselier par des verres normaux, verrouillai les armoires, retirai les clés et sortis délicatement les vases en cristal des buffets pour cacher le tout sous le bar. Même si je doutais que les parents de Maria puissent remonter jusqu'à moi, je ne voulais pas non plus que cette farce leur coûte une fortune. J'avais envisagé différents lieux – le lycée, le théâtre de la ville, des endroits de ce genre-là – mais le Chesterfield était le seul à avoir une pièce isolée, sans réseau. Il me restait un peu d'argent gagné grâce à des baby-sittings au cours des derniers étés que je pourrais envoyer de manière anonyme aux parents de Maria si jamais ça dérapait. Avec un peu de chance, ça suffirait pour couvrir les dommages.

Enfin, je disposai les marque-places. Je m'attribuai le siège le plus près de la porte, où j'avais installé le nœud. Scott serait de l'autre côté de la table, en face de Sasha. Si je la connaissais au moins un tout petit peu, j'anticipais qu'elle allait s'étonner de le voir ici. Quand ils monopoliseraient l'attention, je pourrais fermer la porte.

Et le reste allait se dérouler tout seul.

Du moins il fallait l'espérer.

Ce qui m'inquiétait le plus, ce n'était ni la porte, ni le minuteur, ni aucun des aspects pratiques. C'était moi. J'allais orchestrer ma propre pièce, dans laquelle je serais la seule actrice. Et je mentais en général très mal. Est-ce que j'arriverais à jouer le jeu ? Sinon, je me retrouverais coincée dans une pièce à essuyer la rogne de cinq personnes pendant une heure. Réussirais-je à cacher mes sentiments pour Diego ? Dans le cas contraire, Robbie pourrait se retourner contre lui et foutre en l'air toute ma mise en scène. Serais-je capable de canaliser la conversation de façon à en arriver là où je voulais ? Faute de quoi, qui sait ce qui pourrait arriver ?

Je rangeai le surplus de matériel dans mon sac et le mis sur mon épaule. Je n'avais aucune assurance que ça marche. Mais avec une fausse seringue et une fausse bombe remplie de soda, je ne voyais pas ce qu'on risquait.

Ah. Ça me rappelait d'évacuer de la pièce tout ce qui était... pointu. Dangereux. Je reposai le sac et ouvris les tiroirs, en rassemblai tous les couteaux que j'y trouvai pour les ranger dans la salle principale. Puis je retirai également les accessoires en laiton de la cheminée.

Comme je l'ai dit, je ne voulais blesser personne. C'était un exercice psychologique, pas une exécution. Il pouvait se passer beaucoup de choses en une heure quand on était confronté à la mort.

Je voulais que Robbie se rende compte que ses rêves ne l'emportaient pas automatiquement sur ceux d'une fille.

Face au choix impossible de ce soir, il comprendrait enfin qu'on ne peut pas accorder plus de valeur à la vie ou aux ambitions de telle ou telle personne. Et le compte à rebours de la bombe lui ouvrirait les yeux sur le fait qu'on n'a aucune garantie sur le temps qu'il nous reste à vivre.

Je voulais que Diego arrête de se laisser saborder par les autres et tienne tête à ceux qui avaient recours à la facilité, voire à la malhonnêteté, pour atteindre le sommet. Ce soir, j'allais l'aider à dénoncer les tricheries de Sasha. Ce soir, nous ferions front ensemble.

Je voulais que Scott s'aperçoive qu'il était dangereux de garder certains secrets. En nous soumettant à la pression, j'allais lui montrer à quel point Sasha était instable. Il comprendrait que lui vendre de la drogue n'était pas sans conséquences et combien il avait eu tort de jouer au plus fin avec le secret de cette fille.

Je voulais que Priya voie que je l'aimais toujours comme une sœur. Si elle avait ignoré mes appels et mes messages jusque-là, ce soir elle n'aurait pas d'autre choix que de m'écouter. Je la défendrais contre Sasha à chaque occasion pour qu'elle constate à quel point je tenais à elle. Une part de moi détestait l'idée de lui faire subir tout ça, mais elle plus que quiconque méritait de se venger de Sasha. Et si tout se déroulait comme prévu, j'espérais que cette dernière lui présenterait des excuses.

Parce que, plus que tout, je voulais faire comprendre à Sasha quelle horrible personne elle était et exposer ses méfaits, ses mensonges, ses manipulations. Après ma conversation avec Maria, j'avais repensé au prénom de la sœur de Sasha, Nat. C'était forcément le diminutif de Natasha Jane, la fille qui avait harcelé Maggie. Sasha avait reconnu le prénom de Maggie ce soir-là, dans sa chambre. Son air choqué ne m'avait pas échappé. Elle connaissait la vérité. Et, même consciente des drames que pouvait entraîner le harcèlement, elle avait malmené Priya.

Je n'avais pas pu sauver Maggie. Je n'avais pas pu la sauver de celle qui l'avait acculée. Mais j'allais empêcher que Priya continue d'être la victime de Sasha. Et ce soir j'allais enseigner à Sasha une chose sur laquelle elle avait clairement des progrès à faire si elle voulait être la meilleure partout : l'empathie.

Ce soir, j'allais faire d'une pierre deux coups, voire bien plus. En les confrontant à un choix impossible, en orientant la discussion, j'allais donner à tout le monde une leçon.

Au début de l'heure, j'allais les encourager à collaborer pour trouver une solution. Ce serait une sorte de test pour voir qui pencherait vers la compassion plutôt que vers la peur, vers la vie plutôt que vers la mort, qui serait altruiste, et pour révéler les faiblesses des uns et des autres. J'allais suggérer différentes possibilités pour essayer de s'en sortir tous ensemble, jusqu'à constater que rien ne marchait.

Pour finir, nous devrions désigner quelqu'un.

Les gens commenceraient alors à paniquer. C'était inévitable. Sasha la première. Je lui tiendrais tête, déterminée à garder tout le monde en vie. J'allais orchestrer le fil de la discussion pour faire ressortir les démons intérieurs de chacun et leur faire prendre conscience de leurs plus grandes failles – et, encore mieux, les pousser à les surmonter.

Au bout du compte, je liguerais tout le monde contre Sasha. En réfléchissant ensemble à la personne qui nous avait enfermés ici, je soulignerais la façon dont Sasha avait causé du tort à chaque suspect. Mais ceux qu'elle avait le plus blessés se trouveraient dans cette pièce. J'allais révéler comment elle avait traité Priya, nui à Diego, acheté de la drogue à Scott et cherché à me manipuler. J'allais faire éclater au grand jour ses secrets, l'un après l'autre. Peut-être que, une fois que les gens diraient enfin non à Sasha Harris – même Robbie, dont elle prenait l'amitié pour acquise –, elle constaterait ses erreurs. Ce soir, nous allions tous obtenir vengeance. Et une fois qu'elle se préparerait à sentir l'aiguille se planter dans sa peau et le poison se répandre dans ses veines, qu'elle comprendrait que ses actes avaient des conséquences, peut-être changerait-elle.

Bien sûr, c'était un peu tiré par les cheveux. Il y avait des milliers d'autres façons de donner une leçon à tout ce beau monde.

J'imagine que j'avais un penchant pour le dramatique.

Car faire entendre raison à Sasha nécessitait plus que de simples mots. Les gens comme Sasha et Natasha utilisaient les mots comme armes pour détruire des vies mais restaient hors de portée des discours des autres. Elle était insensible à tout sauf à ses objectifs égoïstes de perfection ; aucuns sermon, reproche, ni propos rationnels ou culpabilisants ne parviendraient à la faire changer.

Il était impossible d'éclairer certains sans les plonger d'abord dans l'obscurité. Sasha devait elle-même se rendre compte que son égoïsme pouvait causer sa propre perte.

Ce soir, ses petites combines habituelles ne fonctionneraient pas pour se tirer de là. Ce soir, elle découvrirait enfin sa vraie nature. Ce soir, l'ordre des choses allait être rétabli.

Et ça n'allait prendre qu'une heure.

35 MINUTES PLUS TARD

J'étais appuyée contre l'arrière d'une voiture de police, emmitouflée dans une couverture polaire bleu ciel de l'une des ambulances. Un secouriste avait nettoyé ma plaie, qui n'était pas aussi grave qu'elle en avait l'air, et bandé mon épaule. Ma veste était encore à l'intérieur, nous n'avions pas le droit de toucher à quoi que ce soit. La pluie s'était transformée en bruine et mes cheveux trempés me collaient au visage et à la nuque. Je frissonnai lorsque deux brancardiers soulevèrent Scott à l'arrière d'un des véhicules.

L'autre ambulance était pour Priya, mais la police voulait d'abord l'interroger pendant que le reste d'entre nous prenions l'air, comme on nous l'avait recommandé. Allait-elle être arrêtée ? La dernière fois que je l'avais vue, elle était assise sur l'une des banquettes du restaurant, en pleine conversation avec un agent.

Oh Priya. Je n'avais jamais voulu l'amener à tuer quelqu'un. Rien qu'à cette idée, la nausée me gagna à nouveau. Qu'avais-je fait ? Bordel, qu'avais-je fait ?

À deux doigts de perdre tous mes moyens, j'inspirai l'air frais. Inspiration. Expiration.

Plusieurs véhicules de police étaient alignés dans la rue derrière les ambulances, leurs gyrophares diffusaient des lumières bleues et rouges sur les bâtiments en briques. Le trottoir devant le restaurant était bloqué, surveillé par deux agents postés devant la porte qui s'assuraient également qu'aucun de nous ne parte pour le moment. Ils avaient tous l'air perplexes. D'après ce qu'ils avaient compris, nous étions victimes de... quoi ? D'un complot pour tuer l'un de nous ? Une farce qui avait mal tourné ? Certes, nous nous étions introduits sans autorisation dans le restaurant et y avions causé des dégâts, mais nous y avions été conviés, sans savoir que c'étaient de fausses invitations ; une fois enfermés là-dedans, nous avions dû trouver un moyen de sortir.

Une autre ambulance était en chemin pour Sasha, mais le photographe médico-légal devait d'abord faire son travail. Où allaient-ils l'emmener ? Une fois mort, on n'avait plus besoin d'aller à l'hôpital. Allait-on directement à la morgue ? Mais la morgue, c'était à l'hôpital ? J'ignorais où Maggie avait été conduite lorsque j'avais appelé les secours car mes parents m'avaient déposée chez Priya pendant qu'ils étaient allés... eh bien je ne sais où, là où était le corps de ma sœur. Et maintenant je me demandais où allait se retrouver Sasha. Je ne sais pas par quel miracle je tenais debout, bien que terrassée par le remords et complètement dans le brouillard – engourdie de la tête aux pieds, à peine capable de supporter mon propre poids. Inspiration. Expiration. Tout ce que je pouvais faire pour l'instant, c'était de continuer à respirer.

Assis contre le bâtiment, sous l'auvent, à côté de Diego et sa famille, Robbie était en train d'envoyer un texto – probablement à sa mère ou à son père. Chaque fois que je sentais son regard sur moi, je faisais semblant d'observer la police ou les secours. Je n'avais jamais eu l'intention de rompre avec lui ce soir, une part de moi espérait même lui donner une seconde chance une fois qu'il aurait compris que ses rêves ne passaient pas avant les miens. Mais comme je l'avais redouté, il avait découvert mes sentiments pour Diego.

Les parents de Diego étaient arrivés les premiers. Son père avait pratiquement agressé la police en exigeant des réponses, pendant que sa mère se jetait au cou de son fils. Aucun des deux ne semblait comprendre que leur garçon n'avait jamais été réellement en danger.

Du moins... en théorie.

J'avais pourtant pris des précautions. J'avais sorti de la pièce tout objet dangereux. J'avais déroulé le scénario des dizaines de fois dans ma tête et réfléchi à la façon de mener la conversation. Et pendant un temps, les choses s'étaient déroulées comme prévu. J'avais mis au jour des secrets et souligné certains travers, comme j'en avais eu l'intention. Mais ensuite le fil de la discussion m'avait échappé et les événements avaient pris une tournure totalement inattendue. Je n'avais pas mesuré de quoi les gens étaient capables quand ils étaient désespérés. Je n'avais pas anticipé que le thermostat allait se détraquer et la chaleur nous rendre fous. Ni que Scott tomberait et se fracturerait la cheville. Et encore moins qu'un morceau de vitre cassée allait être utilisé comme arme.

Je n'avais rien pu deviner de tout ça.

Mais je n'en étais pas moins responsable.

La gorge serrée, j'avais du mal à respirer, quand je vis Diego se libérer de l'étreinte de sa mère pour venir vers moi.

– Hey, fit-il en s'appuyant sur la voiture de police à côté de moi alors que ses parents interrogeaient les flics. Tu tiens le coup ?

– Je ne sais pas, parvins-je à articuler. Je n'arrête pas de me dire que je vais me réveiller et me rendre compte que tout ça n'était qu'un horrible cauchemar. Je n'arrive pas à croire que Sasha soit...

Je ne pus finir la phrase. Je ne me serais jamais imaginé que quiconque allait mourir ce soir. Ça n'était pas censé arriver.

Diego passa son bras autour de moi, en veillant à éviter ma blessure, puis m'attira contre lui et posa sa tempe contre la mienne.

– Je suis vraiment désolé pour ce qui est arrivé à ta sœur. Je ne savais pas qu'elle avait été harcelée comme ça.

Je reniflai.

– Une fois que le bruit s'est mis à circuler, Nat – enfin, Sasha – a passé au peigne fin les réseaux sociaux et a supprimé tous les commentaires compromettants. J'aurais dû parler de ce que j'avais vu, mais ma famille était dévastée.

Avec le recul, je me rendais compte que j'aurais dû me démener davantage pour démasquer la personne qui avait tourmenté Maggie. Mais j'avais eu si peur d'être persécutée à mon tour. Et si les problèmes mentaux n'étaient pas tant stigmatisés, Maggie nous aurait peut-être demandé de l'aide. Tout ça aurait pu être évité.

– Oui, bien sûr. Et je suis aussi désolé que tu aies perdu une amie ce soir.

– Elle n'était pas mon amie. Du moins plus à la fin. (Je secouai la tête.) Bon sang, je n'avais pas la moindre idée que c'était elle qui avait torturé Maggie. Mais même en sachant ça... je ne voulais pas qu'elle *meure*.

– Tu as tout fait pour sauver tout le monde. Au milieu de ce chaos, tu as été la seule voix de la raison. Et tu sais... tu as été très courageuse... plus qu'aucun d'entre nous.

Une larme coula le long de ma joue et je me tournai vers Diego. Il me scrutait de ses yeux cuivrés, remplis d'admiration et de... était-ce de l'amour ?

J'avais tellement honte que j'aurais voulu disparaître. La seule raison pour laquelle j'avais eu l'air courageuse était que je savais que tout était faux. Je ne pensais pas que quiconque allait mourir, du moins pas jusqu'à ce que la chaleur devienne insupportable et que je prenne conscience que nous étions peut-être en réel danger. C'était alors que j'avais commencé à paniquer, surtout une fois que Scott avait presque perdu connaissance. Mais à ce stade-là, les événements étaient déjà hors de contrôle, sans compter qu'il n'y avait de toute façon pas moyen de sortir avant la fin de l'heure, jusqu'à l'arrivée providentielle du livreur de cupcakes. Il fallait aller jusqu'au bout. Sinon tout aurait été vain.

Pourtant, j'aurais dû réagir. J'aurais dû mettre le holà, tout arrêter quand les choses avaient commencé à dégénérer. C'était ma faute. Entièrement ma faute.

– Je suis désolée que tout ça soit arrivé, dis-je. Je suis tellement désolée.

Diego me caressa la joue.

– Tu n'y peux rien. Tu as fait tout ce que tu as pu.

Il se pencha vers moi, et la vérité menaça d'éclater – que c'était moi qui étais derrière tout ça, que c'était entièrement ma faute. Mais avant que je puisse dire quoi que ce soit, ses lèvres furent sur les miennes, ses deux mains autour de mon visage, et toutes les terminaisons nerveuses de mon corps s'enflammèrent.

Je dus rassembler toute la volonté du monde pour m'arracher à lui. Mon cœur implosa de chagrin lorsque je me reculai en posant les mains sur sa poitrine pour l'empêcher de me serrer contre lui. Je ne le méritais pas. Désormais, je ne pourrais jamais être avec lui.

Sasha était morte à cause de moi.

Jamais elle n'aurait l'occasion de se racheter. Elle était partie pour toujours.

Je me recroquevillai sur moi-même, prise de violents sanglots.

– Je suis désolée... réussis-je à articuler. Vraiment désolée.

Diego se rapprocha et me frotta le dos en silence. Puis il disparut dans l'ambulance vide pour me chercher des mouchoirs. Je ne devais vraiment ressembler à rien, le visage baigné de larmes, mais c'était le cadet de mes soucis.

– Oh mon Dieu, hoquetai-je après m'être mouchée. Sasha est morte. *Morte*. Peu importe à quel point elle était égoïste, peu importe tout ce qu'elle a fait à Maggie, elle ne méritait pas de mourir. Et qu'est-ce qui va arriver à Priya ? On va l'arrêter ?

– C'était de la légitime défense. (Diego traçait des cercles sur mon omoplate.) Enfin pas exactement, mais elle a agi pour te sauver. Je ne pense pas qu'elle ait des ennuis. Le vrai coupable est celui qui nous a enfermés là-dedans.

Je grimaçai et fixai une brèche entre les nuages où les étoiles perçaient, en secouant légèrement la tête. Le ciel et moi étions tous les deux en larmes. Mon corps tremblait contre Diego lorsque deux secouristes apparurent sur le seuil en poussant Priya sur un brancard, les joues striées de larmes. Quand elle nous vit, Diego et moi, elle sanglota et tendit les mains dans ma direction en silence. Elle n'était pas menottée. Dieu merci. Je me ruai vers elle et la pris dans mes bras sans prêter attention aux protestations des secouristes. Elle s'accrocha à moi alors que nous pleurions l'une contre l'autre et je fermai fort les yeux ; j'aurais tant voulu avoir choisi un autre moyen pour la récupérer. Mais ce n'était pas le cas. On ne pouvait pas changer la réalité. D'une façon ou d'une autre, il allait falloir faire avec.

Finalement, Priya me lâcha et s'essuya le nez lorsque Diego se joignit à nous.

– Ça va ? demandai-je en adressant un regard inquiet à l'une des secouristes. Est-ce qu'elle va bien ?

– Elle va très bien, dit-elle en resserrant son chignon désordonné. Simples mesures de précaution. On va juste l'hydrater et lui faire passer quelques examens. Et tu es Amber, c'est bien ça ? Tu viens avec nous. (Elle pointa du doigt mon épaule.) Il faut recoudre ça.

– Attendez, je dois parler à la police.

Je savais ce que j'avais à faire.

– Tu pourras les voir à l'hôpital.

– Non, tout de suite.

Je ne pouvais pas attendre. Je ne pouvais pas prendre le risque de me dégonfler. Je ne me faisais plus confiance.

– Est-ce que je peux dire deux mots à Priya ? S'il vous plaît ?

La secouriste souffla mais hocha la tête et s'écarta quelques mètres plus loin avec sa collègue.

– Que s'est-il passé ? demandai-je à Priya en jetant un coup d'œil aux agents en train de discuter près de la porte. Qu'est-ce que tu leur as raconté ?

– Tout. Mais ils veulent encore me poser des questions à

l'hôpital. Ils ont accepté d'attendre que ma mère arrive. Mais Amber... je l'ai *tuée*. J'ai tué Sasha. Ma vie est foutue.

Non, c'était faux. J'avais voulu obtenir justice pour Priya, l'aider à se venger de celle qui l'avait harcelée. Sauf qu'elle n'avait pas besoin de mon aide. C'était une dure à cuire tout à fait capable de se défendre elle-même. Elle avait coupé les ponts avec cette peste de Sasha et même avec moi lorsque je ne m'étais plus montrée à la hauteur. Et elle m'avait sauvé la vie. Je ne laisserais pas Priya avoir des problèmes. Je ne pourrais jamais réparer le traumatisme, ni ôter le sang qu'elle avait sur les mains. Je ne pouvais rien contre le souvenir d'avoir poignardé quelqu'un, ni contre les cauchemars qui allaient sans doute la hanter pendant des années.

En revanche, je pouvais me rendre et avouer la vérité à la police. Dire que j'étais l'auteur du coup monté. Que rien de tout ça n'était la faute de Priya. Qu'elle n'avait tué Sasha qu'en situation de légitime défense et que c'était moi qu'on devait interpeller pour meurtre. Si on m'arrêtait, je pouvais tirer un trait sur l'USC. Je ne composerais jamais de musique de film. Je ne verrais jamais mes rêves se réaliser.

Au cours des derniers mois, j'avais privilégié ces rêves au détriment de tout le reste – Priya, notre amitié et ses sentiments. Et maintenant que je lui avais infligé encore plus de souffrance, je n'allais pas prendre le risque de la laisser avoir des ennuis à ma place. Je devais agir dans l'intérêt de ma meilleure amie. C'était le moins que je puisse faire.

Je la pris par l'épaule.

– Tu m'as sauvé la vie. Tu as réagi pour me défendre. Ils le savent. Rien de tout ça n'est ta faute. (Je pris une profonde inspiration avant de prononcer les mots suivants.) C'est la mienne.

– Non, ce n'est pas...

– Si. C'est entièrement ma faute. (Mon ventre se noua lorsque je poursuivis à voix basse pour que seuls Priya et Diego m'entendent.) C'est moi qui l'ai fait. C'est moi qui nous ai enfermés là-dedans.

Les yeux de Priya s'agrandirent.

– *Quoi* ? Mais... comment ? Pourquoi ?

– Non, dit Diego en secouant la tête avant de reculer d'un pas. Tu plaisantes.

– Je... c'est une longue histoire. Je suis allée un peu trop loin avec la mise en scène autour de la bombe...

Diego renâcla, en se tirant les cheveux.

– Tu crois ? Bordel...

Priya était bouche bée.

– Je n'arrive pas y croire. Je n'arrive pas à croire que tu aies fait ça.

– Attendez, laissez-moi vous expliquer... (Je déglutis.) Quand tu m'as rayée de ta vie, j'ai un peu perdu les pédales. (Je pris la main de Priya, qui se laissa faire.) Tu es comme une sœur pour moi... et je n'ai pas supporté la perspective d'en perdre une autre. Je m'en voulais. J'avais fermé les yeux sur ton chagrin et sur ce que Sasha te faisait subir. Il fallait que je me rachète.

– Mais tout ça... pourquoi ? demanda Priya en se tenant la gorge. Pourquoi as-tu fait *ça* ?

Les secouristes nous lancèrent un regard appuyé.

– Attendez ! Encore cinq minutes, les priai-je, car je ne pouvais pas laisser partir Priya sans m'être expliquée. S'il vous plaît. Elle n'est pas entre la vie et la mort, si ?

Une des femmes leva deux doigts.

– Vous avez deux minutes, répondit-elle en secouant la tête à l'intention de sa collègue.

Je me retournai vers Priya et Diego et baissai la voix.

– Ma motivation principale était de nous venger de Sasha. De faire en sorte que nous puissions *tous* nous venger d'elle. Je n'ai jamais eu l'intention de la tuer. Je pensais simplement lui donner une leçon. Elle est tellement égoïste que j'étais sûre qu'elle serait la première à vouloir supprimer quelqu'un. Sa réaction, plus la vérité sur toutes les horribles choses qu'elle a faites, devaient servir à monter tout le monde contre elle. (Je ris amèrement.) Il s'avère qu'elle a fait encore pire que ce que j'imaginais.

J'avais prévu de révéler comment Sasha avait malmené Priya alors qu'elle savait ce qui était arrivé à Maggie, convaincue que ça porterait le choix sur elle. Mais je n'avais aucune idée que c'était Sasha *elle-même* qui avait persécuté Maggie.

– Je pensais que, si tout le monde la désignait, elle se rendrait enfin compte à quel point elle était cruelle. J'espérais la faire changer... l'amener à présenter des excuses. Dans mon esprit, ça valait bien une heure de peur – une heure pendant laquelle on pensait que c'était la fin –, vu que cette heure mettrait un terme à des années de tyrannie.

« Mais je ne voulais blesser personne ; je n'avais pas anticipé tout ce qui pouvait arriver. La chute de Scott, les bris de verre, la chaleur... et jamais je n'avais imaginé que les gens seraient si enclins à vouloir se servir de cette seringue. (Je fixai Robbie, qui était toujours assis contre le bâtiment, la tête entre les mains.) Je pensais que, au pire, on injecterait le poison et, bien sûr, rien ne se passerait. Ça aurait été bête que ça se produise avant d'avoir fait la leçon à Sasha, mais tout le monde se rendrait compte que ce n'était qu'un canular et le livreur aurait fini par venir nous libérer.

« Pas une seconde je ne m'étais attendue à ce que les gens croient que c'était sérieux même une fois le faux poison lâché. J'étais persuadée que tout le monde comprendrait que ce n'était qu'une blague. Ce que j'ai pu être idiote. J'ai enlevé tous les couteaux de la pièce sans me figurer que les gens essaieraient d'utiliser d'autres choses pour s'entretuer, voire de s'étrangler... Je n'ai pas pensé à tout.

Diego croisa les bras et souffla.

– Mon Dieu.

Je n'arrivais pas à déchiffrer l'expression de Priya.

– C'était débile, dis-je. Je suis débile. Quand j'ai planifié cette soirée, ça m'avait paru si simple... (Je secouai la tête et tirai la couverture sur mes épaules.) Enfin bref, cette secouriste va piquer une crise si elle ne t'emmène pas à l'hôpital. Et je dois tout raconter à la police avant que mes parents arrivent.

Je m'avançai sur le trottoir couvert de gravier pour me diriger vers l'agent le plus proche.

– Attends, attends, m'arrêta Diego en m'attrapant le bras. Qu'est-ce que tu vas leur dire ?

– La vérité. Que c'est moi qui ai comploté tout ça. Que c'est ma faute. (Je jetai un coup d'œil à Priya, qui fixait du regard le drap blanc sur ses genoux, perdue dans ses pensées.) Je ne peux pas laisser Priya porter le chapeau. C'est moi qui nous ai mis dans cette situation.

Diego se frotta la lèvre.

– Tu n'as peut-être pas besoin d'aller les voir. Si ça se trouve, ils ne découvriront rien. Comme je l'ai déjà dit, je ne crois pas que Priya va avoir des ennuis.

La bouche légèrement ouverte, je le dévisageai avec stupéfaction. Je n'en revenais pas que, même après mes aveux, il ne me déteste pas. Qu'il veuille m'éviter les problèmes.

– Tu voulais empêcher Sasha de continuer à faire du mal autour d'elle. C'était un moyen assez foireux d'y parvenir, je te l'accorde. Mais tu essayais d'arrêter quelqu'un qui harcelait les autres.

– Sauf que, ce soir, c'était moi le tyran, soulignai-je en me pointant du doigt. Je *dois* dire la vérité. Même si Priya n'a pas d'ennuis… c'est ma faute si elle doit vivre avec ça sur la conscience pour le restant de ses jours.

L'expression de Priya se radoucit.

– Mais… tu n'étais pas mal intentionnée. Et si Sasha n'avait pas perdu la tête sur la fin, comme la pétasse égoïste qu'elle a toujours été, et si je n'avais pas…

Elle serra les lèvres un instant, sur le point de vomir. Même si Sasha était morte, Priya ne se rangerait jamais de son côté plutôt que du mien. Comme une véritable amie. Comme j'aurais dû le faire avec elle depuis le début.

– Enfin, tu n'avais pas l'intention de tuer qui que ce soit.

Je me grattai le front. Ça revenait à dire que Sasha n'avait pas l'intention de tuer Maggie. Pourtant, d'une certaine façon, elle l'avait bel et bien tuée. Même si ma sœur était malade, Sasha avait porté le coup de grâce. Au lieu d'éprouver du soulagement suite aux propos de Priya, je fus envahie par la culpabilité. Sasha était morte à cause de moi. C'était peut-être Priya qui l'avait poignardée, mais si je n'avais pas mis en scène cette mascarade, si je n'avais pas piégé tout le monde dans cette pièce, un être humain de plus serait toujours en vie sur cette planète. Mes actes avaient provoqué la mort, et malgré les défauts de Sasha, malgré ce qu'elle avait fait à ma sœur et à Priya, la tuer ne se justifiait pas. Même Sasha méritait une seconde chance, et je l'en avais empêchée. C'était ma faute. J'avais privé Sasha d'un futur, alors en quoi aurais-je le droit d'en avoir un ?

Ça aurait été facile de me laisser aller dans les bras de Diego, d'être à nouveau la meilleure amie de Priya et d'oublier cette soirée atroce, en enfouissant le secret au plus profond de notre cœur, puis de partir à l'université accomplir nos rêves.

Mais je ne voulais pas choisir la solution de facilité.

Et voilà toute la différence entre Sasha et moi. Nous avions toutes les deux commis des erreurs. Nous avions toutes les deux fait du mal pour arriver à nos fins. Sauf que, même quand elle avait vu les conséquences de ses actes, elle avait continué. De harceler les autres. De mentir.

Moi, au contraire, j'allais tenter de rectifier le tir.

– Non. Je dois avouer. C'est moi qui l'ai fait. Je ne peux pas juste me taire et espérer m'en sortir. Je dois dire la vérité. Sinon, je ne vaudrai pas mieux que Sasha. C'est *ma* faute. Je dois assumer. Espérons… espérons qu'ils verront que mes intentions n'étaient pas mauvaises.

– Amber, dit Priya en me prenant à nouveau la main, quoi qu'il arrive… je veux que tu saches que tu seras toujours ma sœur. Toujours.

C'était ce que j'attendais le plus de cette soirée. Et tout ce dont j'avais besoin pour savoir que j'avais pris la bonne décision. Je la serrai dans mes bras, jusqu'à ce que les secouristes l'écartent de moi et soulèvent son brancard dans l'ambulance. Dès que le véhicule se mit en route, je me dirigeai vers la police.

– Attends ! m'appela Diego et je m'immobilisai. J'ai une

question. Qui est Meagan Abbie ? Tu sais, le nom de la personne qui a commandé les cupcakes ?

J'écartai les mèches de ma frange pour les glisser derrière mon oreille.

– C'était le prénom de ma sœur. Maggie était son surnom.

D'une certaine façon, j'avais entrepris tout ça pour elle. Je voulais empêcher que des gens blessent autrui comme c'était arrivé à Maggie. Si la dernière heure avait exacerbé la colère, le désespoir et la vengeance... maintenant il me fallait trouver le pardon.

Je devais pardonner à ceux qui, comme Sasha, rabaissaient les autres. Je ne saurais jamais si Sasha était une vraie narcissique mais, si c'était le cas... c'était peut-être plus fort qu'elle. Je devais pardonner à Maggie de s'être tuée, quand elle aurait pu appeler à l'aide, et alors qu'aucun de nous n'était préparé à la perdre. Mais elle n'était pas égoïste. Elle était malade. Elle était malade et je n'avais pas été là pour elle lorsqu'elle avait eu besoin de moi.

C'était moi, l'égoïste. Dans ma quête pour me racheter, pour me venger de Sasha et regagner l'amitié de Priya, ça et tout le reste, j'avais fait vivre un véritable enfer à tout le monde.

Je devais désormais arrêter de ne penser qu'à moi. Si difficile soit-il, et peu importe les ennuis que ça m'attire, je devais faire le bon choix. Je devais braver la tempête, même si ça impliquait de ne plus jamais composer de musique. Même si ça impliquait de renoncer à ma place à l'USC. De ne pas voir mes rêves se réaliser.

Et j'espérais qu'un jour, j'apprendrais à me pardonner à moi-même. Ce qui risquait de prendre bien plus qu'une heure.

NOTE DE L'AUTEUR

Le suicide est la deuxième cause de mortalité chez les jeunes de dix à vingt-quatre ans. Pourtant, quatre adolescents sur cinq qui ont fait des tentatives de suicide ont montré des signes avant-coureurs clairs. Si quelqu'un de votre entourage n'est pas bien, **vous pouvez faire la différence. Vous pouvez l'aider.**

Voici des signes qui peuvent vous permettre de déterminer si un ami ou un membre de votre famille est en danger :

– Il parle de se tuer, se sent désespéré ou piégé, n'a pas de raison de vivre, a l'impression d'être un poids pour les autres ou éprouve une peine insupportable.

– Il cherche des moyens de se supprimer (par exemple en ligne).

– Il prend de la distance avec ses activités, sa famille et ses amis.

– Il se sépare d'objets auxquels il tient.

– Il dit au revoir à sa famille et à ses amis.

– Il se montre particulièrement irritable, agressif, déprimé ou anxieux.

– Il dort trop ou pas assez.
– Il augmente sa consommation de drogue ou d'alcool.

Si vous avez des pensées suicidaires, sachez que ce n'est pas un aveu de faiblesse. Sachez que ce n'est pas votre faute. Et vous n'êtes pas seul. Il y a des gens qui vous aiment et à qui vous manqueriez terriblement, et il y a des gens qui peuvent vous aider.

Si vous avez déjà eu des pensées suicidaires ou connaissez quelqu'un qui présente des symptômes décrits ci-dessus, ne le gardez pas pour vous. Demandez de l'aide. Des organismes peuvent vous aider.

SOS Amitié :
09 72 39 40 50
www.sos-amitie.com

Suicide Écoute :
01 45 39 40 00
www.suicide-ecoute.fr

SOS Suicide Phénix :
01 40 44 46 45
www.sos-suicide-phenix.org

Fil Santé Jeunes :
0 800 235 236
www.filsantejeunes.com

REMERCIEMENTS

Ça fait une heure que je fixe cette page blanche en me demandant qui je vais remercier en premier. Mon chemin vers la publication a été long et sinueux, et beaucoup de gens m'ont aidée en cours de route.

D'abord, j'aimerais vous remercier *vous*. Merci d'avoir choisi ce livre et passé du temps avec mes personnages. Ça m'épate toujours de savoir qu'on ait envie de lire mes mots et je vous en suis extrêmement reconnaissante.

Ce roman n'aurait pas vu le jour sans ma talentueuse éditrice, Catherine Wallace. Merci d'avoir aimé cette histoire, de l'avoir défendue et permis que mes rêves deviennent réalité. Tu excelles dans l'art de développer les personnages et tes conseils ont rendu ce texte magique. Travailler avec toi a été un immense plaisir et je ne te remercierai jamais assez. Merci également à Christina MacDonald – ma correctrice à l'œil affûté –, à Alexandra Rakaczki – cheffe de production –, à Corina Lupp et Alison Klapthor – chargées de la couverture –, à Vanessa Nuttry – responsable de fabrication –, à Audrey Diestelkamp – directrice marketing – et au reste de l'équipe de HarperTeen, EpicReads et HarperCollins, pour tout le travail abattu afin de mettre ce livre entre les mains des lecteurs. Je suis aux anges d'avoir trouvé une maison qui m'a apporté un tel soutien.

À Jim McCarthy, mon extraordinaire agent littéraire, merci aussi d'avoir réalisé mes rêves et aimé si fort cette histoire. C'est un vrai bonheur de travailler avec toi. (Et je continue d'être ébahie par tes réponses plus rapides que l'éclair. Sérieusement, tu es le meilleur.) Merci également à mon agent chargé des droits étrangers, Lauren Abramo, à l'équipe de Dystel, Goderich & Bourret et à tous les agents des droits annexes d'avoir poussé ce roman à l'étranger.

À mon agent en droits audiovisuels, le Gotham Group, et à Shari Smiley, merci d'avoir défendu ce projet à Hollywood. « J'ai un appel avec une maison de production aujourd'hui ! » sont des mots que je n'aurais jamais imaginé prononcer un jour. Mes remerciements également à AwesomenessTV pour avoir posé une option sur le projet et à Melanie Krauss et Brin Lukens d'avoir adoré cette histoire. J'ai hâte de voir ce que nous réserve le futur.

À mes très chers amis auteurs : Shana Silver, Mike Chen, Dan Koboldt et Hannah Reynolds. Votre amitié représente beaucoup pour moi. Merci de me laisser m'épancher et de m'avoir aidée à garder la raison à peu près chaque jour au cours des dernières années.

À tous mes partenaires chroniqueurs et bêta-lecteurs – Shana Silver (qui m'a aidée à faire du brainstorming et était avec moi au moment où j'ai décidé qui serait le coupable, me confirmant que ce serait une « délicieuse surprise »), Sonia Hartl (ma première lectrice, dont le retour très pertinent m'a fait réécrire tous les chapitres de flash-back), Hannah Reynolds, Mary Elizabeth Summer, Brianna Duff, Rebecca Phillips, Dannie Morin, Annie Stone, Kimberly Moy, Erica Boyce – un immense merci pour vos commentaires incroyables. Merci aussi à Kate Brauning, Kaitlyn Johnson et Laurie Dennison de m'avoir aidée à rédiger un pitch à la hauteur.

Je suis reconnaissante envers mes amis, qu'ils soient de longue date ou plus récents, qui ont été là pour moi au cours des années – Chris, Alyssa, Ranjini, Kenna, Ed, Melanie, Sarah, Hartley, Sara, Danielle, Jennifer, Lauren, Carolyn, Merida et d'autres. À tous mes incroyables proches, à mes collaborateurs chez BookBub, et aux communautés d'auteurs comme Clubhouse, Submission Swamp et Not-Secrely Agented – vous vous reconnaîtrez –, merci pour votre amitié et votre soutien. Je suis si heureuse de vous avoir dans ma vie.

À mes compositeurs de musique de film préférés, Howard Shore, John Williams, Hans Zimmer, Ramin Djawadi, James Newton Howard et Lin-Manuel Miranda, merci d'apporter des heures et des heures de pur bonheur dans ma vie et d'avoir été une telle source d'inspiration pour les rêves d'Amber.

Merci à J.K. Rowling de m'avoir offert une échappatoire dans son monde magique. Grandir avec Harry m'a aidée à traverser certaines épreuves et elle est l'auteure qui m'a le plus inspirée. Je ne pourrais imaginer que mes romans n'incluent pas d'une manière ou d'une autre des références à *Harry Potter*.

À ma belle-famille, Linda Urban, Kathy Urban et Paula Brzostowski, merci d'avoir toujours lu mes histoires avec tant d'enthousiasme ! Et merci à ma famille tout entière pour leur appui permanent.

À mon chat, Kitty, merci d'être le parfait petit compagnon d'écriture. Et ouais. Je viens de remercier mon chat. Ne me jugez pas ; il est vraiment génial et il est à l'origine du personnage de Moufle.

À mes parents, Mark et Lorri, merci d'avoir toujours cru en moi, de m'avoir poussée à poursuivre mes rêves, de lire tout ce que j'écris et de m'avoir initiée à *Harry Potter* (de la manière la plus drôle qui soit). Désolée d'être sortie avec un garçon avant d'avoir quarante-sept ans.

À mon mari, Bryan, merci pour absolument tout. Les mots ne peuvent exprimer à quel point je te suis reconnaissante pour tes encouragements perpétuels, ton amour et ton soutien au cours de chaque étape. Je t'aime plus que tout au monde.

Parfois je repense à mon adolescence, à l'époque où je me sentais ostracisée et seule. Et désormais je regarde cette liste de noms, ces gens qui m'aiment et me soutiennent depuis des années, et mon cœur déborde. Aux lecteurs qui sont au collège ou au lycée qui se sentent harcelés, isolés ou manipulés, sachez une chose : **vous n'êtes pas seuls**. Un jour, vous trouverez les bonnes personnes et tout ira beaucoup mieux.

D'autres livres
Albin Michel Jeunesse

Kwame ALEXANDER, *Frères*
Kwame ALEXANDER, *Les vrais champions dansent dans le blizzard*
Sherman ALEXIE, *Le premier qui pleure a perdu*
Jay ASHER, *13 Reasons Why*
Audren, *Wild Girl*
Megan BANNEN, *L'oiseau et la lame*
Julie BONNIE, *L'internat de l'île aux cigales*
Jennifer BROWN, *Hate List*
Jennifer BROWN, *Say Something*
Jennifer BROWN, *Tornade*
Fabrice COLIN, *Le Pays qui te ressemble*
Michelle DALTON, *15 ans*
Michelle DALTON, *L'été de mes 16 ans*
Michelle DALTON, *Rock Point Festival*
Lygia DAY PENAFLOR, *Tout est vrai*
Patricia ELLIOTT, *Les enquêtes d'Emily Evans – L'héritière disparue*
Patricia ELLIOTT, *Les enquêtes d'Emily Evans – Danger à l'horizon*
Jenny HAN, *L'Été où je suis devenue jolie*
Jenny HAN, *L'Été où je t'ai retrouvé*
Jenny HAN, *L'Été devant nous*
Jenny HAN, *L'Été où je suis devenue jolie, L'intégrale*
Sylvaine JAOUI, *Docteur Hope*
Judith KERR, *Quand Hitler s'empara du lapin rose*
Judith KERR, *Ici Londres*
Rachel LIPPINCOTT, avec Mikki Daughtry et Tobias Iaconis, *Five Feet Apart*
Rachael LUCAS, *La vie à mille décibels*
Jen MALONE, *Changement de cap*
Laurent MALOT, *Lucky Losers*
Joyce Carol OATES, *Un endroit où se cacher*
Joyce Carol OATES, *Ce que j'ai oublié de te dire*
Lauren OLIVER, *Broken Things*
Ami POLONSKY, *Le Secret de Grayson*
Amy REED, *Nous les filles de nulle part*
Meg ROSOFF, *Au bout du voyage*

Composition : IGS-CP
Impression : CPI Bussière en mai 2020
Éditions Albin Michel
22, rue Huyghens, 75014 Paris

ISBN : 978-2-226-44724-1
N° d'édition : 23815/01 – N° d'impression : 2050155
Dépôt légal : juin 2020
Loi n° 49-956 du 16 juillet 1949 sur les publications destinées à la jeunesse.
Imprimé en France.